KRISTIN HARMEL

Ein Ort für unsere Träume

KRISTIN HARMEL

Ein Ort für unsere Träume

Roman

Deutsch
von Veronika Dünninger

blanvalet

Die Originalausgabe erschien 2018 unter dem Titel
»The Room on Rue Amélie« bei Gallery Books, New York.

MIX
Papier aus verantwortungsvollen Quellen
FSC® C014496

Verlagsgruppe Random House FSC® N001967

1. Auflage

Redaktion: Sabine Thiele
Umschlaggestaltung: © Johannes Wiebel | punchdesign,
unter Verwendung von Motiven von Shutterstock.com
(SCOTTCHAN; Creativika Graphics)
JF · Herstellung: sam
Satz: Uhl + Massopust, Aalen
Druck und Bindung: GGP Media GmbH, Pößneck
Printed in Germany
ISBN 978-3-7341-0567-8
www.blanvalet.de

Für Holly Root, Abby Zidle und Kristin Dwyer.

Ihr drei habt in der letzten Zeit große Karriereentscheidungen getroffen und euch neuen Herausforderungen gestellt. Ich bin so stolz auf euch – und so dankbar für eure professionelle Unterstützung und eure wundervolle Freundschaft.
Ich schätze mich so glücklich, euch in meinem Leben zu haben.

Dieses Buch ist für euch alle, die ihr stark genug wart, für das einzutreten, an das ihr glaubt – im Kleinen wie im Großen. Schon kleinste Akte der Tapferkeit machen die Welt zu einem besseren Ort. Möget ihr immer den Mut haben, eurem Herzen zu folgen.

Kapitel 1

März 2002

Sie schläft neben mir, ihre schmale Brust hebt und senkt sich sanft, und ich vermisse sie schon jetzt.

Der Sand in der Sanduhr ist fast durchgelaufen, rinnt unerbittlich zum Ende hin. Die Zeit reicht nie, nicht wenn ein Mensch ein Teil von einem geworden ist. Wir hatten Glück, den Krieg zu überleben, meine Frau und ich, und nicht ein Tag verstreicht, an dem ich nicht an die denke, die wir verloren haben. Ich weiß, dass es gierig ist, nur noch eine Woche, einen Monat, ein Jahr mehr mit ihr zu wollen, wenn uns schon so viel Zeit gegeben wurde. Das letzte halbe Jahrhundert war ein Geschenk, das wir nie erwartet haben, vielleicht auch eines, das wir gar nicht verdient haben.

Trotzdem kann ich nicht loslassen. Ich kann mir meine Welt ohne sie nicht vorstellen, denn mein Leben begann im Grunde erst an dem Tag, an dem wir uns begegneten. Aber ich bin machtlos, sie in diesem Moment zu beschützen, genau wie ich es vor all den Jahren in Paris war, auch wenn ich mir sowohl damals als auch jetzt vorzumachen versuchte, ich hätte eine gewisse Kontrolle.

Ich stehe leise auf, vorsichtig, um sie nicht zu stören. Wenn sie aufwacht, wird der Schmerz wiederkommen, daher bin ich froh, dass sie im Moment Frieden hat, auch wenn ich mich nach ihrer Gesellschaft sehne.

Mühsam gehe ich in die Küche, erhitze Wasser in unserem elektrischen Wasserkocher, gieße etwas Earl-Grey-Tee auf und trete hinaus auf die Veranda vor dem Haus. Es ist März, daher ist die Luft frisch, so frisch, wie sie hier im Antelope Valley, knapp hundert Kilometer nördlich von Los Angeles, sein kann. Ich starre in den nebligen Morgen, und mir stockt der Atem, als ich sie sehe: die ersten Blüten des Jahres. In den kommenden Wochen werden die Felder leuchten, gelb, orange, rot. Meine Frau wird bis dahin aller Wahrscheinlichkeit nach nicht mehr am Leben sein, aber wenigstens bleibt ihr eine letzte Morgendämmerung vor der Mohnblumensaison.

»Danke«, sage ich, während ich den Blick nach oben hebe, dorthin, wo sich Gott meiner Vorstellung nach befinden muss. »Danke für das hier.«

Ich spreche in letzter Zeit oft zu Gott, was seltsam ist, denn während des Krieges hätte ich vielleicht behauptet, dass Er nicht existiert. Aber seither habe ich mich selbst damit verblüfft, dass ich langsam den Weg zum Glauben zurückgefunden habe. Es begann mit unserer Tochter Nadia, denn es lässt sich nicht leugnen, dass sie ein Wunder war. Und als sie selbst drei gesunde Kinder bekam, glaubte ich noch ein bisschen mehr. Als unsere Enkelkinder uns Urenkel schenkten und meine Frau und ich noch immer hier waren, blieb mir keine andere Wahl, als eine höhere Macht anzuerkennen.

Andererseits hatte ich auf irgendeiner Ebene vielleicht die ganze Zeit gewusst, dass Er da war, denn welche andere Erklärung hätte es dafür geben können, dass meine Frau und ich einander vor all den Jahren in dem damals herrschenden Chaos fanden?

Während ich über die wogenden Felder hinausblicke, sehe ich unser Leben vor mir, wie unsere Tochter im Sonnenlicht herumwirbelt, unsere Enkelkinder einander zwischen den Blüten jagen. Ich schlürfe meinen Tee und blinzele ein paarmal, um meinen Blick zu klären. Es ist beschämend, wie emotional ich in letzter Zeit geworden bin. Männer sollen nicht weinen, schon gar nicht Männer meiner Generation. Aber wenn es um die Liebe meines Lebens geht, bin ich machtlos gegen die Flut.

Ich trinke meinen Tee aus und gehe zurück ins Haus, um nach ihr zu sehen. Sie sollte noch schlafen, aber sie liegt mit offenen Augen im Bett, den Kopf zur Tür gewandt. Sie ist noch immer schön, selbst im hohen Alter, selbst während sie dem Krebs erliegt, den wir zu spät entdeckt haben. »Guten Morgen, Liebster«, sagt sie.

»Guten Morgen, mein liebes Mädchen.« Ich zwinge mich zu einem Lächeln.

»Blühen die Mohnblumen schon?«

Ich nicke, und ihre Augen füllen sich mit Tränen. Ich weiß, dass es Tränen des Glücks sind, und ich teile ihre Freude. »Nur eine im Moment«, antworte ich. »Aber die anderen werden nicht lange auf sich warten lassen.«

»Welche Farbe, Liebster? Welche Farbe hat die erste?«

»Rot. Die erste Mohnblume der Saison ist rot.«

»Natürlich.« Sie legt sich lächelnd zurück. »Natürlich ist sie das.«

Wir sehen einander lange an. Ihr in die Augen zu blicken, spült die Jahrzehnte jedes Mal hinweg und bringt mich zurück zu dem Tag, an dem ich sie zum ersten Mal sah.

»Ich muss dich um etwas bitten«, sagt sie leise.

»Ja.« Ich weiß, was es ist, noch bevor sie die Worte ausspricht.

»Ich will nur noch ein einziges Mal auf den Hügel hinaufgehen. Bitte.«

»Ich werde dich hinbringen.« Meine Kraft hat im Laufe der Zeit nachgelassen; ich hatte letztes Jahr einen Herzinfarkt, und seitdem bin ich nicht mehr der Alte. Aber ich wusste, dass das der letzte Wunsch meines lieben Mädchens sein würde, und ich werde ihn erfüllen, was immer es erfordert. »Wir können gehen, wenn du bereit bist. Aber lass uns noch ein paar Tage länger warten, bis die Mohnblumen in voller Blüte stehen.« Natürlich ist die Bitte zum Teil egoistisch; ich will ihr einen Grund geben, noch ein bisschen länger durchzuhalten, bei mir zu bleiben.

Sie lächelt. »Ja, du hast recht.« Ihre Kraft schwindet bereits, ihre Augenlider werden schwer, ihr Blick verschwommen. »Aber sie sollte hier sein, nicht ich«, flüstert sie nach einem Moment. »Es hätte immer sie sein sollen.« Ich weiß genau, von wem sie spricht: ihrer besten Freundin, die wie eine Schwester für sie war, und die wir vor all den Jahren so sinnlos verloren haben.

»Gott hat einen Plan, mein Liebling.« Ich kann nicht sagen, was ich eigentlich meine: dass ich dankbar bin, dass es meine Frau war, die überlebt hat. Es ist egoistisch, entsetzlich, so etwas zu denken, oder? Niemand hätte überhaupt sterben sollen. Aber das Schicksal spielt nicht immer fair.

»Ich werde sie bald wiedersehen.« Ihre Stimme ist so schwach, dass ich sie kaum hören kann, als sie hinzufügt: »Auf der anderen Seite. Das werde ich doch, oder?«

»Geh noch nicht«, sage ich. »Bitte nicht.« Während sie wieder in den Schlaf gleitet, lasse ich mich auf den Stuhl neben ihr sinken und beginne zu weinen. Ich weiß nicht, wie ich ohne sie leben soll. Seit dem Tag, an dem ich ihr begegnet bin, war alles nur für sie. Mein ganzes Leben. Meine ganze Existenz. Ich weiß nicht, wie ich Abschied nehmen soll.

Kapitel 2

Dezember 1938

Als Ruby Henderson Marcel Benoit zum ersten Mal sah, wusste sie, dass ihr Leben sich verändern würde.

Als sie an einem feuchten und frostigen Donnerstagnachmittag in das Café Claude auf der Westseite des Central Parks schlenderte, hatte sie sich lediglich aufwärmen wollen. Es war drei Tage vor Weihnachten, und sie war die eisigen Winter des Nordostens noch immer nicht gewohnt. Die durchdringende Kälte half auch nicht gegen ihr Heimweh. Sie hatte sich für die Semesterferien kein Ticket zurück nach Südkalifornien leisten können, aber ihre Eltern zu sehen, hätte die Einsamkeit vielleicht ohnehin nur noch verschlimmert. Außerdem war es Ruby selbst gewesen, die vor fast vier Jahren darauf bestanden hatte, dass es eine gute Idee war, ihre kleine Wüstenstadt zu verlassen, um in Manhattan zu studieren. *Ich bin auf der Suche nach einem großen Leben*, hatte sie mit allem Selbstbewusstsein, das sie aufbringen konnte, verkündet. *Und mitten im Nirgendwo werde ich es nicht finden.*

Aber jetzt, umgeben von Müttern, die die Hände fröhlicher Kinder in dicken Jacken hielten, und mit Weihnachtsliedern und dem Geruch gerösteter Kastanien in der Luft, wünschte sie unwillkürlich, sie wäre nicht so allein. Während ein paar Schneeflocken von dem grauer werdenden Himmel zu schweben begannen, wandte sie den Blick seufzend vom Fenster ab und vertiefte sich wieder in Fitzgeralds *Die Schönen und Verdammten*. In einem guten Buch konnte sie immer Trost finden.

Sie hatte eben einen Schluck von ihrem schwarzen Kaffee genommen, als die Cafétür aufging und eine kräftige Windböe einen Mann in einem schwarzen Wollmantel hereinwehte. Er nahm seinen Hut ab, unter dem ein dichter Schopf dunkler Haare und gemeißelte Züge, die sie ein wenig an Cary Grant erinnerten, zum Vorschein kamen. Ruby stockte der Atem, während sie ihn anstarrte. Er hatte irgendetwas an sich, irgendetwas Mysteriöses und Magnetisches, das es ihr unmöglich machte wegzusehen.

Der Blick des Mannes landete auf ihr, und er lächelte ein langsames, vollkommenes Lächeln. Er bahnte sich leicht humpelnd einen Weg zu dem Tisch gegenüber ihrem und setzte sich, legte seinen Mantel ab, unter dem ein tadellos geschnittener marineblauer Anzug zum Vorschein kam. »Na, hallo«, sagte er, als würden sie sich einen Tisch teilen, als wäre er nur wegen ihr hier. Sie glaubte, die Spur eines Akzents herauszuhören. Er war jung, nicht mehr als vier oder fünf Jahre älter als sie.

»Hallo.« Sie bemühte sich um einen beiläufigen Ton, als passierte ihr so etwas ständig, aber sie befürchtete, dass ihre glühenden Wangen sie verrieten.

»Ich bin Marcel Benoit.« Die Art, wie er sie ansah, gab ihr das Gefühl, als wären sie die einzigen Menschen auf der Welt.

»Ruby Henderson.«

»Warten Sie auf jemanden?« Ja, er hatte eindeutig einen Akzent, kultiviert und exotisch. Britisch vielleicht? Nein, das war es nicht.

Ruby holte tief Luft und erwiderte das Mutigste, was sie je zu einem Mann gesagt hatte. Es war schließlich bald Weihnachten, und sie hatte nichts zu verlieren. »Vielleicht habe ich ja auf Sie gewartet.«

Sein Lächeln wurde langsam breiter. »Na ja, wenn das so ist, darf ich mich vielleicht zu Ihnen setzen?«

Ruby nickte, und er erhob sich, griff nach seinem Mantel und Hut und nahm ihr gegenüber Platz. Er roch nach Pfeifentabak, süß und würzig, und von Nahem konnte sie zwei winzige Sommersprossen genau unter seinem rechten Auge sehen. Seine Augenbrauen waren dicht und dunkel, und seine Nase und Wangenknochen sahen aus, als wären sie aus Marmor gemeißelt.

»Ich habe eben mein Schicksal dafür verflucht, dass ich über die Feiertage so weit weg von zu Hause gestrandet bin«, sagte er, während er sie ansah. »Aber jetzt denke ich, dass das vielleicht gar nicht so schlecht ist.«

»Woher sind Sie?«

»Paris.«

Natürlich war er das. Jetzt erkannte sie den Akzent, die Art, wie er sich benahm, seine Kleidung. Er war viel zu stilvoll, um von irgendwo anders zu sein.

»Sie lesen Fitzgerald, sehe ich«, fuhr er fort. »Er ist ein großer Fan meiner Stadt.«

»Oh, das bin ich auch. Nicht dass ich je dort war. Aber ich habe immer davon geträumt. All meine Lieblingsschriftsteller haben Zeit dort verbracht, wissen Sie. Hemingway. Gertrude Stein. Fitzgerald natürlich. Was hätte ich nicht dafür gegeben, ihren Samstagssalons anzugehören!« Auf einmal kam sie sich albern vor; sie hatte nicht so jung, so naiv klingen wollen.

Aber er schien es nicht zu bemerken. »Ah ja, in der Rue de Fleurus. Ich kenne sie gut. Mein Vater war ein Gönner von Matisse.«

»Henri Matisse? Dem Maler?«

»Ja. Er und mein Vater kannten sich vor dem Weltkrieg. Tatsächlich hat er meinen Vater ein paarmal mit zum Salon von Madame Stein genommen.«

»Ist Ihr Vater Künstler?«

»Nur Kunsthändler, leider. Er ist vor ein paar Jahren gestorben.«

»Das tut mir sehr leid.« Ein bedrückendes Schweigen senkte sich über sie, und Ruby war froh, als die Bedienung an ihren Tisch kam, um Marcels Wünsche zu notieren. Er bestellte eine Tasse schwarzen Kaffee und fragte Ruby, ob sie sich ein Stück Apfelkuchen mit ihm teilen würde. Während die Bedienung sich entfernte, wunderte sich Ruby, wie sie beide so schnell so vertraut miteinander werden konnten, sich ein Dessert zu teilen. Nicht dass sie etwas dagegen hatte.

»Was tun Sie hier in New York?«, erkundigte sie sich.

Er musterte sie einen Moment. »Ich dachte, ich sei geschäftlich hier. Aber jetzt wird mir bewusst, dass ich aus einem völlig anderen Grund hier sein könnte.«

»Und der wäre?«

Er beugte sich vor und sah ihr in die Augen. »Vielleicht um die Frau meiner Träume zu treffen.«

Sie heirateten im Juni in der Kirche ihrer Familie in Kalifornien, kurz nachdem Ruby ihren Abschluss gemacht hatte, und im Juli lebte sie bereits in Paris. Marcel hatte anfangs nichts davon erwähnt, dass man von seiner weitläufigen Wohnung in der Rue Amélie, die er von seinen Eltern geerbt hatte, die Spitze des Eiffelturms sah, oder dass sich in ihrem Gebäude eine winzige Kunstgalerie namens La Ballerine befand, deren schmale Schaufenster mit einer wechselnden Auswahl wunderschöner Gemälde und Skulpturen zum Thema Ballett hiesiger Künstler gefüllt waren. Er hatte ihr nichts von der halb blinden und völlig tauben Madame Lefèvre erzählt, die mehr schlecht als recht als Concierge des Gebäudes diente, oder wie am Sonntagmorgen Kirchenglocken durch die Straßen hallten, ein Konzert wunderschöner Klänge. Diese Details erweckten ihre neue Welt zum Leben.

Ihre Eltern hatten nicht gewollt, dass sie fortging, aber Rubys Entschluss stand bereits fest. Sie liebte Marcel, und sie würde sich ein Leben mit ihm aufbauen. Dieses Leben würde in Paris stattfinden, jedenfalls vorläufig, und auch wenn sie ihre Eltern schrecklich vermisste, war sie erpicht auf ein Abenteuer, etwas, um die Grenzen der kleinen Welt, die sie gekannt hatte, zu erweitern.

»Es ist nicht die Größe deiner Welt, die mir Sorgen bereitet«, hatte ihr Vater mit grauem Gesicht erwidert, als sie es ihm ein paar Tage vor der Hochzeit sagte. »Europa ist ein Pulverfass, Liebes. Ich war im Weltkrieg dort. Der Kontinent hat eine kurze Lunte, und es braucht nur jemanden, der sie anzündet. Hitler, scheint es, hält ein Streichholz in der Hand.«

Ruby hatte den Kopf geschüttelt. Schließlich las sie die *New York Times*; sie verstand die Politik Europas. »Nein, Vater. Man hat Deutschland Zugeständnisse gemacht. Jetzt, wo sie das Sudetenland bekommen haben …«

Ihr Vater hatte ihr das Wort abgeschnitten. »Das wird nicht genug sein.«

Sie war sich sicher, dass er übervorsichtig war. »Keine Sorge, Vater. Ich werde sehr bald für einen Besuch zurückkommen.«

Er hatte sie lange angesehen, bevor er nickte. »So Gott will.«

Und jetzt war Ruby hier und unterstrich ihren Standpunkt, indem sie ein ausgelassenes Leben in der Stadt führte, von de sie immer geträumt hatte. Sie und Marcel tranken Cham gner in den elegantesten Cafés, besuchten die elegantesten Partys, trugen die eleganteste Mode. Seine Tätigkeit als Kunsthändler für die Firma, die sein Vater gegründet hatte, war einträglich und führte sie in die elitärsten Kreise von Paris. Zugegeben, Ruby verwendete ihr Lehrdiplom nicht, aber sie war überzeugt, dass sie etwas Besseres tat: Sie saugte das Leben auf. Wenn sie eines Tages Lehrerin wurde, würden ihre Erfahrungen ihr nur nützen. Oder vielleicht war es ihr ja auch bestimmt, irgendetwas anderes zu tun, irgendetwas Außergewöhnliches, hier in Frankreich. Die Zukunft stand weit offen.

Paris fühlte sich mit Sicherheit nicht wie eine Stadt an der Schwelle des Krieges an, wie ihr Vater sie gewarnt hatte, aber im Laufe der Monate bekam sie allmählich das Gefühl, dass Deutschland sich nur schlafend stellte. Es machte Ruby zunehmend beklommen. War es möglich, dass die Worte ihres Vaters doch einen Funken Wahrheit enthielten?

»Es geht uns gut«, erklärte Marcel jedes Mal entschieden, wenn Ruby das Thema anschnitt. »Du solltest dir nicht so sehr den Kopf zerbrechen.« Er weigerte sich, mit ihr über Politik zu diskutieren, was sie ärgerte. Hatte er nicht von Anfang an gewusst, dass sie sich für das Weltgeschehen interessierte? Er hatte einmal gesagt, das sei eines der Dinge, die er an ihr liebte. Aber jetzt schien er es vorzuziehen, sie mit zu prächtigen Partys und Bällen zu nehmen, wo sie still an seinem Arm zu funkeln hatte. Und auch wenn sie ihre Freude an den Festlichkeiten hatte, fühlte sie sich allmählich, als würden sie lediglich eine Fassade aufrechterhalten. Manchmal dachte sie, die Stadt würde dasselbe tun.

»Ich glaube, der Krieg kommt, ob wir es wahrhaben wollen oder nicht, Marcel«, sagte sie, als sie eines späten Augustabends von einem Ball im Hôtel Salé am rechten Seineufer nach Hause fuhren. Das prunkvolle Fest war von einer amerikanischen Erbin gegeben worden, und Ruby fühlte sich bestärkt, nachdem sie den Abend unter anderen im Ausland lebenden Landsleuten verbracht hatte, die sich tatsächlich dafür interessiert hatten, ihre Meinung zu hören. »Wir können nicht länger einfach den Kopf in den Sand stecken.«

»Ich würde dich niemals irgendeiner Gefahr aussetzen, mein Schatz.« Marcel sah sie nicht an.

»Aber bist du denn gar nicht besorgt? Ein Krieg würde alles verändern. Was, wenn Hitler sich Paris als Feder an seinen Hut stecken will?«

Ihr Wagen fuhr die Rue de Grenelle hinunter, brachte den Schatten des Eiffelturms in Sicht. »Und was für eine entzückende Feder das wäre«, murmelte Marcel, während er für einen Moment auf den Turm starrte, ein Geist vor dem mondbeschienenen Himmel. »Aber das werden wir nicht zulassen, Schatz.«

»*Wer* wird das nicht zulassen? Die französische Regierung tut doch offenbar nichts, als Zugeständnisse zu machen, und die Armee ist nicht bereit.« Der Wagen bog in die Rue Amélie ein und kam dann zum Stehen.

Marcel stieg aus und öffnete Ruby die Tür. »Du solltest nicht so viel von Dingen lesen, die du nicht verstehst. Vertraust du mir denn nicht?«

Sie kniff die Lippen zusammen. Sie wollte ihm sagen, dass sie es *sehr wohl* verstand, dass sie klüger war, als er ihr in letzter Zeit zugestehen wollte. Wann hatte er eigentlich aufgehört, ihr zuzuhören? Aber es war spät, ihr Kopf drehte sich von dem Champagner, und auf einmal war sie erschöpft. »Natürlich vertraue ich dir«, sagte sie, während Marcel die prunkvolle rote Tür zu ihrem Gebäude aufhielt und die Treppe voran zu ihrer Wohnung im ersten Stock ging. »Es ist Hitler, dem ich nicht vertraue.«

»Na ja, zum Glück«, bemerkte Marcel, während er ihre Wohnungstür aufschloss, »bist du nicht mit ihm verheiratet.«

Weniger als einen Monat später traf am ersten September die Nachricht ein, dass Hitlers Truppen in Polen einmarschiert waren und die französische Armee mobilisiert wurde. Zwei Tage später befanden sich Frankreich und seine britischen Verbündeten offiziell im Krieg mit Deutschland. Und auch wenn das Leben in Paris weiterging und es in den Theatern und Cafés von Leuten wimmelte, die verzweifelt versuchten, der heraufziehenden Realität zu entkommen, ließ sich nicht länger leugnen, dass die Finsternis vor den Toren lauerte.

»Die Maginot-Linie wird halten«, wiederholten die Pariser immer wieder, während die Verzweiflung in ihren Augen glänzte. Auch Ruby wollte gern glauben, dass die befestigten Grenzen sicher waren. Aber sie hatte sich selbst Sand in die Augen gestreut, bevor sie hierherkam. Und jetzt wusste sie, dass sie keine andere Wahl hatte, als nach vorn in die Zukunft zu blicken, ganz gleich, ob ihr der Anblick gefiel oder nicht.

Kapitel 3

Dezember 1939

Chanukka war dieses Jahr früh, und Charlotte Dacher schien es, als ob der Feiertag selbst sich vielleicht beeilte, um schneller als sonst stattzufinden. Vielleicht wurde auch er von einer düsteren Vorahnung der Zukunft heimgesucht.

Papa nannte das natürlich lächerlich. Chanukka schien nur deshalb früh zu sein, weil der fünfundzwanzigste Tag des Monats Kislew im hebräischen Kalender früher als sonst auf den Kalender fiel, den der Rest der Welt verwendete. »Chanukka ändert sich nie«, erklärte er entschieden, und Charlotte widerstand dem Drang, das Gesicht zu verziehen, denn Papa schien nie zu glauben, dass sich *irgendetwas* änderte. Selbst angesichts der erschreckenden Nachrichten über die Behandlung der Juden in Deutschland und Polen, über die Charlottes Freundinnen in der Schule tuschelten, kniff er nur die Lippen zusammen und erklärte: »Aber das hier ist Frankreich. Wir sind jetzt Franzosen. Daran wird sich nichts ändern.«

Aber stimmte das wirklich? Die meiste Zeit dachte Charlotte nicht viel über Religion nach. In letzter Zeit jedoch hatten ein paar der anderen Kinder sie beschimpft, hatten sogar gesagt, sie hätte eine große Nase, was lächerlich war, denn ihre Nase war genauso groß wie die von Thérèse Petit, und jeder wusste, dass Thérèse Petit das schönste Mädchen der Schule war, und eine Katholikin noch dazu. Trotzdem schien insbesondere Jean-Marc Thibodaux stets eine Beleidigung für sie parat zu haben. Er nannte sie eine »dreckige Jiddin« oder sagte ihr, sie solle dorthin zurückgehen, wo sie hergekommen sei. Seine Freunde hatten gelacht, als sie ihn beim ersten Mal verständnislos angesehen und gesagt hatte, sie sei hier in Paris geboren genau wie er. »Aber deine Eltern nicht«, hatte er gehöhnt. »Mein Papa sagt, ihr gehört nicht hierher.«

Das war es also; die Worte kamen von den Eltern ihrer Schulkameraden. Bei dem Gedanken fühlte sich Charlotte ein wenig besser und zugleich auch schlechter. Besser, weil es eigentlich nicht um sie ging. Und schlechter, weil es nicht fair war, dass sie das Gesicht einer Religion sein musste, die sie kaum praktizierte. Sie lief ja schließlich nicht ständig durch die Gegend und dachte an die Thora.

»Achte gar nicht auf sie«, flüsterte Micheline, als Charlotte den Tränen nahe war. »Sie sind einfach Schweine. Das weißt du doch selbst. *Oink, oink.*« Die Grunzgeräusche ihrer Freundin brachten Charlotte jedes Mal zum Lachen, und sie wusste, dass Micheline recht hatte. Trotzdem, der Stachel saß tief.

»Warum müssen wir überhaupt Juden sein?«, fragte sie ihre Eltern am ersten Abend von Chanukka beim Essen. Sie wusste, dass ihre Frage sie aus der Fassung bringen würde, aber es wäre so viel einfacher, Christ zu sein. Warum konnten sie das nicht verstehen?

»Still, Charlotte«, sagte Papa. »Sprich nicht von Dingen, von denen du keine Ahnung hast.«

Charlotte verspürte das vertraute Brennen wie jedes Mal, wenn ihr Vater sie wie ein Kind behandelte. »Wie kann ich denn Ahnung haben, wenn du nie mit mir sprichst?«

Ihr Vater starrte sie an und schien dann etwas sanfter zu werden. »Du solltest mit Puppen spielen, anstatt dir den Kopf über Politik und Religion zu zerbrechen.«

»Ich habe seit Jahren mit keiner Puppe mehr gespielt. Ich bin fast elf.«

»Reuven«, sagte Maman scharf. »Sprich mit ihr.«

Papa seufzte, nahm seine Brille ab und kniff sich in den Nasenrücken. Es war seine Miene der Ergebenheit, die er manchmal nach Auseinandersetzungen mit Maman aufsetzte. »Charlotte, jüdisch zu sein, ist etwas, worauf man stolz sein soll, nichts, wofür man sich schämen muss.«

»Warum machen sich meine Klassenkameraden dann über mich lustig?«

Er zuckte zusammen, antwortete dann aber ruhig. »Weil sie unwissend sind. Und Grausamkeit ist die Waffe der Unwissenden.«

»Aber was, wenn ich nicht jüdisch sein will?«, hakte Charlotte nach.

Ihre Eltern tauschten einen betrübten Blick. »Liebes«, erklärte Papa schließlich, »deine Mutter ist jüdisch, daher bist du es nach unserem Glauben ebenfalls. Es ist ein schöner Teil von dir. Das wird es immer sein.«

Charlotte machte den Mund auf, um zu protestieren, aber ihr fehlten die Worte. Sie wollte eigentlich nicht ändern, wer sie war. Sie hasste es nur, anders zu sein. Wenn sie doch nur blonde Ringellöckchen haben könnte und Eltern, die den Gemeindepriester zum Abendessen einluden, so wie Thérèse Petit.

Danach half sie beim Abwasch und zündete mit Maman und Papa die erste Kerze an der Menora an. Charlotte trat auf den kleinen Balkon ihrer Wohnung hinaus, der eine schmale Aussicht auf die Spitze des Eiffelturms bot. Es war ihr Lieblingsort auf der Welt, denn wenn sie die Vorhänge hinter sich zuzog, hatte sie etwas Privatsphäre. Außerdem stellte sie sich gern vor, dass die Spitze des Eiffelturms in Wirklichkeit der höchste Turm eines Schlosses und sie eine Prinzessin war, die eines Tages zu ihrem rechtmäßigen Platz auf dem Thron zurückkehren würde. Nicht dass sie je ein Wort über diese Tagträumerei verlor; ihr war bewusst, wie kindisch sie damit klingen würde.

»Guten Abend.«

Charlotte zuckte erschrocken beim Klang der Stimme zusammen, die von dem Balkon nebenan kam. Sie war immer allein hier draußen, daher war sie nicht auf den Gedanken gekommen, sich umzusehen. Sie blinzelte in die Dunkelheit, bis sie eine junge Frau mit kastanienbraunen Haaren, die zu Wasserwellen gelegt waren, und purpurroten Lippen an dem Geländer vor der Nachbarwohnung stehen sah.

»Hallo?«, antwortete Charlotte zögernd. Sie hatte die Frau schon einmal gesehen; sie war schön und sehr modisch gekleidet. Sie war vielleicht zwanzig oder fünfundzwanzig, und sie trug immer hübsche, maßgeschneiderte Kleider, die ihre schmale Taille betonten, und hohe Schuhe, in denen Charlotte zweifellos stolpern würde. Sie hatte einen Akzent, aber als Charlotte ihre Eltern danach fragte, hatte ihr Vater gesagt, es sei egal, woher die Frau sei, denn jetzt sei sie Französin, genau wie die Dachers.

»Es ist ein schöner Abend«, bemerkte die Frau. Sie sah Charlotte nicht an, sondern starrte auf den Eiffelturm. »Ein bisschen kalt natürlich. Aber die frische Luft hat etwas Belebendes an sich, nicht wahr? Sie holt dich im Nu aus einem Gefühl von Unwohlsein zurück.«

Woher hatte die Frau gewusst, dass Charlotte hier draußen war und in Selbstmitleid badete?

Einen Augenblick später ergriff die Frau wieder das Wort. »Ich bin Ruby. Ich lebe in der Wohnung nebenan. Aber das kannst du vermutlich sehen.«

»Ich bin Charlotte«, antwortete Charlotte, wobei sie sich auf einmal sehr erwachsen vorkam. »Freut mich, Sie kennenzulernen.«

»Freut mich auch, dich kennenzulernen.« Eine Pause trat ein, und dann fragte die Frau sanft mit ihrem seltsamen Akzent: »Gibt es irgendetwas, worüber du gern reden würdest?«

»Pardon?«

»Du wirkst aufgewühlt. Es sei denn, du hast geschnieft, weil du dir einen Schnupfen zugezogen hast. Wenn das der Fall ist, dann entschuldige bitte meine Neugier.«

Charlotte war froh, dass die Dunkelheit ihre Verlegenheit verbarg. »Nein. Es geht mir gut. Danke.«

»Na ja, dann kannst du mir vielleicht bei etwas helfen.«

»Aber ich bin erst zehn«, platzte Charlotte heraus. »Na ja, fast elf.« Ein Erwachsener hatte sie noch nie zuvor um Hilfe gebeten.

Ruby lachte. »Das ist schon in Ordnung. Was ich am dringendsten brauche, ist ein Rat. Weißt du, ich bin Amerikanerin.«

»Amerikanerin?« Im ersten Moment war Charlotte verwirrt. Sie hatte noch nie einen Amerikaner getroffen; die Einwanderer, die sie kannte, waren aus Osteuropa. »Aber Amerika ist so weit weg.«

»Das ist es in der Tat. Ich habe mich in einen Franzosen verliebt und bin ihm über den Ozean gefolgt, um hier zu leben. Er wohnt schon lange in diesem Haus. Vielleicht kennst du ihn?«

»Ja, natürlich, Monsieur Benoit. Na ja, meine Maman und mein Papa kennen ihn.«

»Verstehe. Na ja, Charlotte, hier ist mein Problem, und es stimmt mich sehr traurig: Manchmal behandeln die Leute mich anders, weil ich Amerikanerin bin. Sie verurteilen mich, bevor sie mich kennen.«

Es war fast genau das, was Charlotte Papa zu erklären versucht hatte! Dass die glamouröse Frau nebenan dasselbe Problem hatte… unglaublich! »Ich denke, das ist ziemlich dumm von ihnen«, erwiderte sie langsam.

»Warum denkst du das?«

»Na ja«, begann Charlotte, während sie versuchte, ihre Gedanken in Worte zu fassen. »Die Tatsache, dass Sie Amerikanerin sind, ändert nicht, wer Sie sind. Es ist nur ein Teil von Ihnen.«

»Hmm. Das ist ein sehr guter Punkt. Aber was meinst du, wie ich damit umgehen soll, wie ich mich fühle?«

Charlotte dachte darüber nach. »Sie können die Meinungen anderer Leute nicht immer ändern. Aber Sie können beeinflussen, ob Sie etwas darauf geben wollen oder nicht, stimmt's?«

»Aber ja«, antwortete Ruby. »Weißt du, Charlotte, ich glaube, ich hatte recht. Du bist tatsächlich sehr weise. Ich werde über das nachdenken, was du gesagt hast.«

»Okay«, erwiderte Charlotte, auf einmal wieder schüchtern. Sie wollte Ruby noch viele andere Fragen stellen. Wie war Amerika? Wo hatte sie so gut Französisch gelernt? Was hielt sie von Paris? War sie besorgt wegen des Krieges, der, wie alle sagten, nach Frankreich kommen würde? Aber Ruby wandte sich bereits zu ihrer Balkontür, und zutiefst enttäuscht begriff Charlotte, dass sie ihre Chance verpasst hatte.

»Danke dir«, sagte Ruby. »Ich hoffe, wir sprechen uns bald wieder.« Und dann war sie verschwunden und ließ Charlotte allein, um auf den mondbeschienenen Innenhof hinauszusehen.

Erst später wurde ihr bewusst, dass ihr Küchenfenster

einen Spaltbreit offen stand und dass Ruby, wenn sie bereits auf ihrem Balkon gewesen war, Charlottes ganze Unterhaltung mit ihren Eltern gehört haben musste. Bei dem Gedanken kam sie sich zunächst ein wenig albern vor, aber als sie an jenem Abend einschlief, fühlte sie sich ein bisschen weniger allein.

Kapitel 4

Januar 1940

Es war eiskalt und regnerisch, als Thomas Clarke den Flugplatz Little Rissington in den Cotswolds zum ersten Mal betrat. *Keine sehr schöne Begrüßung*, dachte er. Die Bedingungen in Desford, wo er gelernt hatte, de Havilland D.H.82 Tiger Moths zu fliegen, waren nicht viel besser gewesen, aber Little Rissi sollte das einzig Wahre sein, der Ort, an dem er sich seine RAF-Abzeichen verdienen, an dem er lernen würde, Kampfflugzeuge zu fliegen. Irgendwie hatte er sich weite grüne Felder und plätschernde blaue Bäche vorgestellt. Stattdessen schien die Welt hier eine Studie in Braun und Grau zu sein, während der Wind die Regentropfen in gehässige kleine Geschosse verwandelte. Bis er und Harry Cormack das Backsteingebäude am Eingang des Komplexes betreten hatten, waren ihre brandneuen RAF-Hemden triefend nass.

»Wenn Marcie mich jetzt sehen könnte«, murmelte Harry. Er sah an seiner durchnässten Uniform hinunter, während sie auf den Standortkommandanten warteten. »Du kannst von Glück reden, dass du keinen Schatz hast, Thomas. Es gibt niemanden, der dich in diesem Zustand sieht.«

»Ja, ich Glückspilz.« Thomas verdrehte die Augen vor dem Mann, der in Desford sein engster Freund geworden war, wo sie die quälenden ersten Wochen der entscheidenden Flugausbildung zusammen überstanden hatten. Er ließ unerwähnt, dass Harry seinen Schatz in absehbarer Zeit vermutlich ohnehin nicht sehen würde. Die Welt war im Krieg, und Eile war geboten, um die neuesten Rekruten in die Lüfte zu schicken. Außerdem schien Harry alle paar Wochen ein neues Mädchen zu haben. Woher nahm er eigentlich die Zeit? Und wie konnte er sich überhaupt darum kümmern, den jungen Damen den Hof zu machen, die in dem Pub herumhingen, das sie oft besuchten, wenn es eine Schlacht zu kämpfen gab? So eine Ablenkung konnten sie sich doch sicher nicht leisten.

»Stillgestanden!«, brüllte ein Warrant Officer den durchnässten RAF-Anwärtern zu. Thomas und Harry sprangen auf, stellten sich stocksteif hin und wandten den Blick zur Tür.

Ein Mann mit Hakennase und kurz geschorenen weißen Haaren trat ein und fixierte sie mit stählernem Blick. »Willkommen bei der RAF Little Rissington«, bellte er, nachdem der Warrant Officer ihn als den Standortkommandanten vorgestellt hatte. »Sie haben vielleicht gedacht, dass Ihre ersten Ausbildungstage einfach waren, aber das wird sich ändern. Hier ist der Ort, an dem wir die Männer von den Jungen trennen werden. Es liegt bei Ihnen, was von beidem Sie sein werden. Ihre Ausbildung hier wird hart sein, Ihr Training gnadenlos. Vergessen Sie nicht: Die Flugzeuge kosten ein verdammtes Vermögen. Sie hingegen sind leicht ersetzbar. Verhalten Sie sich entsprechend.« Er entfernte sich ohne ein weiteres Wort.

»Fröhlicher Bursche«, murmelte Harry.

»Er hat nur versucht, uns Angst zu machen«, erwiderte Thomas. Aber es war ihm gelungen. Während er und Harry ein paar Minuten später durch den strömenden Regen zur Offiziersmesse stapften, schlug Thomas das Herz bis zum Hals, und nicht zum ersten Mal fragte er sich, ob er wirklich hierher gehörte.

Ihm wurde eine Schlafkoje mit Oliver Smith zugewiesen, der ebenfalls aus Desford gekommen war, und Harry war vier Türen weiter untergebracht. Am nächsten Morgen gingen sie alle zusammen zu den Lagerräumen, um die ihnen zugeteilten Flugausrüstungen, Fallschirme und riesigen Stapel Lehrbücher abzuholen.

»Sollen wir die etwa alle lesen?«, fragte Harry, während er tat, als würde er unter der Last der Bücher zusammenbrechen.

»Die Flugzeuge kosten ein verdammtes Vermögen, Jungs«, entgegnete Thomas mit todernster Miene. »Ihr seid ersetzbar.«

Harry und Oliver lachten, und bald suchten sie sich Schließfächer im Crewraum des Hangars Nummer 2. Während Thomas seinen neuen Helm, seine Lederhandschuhe, seinen Sidcot-Anzug und seine tadellosen Fliegerstiefel auspackte, empfand er Aufregung und Stolz. Er war bereit, ein Mann zu sein, denn für alles andere war kein Platz. Er musste alles tun, was er konnte, um England zu beschützen.

»Warum haben Sie sich gemeldet, Sir?«

Die Frage kam von Jonathan Wilkes, Thomas' Flightsergeant, während sie vom Flugplatz in Kidlington, östlich von Little Rissi, in einem Harvard-Trainingsflugzeug abhoben. Der Tiefdecker war nicht annähernd so wie die Tiger Moths, die Thomas in Desford fliegen gelernt hatte, und er war noch immer leicht überwältigt von der schieren Anzahl von Kontrollelementen an dem plumpen Ungetüm.

»Ich hatte das Gefühl, es ist das Richtige, Sir«, antwortete Thomas, während er das Trainingsflugzeug durch eine scharfe Windböe hochlenkte. Der Steuerknüppel bebte, aber Thomas behielt ihn fest im Griff. »Der Sache dienen und das alles.«

»Warum denken Sie das?«, hakte Wilkes nach. Sein Ton

war nicht herausfordernd, lediglich interessiert. »Sie hätten längst der Armee beitreten und am Boden sein können.«

»Aber hier kann ich mehr tun.«

»Selbst wenn es gefährlich ist?«

»Die Gefahr ist ein Teil des Krieges, oder?«

»In der Tat«, erwiderte Wilkes, und Thomas hatte das Gefühl, einen Test bestanden zu haben. »Na dann, ich werde Ihnen jetzt zeigen, wie es sich anfühlt, dieses Flugzeug zu überziehen. Und Sie werden uns da herausbringen.«

»Ja, in Ordnung.« Schließlich hatte er sich in den Tiger Moths ans Überziehen gewöhnt. Wie viel anders konnte das hier schon sein? »Ich bin bereit, wenn Sie es sind.«

Die Worte waren ihm kaum über die Lippen gekommen, als die Harvard abgewürgt wurde und mitten in der Luft abrupt fast zum völligen Stillstand kam. Einen Augenblick später schossen sie mit der Nase voran auf den Boden zu.

»Großer Gott!«, brüllte Thomas, aber die Worte gingen in dem plötzlichen Kreischen des sinkenden Flugzeugs unter, als die Luft an den Flügeln schnitt.

»Ganz locker mit dem Steuerknüppel, Clarke.« Wilkes klang ruhig, aber sein Ton trug kaum dazu bei, Thomas' rasenden Puls zu verlangsamen. Das Flugzeug zuckte und heulte, und obwohl Thomas wusste, dass das Cockpit fest verschlossen war, schienen scharfe Windböen an seinem Fliegeranzug zu zerren. Die Luft kreischte, während die Kasernen auf dem Boden unter ihnen klare Konturen annahmen. Thomas riss den Knüppel scharf zurück, folgte seinem Instinkt, die Nase des Flugzeugs hochzuziehen, aber es zuckte nur und überzog wieder und schoss weiter auf die Erde zu.

»Sie haben die Flächenbelastung zu stark erhöht.« Wilkes' Ton war nur leicht panisch. »Schön langsam und gleichmäßig, bringen Sie uns da heraus. Tun Sie es jetzt.«

Thomas holte tief Luft und zog den Steuerknüppel langsam wieder zurück, lenkte die Nase schließlich aufwärts, bis sie wieder parallel zum Boden waren. »Gott, Sir! Versuchen Sie etwa, mich umzubringen, bevor die Deutschen es tun können?«

Der Anflug eines Lächelns huschte über Wilkes' Lippen. »Und jetzt werden wir wieder aufsteigen und es gleich noch einmal versuchen, denn Sie werden das in Sekundenschnelle tun können müssen. Der Himmel ist gnadenlos, und Ihre schnellen Reaktionen werden über Leben und Tod entscheiden.« Er hielt einen Moment inne, wartete, bis Thomas wieder zu Atem gekommen war. »Das Schicksal Englands liegt in Ihren Händen, Clarke. Sie müssen so vorgehen, als ob es Ihre Bestimmung sei, uns alle zu retten.«

Kapitel 5

Juni 1940

Anfang Juni hatte der Exodus ernsthaft begonnen.

Paris stand in voller Blüte, die Kastanien üppig und duftend. Blumen in Blau, Hellgrün und Dunkelrot quollen aus Balkonkästen und breiteten sich langsam über die Grünanlagen aus, färbten die stillen Straßen. Aber für Ruby fühlte es sich an, als würde sich die Natur selbst über die Stadt lustig machen. Bald würde die Welt, die sie kannte, von der bevorstehenden Invasion der Nazis verschluckt werden.

Ruby konnte ihren Anmarsch wie einen Sturm am Horizont spüren, die Luft erfüllt von irgendetwas Unheilvollem. Obwohl die Franzosen monatelang kollektiv die Augen vor der Wahrheit verschlossen und die deutschen Aggressionen nahe der Grenze ignoriert hatten, war das Spiel aus. Die Deutschen hatten die Maginot-Linie einfach umrundet, waren wie eine Dampfwalze durch die Wälder und nach Frankreich gerollt. Sie würden jetzt jeden Tag hier sein, mit ihren steifen Märschen, ihren allzu glänzenden Uniformen, ihrem seltsamen Emblem, einem farblosen, vom Sturm verbogenen Windrädchen.

Die französischen Generäle erklärten den Kampf um Frankreich bereits für beendet, während aufgeriebene Truppen sich in aller Eile nach Süden zurückzogen. Luftschutzsirenen durchdrangen die Nächte. Autos bewegten sich verstohlen in der Finsternis, ihre Scheinwerfer dunkelblau bemalt. Geschäfte wurden geschlossen, Wohnungen verriegelt, und die Pariser flohen in Scharen und verstopften die Straßen, während deutsche Bomben die Landschaft zersplitterten. Paris war verlassen, und ohne das Gelächter der Nachbarskinder hatte sich ein Vorhang der Stille auf die Stadt gesenkt. Selbst der Eiffelturm, ein Dolch vor dem klaren Himmel, schien übernatürlich still, als würde er ebenfalls den Atem anhalten.

»Um Himmels willen«, sagte Marcel zu Ruby, während sie sich allein in dem *abri* unter ihrem Wohnhaus aneinanderkauerten. Hier suchten sie Schutz, während irgendwo im Südwesten Bomben fielen – auf die Renault- und Citroënwerke am Rand der Stadt, vermutete Ruby. Die Deutschen schlugen auf Paris ein, was noch vor wenigen Wochen undenkbar erschienen war. »Du benimmst dich töricht.«

Die Ringe unter seinen Augen waren ausgeprägt, seine Schultern steif, und sie erinnerten Ruby an ein stark aufgezogenes Kinderspielzeug.

»Ich wusste, worauf ich mich einließ«, antwortete sie, ohne seinen Blick zu erwidern. Das stimmte nicht ganz; in der ersten Zeit war sie in ein falsches Gefühl von Sicherheit gewiegt worden. Aber dann hatte sie sich entschieden zu bleiben, weil er es getan hatte. »Ich bin mit dir hier.«

»Aber genau das ist das Problem, oder, Schatz?« Die Kosebezeichnung war sarkastisch, nicht liebevoll, und sie wussten es beide. Er war anders in letzter Zeit, Welten entfernt von dem Mann, dem sie im Jahr zuvor über den Atlantik gefolgt war. Seine Ausmusterung aus der französischen Armee – wegen des Humpelns in seinem rechten Bein; als Kind hatte er an Kinderlähmung gelitten – schien jetzt jeden Moment zu definieren.

»Wieso das denn?«, fragte sie, um einen gleichmütigen Ton bemüht.

»Du scheinst zu glauben, dass du unverwundbar bist. Ich habe dich nicht gebeten zu bleiben.«

»Das ist mir durchaus bewusst.« Tatsächlich hatte er sie zu zwingen versucht, zu gehen, hatte sogar ihren Eltern geschrieben, damit sie ihn dabei unterstützten, sie umzustimmen. Aber sie würde nicht beim ersten Anzeichen von Schwierigkeiten davonlaufen. Sie würde Marcel im Angesicht der Invasion nicht allein lassen. Sie hatte sich entschieden, ihr Schicksal mit seinem zu teilen – in guten wie in schlechten Zeiten –, und sobald er die ersten Versuche unternahm, sie loszuwerden, hatte sie sich erst recht dagegengestemmt. »Ich glaube noch immer, dass wir hier vorläufig sicher sind.«

»Ja, na ja, es ist eben sehr amerikanisch, durch die Gegend zu laufen und an Luftschlösser zu glauben, oder?«

Sie wandte sich ab, während noch eine Explosion das Gebäude erschütterte. Amerikaner zu sein, war im Laufe der letzten Zeit etwas geworden, wofür man sich schämen sollte, jedenfalls in Marcels Augen. Er nahm es Präsident Roosevelt übel, dass er sich aus Europas Krieg heraushielt, und während die Monate verstrichen und die Amerikaner sich nach wie vor weigerten einzugreifen, schien Marcel zunehmend geneigt, Ruby für die Politik ihrer Regierung verantwortlich zu machen.

»Es tut mir leid«, meinte er in einem etwas sanfteren Ton und legte ihr eine Hand auf die Schulter. »Ich weiß nur nicht, wie ich es mir verzeihen soll, wenn dir irgendetwas zustößt.«

»Ich weiß.« Ruby entspannte sich ein wenig, rief sich in Erinnerung, dass jede Ehe zwangsläufig irgendwann mit Schwierigkeiten zu kämpfen hatte. Und wer könnte Marcel sein Gefühl von Machtlosigkeit schon verübeln? »Aber ich habe das Gefühl, dass es mir bestimmt ist, hier zu sein, Marcel. Hier bei dir.«

Sie erwartete, dass er das Gesicht verziehen würde, aber stattdessen starrte er sie nur lange an. »Oh, Ruby. Ich habe alles ruiniert. Ich habe so getan, als wäre ich der Mann, der ich sein wollte, aber jetzt hast du mein wahres Ich gesehen, einen Mann, dessen erbärmliche Behinderung ihn der Fähigkeit beraubt hat, dich zu beschützen.«

Sie trat einen Schritt auf ihn zu und legte eine Hand an seinen stoppeligen Kiefer. »Ich sehe dich, Marcel«, sagte sie. »Ich habe dich immer gesehen. Glaubst du etwa, die französischen Soldaten, die sich von der Front zurückziehen, haben mehr als du das Gefühl, die Kontrolle zu haben? Im Augenblick sind wir alle machtlos.«

»Ich sollte wohl dankbar sein, dass du die Welt noch immer durch eine rosarote Brille siehst. Vielleicht ist es ja hilfreich, den bevorstehenden Sturm nicht so deutlich wahrzunehmen.«

Sie wollte protestieren, ihm sagen, dass sie die Dinge ebenso klar sah wie er, aber dann zog er sie an sich, und sie hielt den Mund. Zum ersten Mal seit Wochen wieder in seinen Armen zu liegen, fühlte sich an, als würde sie nach Hause kommen, auch wenn es sich nicht als das Zuhause herausgestellt hatte, das sie erwartet hatte.

Eine Stunde später, als die drei Töne des Entwarnungssignals aufheulten, führte sie ihn nach oben, zurück in ihre Wohnung in dem fast verlassenen Gebäude, zu dem Schlafzimmer, das einst ein Heiligtum gewesen war. Jetzt fühlte es sich wie ein Schlachtfeld an, und sie wusste, dass sie das ändern mussten, wenn sie überleben wollten.

»Du kannst mich unmöglich wollen«, flüsterte er, während sie ihn küsste. »Ich bin nichts.«

»Du bist mein Ehemann, und ich stehe an deiner Seite«, erklärte sie entschieden, während sie seinen Mund mit ihrem verschloss.

Er liebte sie rasch, fast gewaltsam. Sie versuchte, sich festzuhalten, sich auf seine Augen zu konzentrieren, ihn zu beschwören, zu ihr zurückzukommen, aber er war irgendwo an einem völlig anderen Ort, bis er schließlich auf ihr zusammenbrach, verausgabt und keuchend, seine Haut feucht. »Es tut mir leid«, murmelte er an ihren Brüsten. »Ich liebe dich, das weißt du. Ich liebe dich wirklich.«

Sie wartete, bis seine Brust sich ruhiger an ihr hob und senkte, bevor sie erwiderte: »Ich liebe dich auch.«

Ja, Ruby würde bleiben. Stürme waren schließlich dazu da, überstanden zu werden.

»Madame Benoit?« Eine kleine, schüchterne Stimme riss Ruby etwas später an diesem Abend aus ihrem benebelten Zustand. Sie hatte keinen Schlaf finden können, und nachdem sie sich eine Stunde hin und her gewälzt hatte, war sie auf den Balkon hinausgegangen. Der Geruch von verbranntem Gummi und geschmolzenem Metall lag noch immer in der Luft; die deutschen Bomben hatten ihr Ziel gefunden. Als sie sich umwandte, sah sie die Silhouette ihrer jungen Nachbarin im Mondlicht auf dem Balkon nebenan.

»Charlotte«, sagte sie warmherzig, erleichtert, sie zu sehen. Das Mädchen und seine Eltern waren während des Luftangriffs nicht in den Luftschutzraum gekommen, und Ruby hatte gedacht, dass sie vielleicht geflohen waren. Berichte trafen ein von Autos, die zerbombt wurden, während sie auf Landstraßen im Verkehr feststeckten, und Ruby hatte die entsetzliche Befürchtung gehabt, dass den Dachers irgendetwas zugestoßen war. Selbst jetzt, als Charlotte vor ihr stand, konnte Ruby ihr Gefühl düsterer Vorahnung nicht abschütteln.

»Guten Abend, Madame Benoit«, sagte Charlotte förmlich.

»Bitte. Nenn mich Ruby, sonst fühle ich mich so alt.«

»Das ist bei Amerikanern so üblich, glaube ich«, sagte Charlotte nach einer langen Pause. »Erwachsene beim Vornamen zu nennen.«

Ruby lächelte in die Dunkelheit. »Ja, vielleicht ist es das. Oder vielleicht ist es einfach unter Nachbarn so üblich. Die Zeiten sind jetzt zu düster für uns, um irgendetwas anderes als Freunde zu sein, meinst du nicht auch?«

»Na ja ... in Ordnung.« Charlotte zögerte. »Kann ich Sie etwas fragen, Madame? Äh, Ruby?«

»Nur zu.«

»Warum sind Sie noch immer hier?«

Ruby lachte über die Unverblümtheit des Mädchens.

»Hier in Frankreich, meine ich«, stellte Charlotte klar, jetzt mit einer Spur von Verlegenheit in der Stimme. »Weil Sie doch Amerikanerin sind. Maman und Papa sagen, Sie hätten schon vor Monaten gehen sollen. Warum haben Sie es nicht getan?«

Ruby seufzte. »Vielleicht weil ich stur bin. Oder vielleicht weil ich nicht das Gefühl habe, dass irgendjemand – Deutsche oder andere – mich zwingen sollte zu fliehen. Das ist ein Grund. Aber ich glaube, ich bleibe auch, weil ich, wenn ich eine Entscheidung treffe, versuche, an ihr festzuhalten. Ich habe Marcel das Versprechen gegeben, seine Ehefrau zu sein, mein Leben mit seinem zu teilen. Und daher werde ich hierbleiben.«

»Sie sind treu. Und tapfer.«

Ruby dachte an Marcels Worte, hasste, wie sehr sie sie verletzten. »Manche würden sagen, töricht.«

»Aber wenn Sie bleiben, macht Sie das zu einer Französin,

oder? All diese Leute, von denen Sie verurteilt wurden, hatten keine Wahl. Aber Sie schon. Und Sie haben Paris gewählt.«

»Ich habe Paris gewählt«, wiederholte Ruby langsam. »Na ja, vielleicht bin ich letztendlich doch eine Französin. Danke, Charlotte. Jetzt fühle ich mich viel besser.«

Bald darauf ging das Mädchen zurück in seine Wohnung, aber Ruby blieb in Gedanken verloren auf dem Balkon. Als sie schließlich wieder hineinging und die Tür leise hinter sich schloss, saß Marcel im Dunkeln der Küche und starrte sie an.

»Was hast du dort draußen gemacht?«, fragte er mit einem leicht scharfen Unterton.

»Ich habe nur ein bisschen frische Luft geschnappt«, antwortete sie auf einmal schuldbewusst, obwohl sie nichts Unrechtes getan hatte.

»Ich habe dich reden hören.«

»Ja, mit dem Dacher-Mädchen.«

Marcel steckte sich eine Zigarette an, und das Streichholz flackerte für einen Moment im Dunkeln auf. Ruby sah zu, wie er eine Rauchwolke ausstieß, die ihn vor ihren Blicken verbarg. »Ich denke, du redest zu viel.«

Rubys Stimmung sank. Noch vor einer Stunde hatte sie das Gefühl gehabt, dass sich die Dinge zwischen ihnen zum Besseren wenden könnten, aber jetzt hatte er schon wieder eine seiner Launen. »Sie ist ein nettes Mädchen, Marcel. Ich glaube, sie fühlt sich im Moment sehr einsam. Ich versuche nur, ihr zu helfen.«

»Es gibt viele nette Leute, die allein auf der Welt sind.« Er nahm noch einen langen Zug von seiner Zigarette. »Das ist sehr amerikanisch, weißt du, dieses Bedürfnis, mit allen und jedem zu reden. Wenn du wirklich so französisch wärst, wie du gern sein willst, würdest du wissen, wann du besser für dich bleibst.«

»Marcel, *mon ami!*«

Marcels alter Freund Aubert – ein kleiner, bebrillter Mann um die vierzig mit Stirnglatze, Schlupflidern und einer flachen, breiten Nase – näherte sich dem Tisch vor dem Café Ciel, an dem Ruby und Marcel saßen. Es war ein Dienstagnachmittag, und sie gaben sich den Anschein, als wäre alles normal, als wäre Paris nicht im Begriff, besetzt zu werden, als könnte das Leben noch immer so weitergehen wie bisher. Die Deutschen hatten die Hauptstadt noch nicht erreicht, aber sie würden jetzt jeden Tag hier sein. Die französische Regierung war am Tag zuvor nach Vichy abgereist, und die Straßen waren voller verwundeter Soldaten, die Geschichten des Grauens von der Front berichteten.

Aubert umarmte Marcel und beugte sich hinunter, um Ruby auf beide Wangen zu küssen. »Du siehst hinreißend aus, meine Liebe.« Er setzte sich und winkte einem Kellner. »Champagner, mein Junge! Champagner für meine Freunde!«

Marcel wirkte belustigt, aber Ruby war beunruhigt. Das Café – eines der wenigen in ihrem Arrondissement, das tatsächlich offen geblieben war – war nahezu leer, aber die anderen Gäste starrten sie an. »Was gibt es denn zu feiern, Aubert?«, flüsterte sie. »Unser bisheriges Leben wird jeden Augenblick zu Ende sein.«

»Ah, aber noch ist es nicht vorbei, oder?« Aubert steckte sich eine Zigarette an und nahm einen langen Zug. »Paris gehört immer noch uns. Und wenn du es wissen willst, Ruby, ich trinke auf die Zukunft. Ich kann es schon sehen. Wir werden sie noch besiegen.«

»Du machst wohl Witze. Im Moment könnte die Lage nicht trostloser sein.«

Aubert lächelte. »Aber es ist nur eine Frage der Zeit. Die Deutschen werden vielleicht für eine kleine Weile hier sein, aber mit der Hilfe der Engländer werden wir sie vertreiben. Habe ich nicht recht, Marcel?«

Ruby warf einen Blick auf ihren Ehemann, erwartete, dass er ihre Zweifel teilte, aber er starrte Aubert mit glänzenden Augen an. »Wisst ihr zwei irgendetwas über die Invasion, das ich nicht weiß?«, fragte Ruby.

Dann kam der Kellner, entkorkte ihren Champagner und schenkte ihnen ein. Aubert antwortete nicht, bevor sie angestoßen hatten. »Nein, Ruby, natürlich nicht. Ich sage nur, es gibt Hoffnung, wenn wir zusammenhalten. Aber du hast keinen Grund zur Besorgnis, meine Liebe. Solche Dinge werden besser den Männern überlassen, meinst du nicht auch?«

Ruby straffte die Schultern. »Aubert, ich verfolge ebenfalls die Nachrichten. Du kannst nicht glauben, dass mir nicht bewusst ist, was los ist.«

»Natürlich«, erwiderte Aubert, und Ruby hörte seine Belustigung, als er hinzufügte: »Unser Universitätsmädchen.« Er und Marcel tauschten ein Lächeln.

»Entschuldigt mich.« Ruby erhob sich steif von ihrem Platz. Aubert und Marcel standen ebenfalls halb auf, aber sie ignorierte die beiden, während sie in das Café ging, um die *toilette* zu finden.

Es sollte nicht so sein, dachte sie, während sie die Wendeltreppe im hinteren Teil des Cafés hinunterstieg. Vor allem nicht mit Marcel, und vor allem nicht in Paris. Hatte Gertrude Stein nicht hier Respekt verlangt? Zelda Fitzgerald hatte in den Zwanzigerjahren die Stadt regiert, und inzwischen war allgemein bekannt, dass eine Frau – die Comtesse Hélène de Portes – bei Reynauds Regierung die Fäden zog. Ruby hatte sie kennengelernt; sie war eine schrille, jähzornige Person, die für ihre Wutanfälle ebenso bekannt war wie für ihre ausschweifenden Partys. Wenn jemand wie sie eine solche Macht ausüben konnte, was machte Ruby dann falsch? Sollte sie ihre Meinung deutlicher sagen? Für sich selbst eintreten, wenn Marcel andeutete, dass sie nicht imstande war, die Wahrheit zu begreifen? Oder würde ihn das nur erst recht vertreiben?

Sie zog ihren Lippenstift nach und starrte in den Spiegel. Sie hatte dunkle Ringe unter den Augen, Spuren von zu wenig Schlaf. Ihre Locken waren lose und gekräuselt von der Hitze, was sie in Ordnung gebracht hätte, wenn sie mehr darauf achten würde. Aber es war unmöglich, an solche Dinge zu denken, während die Invasion am Horizont heraufzog. Was für Grauen würde sie mit sich bringen? Was würde aus den Leuten werden, die sie liebte? Aus ihr?

Sie spritzte sich etwas Wasser ins Gesicht und kniff sich in die Wangen, um ihnen etwas Farbe zu verleihen. Sie strich sich die Haare glatt, warf einen letzten entschlossenen Blick auf ihr Spiegelbild und stieg die Treppe wieder hoch.

Während sie zu ihrem Tisch zurückkehrte, flüsterten Marcel und Aubert miteinander, die Köpfe zusammengesteckt. Als sie sich näherte, lösten sie sich voneinander und warfen ihr ein identisches Lächeln zu. Bildete sie es sich nur ein, dass sie fast schuldbewusst aussahen?

»Was ist?«, fragte sie.

»Wir diskutieren nur über die Deutschen«, antwortete Marcel. »Diese Dreckskerle.«

Ein unbehagliches Gefühl kribbelte unter Rubys Haut. »Ihr zwei dürft nichts Törichtes tun.«

»Törichtes?« Marcel hielt den Blick auf sie gerichtet.

»Am besten ist es, sich bedeckt zu halten, bis wir herausgefunden haben, was die Besetzung für uns bedeuten wird.«

Marcels Miene verdüsterte sich. »Wir sollen uns einfach hinlegen wie Hunde?«, fragte er. Aubert grinste, als würde sie beweisen, dass er recht hatte.

»Ich will nur nicht, dass du irgendetwas Tollkühnes tust.«

»Du glaubst also *doch*, dass ich nicht für mein Land kämpfen kann.« Marcel sah sie triumphierend und verletzt zugleich an.

»Nein!«

Seine Augen loderten, und sie starrten sich an, bis das Schweigen unbehaglich wurde.

»Na ja, wir werden Frankreichs Probleme mit Sicherheit nicht heute Nachmittag lösen«, durchbrach Aubert das Unbehagen. Er erhob sein Glas und sah von Ruby zu Marcel. »Auf Frankreich. Und auf das, was kommen wird.«

»Auf Frankreich«, murmelten Marcel und Ruby einstimmig und erhoben ebenfalls ihre Gläser.

Aber die Anspannung blieb bestehen, und sie tranken schweigend ihren Champagner. Ruby starrte die verlassene Avenue Rapp hinunter zum Fluss. Obwohl die Deutschen noch immer Kilometer von Paris entfernt waren, konnte sie sie bereits kommen sehen. Sie spürte, wie die Stadt sich veränderte. Und obwohl er nur wenige Zentimeter entfernt saß, war ihr bewusst, wie Marcel sich Tag für Tag weiter von ihr entfernte. Aller Champagner der Welt konnte die Uhr nicht zurückdrehen.

Kapitel 6

Oktober 1940

Spätestens im Oktober war klar, dass Paris sich für immer verändert hatte. Die Deutschen hatten es sich gemütlich gemacht, ihre Offiziere elegante Unterkünfte im Crillon, im Meurice, im George V, im Ritz bezogen. Die französische Regierung hatte ihren Sitz längst nach Vichy verlegt, hatte das stolze französische Motto von *Liberté, égalité, fraternité* durch das germanische *Travail, famille, patrie* – Arbeit, Familie, Vaterland – ersetzt. Riesige deutsche Straßenschilder waren aufgestellt worden, die den Verkehr zur *Zentra-Kraft* auf den Champs-Élysées oder dem örtlichen Krankenhaus im *Ortslazarett Suresnes* leiteten. Deutsche Soldaten entspannten sich in Cafés, dinierten in Restaurants und besichtigten die Sehenswürdigkeiten und Museen, als wären sie im Urlaub.

Das kältere Wetter hielt Einzug, begleitet von einem wachsenden Gefühl von Unbehagen. Jeden Morgen stellte sich Ruby in langen Schlangen an, um Rationen an Lebensmitteln und Bedarfsgütern zu bekommen. Sie lernte, zusammen mit dem Rest von Paris, Heizmaterial aus Holz und Kohle herzustellen, Öl aus Traubenkernen und Zigaretten für Marcel aus einer seltsamen Mischung aus Jerusalem-Artischocken, Sonnenblumen, Mais und einer kleinen Menge Tabak. Anfangs hatte es so ausgesehen, als würden Lebensmittel während der Besatzung noch immer leicht erhältlich sein, aber jetzt, da der

Winter nahte, war klar, dass das eine Illusion gewesen war, von den Nazis inszeniert, um die Pariser in einem falschen Gefühl von Normalität zu wiegen.

Dennoch herrschte in der ganzen Stadt das Gefühl, dass es Licht am Ende des Tunnels geben könnte. Ein wenig bekannter General namens Charles de Gaulle war im Laufe des Sommers als Anführer hervorgetreten, hatte die Résistance durch eine Reihe von Rundfunkansprachen von England aus angeheizt. »Irgendwo muss die Flamme des französischen Widerstands leuchten und lodern«, erklärte er, und so begann es, einfach zunächst, mit *V*s für *Victory*, die überall in Paris auftauchten, mit Lippen- oder Buntstift oder Kohle auf deutsche Autos, deutsche Flugblätter und gut sichtbare Stellen in der ganzen Stadt gekritzelt.

Eines frühen Herbstnachmittags kam Ruby zu ihrer Wohnung zurück, nachdem sie über zwei Stunden nach Brot angestanden hatte, als sie Charlottes Mutter im ersten Stock weinend im Flur antraf. Ihr Kleid war zerknittert, als hätte sie das Bügeln aufgegeben, und sie hatte dunkle Ringe unter den Augen.

»Madame Dacher?«, fragte Ruby zögernd, während sie auf die ältere Frau zutrat und ihr eine Hand auf die Schulter legte.

Die Frau schnellte herum, ihre Augen wild und nass. Sie blinzelte ein paarmal, und ihre Miene wurde etwas sanfter. »Oh, verzeihen Sie, Madame Benoit. Es ist mir entsetzlich peinlich. Ich dachte, ich wäre allein. Ich habe Sie nicht kommen hören.«

»Es gibt keinen Grund zur Peinlichkeit, Madame Dacher. Geht es Ihnen gut?«

»Ja, ja. Ich will nur Charlotte nicht beunruhigen. Ich habe versucht, mich zu beruhigen, bevor ich hineingehe.«

»Was ist denn passiert?«

Madame Dacher seufzte. »Haben Sie von den Judenstatuten gehört?«

Ruby nickte mit schwerem Herzen. Der *Statut des Juifs*, zwei Wochen zuvor erlassen, verbannte Juden aus Positionen in der akademischen Welt, Medizin, Justiz und Regierung. Juden mussten in der Métro im letzten Waggon fahren, ihre Radios und Fahrräder abgeben und sich von Kinos, Museen, Bibliotheken und Cafés fernhalten. Es war entsetzlich. Ruby hatte versucht, mit Marcel darüber zu reden, was man tun könnte, um die neuen Vorschriften zu bekämpfen, aber er hatte sie nur ausgelacht und ihr vorgeworfen, sie würde bezüglich der Deutschen viel zu spät zur Vernunft kommen. »Du warst es doch, die wollte, dass ich mich bedeckt halte«, hatte er sie angefaucht, als wären die neuen Schikanen ihre Schuld.

»Wir mussten uns registrieren lassen, wissen Sie«, fuhr Madame Dacher fort, der jetzt die Tränen übers Gesicht strömten. »Kurz nach Rosch ha-Schana. Wir haben natürlich gehorcht. Aber mein Mann glaubt, dass jetzt bald irgendetwas Entsetzliches passieren wird. Es heißt, dass die Juden auch ihre Geschäfte verlieren werden.«

»Aber das wird Ihnen doch sicher nicht passieren«, meinte Ruby. Monsieur Dacher war ein erfolgreicher und angesehener Pelzhändler, eine Stütze der Gemeinde. »Die französische Regierung wird nicht zulassen, dass es so weit kommt.«

»Aber sehen Sie, das hier ist nicht mehr das Frankreich, das wir kennen. Im Laufe der letzten Wochen hatte ich immer weniger das Gefühl, die Kontrolle über mein eigenes Leben zu haben.«

»Wir alle haben die Kontrolle an die Deutschen verloren, Madame Dacher«, versuchte Ruby, sie zu beschwichtigen.

Die Miene der Nachbarin war benommen, als sie aufsah. »Für uns ist es etwas anderes, Madame Benoit. Das können Sie doch sicher sehen.«

Ruby verspürte ein seltsames, nagendes Gefühl in ihrer Magengegend. »Ja, natürlich. Es tut mir leid.«

»Sie müssen mir ein Versprechen geben.« Auf einmal streckte Madame Dacher ihre Hände nach Rubys aus und drückte sie so fest, dass sich Rubys Finger wie Knochen in einem Sack anfühlten. »Wenn meinem Mann und mir irgendetwas passiert, werden Sie sich dann um Charlotte kümmern?«

»Aber es wird doch sicher nichts passieren.«

»Bitte. Geben Sie mir Ihr Wort.«

Hoffnung stieg in Ruby auf, ein Gefühl, dass sie vielleicht doch etwas tun könnte, um zu helfen, wenn auch nur, um die Befürchtungen ihrer Nachbarin zu beschwichtigen. »Natürlich. Sie haben mein Wort.«

»Danke.« Madame Dacher ließ Rubys Hände los und trat zur Seite. Sie wandte sich ab und verschwand in ihre eigene Wohnung und ließ Ruby atemlos und beklommen allein im Flur zurück.

An jenem Abend saß Ruby um kurz nach acht Uhr im Dunkeln da und ließ sich Madame Dachers Worte durch den Kopf gehen, als sie Marcels Schlüssel im Schloss hörte.

»Hallo, Schatz«, sagte er. Seine Worte klangen ein wenig lallend, während er in die Wohnung trat und die Tür hinter sich schloss. »Wie geht es dir?«

»Marcel?« Er war so untypisch fröhlich, dass Ruby im ersten Moment verwirrt war. »Geht es dir gut?«

»Gut?«, wiederholte er grinsend. Er zündete eine Kerze an und nahm ihr gegenüber in der Küche Platz. »Natürlich, meine Liebe. Und dir?«

»Es geht mir gut«, antwortete sie zögernd. »Wo bist du gewesen?« Sie hasste, dass es wie ein Vorwurf klang, denn so hatte sie es nicht gemeint. Sie machte sich auf eine seiner Launen gefasst, aber er lächelte sie nur an.

»Ich war mit Freunden auf ein paar Drinks im Ritz, weißt du. Genau vor der Nase der Deutschen! Sie haben uns sogar eine Runde ausgegeben, ohne zu ahnen, dass wir die Feinde sind!«

»Marcel! Wie konntest du ein solches Risiko eingehen?«

»Du glaubst, *das* ist riskant? Mit dem Feind anzustoßen? Oh, Ruby, wie wenig du doch verstehst.«

Sie ballte die Fäuste. »Ich hasse diese Besatzung ebenso sehr wie du, Marcel. Du musst aufhören, mit mir zu sprechen, als ob ich eine ungebildete Närrin wäre.«

»Ich weiß, dass du gebildet bist.« Er fuhr sich mit einer Hand durch sein dichtes dunkles Haar und sah sie verdutzt an. »Aber du musst zugeben, dass dir als Amerikanerin eine gewisse Perspektive fehlt.«

»Es geht immer darum, dass ich Amerikanerin bin, stimmt's? Mein Gott, Marcel, warum hast du mich denn geheiratet, wenn ich deiner Meinung nach so minderwertig bin?«

»Wie bitte?« Die Verwirrung in seiner Miene wurde noch deutlicher. »Ich habe dich nie für minderwertig gehalten, Ruby. Ich bewundere dich. Ich bewundere deine Intelligenz, deinen Geist.«

»Aber du redest die ganze Zeit von oben herab mit mir.«

»Das tue ich nicht.« Er schwieg einen Moment, und dann wandte er den Blick ab, während er wieder schwankte. »Jedenfalls meine ich es nicht so. Ich war nur nicht auf jemanden vorbereitet, der so mit mir streiten will, wie du es tust.«

Sie war ein wenig besänftigt. »Ich will mich auch nicht

streiten, Marcel. Ich will nur, dass du mit mir sprichst. Dass du mir vertraust.«

»Ruby, ich…« Er sah sie lange an, sein Blick fest und unverwandt. Sie widerstand dem Drang einzuknicken, und starrte stattdessen zu ihm zurück, entschlossen, seinen Worten standzuhalten.

Aber dann verblüffte er sie, indem er sich vorbeugte und seine Lippen auf ihre drückte, so sanft und zärtlich, dass sie sich im ersten Moment fragte, ob sie träumte. Sie war so verdutzt, dass sie den Kuss nicht erwiderte, daher wich er zurück. »Ruby?«, murmelte er.

»Ich war mir so sicher, dass du mich nicht mehr liebst«, flüsterte sie.

Seine Augen füllten sich mit Tränen. »Natürlich liebe ich dich«, erwiderte er. »Ich selbst bin es, mit dem ich nicht leben kann.« Und dann waren seine Lippen wieder auf ihren, eindringlicher diesmal, und ihr Körper reagierte. Schließlich liebte er sie doch; sie konnte es an der Art spüren, wie er sie berührte, wie er sie an sich zog, wie er sie in sich aufsaugte wie ein Mann, der soeben eine Wüste durchquert hatte. Bald waren seine Hände unter ihrem Rock, zogen an ihrer Unterwäsche und glitten zu Stellen, an denen sie seit jenem späten Frühlingsabend nicht mehr gewesen waren, nachdem die Bomben gefallen waren, bevor die Nazis Paris einnahmen.

Sie stöhnte unwillkürlich auf, während er ihr das Kleid über den Kopf zog und sein eigenes Hemd abstreifte. Seine Brust war so hart, wie sie sie in Erinnerung hatte, aber sie hatte keine Zeit, darüber nachzudenken, während erst seine Hände und dann sein Mund begannen, ihren Körper zu erkunden. Er führte sie ins Schlafzimmer, und während sie ins Bett fielen, dachte sie nicht mehr an die Dachers oder die Deutschen oder wie die Welt um sie herum zusammenbrach. Sondern daran, dass hier, in diesem Augenblick, ihre Ehe nicht zusammenbrach. Vielleicht lag letztendlich doch ein Leben vor ihnen.

Zehn Wochen später saß Ruby auf ihrem Balkon, den Kopf in die Hände gestützt, und sah zu, wie sich der Himmel verdunkelte. Es war Heiligabend, und sie hatte sich zum Schutz gegen die eisigen Temperaturen einen von Marcels alten Pullovern übergezogen. Trotzdem spürte sie die Kälte in ihrem Blut, in ihren Knochen. Sie wusste, dass sie hineingehen sollte, wo ein kleines Feuer brannte, aber sie konnte sich nicht rühren. Die Angst vor dem, was kommen würde, lähmte sie.

Ruby war schwanger. Da war sie sich sicher. Sie hatte ständig Heißhunger, obwohl sie ihr Essen kaum bei sich behalten konnte, und ihre Blutung war zweimal ausgeblieben. Es gab keine andere Erklärung.

Die Aussicht auf ein Baby erfüllte sie mit Entsetzen und Freude zugleich. Paris war dunkel und einsam, und während die Kämpfe in ganz Europa weitertobten, schien die Lage von Tag zu Tag angespannter zu werden. Im Krieg ein Kind zur Welt zu bringen, schien töricht, aber ein Kind in ein Zuhause wie ihres zu bringen, war es vielleicht erst recht. Seit jener Nacht vor zehn Wochen verschwand Marcel wieder öfter für mehrere Tage in Folge. Und wenn er zu Hause war, sah er sie kaum noch an. Er hatte das Anschwellen ihrer Brüste nicht bemerkt, oder wie sie sich bewegte, als ob sie ein besonderes Geheimnis hütete.

»Ruby?« Charlottes schüchterne Stimme ertönte auf dem Balkon nebenan, und Ruby richtete sich erschrocken auf. Sie hatte das Mädchen nicht aus seiner Wohnung kommen hören. »Stimmt irgendetwas nicht?«

»Oh, es ist alles in Ordnung.« Ruby zwang sich zu einem

Lächeln. »Was tust du denn ohne Jacke hier draußen? Du holst dir ja den Tod.«

»Ich wollte nur fröhliche Weihnachten wünschen.«

»Oh! Danke, Charlotte. Und dir auch fröhliche Weihnachten.« Sie begriff prompt, dass sie das Falsche gesagt hatte. »Entschuldige. Ich meine, fröhliches Chanukka. Hat es schon begonnen?«

»Es fängt gerade an.« Charlotte zögerte. »Vielleicht ist es ein Zeichen, dass unsere Feiertage in dieselbe Zeit fallen. Vielleicht ist das hier das Jahr, in dem wir alle zusammenkommen werden.«

»So Gott will«, murmelte Ruby. Sie wusste, dass Charlotte die Sorgen ihrer Eltern in den letzten Monaten aufgesaugt hatte. In der ganzen Stadt waren Geschäfte im Besitz von Juden von, wie es die Deutschen nannten, kommissarischen Geschäftsführern übernommen worden; Geschäftsleute wurden aus ihren eigenen Unternehmen verdrängt. Monsieur Dacher war letzte Woche gezwungen worden, sich zu fügen, und auch wenn er nach wie vor zu seinem Pelzgeschäft ging, wurde er wie ein Angestellter behandelt, nicht wie der Mann, der das einträgliche Unternehmen aufgebaut hatte. Es musste demoralisierend und demütigend sein.

»Sind Sie sicher, dass alles in Ordnung ist, Ruby?«, fragte Charlotte nach einer langen Pause. »Sie scheinen nicht Sie selbst zu sein.«

»Nichts, worum du dir Sorgen machen musst, Charlotte.«

»Aber vielleicht kann ich helfen. Ich *will* helfen.«

Ruby lächelte in die Dunkelheit. Vielleicht würde es ja nichts schaden, ihre Neuigkeit zu teilen. »Kannst du ein Geheimnis für dich behalten?«

»Natürlich.«

Ruby stand auf und trat an den Rand ihres Balkons, sodass

sie nur etwa einen Meter von dem Mädchen entfernt war. »Ich bekomme ein Baby.«

Charlottes Augen weiteten sich. »Ein Baby? Oh, Ruby! Das ist das schönste Chanukkageschenk, das ich mir hätte wünschen können!«

Ruby lachte. »Na ja, es wird erst im Sommer kommen.«

»Das ist schon okay! Es wird einfach so aufregend sein, meinen Sie nicht auch? Oh, das ist eine solch wundervolle Neuigkeit! Freut sich Monsieur Benoit sehr darüber?«

»Ich habe es ihm noch gar nicht erzählt. Ich bin mir nicht ganz sicher, was er dazu sagen wird.«

Charlotte schien verwirrt. »Er wird doch bestimmt überglücklich sein.«

Ruby wandte den Blick ab. »Bestimmt.«

»Na ja, Sie müssen es ihm so bald wie möglich sagen. Er wird Vater! Das wird das perfekte Weihnachtsgeschenk sein!«

Vielleicht hatte Charlotte recht. Es gab keinen Grund, Marcel die Neuigkeit noch länger vorzuenthalten. Er würde es zwangsläufig bald bemerken, und wenn sie es ihm jetzt sagte, würde es vielleicht ein Weihnachtswunder bewirken. Vielleicht würde der Marcel, in den sie sich verliebt hatte, endlich zurückkommen. Vielleicht würde sich sein Augenmerk darauf verlagern, eine Familie mit ihr zu planen. Sie würde sicherstellen, dass er von Anfang an wusste, wie sehr sie ihn brauchte, und er würde sich wieder nützlich fühlen.

An jenem Abend schlich Marcel um kurz nach Mitternacht leise zur Wohnungstür herein. Noch bevor er die Gelegenheit hatte, Mantel und Hut aufzuhängen, zündete Ruby eine Kerze an. »Frohe Weihnachten«, sagte sie, voller Ungeduld, die Worte auszusprechen, bevor sie es sich anders überlegen konnte. »Wir bekommen ein Baby, Marcel. Ist das nicht wundervoll?«

Er starrte sie an, bevor er antwortete. »Ein Baby?«

»Ich werde natürlich deine Hilfe brauchen«, fuhr sie fröhlich fort, in der Hoffnung, dass ihre Begeisterung ansteckend sein würde. »Es gibt so vieles zu tun, bevor das Kind da ist.«

»Du bekommst ein Baby«, wiederholte er tonlos.

»*Wir* bekommen ein Baby.«

Einen Moment lang rührte sich keiner von ihnen. Dann ging Marcel bedächtig zur Tür und zog Hut und Mantel wieder an. Als er sich umwandte, war Ruby so verblüfft von der Traurigkeit in seinen Augen, dass sie sich atemlos auf ihrem Stuhl zurücklehnte.

»Oh, Ruby, was haben wir getan?«, fragte er mit erstickter Stimme.

»Aber …«

»Das ist ein Riesenfehler.« Und dann war er verschwunden, und die Tür fiel so hart hinter ihm ins Schloss, dass ein Glas, das an der Kante ihres Nippesschränkchens stand, zu Boden fiel und zerschellte.

Lange Zeit blieb Ruby reglos sitzen und starrte auf die Scherben.

Kapitel 7

Januar 1941

Ein Baby! Charlotte konnte fast nur noch daran denken. Was für ein glückliches Kind, in ein Zuhause mit liebevollen Eltern geboren zu werden, die beide arbeiten durften. Ihr eigenes Familienleben war durch die Situation ihres Vaters in der letzten Zeit gründlich durcheinandergeraten.

»Diese Nazischweine«, bemerkte Papa eines verschneiten Januarabends, während Charlotte mit ihren Eltern um den Küchenofen kauerte. Heizmaterial war knapp, und sie verbrannten einen alten Esszimmerstuhl. Er war in der Abstellkammer nahe der Wohnungstür aufbewahrt worden, für den Fall, dass Besuch kam, aber Charlotte nahm an, dass das in absehbarer Zeit nicht passieren würde.

»Reuven, nicht solche Ausdrücke«, ermahnte ihn Maman mit einem Blick auf ihre Tochter.

»Schon gut«, warf Charlotte ein. »Ich kenne viele schlimme Wörter.«

Ihr Vater fixierte sie mit einem strengen Blick. »Na ja, das solltest du nicht. Du bist eine Dame.«

»Und doch fluchst du ständig vor ihr«, hob Maman hervor.

Papa seufzte und wandte den Blick ab. »Es ist die Zeit, in der wir leben. Da muss man einfach emotional werden.«

»Es ist nicht das erste Mal, dass wir erschütternde Umstände ertragen müssen«, erwiderte Maman.

Die beiden tauschten einen Blick, und Charlotte wusste, dass sie an den Ersten Weltkrieg dachten. Maman hatte zwei Brüder verloren, Papa seinen Zwillingsbruder Michel. Alle hatten in der französischen Armee gekämpft.

»Ich weiß«, murmelte Papa leise, während er Mamans Hand drückte.

Charlotte wusste, dass sie Ruby versprochen hatte, ihr Geheimnis nicht zu lüften, aber etwas in der schweren Stille brachte sie dazu, damit herauszuplatzen. »Madame Benoit bekommt ein Baby!«

Maman und Papa wandten sich um und starrten sie an. »Madame Benoit?«, fragte Maman.

Charlotte wusste, dass es ein Fehler gewesen war, etwas zu sagen, aber jetzt sah sie einen Glanz in den Augen ihrer Mutter, der zuvor nicht da gewesen war. »Ja«, murmelte sie. »Aber es soll ein Geheimnis sein.«

»O Gott«, sagte Papa besorgt. »Aber wie soll ein Baby inmitten von alledem denn überleben?«

»Sie sind keine Juden«, rief seine Frau ihm in Erinnerung.

»Ja, das stimmt wohl. Aber trotzdem, im Krieg ein Kind zur Welt zu bringen …«

»Er wird bald enden«, bemerkte Maman.

Papa schüttelte den Kopf. »Er wird nicht enden, bevor ganz Frankreich deutsch geworden ist. Und wenn das passiert, werden wir nicht mehr hier sein, um es zu erleben.«

»Warum nicht?«, warf Charlotte ein. »Wohin gehen wir denn?«

Ihr Vater wandte sich beinahe abwesend zu ihr um. »Wir gehen nirgends hin, meine liebe Charlotte.« Er sah ihr nicht in die Augen. »Natürlich gehen wir nirgends hin.«

Charlotte war ständig besorgt, Ruby würde herausfinden, dass ihr Vertrauen missbraucht worden war, und als sie sie eines eiskalten Morgens Ende Januar auf dem Balkon stehen sah, stürzte sie hinaus, um es ihr zu beichten.

»Ich habe Maman und Papa von dem Baby erzählt.« Die Worte strömten aus ihr heraus. »Es tut mir so leid. Ich weiß, dass es ein Geheimnis sein sollte.«

Ruby wandte sich mit einem erschöpften Lächeln zu ihr um. Ihre Wangen waren eingefallen, ihr Gesicht ausgezehrt, und sie war so dick in Pullover und Jacken gewickelt, dass Charlotte nicht sehen konnte, ob ihr Bauch schon größer geworden war. »Oh, Charlotte, das macht nichts. Ich hätte es ihnen selbst gesagt, wenn ich sie das nächste Mal gesehen hätte.« Ruby nahm einen Schluck aus einem dampfenden Becher. »Wie geht es deinen Eltern? Ich habe sie seit über einem Monat nicht gesehen.«

Charlotte senkte den Blick. »Es geht ihnen gut, danke.« Tatsächlich ging es ihnen alles andere als gut. Papa schlief kaum noch. Nachts grübelte er über seinen Geschäftsbüchern und schlug mit den Fäusten auf den Tisch. Und Maman war noch tiefer in eine Depression verfallen, die Charlotte nicht verstand. Wenn das Kind kam, würde es Maman vielleicht wieder zum Leben erwecken. Mit ihrer eigenen Mutter weit weg in Amerika würde Ruby sicher Mamans Hilfe brauchen.

Ruby musterte Charlotte lange Zeit, und diese hatte das deutliche Gefühl, dass sie genau durch sie hindurchsehen konnte. Nach einer Weile lächelte sie traurig. »Und wie geht es dir? Läuft es in der Schule gut?«

»Ja, ich schätze schon. Obwohl sich Micheline, meine einzige Freundin, vor drei Wochen mit ihrer Familie auf den Weg in den Süden gemacht hat. Papa sagt, dass ich, auch wenn ich mich jetzt einsam fühle, den Kopf hoch erhoben halten und so tun muss, als ob ich die Dinge, die die anderen über Juden sagen, nicht höre.« Aber noch bevor Ruby anfangen konnte, Mitleid mit ihr zu haben, wechselte Charlotte das Thema und platzte mit der Frage heraus, die ihr auf dem Herzen lag. »Und Monsieur Benoit? Freut er sich auch auf das Baby?«

Irgendetwas huschte über Rubys Gesicht. »Oh, ja. Ich denke, er wird ein wundervoller Vater sein.«

Charlotte nickte, aber bevor sie noch etwas sagen konnte, hörte sie ihre Mutter von drinnen rufen. »Entschuldigung«, sagte sie. »Ich muss jetzt zur Schule.«

»Natürlich. Dann sehen wir uns später. Und, Charlotte? Wenn du dich einsam fühlst, vergiss nicht, dass ich deine Freundin bin.«

Charlotte konnte das Gespräch mit Ruby den ganzen Vormittag über nicht vergessen. Sie saß im Unterricht, während ihre Gedanken durcheinanderwirbelten und sie immer wieder an Rubys Gesichtsausdruck denken musste. Rubys Worte, dass Monsieur Benoit ein wundervoller Vater sein würde, hatten wie eine Lüge geklungen, aber wie könnten sie das sein?

Andererseits war Monsieur Benoit tatsächlich ein bisschen geheimnisvoll. Charlotte hatte manchmal ein etwas schlechtes Gewissen, weil Ruby sie ausdrücklich ihre Freundin genannt hatte, aber sie selbst nicht gänzlich aufrichtig zu ihr gewesen war. Würden Freundinnen es nicht einander sagen, wenn ihr Mann Geheimnisse verbarg? Sie wusste nur, dass sie spätabends, wenn sie nicht schlafen konnte, Rubys Mann manchmal mit Leuten im Hausflur vor ihrer Wohnungstür flüstern hörte. Ab und zu hörte sie auch Bewegungen, schlurfende, kratzende, klickende Geräusche, die keinen Sinn ergaben.

Jetzt, da Ruby ein Baby bekommen würde, wusste Charlotte, dass sie herausfinden musste, was Monsieur Benoit im Schilde führte. Das war das Mindeste, was sie tun konnte.

Ruby hatte sie schließlich eine Freundin genannt. Und so schlich Charlotte an jenem Abend, nachdem ihre Eltern eingeschlafen waren, aus dem Bett und ins Wohnzimmer. Auf einmal verspürte sie einen starken Beschützerinstinkt gegenüber ihrer Nachbarin, und während sie im Dunkeln dasaß und wartete, wurde ihr bewusst, dass es an diesem Blick in Rubys Augen lag, als sie an jenem Morgen von Monsieur Benoit gesprochen hatte. Charlotte verstand nicht genau, was es war, aber sie wusste, dass irgendetwas nicht stimmte.

Die Stunden verstrichen, und Charlotte kämpfte gegen die Müdigkeit. Um halb drei Uhr morgens begann sie zu glauben, dass sie sich töricht benahm. Sie wollte gerade wieder ins Bett gehen, als sie ein Geräusch im Hausflur hörte. Sie stöhnte auf und schlich auf Zehenspitzen zur Tür, um durch den kleinen Spion zu spähen.

Es war Monsieur Benoit! Er trug einen dunklen Mantel, auf dem Schneeflocken glitzerten. Offensichtlich kam er aus der Kälte herein, lange nach der Sperrstunde, und jetzt stand er – kauerte im Grunde – schwer keuchend im Hausflur. Charlotte verharrte so still, wie sie konnte, aber ein paar Sekunden später musste sie sich zusammenreißen, um nicht scharf einzuatmen, als die Haustür einen Spaltbreit geöffnet wurde. Sie hörte ein Geräusch auf der Treppe, und dann stand eine schattenhafte Gestalt genau vor Charlottes Tür.

»Der Vogel fliegt nachts«, sagte die Person leise, und Charlotte erkannte verblüfft, dass die Stimme einer Frau gehörte. Hatte Monsieur Benoit sich eine Geliebte genommen? Während Ruby schwanger war? Eisige Wut strömte durch Charlottes Adern.

»Nur durch den Sturm«, murmelte Monsieur Benoit zurück. Es ergab keinen Sinn, aber wenigstens war es nicht die verliebte Antwort eines Mannes an seine Angebetete.

»Hier.« Die Frau zog ein kleines Paket unter ihrem Mantel hervor und drückte es ihm in die Hände. »Sei vorsichtig.« Und dann war sie wieder verschwunden, die Treppe hinunter und in die verschneite Nacht hinaus.

In der folgenden Stille verharrte Charlotte reglos. Monsieur Benoit stand lange Zeit einfach nur da, hielt das Paket umklammert und starrte auf die Haustür. Dann endlich schien er aus seiner Trance zu sich zu kommen. Auf einmal löste er die Schnüre um das Paket und zog seinen Inhalt heraus, den Charlotte im Dunkeln kaum erkennen konnte. Aber es schien ein Haufen Männerkleidung zu sein, eine Büchse mit irgendetwas und ein paar fette Würste. *Was in aller Welt?*

Als Charlotte schon dachte, die Nacht könnte nicht noch seltsamer werden, trat Monsieur Benoit auf die kahle Wand gegenüber seiner Wohnung zu, sah sich um und drückte auf eines der Paneele rechts unten. Diesmal konnte Charlotte ihr Aufstöhnen nicht unterdrücken, als eine kleine Tür aufglitt und Marcel hineinschlüpfte. Im Hausflur gab es ein verstecktes Abteil, das groß genug für einen Mann war? Einen Augenblick später tauchte er mit leeren Händen wieder auf und berührte die Wand ein zweites Mal. Die Tür glitt zu, und Monsieur Benoit sah sich noch einmal verstohlen um, bevor er seine Wohnung betrat, die Charlotte deutlich sehen konnte, da sich ihr eigener Türrahmen in der Ecke des Gebäudes befand, mit Blick über den ganzen Hausflur.

Charlotte wollte sich hinauswagen, um die versteckte Tür selbst zu testen, aber wenn Monsieur Benoit sie hörte, würde sie mit Sicherheit Ärger bekommen. Daher beschloss sie zu warten, bis sie ihn das nächste Mal abends weggehen sah. Dann würde sie herausfinden, was für Geheimnisse er verbarg, und sie würde es Ruby sagen, wenn der richtige Zeitpunkt gekommen war. Denn das würde eine echte Freundin tun.

Kapitel 8

Januar 1941

Zu Beginn des neuen Jahres war der Tod allgegenwärtig. Oliver war kurz nach dem ersten Januar über dem Stadtrand von London abgeschossen worden, und John Stephens war in den Ärmelkanal abgestürzt, nachdem er drei feindliche Messerschmitt Bf 109er heruntergeholt hatte. Trotzdem kämpfte Thomas weiter. Allmählich fühlte er sich im Cockpit immer mehr zu Hause; die Spit war fast zu einer Erweiterung seiner selbst geworden. Er musste nicht einmal mehr überlegen, wie er sie dazu brachte, seinen Befehlen Folge zu leisten; sie reagierte in jeder Richtung schon auf die leichteste Bewegung des Steuerknüppels. Und auch wenn der logische Teil seines Gehirns ihm in Erinnerung rief, dass er jeden Augenblick sterben könnte, fühlte er sich unbesiegbar, während er durch die Lüfte schoss, eins mit dem strahlend blauen Himmel.

Das Beileidsschreiben an Olivers Mutter würde schwierig sein, und als Thomas eines Abends auf dem Stützpunkt in Südwales, wo sie seit dem Spätsommer stationiert waren, damit begann, musste er unwillkürlich an seine eigene Mutter denken. Er war ihr einen Besuch schuldig, aber er hatte seit einer ganzen Weile keinen Urlaub mehr gewährt bekommen. In der momentanen Lage wurde jeder Mann gebraucht. Seit Anfang September hatte die deutsche Luftwaffe fast jede Nacht London bombardiert. Die Stadt brannte, Menschen starben, und es war an der RAF, dem ein Ende zu setzen. In manchen Nächten schien das unmöglich. Zu anderen Zeiten sah Thomas auf London hinunter und staunte darüber, wie die Kirchen und Monumente noch immer aufrecht standen und den Deutschen eine lange Nase drehten.

Thomas' Mutter lebte noch immer dort, nicht weit von St. Paul's Cathedral, und obwohl die Bombardierungen kein Ende nahmen, beharrte sie darauf, dort zu bleiben. *Das hier ist mein Zuhause, Thomas*, hatte sie in ihrem letzten Brief geschrieben. *Wenn ich mich von den Deutschen zwingen lasse, von hier wegzugehen, haben sie gewonnen, oder?*

Er schrieb prompt zurück, rief ihr in Erinnerung, dass die Deutschen auch gewinnen würden, wenn es ihnen gelang, ihr das Leben zu nehmen. *Willst du es nicht wenigstens in Betracht ziehen, für eine Weile fortzugehen, Mutter?*, hatte er gefragt. *Harrys Tante Cecilia in Loughton würde dich sehr gern bei sich aufnehmen, so lange du willst. Ich bin sicher, ich kann ein paar Tage Urlaub nehmen, um dir zu helfen, dich einzuquartieren.* Aber bislang hatte er noch keine Antwort bekommen, und während er jetzt den Brief zu schreiben begann, der Olivers Leben ehren sollte, versuchte er, nicht darüber nachzudenken, wie es für seine eigene Mutter sein würde, eines Tages eine solche Nachricht zu erhalten. Schließlich hatten sie nur einander; sein Vater war gestorben, als Thomas noch ein Junge war; und es gab keine anderen nennenswerten Verwandten.

Liebe Mrs. Smith, begann er. *Wie Sie vielleicht wissen, waren Oliver und ich Freunde seit dem Tag, an dem wir uns in Desford kennenlernten. Er hatte eine ganz besondere Art, ein Talent, dass sich seine Kameraden vor Lachen bogen. Jetzt ist es einfach nicht mehr dasselbe, auch wenn wir noch immer versuchen, uns eine gewisse Leichtigkeit zu bewahren, und sei es nur, um nicht der Angst und Traurigkeit zu erliegen. Oliver ist als Held gestorben. Wie Sie inzwischen sicher wissen, hat er in genau der Nacht, in der er starb, zwei deutsche Flugzeuge in der Nähe von London abgeschossen. Ihr Sohn hat Dutzende, wenn nicht sogar Hunderte von Leben gerettet. Es ist ein schwacher Trost, aber …*

Thomas überlegte gerade, wie er seine nächsten Worte formulieren sollte, als es laut klopfte. Er sah auf seine Armbanduhr. Fast Mitternacht. Sein Magen verkrampfte sich, und er legte den Stift hin und ging zur Tür.

»Clarke.« Es war Thomas' Commanding Officer. Er wirkte erschöpft.

»Sir? Ist etwas passiert?«

Der CO zögerte einen Moment. »Es ist wegen Ihrer Mutter, Clarke.«

Thomas' Blick wurde für einen Moment verschwommen. »Meiner Mutter, Sir?«

»Ihr Zuhause wurde getroffen«, berichtete der CO, ohne Thomas in die Augen zu sehen. »Sie hat nicht überlebt. Ich habe die Bestätigung soeben erhalten.«

Thomas' Mund war auf einmal wie ausgedörrt. »Sir, Sie sagen …«

»Sie ist gestorben, Clarke. Es tut mir sehr leid.«

»Nein, nein, das kann nicht sein.« Wie viele Einsätze war er über London geflogen? Wie viele Angriffe hatte er verhindert, wie viele Flugzeuge abgeschossen? Er hatte sich vorgemacht, er könnte seine Mutter beschützen. Schließlich gab es Anzeichen dafür, dass die RAF allmählich die Kontrolle über den britischen Luftraum zurückgewann. Und jedes Mal, wenn er über der Stadt flog, in der er geboren und aufgewachsen war, jedes Mal, wenn er die Kuppel von St. Paul's sah, bildete er sich ein, unter dem Rauch und den Wolken sein Kindheitszuhause sehen zu können. »Wann?«, fragte er. »Ich dachte, es hätte seit dem neunundzwanzigsten Dezember keinen größeren Angriff mehr gegeben.«

Das war die Nacht, in der die Nazis mehr als einhunderttausend Bomben über London abgeworfen hatten, die auf das Herz der Stadt niederprasselten.

Sein CO zögerte. »Sie wurde in jener Nacht verwundet, Clarke. Offenbar wurde ihr Zuhause genau getroffen. Die Rettungskräfte haben lange gebraucht, um den Schutt zu durchkämmen, und sie war kaum noch am Leben, als sie sie fanden. Sie hat das Bewusstsein nie wiedererlangt, und es hat eine Weile gedauert, sie zu identifizieren.«

Thomas wollte schreien, aber er war wie gelähmt. »Wissen Sie …« Er holte tief und schaudernd Luft. »Wissen Sie, wann genau sie gestorben ist, Sir?« Was nützte er überhaupt im Cockpit, wenn er den Menschen nicht retten konnte, der ihm auf der ganzen Welt am meisten bedeutete?

»Vor sechs Tagen. Es tut mir sehr leid.«

Sechs Tage. Sechs Tage, an denen er sich Sorgen um Olivers Familie gemacht hatte. Sechs Tage, an denen er gelächelt und gelacht und geglaubt hatte, alles sei normal. All diese Zeit war sie schon tot gewesen, und er hatte es nicht gefühlt. Irgendwie war das ebenso schwer zu ertragen wie der Tod selbst.

»Clarke, Sie werden sich um die Beerdigung kümmern müssen«, sagte der CO, als das Schweigen schwer und bedrückend wurde. »Ich werde arrangieren, dass Sie ein paar Tage Urlaub bekommen.«

»Aber ich sollte hier sein. Wer wird die Nazis aufhalten?«

Der CO brachte ein erschöpftes Lächeln zustande. »Dort draußen ist eine ganze Schwadron von Männern, die genau das versuchen. Und viele andere Schwadronen in ganz England, Clarke. Wir werden ein oder zwei Tage ohne Sie auskommen.«

»Ich … ich kann nicht.«

»Sie müssen.« Das Lächeln seines Vorgesetzten schwand. »Ich habe Grund zu der Annahme, dass Sie ihr einziger Angehöriger sind.«

»Ja, Sir.« Erst in diesem Moment wurde Thomas bewusst, wie wahr diese Worte waren. Jetzt war er allein auf der Welt.

»Kann ich irgendetwas für Sie tun?«

»Nein, Sir.« Über dem Rauschen in seinen Ohren konnte Thomas seine eigene Stimme kaum hören. Er sehnte sich danach, seiner Mutter in die Augen zu blicken, ihr strahlendes Lächeln zu sehen, ihre dünnen, zerbrechlichen Arme noch einmal um sich zu spüren. Er erinnerte sich, wie sie ihm geduldig das Lesen beigebracht, wie sie ihn an seinem ersten Tag zur Schule begleitet hatte, wie sie lächelte, während sie stolz einen Braten auftischte, nur für sie beide, an fast jedem Sonntagnachmittag seiner Kindheit. Er sah die Sorge in ihren Augen an dem Tag, an dem er ihr sagte, dass er der RAF beitreten würde, aber auch den Stolz. *Pass gut auf dich auf, Thomas*, hatte sie gesagt und sein Gesicht in ihre kleinen, abgearbeiteten Hände genommen. *Komm einfach zurück zu mir nach Hause.*

Während sein CO ihm eine gute Nacht wünschte und Thomas die Tür schloss, wurde ihm bewusst, dass jetzt niemand mehr auf ihn wartete.

Kapitel 9

April 1941

Als Ruby eines Aprilmorgens aufwachte, während die Morgendämmerung durch die Vorhänge schimmerte, war sie den zweiten Tag in Folge allein. Marcel war mehr als achtundvierzig Stunden zuvor verschwunden, ohne einen Hinweis darauf, wann er zurück sein würde.

»Eines Tages«, sagte sie zu dem Baby, »wird dieser Krieg vorbei sein, und wir werden ein gutes Leben haben, du und ich. Und dein Papa wird auch hier sein«, fügte sie als Nachgedanken hinzu. »Er wird dich sehr lieben.«

Sie lächelte über den kräftigen Tritt, den sie durch ihre Bauchwand sehen konnte, dann stand sie mit rumorendem Magen auf, um den Tag in Angriff zu nehmen. Ruby wachte jetzt oft von wahren Trommelschlägen tief in ihrem Bauch auf, sodass sie sich weniger allein fühlte. Sie war zu dem Schluss gekommen, dass das Baby ein Junge war, dass er Marcel sehr ähnlich sehen und dass sich, wenn ihr Mann ihn zum ersten Mal erblickte, alles ändern würde. Vielleicht war sie ja so naiv, wie er ihr vorwarf, aber sie betrachtete es lieber als hoffnungsvoll.

Sie hatte gerade ihr Kleid angezogen – eines von drei Baumwollumstandskleidern mit Empiretaille, die sie nach einem Muster genäht hatte –, als es an der Tür klopfte. Als sie öffnete, stand ein kleiner, kahlköpfiger Mann mittleren Alters mit einer dicken Brille vor ihr, den Hut an die Brust gedrückt. Er starrte sie einen Moment an, und sie ihn. Seine Kleider waren zerknittert, aber irgendetwas an seiner Haltung und seinem Auftreten deutete auf eine würdevolle Position im Leben hin. »Kann ich Ihnen helfen?«, fragte sie.

Er sah von ihrem Gesicht zu ihrem Bauch und wieder zurück, bevor er sich räusperte. »Ich suche den Mann des Hauses«, antwortete er, sein fehlerfreies Französisch von einem Akzent gefärbt, den Ruby nicht ganz einordnen konnte.

»Er ist im Moment nicht hier«, erwiderte Ruby. »Vielleicht kann ich Ihnen weiterhelfen?«

Der Mann zögerte. »Mir war nicht bewusst, dass Monsieur Benoit eine Ehefrau hat.«

»Darf ich fragen, woher Sie ihn kennen?« Die wiederholten Blicke des Mannes auf ihren Bauch machten sie beklommen.

»Sie erwarten ein Kind, wie ich sehe?«

»Sie sind sehr scharfsinnig«, bemerkte Ruby.

Als der Mann, sichtlich verblüfft von ihrem Ton, aufsah, glaubte sie, für einen Moment so etwas wie Freundlichkeit in seinen Augen zu sehen, aber dann war es verschwunden. »Er hätte uns informieren sollen.«

»Wer *sind* Sie?«, wollte Ruby wissen. Als der Mann keine Antwort gab, fügte sie hinzu: »Sie sind kein Franzose.«

»Natürlich bin ich das.« Der Mann wich bereits zurück.

»Warten Sie! Wollen Sie mir nicht sagen, wer Sie sind?«

Aber der Mann hatte sich bereits abgewandt und eilte die Stufen hinunter. Er warf einen letzten besorgten Blick zurück über die Schulter auf ihren Bauch, als würde sie eine Bombe verbergen, die jeden Augenblick explodieren und sie alle vernichten könnte. Dann war er verschwunden.

Bis Marcel spät an diesem Abend wiederkam, hatte Ruby sich die seltsame Begegnung immer wieder durch den Kopf gehen lassen und war mit jedem Mal unruhiger geworden. Der Akzent des Mannes war hart auf den Konsonanten gewesen, ein bisschen so, wie die Nazisoldaten sprachen, wenn sie Befehle bellten. *Mein Gott*, dachte sie, während sich ihr Magen verkrampfte. *Was, wenn Marcel den Deutschen hilft?*

Und auf einmal fügten sich die Puzzleteile zusammen, und Ruby wurde übel. Seine langen Abwesenheiten. Sein Mangel an Respekt vor den deutschen Vorschriften, als ob sie für ihn nicht galten. Der moralische Konflikt, der deutlich sichtbar in ihm tobte. Es ergab alles Sinn. Aber wie konnte er so etwas tun? Zu kollaborieren, das wäre gewissenlos.

»Du hattest heute einen Besucher«, informierte sie ihn, als er zur Tür hereinschlüpfte. Er zuckte sichtlich zusammen; er hatte nicht erwartet, dass sie ihn vom Esstisch aus wütend anfunkeln würde.

»Warum bist du nicht im Bett?« Es war nicht die Antwort eines unschuldigen Mannes.

»Ich habe auf dich gewartet.«

Er starrte sie durch die flackernde Dunkelheit an. »Was soll das heißen, ich hatte einen Besucher?«

»Einen Mann«, antwortete sie langsam. »Einen Mann, der verblüfft von meiner Existenz schien.«

Während Marcel den Mund auf- und wieder zumachte wie ein Fisch, spürte sie, wie ihr Herz sich verhärtete. Er hatte sie in Gefahr gebracht, Ruby und das Baby, und er besaß die Frechheit, hier zu stehen und beleidigt zu sein.

»Na ja, wer war es?«

Ruby sah ihm in die Augen. »Dein Führungsoffizier, nehme ich an.«

»Was?«

»Oder vielleicht ist das nicht die korrekte Bezeichnung. Der *Meister*, richtig? Sagt man so nicht auf Deutsch?«

Sein Gesicht wurde bleich. »Der… was? Der Mann, der hierhergekommen ist, war ein Deutscher?«

Ruby erhob sich langsam, hielt sich den Bauch. »Willst du es abstreiten, Marcel?«

Er blinzelte rasch. »Woher weißt du, dass er ein Deutscher war, Ruby? Was hast du zu ihm gesagt?«

»Was ich zu ihm *gesagt* habe? Nichts. Er schien nur entsetzt, dass du eine schwangere Ehefrau hast. Es tut mir leid, wenn ich deinen Naziintrigen in die Quere komme. Wie unpassend.«

Marcel starrte sie noch einen Moment länger an, bevor er auf sie zutrat. Sie wich einen Schritt zurück, eine Hand schützend auf ihren Bauch gelegt, und er blieb stehen. »Ich werde dir nichts tun, Ruby.« Auf einmal klang er erschöpft. Er nahm am Tisch Platz und deutete auf den Stuhl, von dem sie sich eben erhoben hatte. »Ich würde dir nie, aber auch nie irgendetwas antun. Setz dich. Bitte.«

Ruby zog den Stuhl vom Tisch weg, um etwas Abstand zwischen sie zu bringen. »Was könntest du denn zu sagen haben, um das wiedergutzumachen?«

»Ich helfe den Deutschen nicht. Lieber würde ich sterben, Ruby.«

»Lüg mich nicht an. Er war mit Sicherheit kein Franzose.«

Er biss sich auf die Lippe. »Du musst mich beim Wort nehmen. Ich muss dich aus dieser Sache heraushalten. Um deiner eigenen Sicherheit willen.«

»Es ist schwer, sich sicher zu fühlen, wenn Deutsche vor unserer Tür stehen.«

»*Er war kein Deutscher*. Bei Gott, Ruby!«

»Wer war er denn dann? Was wollte er hier?«

Marcel antwortete nicht sofort, sondern stand auf und begann auf und ab zu gehen. »War er etwas kleiner als ich? Kahlköpfig? Brille?«

»Ja.«

Er schwieg lange Zeit. »Er ist als Neville bekannt, auch wenn ich nicht annehme, dass das sein richtiger Name ist. Er gehört dem britischen Geheimdienst an.«

»Was?«

»Ich arbeite mit ihm. *Für* ihn.«

»Aber …« Sagte er die Wahrheit? Und wenn ja, wie konnte es sein, dass sie sich so in ihm getäuscht hatte?

»Er hätte nicht hierherkommen sollen. Aber jetzt weißt du es.«

»Ich verstehe nicht. Du arbeitest für die Alliierten? Warum hast du mir nichts davon gesagt?«

»Weil du jetzt in Gefahr schwebst, siehst du das denn nicht? Du solltest in nichts von alledem hineingezogen werden, niemals. Es ist mein Risiko, nicht deines.«

»Aber ich bin deine Frau. Und wenn du geschnappt wirst …«

»Ich *werde* nicht geschnappt!«

Ruby holte ein paarmal tief Luft, um sich zu beruhigen. Das Baby trat wieder. »Ich verstehe, was auf dem Spiel steht, Marcel.«

»Ach ja?« Seine Miene verzog sich zu einem höhnischen Grinsen. »Soweit ich weiß, wirst du es im Nu dem Nachbarsmädchen erzählen.«

»Das würde ich niemals tun! Denkst du, ich weiß nicht, wie wichtig das hier ist? Wie gefährlich?«

Er sah mit beklommener Miene auf ihren Bauch. »Du verstehst die Dinge nicht so, wie ich es tue, Ruby. So viel steht fest.«

»Wie kannst du das sagen, Marcel? Ich bin nicht die Närrin, zu der du mich erklärt hast! Ich bin deine Frau, und ich trage dein Kind in mir. Wir stecken hier alle zusammen drin, ob es dir gefällt oder nicht!«

Er sah sie lange Zeit an, bevor sich seine Miene verdüsterte. Dann schlug er mit einer solchen Wucht die Faust gegen die Wand, dass er einen Abdruck hinterließ.

»Ich…«, begann Marcel, während er auf sie hinuntersah. Sie war sich sicher, dass er im Begriff war, sich für seinen Wutausbruch zu entschuldigen, aber dann brach er ab. »Du wirst dich da heraushalten«, erklärte er noch einmal entschieden. »Das ist keine Bitte.« Dann durchquerte er mit großen Schritten die Wohnung und knallte die Tür hinter sich zu.

Bis Ruby einige Stunden später endlich einschlief, wusste sie tief in sich, dass Marcel die Wahrheit sagte; sie hatte sich den Besuch des kahlköpfigen Mannes immer wieder durch den Kopf gehen lassen, und sie musste zugeben, dass sein Akzent tatsächlich britisch geklungen hatte. Aber war Marcels Entscheidung, für die Alliierten zu arbeiten – ohne Ruby etwas davon zu sagen –, nicht auch ein Verrat?

Kurz vor Morgengrauen erwachte sie mit heftigen Schmerzen im Rücken. Sie schrie auf und rollte sich nach links, suchte nach ihrem Mann. Aber seine Seite des Betts war kalt und leer, wie so oft in letzter Zeit. Sie versuchte angestrengt, sich aufzusetzen, eine Hand auf ihren Bauch gelegt, als könnte sie das Baby, wovor auch immer, beschützen. »Es ist alles gut«, murmelte sie sich selbst ebenso wie dem Kind zu. »Es wird alles gut werden.«

Aber dann verspürte sie einen brennenden Schmerz im Unterleib, und sie krümmte sich und fiel fast aus dem Bett. Sie umklammerte den Rand der Matratze und stand mühsam auf. Sie brauchte Hilfe. Sie musste es zur Wohnung der Dachers schaffen, die Nachbarn würden wissen, was zu tun war. An der Schlafzimmertür brach sie zusammen, während ihr Körper von einer neuen Schmerzwelle erschüttert wurde.

Ihr Baumwollnachthemd war schweißgetränkt, bis sie es den Flur hinunter geschafft hatte. Vor der Tür der Dachers schrie sie auf und stürzte auf die Knie, aber es gelang ihr, einmal zu klopfen, und dann noch einmal nachdrücklicher, bis sie eilige Schritte näher kommen hörte. Die Tür schwang auf, und als sie aufsah, stand Monsieur Dacher da, mit bleichem Gesicht, einen Kerzenleuchter wie eine Waffe erhoben. Seine entschlossene Miene wurde sanfter, als er sie sah.

»Madame Benoit, was ist passiert?« Er schob eine Hand unter ihren Ellenbogen, um ihr hochzuhelfen.

Zu ihrer Verblüffung stellte sie fest, dass sie weinte. »Ich …«, begann sie, bevor ihre Stimme sie im Stich ließ. »Ich kann nicht …«

»Sarah!«, rief Monsieur Dacher in die Dunkelheit seiner Wohnung. »Komm schnell! Es ist Madame Benoit!«

Einen Augenblick später sah Ruby, wie Madame Dacher im Morgenrock den Flur hinunterstürzte, dicht gefolgt von ihrer bestürzten Tochter.

»Es geht mir gut, Charlotte«, brachte Ruby heraus. »Keine Sorge. Geh wieder ins Bett.«

Madame Dacher wandte sich ab und sagte etwas zu dem Mädchen, und trotz ihrer Besorgnis zog sich Charlotte wieder in die Wohnung zurück und ließ die drei Erwachsenen allein.

»Madame Benoit?« Während Madame Dacher sich zu Ruby hinunterbeugte und ihr eine kühle Hand an die Wange legte, war ihre Stimme leise und tröstlich, so wie eine Mutter zu einem Kind sprechen würde, dachte Ruby. So würde sie zu ihrem eigenen Kind sprechen, entschied sie. Beschwichtigend, sanft, fest. Es war genau richtig. »Was ist los? Geht es Ihnen gut?«

»Ich weiß nicht«, stieß Ruby hervor. »Es ist nur… irgendetwas stimmt nicht mit meinem Bauch.«

Noch ein scharfer Schmerz durchzuckte sie, strahlte von der Mitte ihres Körpers nach außen, und sie stöhnte wieder auf. Als sie aufsah, hatte sich Madame Dachers Miene verändert. »Oh, meine Liebe«, sagte ihre Nachbarin in demselben besänftigenden Ton. »Kommen Sie, ich helfe Ihnen hoch. Ja, so ist's gut. Halten Sie sich an mir fest.«

Ruby spürte ihre Beine kaum, daher war sie sich nicht ganz sicher, wie sie es zu der Couch schaffte, jenem prächtigen Möbelstück mit den goldenen Beinen im Wohnzimmer der Dachers, das sie so bewundert hatte, als sie einmal in ihre Wohnung gebeten wurde. Aber Madame Dacher war hier bei ihr, legte ihr einen kühlen, feuchten Waschlappen auf die Stirn und murmelte ihr zu, sie solle sich hinlegen. »Was ist los mit mir?«, brachte Ruby mühsam hervor. »Geht es dem Baby gut?«

»Oh, meine Liebe.« Madame Dacher kniete sich neben Ruby und drückte ihre Hand. »Ich fürchte, Ihr Baby könnte genau jetzt kommen. Mein Mann holt einen Arzt.«

»Es könnte jetzt kommen?«, wiederholte Ruby fassungslos, während sie sich mühsam aufsetzte. »Nein, nein, das ist zu früh. Viel zu früh. Ich bin erst im sechsten Monat. Und was ist mit Marcel? Er sollte hier sein.«

»Schscht«, flüsterte Madame Dacher leise und besänftigend. »Wir werden Monsieur Benoit finden, meine Liebe. Es wird alles gut werden. Entspannen Sie sich einfach.«

Ruby wollte etwas erwidern, aber eine neue Schmerzwelle war so blendend, dass sie das Bewusstsein verlor und in eine stille, schroffe Dunkelheit hinüberglitt.

Als Ruby aufwachte, strömte Sonnenlicht durchs Fenster. Sie brauchte ein paar Sekunden, um sich zu orientieren, um sich an das Grauen und den Schmerz zu erinnern, die sie hierhergeführt hatten. Das Baby!

»Madame Dacher!«, rief sie, während sie sich unter großer Anstrengung aufsetzte. Ihr ganzer Körper schmerzte, und sie lag noch immer auf der Couch, zugedeckt mit einem weißen Betttuch und einer verblichenen blauen Strickdecke. »Madame Dacher?«

Charlotte tauchte blass aus der Küche auf. »Ruby! Geht es Ihnen gut?«

»Ich – ich weiß nicht. Was ist passiert?«

»Ich …« Charlotte schien um Worte verlegen. »Ich hole meine Mutter, okay?«

»Charlotte?« Auf einmal fühlte sich Ruby verunsichert. »Geht es dem Baby gut?« Sie wollte nach ihrem Bauch tasten, aber Charlotte drückte ihr eine Tasse Tee in die Hand.

»Hier, trinken Sie das. Ich hole Maman.«

Bis Charlotte mit ihrer Mutter im Schlepptau wiederkam, wusste Ruby es bereits. Sie hatte die Konturen ihres flacher gewordenen Bauchs durch die Decke gefühlt, hatte die Leere an der Stelle gespürt, wo Leben herangewachsen war. »Ich habe das Baby verloren, stimmt's?«, flüsterte sie, ihr Blick von Tränen verschwommen.

Madame Dacher schickte Charlotte aus dem Zimmer, dann setzte sie sich zu Ruby und ergriff ihre Hände. »Meine Liebe, es tut mir so leid. Das Baby war eine Totgeburt.«

»Nein«, hauchte Ruby.

»Der Arzt ist gekommen, kurz nachdem Sie das Bewusstsein verloren haben, und hat Ihnen etwas gegen die Schmerzen gegeben. Das Baby war bereits unterwegs. Er – er hat nie geatmet. Er hat nicht geweint. Er hat nichts gespürt.«

»Es war ein Junge«, sagte Ruby dumpf. Es war genau so, wie sie es sich vorgestellt hatte, ein Junge nach Marcels Ebenbild. Er war gegangen, bevor er überhaupt gelebt hatte.

Madame Dacher nickte und drückte Rubys Hand. »Es tut mir so leid.«

»Darf ich ihn sehen?«

Madame Dacher wirkte verblüfft. »Oh, Sie wollen doch sicher nicht …«

Ruby schnitt ihr das Wort ab. »Bitte. Ich muss mein Baby sehen.«

Madame Dacher sah sie an, bevor sie langsam nickte und sich erhob. Als sie wiederkam, hielt sie etwas in eine Decke Gewickeltes, das viel zu klein aussah, um ein Baby zu sein. Als sie das Bündel Ruby in die Arme legte, stöhnte diese auf. Hier, nicht größer als eine Kinderpuppe, war ihr Sohn, sein winziges Gesicht blau angelaufen und reglos.

»Nein«, hauchte sie. Sie beugte sich hinunter, um seine Stirn zu küssen, unwillkürlich verblüfft, wie kalt sie war. »Nein«, flüsterte sie noch einmal. »Du musst zurückkommen.« Das Baby hatte Marcels Nase, die Form seines Mundes. Ruby fragte sich, wie seine Augen aussahen, aber sie waren bereits für immer geschlossen. Seine Ohren waren winzig und eiskalt; sein Haar flaumartig, sein Kinn nicht breiter als die Spitze von Rubys Daumen. »Wie konnte ich dich nur sterben lassen?«

»Meine Liebe«, sagte Madame Dacher, während sie das Baby sanft aus Rubys Griff entwand, als ihre Tränen schließlich versiegt waren. »Es ist nicht Ihre Schuld. Manchmal kann alle Liebe dieser Welt einen Menschen nicht vor seinem Schicksal bewahren.«

Kapitel 10

April 1941

Marcel kam weder in der Nacht der Totgeburt noch in der darauffolgenden nach Hause. Ruby lag im Bett und konnte nicht aufstehen; sie wusste, dass sie es sich niemals verzeihen würde, dass sie ihr Kind nicht beschützt hatte, auch wenn der freundliche Arzt der Dachers ihr versichert hatte, dass sie keine Schuld traf, dass diese Dinge manchmal ohne jeden Grund passierten.

Charlotte sah dreimal täglich nach ihr und brachte ihr jedes Mal Essen, auf das Ruby keinen Appetit hatte. »Du darfst dir keine Sorgen machen, Ruby«, meinte Charlotte am zweiten Abend, als sie ihr eine wässerige Suppe aus Kartoffeln und Rindfleisch brachte. »Eines Tages wirst du wieder ein Baby bekommen. Das weiß ich ganz sicher.«

Und obwohl Ruby nickte und zu lächeln versuchte, brach es ihr das Herz. Sie wusste mit einer dumpfen Gewissheit, dass es keine weiteren Babys geben würde. Sie hatte sich vorgemacht, ein Kind würde ihre Ehe retten. Doch auch wenn Marcel für eine gute Sache arbeitete, hatte er Ruby längst verlassen.

Als Marcel am dritten Abend um kurz vor Mitternacht nach Hause kam, fand er Ruby auf der Wohnzimmercouch, auf Kissen gestützt, wie sie an die Wand starrte. »Warum bist du denn noch wach?«, wollte er wissen.

»Wo bist du gewesen?«, fragte sie statt einer Antwort.

»Ich hatte Arbeit zu erledigen. Ich habe es dir doch gesagt, Ruby, darüber kann ich nicht reden.«

»Warst du mit deinem britischen Freund unterwegs? Hast du das Gefühl, dass du in diesem gottverdammten Krieg irgendetwas bewirkst?«

Er sah sie verdutzt an. »Natürlich bewirke ich etwas, Ruby. Was redest du denn da?«

Sie starrte ihn lange an. Was hatte sie nur in ihm gesehen, als ihre Blicke sich in jenem Café in New York zum ersten Mal trafen? Was hatte sie so sicher gemacht, dass er es wert war, ihr Leben für ihn aufzugeben? Sie konnte sich kaum noch erinnern. »Ich habe das Baby verloren«, sagte sie.

»Was?« Aber sie wusste, dass er sie gehört hatte, denn auf einmal zog ein Sturm von Emotionen über sein Gesicht. Traurigkeit. Verblüffung. Schuld. »Na ja. Das tut mir sehr leid«, sagte er schließlich.

»Wirklich?«

»Ruby, vielleicht ist es so am besten.«

»Am *besten?*« Er hätte ihr genauso gut mit bloßen Händen das Herz aus der Brust reißen können. »Unser Kind ist *tot*, Marcel.«

»Ein Baby ist in Zeiten wie diesen eine Bürde.«

»Wie bitte? Du glaubst, er wäre eine Bürde gewesen?«

Etwas flackerte in seinen Augen auf. »Das Baby war ein Junge?«

»Er sah genauso aus wie du«, flüsterte sie. Und dann, bevor er noch irgendetwas anderes sagen konnte, stand sie auf, die Hände um ihren leeren Bauch gelegt, ging ins Schlafzimmer und knallte die Tür hinter sich zu. Sie wusste, dass er ihr nicht folgen würde, auch wenn ein kleiner Teil von ihr es hoffte. Wenig später hörte sie die Wohnungstür. Er war gegangen.

Während der Frühling in den Sommer überging und der errechnete Geburtstermin des Babys kam und ging, ohne dass sich irgendjemand außer Ruby daran erinnerte, wurde Marcel noch ausweichender, noch abwesender, und Ruby stellte fest, dass sie sich immer weniger um ihn sorgte. Weil es sie nicht mehr kümmerte, oder weil sie wusste, dass er letztendlich immer wieder auftauchen würde?

Und auch wenn sie es ihm verübelte, dass er ihr keine Chance gab zu verstehen, was er tat, war sie auf einer gewissen Ebene stolz auf ihn. Er tat etwas, um zu helfen, aber wofür? Nichts schien den Würgegriff der Deutschen um die Stadt zu lockern, und Leute wurden für so geringfügige Vergehen wie das Verteilen von Flugblättern gegen die Nazis hingerichtet. War das die Art Arbeit, der Marcel nachging?

Paris war dunkel, selbst mitten in diesem strahlenden Sommer. Die Stromversorgung war unzuverlässig geworden – in den meisten Nächten wurde die Stadt nur vom Mondlicht erhellt. Da so viele Pariser noch immer auf dem Land lebten und die, die geblieben waren, mundtot vor Unsicherheit und Angst waren, fühlte sich die Stille seltsam und unheilvoll an. Polizeisirenen heulten lauter als gewöhnlich, und jedes Mal, wenn das Dröhnen eines Flugzeugmotors in der Ferne ertönte, spannten sich die Leute an und rechneten mit dem Schlimmsten.

Ende Juli erhielt Ruby schließlich einen Brief von ihrer Mutter, datiert Mitte Mai. *Liebste Ruby*, stand da in ihrer fein säuberlichen, vertrauten Handschrift.

Deinem Vater und mir geht es gut. Wir haben deine Briefe erhalten und nehmen an, dass unsere dich nicht erreichen. Wir versuchen es immer wieder, in der Hoffnung, dass eine unserer Nachrichten durchkommen wird. Wir waren überglücklich zu hören, dass du ein Baby erwartest, und wir fle-

hen dich noch einmal an, in Betracht zu ziehen, nach Hause zu kommen – wenn schon nicht um deiner eigenen Sicherheit willen, dann um der deines Kindes. Wir haben mit dem Büro unseres Kongressabgeordneten gesprochen, und sie könnten vielleicht eine sichere Überfahrt für dich arrangieren. Die Nachrichten aus Europa sind beängstigend, Schatz. Ich bin sicher, Marcel würde es nicht nur verstehen, sondern zustimmen, dass diese Entscheidung nur zu deinem Besten ist. Vielleicht kann er dich sogar begleiten! Bitte schreib weiterhin, und wir werden dasselbe tun. Wir wissen, dass wir dich – und unser Enkelkind – sehr bald sehen werden. Dein Vater lässt dich grüßen.

Ruby faltete den Brief sorgfältig zusammen und steckte ihn wieder in den Umschlag. Sie staunte, dass er sie überhaupt erreicht hatte. Erst als ihre Anschrift verschmierte, wurde ihr bewusst, dass sie weinte. Ihre Eltern erwarteten, dass sie nach Hause kam – und das Baby mitbrachte. Diesen Brief jetzt, Monate nachdem er abgeschickt worden war, zu erhalten, war wie ein Fenster in eine Vergangenheit, die sie niemals zurückerlangen konnte. Es gab kein Baby mehr, keine Chance auf Flucht. Aus Paris herauszukommen, wäre nur mit Gottes Hilfe möglich, und Ruby fragte sich allmählich, ob Er, genau wie die französische Regierung, die Stadt verlassen hatte.

Sie schrieb pflichtschuldig zurück, berichtete ihrer Mutter von dem Verlust des Babys. Sie schluchzte, während sie den winzigen, lautlosen Körper ihres Sohns wieder vor sich sah und seine Kälte tief in ihrem Herzen spürte. Sie wusste, dass sie nicht in die Staaten zurückkehren würde, nicht solange der Krieg noch immer tobte, und das sagte sie ihrer Mutter. Jedes Mal wenn sie überlegte, an Bord eines Schiffes zurück nach Amerika zu gehen, dachte sie an die Dachers, und vor allem an Charlotte. Sie jetzt im Stich zu lassen, nachdem sie in der Stunde ihrer größten Not für sie da gewesen waren, schien undenkbar.

Ruby brachte den Brief zur Post und schlenderte den Rest des Tages ohne ein bestimmtes Ziel vor Augen durch die Stadt. Es war selbstzerstörerisch, das wusste sie. Wenn ein deutscher Soldat sie vernehmen sollte, würde sie nicht erklären können, wohin sie ging, denn sie hatte kein Ziel. Sie hätte eine dieser Mütter sein sollen, die einen Kinderwagen mit einem gurrenden Baby schoben. Stattdessen fühlte sie sich allein und so leer wie noch nie zuvor in ihrem Leben.

Paris war noch immer Paris, mit den entzückenden Blumen des Sommers und der frischen, sonnendurchfluteten Luft. Aber die Stadt war nur noch ein Schatten ihres früheren Selbst, und die Blüten und Düfte, die einst tröstlich waren, erschienen jetzt nur noch wie eine Schaufensterdekoration. Auch Ruby war nur noch ein Schatten des Menschen, der sie früher einmal war. Wie hatte sie je mit ihren Freundinnen in einem Schlafsaal kichern, auf der großen Leinwand für Clark Gable schwärmen, sich den Kopf darüber zerbrechen können, welches Kleid sie zu einer Party anziehen sollte? Jetzt konnte sie sich nicht einmal mehr erinnern, wann sie das letzte Mal gelacht hatte; sie hatte seit Jahren keinen Film mehr gesehen; und sie wüsste nicht, wie sie sich bei einem gesellschaftlichen Ereignis benehmen sollte, falls sie sich irgendwie bei einem wiederfinden sollte.

»Du scheinst sehr traurig«, bemerkte Charlotte an jenem Abend, als sie an Rubys Tür auftauchte, um sie zum Kaffee einzuladen. Einem der ehemaligen Kunden ihres Vaters war es gelungen, echte Kaffeebohnen aufzutreiben, eine unvorstellbare Köstlichkeit.

»Oh, es geht mir gut«, versicherte Ruby ihr. »Aber es ist sehr lieb von dir, dass du dich sorgst, Charlotte.«

»Weißt du«, sagte das Mädchen nach einem Moment, »die Dinge sind nie so düster, wie sie scheinen.«

Ruby lächelte. »Ist das so?«

Charlotte nickte entschieden. »Wenn man später im Leben auf die Dinge zurückblickt, ist es manchmal leichter, den Sinn zu sehen. Das heißt, vielleicht ist es im Moment am besten, sich mit aller Kraft auf das zu konzentrieren, was vor uns liegt. Die Zukunft ist immer noch etwas, das man ändern kann, oder?«

»Das scheint mir ein sehr guter Rat zu sein«, antwortete Ruby mit feuchten Augen. »Danke.«

Charlotte wirkte zufrieden. »Also, kommst du auf einen Kaffee zu uns? Meine Eltern würden gern etwas mit dir besprechen.«

Voller Neugier folgte Ruby Charlotte nach nebenan in die Eckwohnung, wo Madame und Monsieur Dacher an ihrem Tisch saßen, eine wunderschöne silberne Kaffeekanne und drei kostbare Porzellantassen vor sich. »Wir hatten gehofft, Sie würden uns Gesellschaft leisten«, sagte Madame Dacher, während sie sich erhob, um Ruby auf beide Wangen zu küssen. »Wir wollten das hier gern mit Ihnen teilen.«

»Wie überaus freundlich.« Während Ruby Platz nahm, begann Monsieur Dacher, ihnen einzuschenken. Das kräftige Aroma von Kaffee, so vertraut und doch so fremd in letzter Zeit, schien das Zimmer in Wärme zu hüllen.

Wenig später tauchte Madame Dacher mit Pralinen und einer kleinen Zuckerdose aus der Küche auf. »Charlotte, Liebes, mach dich bitte fertig fürs Bett.«

»Aber ich hätte auch gern Kaffee! Und ich würde mich auch gern mit Madame Benoit unterhalten.«

»Wir müssen ein Gespräch unter Erwachsenen führen«, erklärte ihre Mutter entschieden. »Bitte, Liebes. Du kannst morgen mit ihr sprechen.«

»Ich bin kein Kind mehr, wisst ihr.« Aber Charlotte wünschte Ruby und ihren Eltern knapp eine gute Nacht und verschwand dann in den hinteren Teil der Wohnung.

»Wir würden Sie gern um einen Gefallen bitten«, begann Monsieur Dacher, nachdem sie alle einen ersten Schluck Kaffee getrunken und erklärt hatten, wie köstlich er schmeckte.

»Ja, was immer Sie wollen.«

»Wir vermuten, dass Charlotte nach diesem Sommer vielleicht nicht mehr in die Schule zurückkehren wird. Es ...« Monsieur Dacher hielt einen Moment inne, bevor er einen neuen Anlauf nahm. »Es herrschen Umstände, die das jetzt erschweren.«

»Es tut mir sehr leid«, sagte Ruby. Die Worte fühlten sich erbärmlich unzureichend an.

»Uns tut es auch leid«, übernahm Madame Dacher mit einem Blick auf ihren Mann. »Das hier ist nicht das Frankreich, das wir kennen.«

Ruby nickte, und die drei teilten einen Moment stillen Einverständnisses, bevor Madame Dacher fortfuhr. »Ich werde ihren Unterricht hier zu Hause übernehmen. Aber wir hätten gern, dass sie Englisch lernt, und wir haben uns gefragt, ob es sehr aufdringlich von uns wäre, Sie dabei um Unterstützung zu bitten.«

»Natürlich helfe ich gern!«, antwortete Ruby prompt. Es war nicht nur so, dass sie in der Schuld der Dachers stand; sie würde sich tatsächlich über die Gelegenheit freuen, mehr Zeit mit dem Mädchen zu verbringen.

»Wir haben das Gefühl, dass es in Zukunft wichtig für sie sein wird, diese Sprache zu beherrschen«, fuhr Madame Dacher fort.

»England wird uns helfen, diesen Krieg zu gewinnen«, ergänzte ihr Mann. »Und wir würden gern wissen, dass Charlottes Zukunft eine Tätigkeit für die Engländer beinhalten könnte.«

»Außerdem«, fügte Madame Dacher hinzu, während sie ihrem Mann fest in die Augen sah, »wissen wir nicht, was dieser Krieg für die Juden bringen wird. Es gibt entsetzliche Gerüchte über Dinge, die im Osten passieren.«

»Wie Sie vielleicht wissen, ist Sarah aus Polen«, sagte Monsieur Dacher und wandte sich an Ruby. »Sie ist als kleines Kind mit ihren Eltern nach Frankreich gekommen, aber sie hat noch immer viele Verwandte, die bis vor Kurzem in der Nähe von Krakau gelebt haben. Wir wissen nicht, was aus ihnen geworden ist. Mein Vater ist Franzose, aber meine Mutter ist ebenfalls aus Polen, und ich wurde sogar dort geboren, während sie ihre Eltern besuchte.«

»Ich dachte, Sie wären beide in Frankreich geboren.«

Monsieur Dacher schüttelte den Kopf. »Manche der Berichte aus Polen in den letzten Monaten …« Seine Stimme verlor sich.

»Die Deutschen schicken die Juden in Arbeitslager«, sagte Madame Dacher rundheraus, mit gedankenverlorenem Blick. »Und es gibt Gerüchte, dass einige von ihnen dort sterben.«

»Aber man kann unmöglich die Wahrheit wissen, da die Dinge oft maßlos übertrieben werden«, beeilte sich Monsieur Dacher zu sagen. »Wir sind auf jeden Fall der festen Überzeugung, dass so etwas hier niemals passieren würde. Die Franzosen werden sich nicht gegen ihre eigenen Landsleute wenden. Wir müssen die Beschränkungen erdulden, die uns auferlegt wurden, aber wir werden das hier überleben.«

»Trotzdem denken wir, dass es für Charlotte von Vorteil sein wird, Englisch zu können, ganz gleich, was die Zukunft bereithalten sollte«, ergänzte Madame Dacher. Als sie aufsah, konnte Ruby in ihren Augen sehen, dass sie den Optimismus ihres Mannes nicht teilte.

Der Kaffee zwischen ihnen auf dem Tisch wurde allmählich kalt, aber Ruby dachte nicht mehr darüber nach, was für eine seltene Köstlichkeit er war. Wie musste es sich anfühlen, so um die Zukunft des eigenen Kindes zu bangen? Sie war machtlos gewesen, ihr eigenes Kind zu beschützen, aber sie konnte für Charlotte da sein, um ihr zu helfen. Und das war immerhin etwas.

Es gab eintausend Dinge, die Ruby sagen wollte, einhundert Versprechen, die sie geben wollte. Aber die Dachers waren stolz, und Ruby wusste, dass sie keine platten Floskeln suchten. Sie suchten Hoffnung. »Es wäre mir ein Vergnügen, Charlotte zu helfen, Englisch zu lernen«, erklärte sie. »Wann sollen wir anfangen?«

Mitte August war es glühend heiß, und die Luft in Paris schien seltsam still, als würde die Stadt selbst den Atem anhalten. Ruby arbeitete seit drei Wochen mit Charlotte und traf sich jeden Donnerstagnachmittag mit ihr. Ruby hatte noch nie zuvor eine Sprache unterrichtet, aber sie hatte ungefähr im selben Alter wie Charlotte anfangen, Französisch zu lernen, daher versuchte sie, sich zu erinnern, wie sie selbst damals vorgegangen war. Einfache Wörter zunächst, wie man sie einem kleinen Kind beibringen würde, gefolgt von Pronomen und grundlegenden Verbkonjugationen. Englisch schien schwieriger zu sein als Französisch, da es von so vielen verschiedenen Sprachen beeinflusst war, aber Ruby stellte fest, dass Charlotte eine gelehrige Schülerin war.

»Vermisst du Monsieur Benoit?«, fragte Charlotte eines späten Nachmittags, als sich ihre Unterrichtsstunde dem Ende zuneigte. Ruby hatte ihr an diesem Tag die Zahlen bis hundert beigebracht, und Charlotte hatte ein paar einfache Verben konjugiert.

»Ihn vermissen?« Ruby war verwirrt. »Er ist nirgends hingegangen.«

Charlotte zuckte die Schultern. »Ich meine nur, dass er oft fort ist. Ich frage mich, ob es schwer für dich ist, allein zu sein.«

Ruby holte tief Luft. Charlotte entging einfach nichts. »Ehrlich gesagt, glaube ich, dass es leichter ist, allein zu sein als mit jemandem, der mir nicht zu vertrauen scheint.«

Sie war besorgt, das Falsche zu einem Kind gesagt zu haben, aber Charlotte nickte prompt verständnisvoll. »Du wünschst dir, er würde keine Geheimnisse vor dir haben.«

Ruby blinzelte. »Ja.«

»Das wünsche ich mir auch.«

Etwas später, nachdem Charlotte gegangen war, fragte sich Ruby, was das Mädchen gemeint hatte. Wie war sie darauf gekommen, dass Marcel Geheimnisse hatte?

Ihr Mann verblüffte Ruby, als er an jenem Abend um sechs nach Hause kam mit einem frischen, in Zeitung gewickelten Huhn. »Ich habe etwas zum Abendessen mitgebracht«, sagte er.

»Aber woher hast du das denn?« So etwas war doch sicher nicht leicht zu bekommen. Das Wasser lief ihr im Mund zusammen, aber gleichzeitig spürte sie, wie sich ihr Magen vor Besorgnis verkrampfte.

Er furchte die Stirn. »Ist das wichtig? Ich habe nichts Unrechtes getan, falls es das ist, was du andeutest. Ich hatte gehofft, du würdest dich über die Aussicht auf ein gutes Essen ebenso freuen wie ich.«

»Entschuldige.«

Marcel musterte sie einen Moment, dann schien er auf einmal ernüchtert. »Nein, ich kann es dir wohl nicht verdenken.«

Er verschwand ohne ein weiteres Wort ins Schlafzimmer, und Ruby begann, das Huhn vorzubereiten, um es zu braten. Sie würde die Knochen später für eine Brühe verwenden und den Dachers etwas Suppe bringen.

Sie hatte das Huhn eben in den Ofen geschoben, als Marcel wieder in der Küche erschien, ohne Krawatte, den Hemdkragen gelockert. Er sah so entspannt aus, wie sie ihn seit Monaten nicht mehr gesehen hatte. Gut sogar. »Es riecht köstlich«, bemerkte er.

»Danke, dass du das Huhn mitgebracht hast.« Es fühlte sich seltsam förmlich an, mit ihm zu reden, als wäre er ein Gast in ihrem Zuhause.

»Danke, dass du es kochst.« Er war ebenso steif zu ihr. Sie waren Fremde geworden. »Geht es dir gut?«

Sie nickte und ging durch die Küche, um eine der zwei Dutzend Flaschen Wein zu entkorken, die sie noch immer hatten. Marcel hatte vor dem Krieg eine kleine Sammlung besessen. Sie schenkte ihm und sich ein Glas ein, und sie stießen an. »Auf den Frieden«, sagte sie.

»Auf den Sieg«, kam prompt seine Antwort. »Frieden ohne Sieg ist bedeutungslos.«

Sie nickte und wandte sich ab, überzeugt, dass er sie gescholten hatte.

»Es tut mir leid«, sagte er. »Ich habe das nicht als Kritik gemeint. Ich … manchmal kommen die Worte einfach falsch heraus.«

»Schon gut.« Sie wunderte sich, als ihr bewusst wurde, dass sie es ernst meinte.

»Und das mit dem Baby tut mir auch leid, Ruby. Wirklich.« Die Worte schwebten zwischen ihnen in der Luft, und er wartete, bis sie aufsah, bevor er fortfuhr. »Es tut mir sehr leid, dass er gestorben ist. Du hast mich gebraucht, und ich war nicht für dich da. Um genau zu sein, war ich überhaupt kaum für dich da. Aber das wird sich bald ändern. Versprochen.«

»Heißt das, du wirst mir sagen können, was los ist? Mich vielleicht helfen lassen?«

Sein Lächeln schwand. »Darüber haben wir doch schon diskutiert, Ruby. Es würde dich nur in Gefahr bringen.« Er erhob wieder sein Glas. »Aber ich will wieder der Mann werden, den du geheiratet hast. Und das werde ich, Ruby, das werde ich.«

Sie stießen an, sahen sich in die Augen. Und noch lange Zeit danach, während sie ihren Wein schlürfte, konnte Ruby die verschwommene Möglichkeit einer anderen Zukunft sehen.

Nach dem Abendessen brach Marcel auf, bedankte sich bei Ruby höflich für die Mahlzeit und versprach, bald zurück zu sein.

Zwei Stunden später hatte Ruby den Dachers etwas Suppe gebracht, und sie spülte gerade den letzten Rest Geschirr, als es an der Tür klopfte, so zögernd, dass sie sich im ersten Moment fragte, ob sie es sich nur eingebildet hatte. Aber dann hörte sie es wieder, eindringlicher diesmal. Rubys Blick huschte zur Uhr. Es war nach der Sperrstunde. Ein Schauder lief ihr über den Rücken bei dem Gedanken, dass es ein deutscher Soldat sein könnte, der Marcel für seine geheimen Aktivitäten festnehmen wollte, wie auch immer diese aussahen. Aber als sie durch den Spion spähte, sah sie keine deutsche Uniform, sondern einen graugrünen Overall. Ein Mann – dunkelblonde Haare, etwa einen Meter achtzig groß – kauerte schwer keuchend auf einem Knie im Flur.

Ruby wich verwirrt von der Tür zurück. Einen Augenblick

später klopfte er wieder. Als sie nicht öffnete, trat eine Pause ein, und dann hörte sie eine Reihe seltsamer Geräusche aus dem Flur. Sie brauchte ein paar Sekunden, um die Laute als Schluchzer zu erkennen. Der Mann begann, vor sich hin zu murmeln, und sie schob sich langsam näher an die Tür heran, in der Hoffnung, ein paar Worte zu verstehen. Sie zuckte fast zurück, als sie begriff, dass er nicht Französisch oder sogar Deutsch sprach. Er sprach Englisch. »Muss zu …«, murmelte er. »Sie haben gesagt, es sei hier …«

Bevor sie es sich anders überlegen konnte, riss sie die Tür auf. Der Mann rang um das Gleichgewicht und fiel fast in ihre Wohnung, bevor er sich hochrappelte und einen Schritt zurückwich. »Oh, es tut mir so leid, Miss. Es tut mir leid. Ich meine, äh, *je suis déso* …« Er brach ab, offenbar außerstande, sich an die letzte Silbe der französischen Entschuldigung zu erinnern. »Es, ähm, es tut mir wirklich sehr leid, Miss. Ich spreche nicht viel Französisch.«

»Wer sind Sie?«, fragte sie auf Englisch, was ihn zu verblüffen schien.

»Sie … Sie sprechen Englisch? Oh, dem Himmel sei Dank. Dexter. Mein Name ist Dexter. Und, ähm, verzeihen Sie, aber ich bin seit zwei Tagen zu Fuß unterwegs, und ich hatte überhaupt nichts zu essen, und ich fürchte, diese kleine Wunde an meiner Schulter hat sich vielleicht ein bisschen infiziert, daher …«

»Sind Sie Engländer?«

Er nickte wieder. »Und Sie? Sie sind keine Französin, oder?«

Sie gab keine Antwort. »Was tun Sie hier, Dexter?«

Er zögerte, gerade lange genug, damit sie eine Entscheidung treffen konnte. Sie hatte keine Ahnung, wie er zu ihrer Wohnung gekommen war, aber sie hatte das Gefühl, dass es irgendetwas mit Marcel zu tun hatte. Außerdem hatte sie die RAF-Abzeichen an seiner Brust bemerkt. Er war ein britischer Pilot, oder zumindest war er wie einer gekleidet. Und das hieß, dass sie beide in Gefahr waren, wenn irgendjemand sie zusammen sah.

»Na ja, Miss, sehen Sie, ich bin über Nordostfrankreich geflogen, oder das dachte ich zumindest, als …«

»Kommen Sie herein«, unterbrach sie ihn. »Schnell. Bevor irgendjemand Sie sieht.«

Er blinzelte ein paarmal. »Danke. Vielen Dank, Miss. Ich …«

Sie packte seinen rechten Arm, zog ihn in die Wohnung und wollte hastig die Tür schließen, doch da erkannte sie, dass es bereits zu spät war.

Charlotte stand am anderen Ende des Flurs, in dem schmalen Spalt ihrer eigenen geöffneten Wohnungstür, und starrte Ruby und den britischen Piloten an, den Mund zu einem verblüfften O geöffnet.

Ruby wich das Blut aus dem Gesicht, aber es gelang ihr, einen Finger an die Lippen zu legen. *Sag es niemandem*, hauchte sie Charlotte zu. *Bitte.*

Das Mädchen nickte schweigend und schlüpfte zurück in seine eigene Wohnung, bevor es die schwere Tür hinter sich schloss.

Kapitel 11

August 1941

Ruby half alliierten Piloten?

Charlotte stand lange Zeit mit dem Rücken zur Tür da. Ihre Wohnung war still, ihre Eltern im Bett. Sie hatte Geräusche im Hausflur gehört und war zur Tür gegangen, um nachzusehen. *Vielleicht war es Monsieur Benoit, der wieder irgendetwas im Schilde führte*, hatte sie gedacht. Wenn sie sehen konnte, was er tat, dann konnte sie Ruby etwas erzählen. Aber stattdessen sah sie einen fremden Mann im Schatten vor Rubys Wohnung kauern, der beharrlich klopfte. Sie hatte die Tür einen Spaltbreit geöffnet, um ihm mit möglichst fester Stimme zu sagen, er solle verschwinden, da Ruby bereits genug zu kämpfen hatte. Aber dann war Rubys Tür aufgegangen, und das Licht, das in den Flur fiel, hatte seine Uniform erhellt. Charlotte war erstarrt, zu Tode erschrocken.

Im ersten Moment hatte sie gedacht, der Mann sei Deutscher. Schließlich hatte sie sich an den Anblick deutscher Uniformen gewöhnt, die sich überall in ihrer Stadt ausbreiteten wie wuchernder Schimmel. Aber seine Stimme klang anders, und während er leise mit Ruby redete, hörte sie ein paar Wörter heraus, die sie kannte – *Entschuldigung, Fliegen, danke* –, und sie begriff, dass er Englisch sprach. Das hieß, er war Engländer oder vielleicht sogar Amerikaner. Das musste er sein. Und er musste auch ein Pilot sein. Es gab keinen anderen Grund, weshalb ein alliierter Soldat in Paris sein sollte.

Als sie noch zur Schule ging, hatte Charlotte ihre Klassenkameraden reden hören, es gebe in ganz Paris verstreut Netzwerke der Résistance, französische Bürger, die den Deutschen ins Gesicht lächelten und hinter ihrem Rücken abgeschossenen Piloten halfen. Sie wusste auch, dass denjenigen, die bei ihrer Arbeit gegen die Nazis geschnappt wurden, harte Strafen drohten. Die Männer wurden in den meisten Fällen hingerichtet und die Frauen in Gefangenenlager in Deutschland gebracht.

Aber Ruby half? Warum hatte sie ihr nichts davon gesagt? Charlotte hatte gedacht, sie seien Freundinnen, aber Freundinnen erzählten einander ihre Geheimnisse, vertrauten einander. Die einzige Erklärung war, dass Ruby in ihr nur ein Kind sah. Aber Charlotte war inzwischen zwölfeinhalb, alt genug, um zu helfen, alt genug, um einen Beitrag zu leisten. Außerdem konnte sie ein Geheimnis für sich behalten. Selbst vor ihren Eltern. Ruby konnte ihr vertrauen. Charlotte war entschlossen, es ihr zu beweisen.

Sie schlich in die Küche, wo sie ein kleines Päckchen für den Piloten zusammenstellte: ein Stück Käse, etwas altbackenes Brot, Sardinen in einer Büchse. Rubys Rationen waren nicht üppiger als ihre eigenen, und auch wenn sie wusste, dass ihre Eltern das Fehlen dieser Lebensmittel vermutlich ohnehin bemerken würden, schwor sie sich, in der nächsten Woche einfach etwas weniger zu essen, um den Verlust auszugleichen. Wenn sie mit Essen für den Flüchtling vor der Tür stand, würde Ruby bestimmt sehen, wie ernst es ihr damit war, sich ihrer Geheimmission anzuschließen.

Charlotte sah nach ihren Eltern, um sich zu vergewissern, dass sie tief und fest schliefen. Maman lag zusammengerollt auf der Seite, ihre Schulter hob und senkte sich sanft, und Papa lag laut schnarchend auf dem Rücken. Sie hatten beide einen tiefen Schlaf; ausgeschlossen, dass sie sie jetzt wecken würde, wenn sie aus der Wohnung schlüpfte.

Einen Augenblick später klopfte sie an Rubys Tür. Sie hörte ein schlurfendes Geräusch, aber niemand öffnete. Sie klopfte noch einmal, doch es herrschte immer noch Stille. Schließlich klopfte sie ein drittes Mal, während sie leise durch die Tür flüsterte: »Ruby, mach auf! Ich bin's, Charlotte! Ich weiß von dem Piloten.«

Schließlich hörte Charlotte Schritte. Die Tür schwang auf, und Ruby stand mit gerötetem Gesicht da und starrte auf sie hinunter.

»Charlotte!«, rief sie unterdrückt. »Was tust du denn hier?!«

»Ich weiß von deinem Piloten«, sagte Charlotte noch einmal, während sie ihr sorgfältig zusammengestelltes Päckchen hochhielt. »Das ist er doch, oder? Ich habe ihm etwas Essen gebracht.«

Rubys Miene wurde völlig ausdruckslos, auch wenn Charlotte bemerkte, dass ihre Wangen noch immer glühten. »Ich habe keine Ahnung, wovon du redest. Hier ist niemand.«

»Ruby«, sagte Charlotte langsam und verletzt, »ich habe ihn gesehen.«

»Charlotte …«

»Nein! Ich bin es leid, dass jeder mich wie ein Kind behandelt! Maman und Papa tun so, als hätte ich keine Ahnung, was los ist, aber ich sehe es jeden Tag. Ich verstehe weitaus mehr, als sie glauben. Und du! Ich dachte, wir wären Freundinnen. Aber Freundinnen haben nicht solche Geheimnisse voreinander.«

Ruby blinzelte ein paarmal. »Komm rein.« Sie legte Charlotte eine Hand auf die Schulter. »Aber du musst leise sein. Und du darfst kein Wort über das hier verlieren. Es könnte uns alle das Leben kosten.«

Mit hämmerndem Herzen trat Charlotte in die Wohnung und sah sich um, während Ruby die Tür schloss. Der Pilot war nirgends zu sehen. »Wo ist er?«, fragte sie.

Ruby seufzte. »Charlotte, Liebes, ich verschweige dir Dinge nicht, weil ich glaube, dass du ein Kind bist. Ich weiß, dass du keines bist; dieser Krieg hat uns alle gezwungen, erwachsen zu werden. Und ich denke auch, dass wir Freundinnen sind. Aber manche Dinge erörtert man besser nicht.«

»Warum nicht?«

»Weil du, falls du je von der Polizei oder den Deutschen verhört werden solltest, in Gefahr sein könntest. Ich bin Amerikanerin, daher werden sie vielleicht mehr darauf achten, wie sie mich behandeln. Aber du bist …« Sie brach ab.

»Ich bin Jüdin«, ergänzte Charlotte. »Das wolltest du sagen.«

»Ja. Ja, Charlotte. Und falls es je ein Problem gibt, will ich, dass du sagen kannst, dass du nichts gesehen hast.«

»Aber ich *habe* etwas gesehen. Den Piloten!«

Ruby wandte sich ab, legte die Hände auf den Küchentresen und starrte durchs Fenster in die Dunkelheit hinaus. Schließlich wandte sie sich wieder um. »Schatz, wenn die Deutschen kommen und dich fragen, musst du leugnen können, an irgendetwas Illegalem beteiligt zu sein.«

Charlotte hielt das Lebensmittelpaket hoch. »Ich bin bereits beteiligt. Sieh mal, ich bringe dem Mann Essen.«

Ruby musterte das Päckchen. »Deine Eltern werden es bemerken.«

»Ich werde ihnen sagen, dass ich es selbst gegessen habe. Sie werden wütend sein, aber es wird nichts passieren. Es ist besser, als dass er Hunger leidet, oder? Ich weiß, dass du selbst nicht genug Essen hast.«

»Ich habe etwas.«

»Und jetzt hast du noch etwas mehr. Wenn er verletzt ist, muss er wieder zu Kräften kommen, oder?« Charlotte sah, wie Ruby schwankte, daher drängte sie weiter. »Ruby, ich hasse es, keine Hilfe zu sein. Es gibt nicht viel, was jemand in meinem Alter tun kann, um die Alliierten zu unterstützen.«

»Nicht nur in deinem Alter, Charlotte. Ich fühle mich auch hilflos.«

»Dann lass uns gemeinsam helfen.«

Charlotte war sich sicher, dass Ruby ablehnen würde. Aber dann hörten sie auf einmal ein lautes Geräusch aus dem hinteren Teil der Wohnung. Ruby stürzte in die Richtung, und Charlotte rannte hinter ihr her.

Im Schlafzimmer bot sich ihnen eine Szene, die zum Lachen gewesen wäre, wenn sie nicht beide so angespannt wären. Der Pilot lag halb begraben unter einem Berg von Kleidern auf dem Boden vor dem Kleiderschrank. Charlotte begriff prompt, dass Ruby ihn darin versteckt haben musste, als sie ein Klopfen an der Tür hörte, und dass er irgendwie herausgefallen war.

»Dexter?«, sagte Ruby panisch, während sie an die Seite des Mannes stürzte. »Dexter, ist alles in Ordnung mit Ihnen?«

Zu Charlottes Erleichterung war der Fremde wach, und er richtete sich mühsam auf, sein Gesicht gerötet. Er murmelte etwas, das Charlotte nicht verstand. Ruby antwortete auf Englisch, und das war der Moment, in dem er das Mädchen bemerkte. Seine Augen weiteten sich.

»Er hat gesagt, er hätte sich ein bisschen schwach gefühlt«, erklärte Ruby, während sie sich zu Charlotte umwandte. »Ich glaube, er hat vielleicht mehr Blut verloren, als ihm bewusst war.«

»Wie ist er denn überhaupt hierhergekommen?«

»Das wollte ich ihn gerade fragen, als du an die Tür geklopft hast«, antwortete Ruby. »Jetzt lass mich ihm erst einmal erklären, wer du bist und dass du ihm nichts Böses willst.«

Sie sagte rasch etwas auf Englisch zu dem Mann. Er sah wieder zu Charlotte hoch, und dann lächelte er fast schüchtern: »*Merci*«, sagte er mit einem grauenhaften Akzent. »*Merci beaucoup.*«

Ruby wandte sich wieder an Charlotte. »Ich habe ihm erklärt, dass du ihm etwas zu essen gebracht hast und dass du eine Freundin bist, der man vertrauen kann. Könntest du mir helfen, ihn hochzuziehen?«

Charlotte trat rasch an die Seite des Mannes. Von Nahem roch er nach Schmierfett und Gras. Sein Atem ging flach, Schweißperlen standen auf seiner sonnengebräunten Stirn, und sein Blick war glasig.

»Pack ihn einfach dort unter dem linken Arm und hilf mir, ihn hochzuziehen«, sagte Ruby. »Wir bringen ihn zum Esstisch, okay?«

Charlotte nickte, und auf drei hievten sie den Mann hoch, der schwerer war, als er aussah, und halfen ihm ins andere Zimmer, wo er auf einem Stuhl zusammensackte. Er sah fürchterlich aus, aber er saß aufrecht und hatte die Augen geöffnet, was ein besserer Zustand war als noch ein paar Minuten zuvor.

Ruby sagte wieder etwas zu dem Verletzten, und er lächelte erst sie und dann Charlotte an. Charlotte spürte, wie sie errötete; er war gar nicht so viel älter als sie.

»Ich danke dir, dass du mir helfen«, wandte er sich in gebrochenem Französisch an Charlotte. »Ich weiß, es ist Gefahr.«

Charlotte lächelte und sagte sorgfältig auf Englisch: »Gern geschehen«, so wie Ruby es ihr beigebracht hatte. Dann wandte sie sich an ihre Freundin: »Vielleicht sollte er besser Englisch sprechen. Und du sagst mir dann, was er gesagt hat.«

Ruby übersetzte das für den Piloten, der nickte und begann zu reden. Das Gespräch ging ein paar Minuten hin und her, und Charlotte schnappte hier und da ein paar bekannte Wörter auf, aber nicht genug, um sich die Geschichte zusammenzureimen.

»Er sagt, dass er ein Pilot der britischen Luftwaffe ist«, wandte sich Ruby schließlich an Charlotte. »Er war auf einer Mission über dem östlichen Teil Frankreichs, als er abgeschossen wurde. Er konnte sich mit dem Fallschirm retten, und dann hat er sich in einer Scheune versteckt, während die Deutschen den Wald nach ihm abgesucht haben. In der Nacht hat er einen Fluss gefunden und ist ihm mithilfe eines Kompasses in seiner Fliegerausrüstung nach Westen gefolgt. Er wusste nur, dass er es nach Paris schaffen musste.«

»Warum?«, flüsterte Charlotte. »In Paris wimmelt es von Deutschen.«

»Einer der anderen Piloten in seiner Schwadron wurde vorher abgeschossen und durch ein Netzwerk von Leuten gerettet, die ihm halfen, über einen Pass in den östlichen Pyrenäen nach Spanien zu flüchten. Er wusste, dass er, wenn er es nach Paris schaffte, eine Chance haben würde, nach England zurückzukehren.«

»Aber warum hierher?«, fragte Charlotte. »Warum zu deiner Adresse?«

»Weil…« Ruby schluckte schwer, und dann zögerte sie, während sie noch einen Blick auf den Verletzten warf. »Weil er sagt, dass der Mann, der in dieser Wohnung lebt, dem anderen Piloten geholfen hat.«

Charlotte starrte Ruby an. »Monsieur Benoit?«

Ruby zögerte. »Ich sollte mit dir nicht darüber reden, Charlotte. Ich will nicht, dass du …«

»Ich habe ihn gesehen«, schnitt das Mädchen ihr das Wort ab.

»Was meinst du damit?«

»Er war nachts im Hausflur. Er hat irgendeine Art Päckchen in den Wandschrank im Flur gelegt.«

Ruby wurde völlig still. »Was für einen Wandschrank im Flur?«

»Er ist versteckt. Er ist genau gegenüber deiner Tür. Ich kann es dir zeigen, wenn du willst.«

»Warte.« Ruby warf einen Blick auf den Piloten, der mit verständnisloser Miene zwischen den beiden hin und her sah. »Willst du mir etwa sagen, du hast gesehen, wie Marcel ein Päckchen in einen versteckten Wandschrank gelegt hat? Warum hast du mir nichts davon gesagt?«

Charlotte wandte den Blick ab. »Ich dachte, du wüsstest es vielleicht. Ich dachte, du wärst in die Sache eingeweiht.«

»Nein«, erwiderte Ruby leise. »Nein. Offenbar bin ich die Einzige, die hier von nichts Ahnung hat.«

Der Pilot sagte etwas in raschem Englisch und zeigte auf das Essenspaket auf dem Tisch. Ruby schob es ihm hin, dann sprang sie auf, um einen Dosenöffner, eine Gabel und ein Glas Wasser zu holen. »Er sagt, dass er nichts mehr gegessen hat, seit sein Flugzeug abgestürzt ist«, erklärte sie Charlotte. »Er ist am Verhungern.«

»*Merci*«, sagte der Pilot noch einmal, während er Charlotte zunickte und auf das Essen zeigte. »Ähm, sehr Hunger.« Er griff zu, verschlang erst das Brot, dann den Käse und schließlich die Sardinen. Er seufzte, als er fertig war, lehnte sich zurück und schloss die Augen.

»Ich glaube, er ist schlimm verletzt«, sagte Charlotte leise. Sie hatte ihn beobachtet, während er aß. Obwohl es in der Küche nicht warm war, war seine Haut blass und klamm.

»Ja, das glaube ich auch.« Ruby klang ruhig, aber besorgt. Sie sprach zu dem Piloten, und er schüttelte den Kopf und erwiderte rasch etwas. Ruby sprach wieder, sanfter diesmal, und schließlich warf der Mann einen Blick auf Charlotte und sah dann zurück zu Ruby, bevor er widerstrebend nickte. Er zog den Reißverschluss seines Fliegeranzugs auf und zuckte zusammen, während er sich aus der oberen Hälfte schälte. Ein zerrissenes und blutverschmiertes Unterhemd kam zum Vorschein. Er streifte es ebenfalls ab, und Charlotte und Ruby stöhnten beide gleichzeitig auf, als sie die riesige, nässende Wunde quer über seiner rechten Schulter sahen. Eine Spur aus getrocknetem Blut zog sich bis zu seiner Brust hinunter.

»Was ist passiert?«, hauchte Charlotte. Die Wunde sah aus, als ob man an ihr sterben könnte.

Ruby wechselte ein paar Worte mit dem Piloten und wandte sich dann mit grimmiger Miene an Charlotte. »Er nimmt an, dass eine Kugel seine Schulter durchdrungen hat. Er wurde angeschossen, bevor er mit dem Fallschirm abspringen konnte.« Sie sah noch einmal zu dem Verwundeten, bevor sie sich vorbeugte, um Charlotte zuzuflüstern: »Ich fürchte, sie ist entzündet, aber ich weiß nicht, wie ich sie behandeln soll. Und es ist zu gefährlich, einen Arzt zu rufen.«

»Monsieur Benoit wird wissen, was zu tun ist.« Charlotte nickte entschieden.

»Aber ich weiß nicht, wann er zurückkommt. Er kann unmöglich wissen, dass dieser Pilot hier ist. Wenn er es in den nächsten Tagen nicht nach Hause schafft …«

»Der Pilot könnte sterben.« Charlotte warf einen Blick auf

den Mann, der sie mit ausdrucksloser Miene ansah. Sie war froh, dass er sie nicht verstanden hatte. »Weißt du, wohin Monsieur Benoit geht? Oder mit wem er zusammenarbeitet?«

»Ich wusste nicht einmal, dass er irgendetwas von alledem tut, Charlotte. Du weißt offenbar mehr darüber als ich.«

»Nein, das tue ich nicht.« Charlottes Antwort kam prompt, aber dann fühlte sie sich schuldig, denn sie *hatte* mehr gewusst als Ruby, und sie hatte sich nicht die Mühe gemacht, es ihr zu sagen. Offenbar war sie die schlechte Freundin, nicht Ruby. »Meine Eltern sind mit dem Arzt befreundet, der dir geholfen hat, als …« Sie unterbrach sich. »Du hast ihn kennengelernt«, sagte sie stattdessen.

»Ja. Aber wir können ihn nicht in diese Sache hineinziehen. Wir wissen nicht, ob man ihm vertrauen kann, und selbst wenn, bin ich nicht gewillt, noch mehr Leute in Gefahr zu bringen.«

»Was sollen wir denn dann tun?«

Ruby schwieg lange Zeit. Der Pilot versuchte, ihrem Gespräch zu folgen, aber nach seiner Miene zu urteilen, war sich Charlotte fast sicher, dass er sie nicht verstand.

»Wir warten ab«, entschied Ruby schließlich. »Wir verstecken ihn und warten darauf, dass Marcel nach Hause kommt.«

»Aber was, wenn er vorher stirbt?«, flüsterte Charlotte.

»Ich werde alles tun, was ich kann, um Marcel zu erreichen«, erwiderte Ruby. »Und ich werde die Wunde reinigen und für ihn sorgen, so gut ich kann. Abgesehen davon, werden wir einfach beten müssen.«

»Okay. Aber du versprichst mir, dass du es mir sagst, wenn ich irgendwie helfen kann?«

Ruby lächelte. »Du *kannst* helfen. Du kannst mir diesen geheimen Wandschrank zeigen.«

Kapitel 12

August 1941

Im Januar, kurz nachdem Thomas seine Mutter beerdigt hatte, hatte seine Schwadron mit Missionen über Frankreich begonnen, was genau die Ablenkung war, die er brauchte. Englands Küste zu verteidigen, war natürlich wichtig, aber mit reiner Abwehr gewann man keinen Krieg. Indem sie den Kampf zu den Hunnen brachten, war die RAF endlich im Angriff, was hieß, dass sie tatsächlich eine Chance hatten.

Vor ihrem ersten Flug über den Kanal Ende Januar hielt der CO Thomas, Harry und die anderen auf ihrem Weg zu einer Nissenhütte für ein Briefing auf. »Denkt nicht einmal daran, über Frankreich mit dem Fallschirm abzuspringen«, warnte er sie. »In dem Land wimmelt es von Deutschen, verstanden? Ihr könntet genauso gut mit eurem Flugzeug abstürzen, wenn ihr es nicht herausschafft.«

Bei der Warnung hätte Thomas das Blut in den Adern gefrieren sollen, aber das war es bereits. Jetzt, nach dem Tod seiner Mutter, kümmerte es niemanden – außer vielleicht Harry –, ob er lebte oder starb. Das war ihm jedes Mal deutlich bewusst, wenn er in die Lüfte aufstieg.

Eine riesige Landkarte der englischen Küste und des nordwestlichen Frankreich hing an der hinteren Wand der Hütte, kreuz und quer durchzogen mit rotem Bindfaden. Während er und Harry vor dem Podium Platz nahmen, bemerkte Thomas, dass von vielen der Flugplätze rings um London Fäden zu einem zentralen Treffpunkt in Canterbury führten, dem Ausgangspunkt für eine Route über den Ärmelkanal.

»Hört zu, Jungs«, begann der Standortkommandant, und Stille senkte sich über den Raum. »Wir werden den Krieg jetzt zu den Deutschen bringen. Es wird gefährlich sein, aber das ist ein entscheidender Schritt auf dem Weg zum Sieg.«

Der CO sprach als Nächster, briefte die Männer zu ihren Flugpositionen, ihren Zielgeschwindigkeiten, den feindlichen Flugzeugen und dem Ziel ihrer Mission – zu verhindern, dass deutsche 109er die britischen Bomber abschossen, die ihre Ladung rund um Boulogne abwerfen würden, ein Küstengebiet, in dem es von Nazis wimmelte.

»Und, was meinst du?«, fragte Harry später, während er und Thomas mit raschen Schritten durch leichten Schneefall zurück zu ihren Zimmern gingen. Sie hatten nur ein paar Stunden, um sich auf die Mission vorzubereiten. »Werden wir das Blatt wenden, oder ist das hier Selbstmord?«

Thomas antwortete nicht sofort. Es kümmerte ihn kaum, ob er irgendwo über Frankreich sein Leben verlor, solange er ein paar Deutsche mit sich herunterholte.

Aber Harry, der seine Gedanken zu lesen schien, wollte nichts davon wissen. »Hör zu, ich weiß, du bist im Moment in keiner guten Verfassung. Aber du bist nicht allein dort draußen, weißt du? Ich bin dein Bruder, genau wie Jarvis, Reeves, Abbott und der Rest. Und mir ist aufgefallen, dass du mich gar nicht gefragt hast, was ich denke, aber meiner Ansicht nach wird sich das Blatt bald wenden. Vielleicht ist 1941 das Jahr, in dem wir den Krieg gewinnen, was?«

Thomas kicherte, denn sie wussten beide, dass das falscher Optimismus war. Der Krieg würde sich noch mindestens bis 1942 hinziehen. Die Deutschen würden sich nicht beim ersten

Anzeichen einer Niederlage geschlagen geben, so viel stand fest.

Am nächsten Morgen, mit Wind aus Nordwesten im Rücken, während sich das Sonnenlicht funkelnd auf dem Ärmelkanal spiegelte, brach ein Dutzend Blenheim-Bomber mit einer Armada von Kampfflugzeugen in Richtung französische Küste auf. Thomas befand sich genau hinter dem rechten Flügel der Flotte, während sie die kabbeligen Gewässer überflogen, auf einen grünen Klecks Land in der Ferne zu.

Während sie näher kamen, stieg Thomas über die Bomberhöhe von 12000 Fuß auf und duckte und schlängelte sich zwischen den Wolken hindurch, um nach nahenden feindlichen Flugzeugen Ausschau zu halten. Der Himmel war klar, als der Hafen von Boulogne in Sicht kam, und obwohl rund achtzig Kilometer weiter südlich zwei Dutzend deutsche Kampfflugzeuge Übungsmanöver flogen, hatte noch niemand den britischen Einflug bemerkt. Trotzdem waren Thomas' Nerven zum Zerreißen gespannt. Jeden Augenblick könnten sie entdeckt werden.

Kaum war ihm der Gedanke durch den Kopf gegangen, war der sonnige Nachmittagshimmel auf einmal erfüllt von zischenden schwarzen Punkten und Detonationen sowie Flakfeuer vom Boden. »Verdammt«, fluchte er, während er mit weiteren Angriffen rechnete. Aber keine deutschen Flugzeuge tauchten zwischen den Wolken auf, und keine der dunklen Explosionen traf ihr Ziel. Einen Augenblick später warfen die Blenheims ihre Bomben über dem Hafen ab. Es war schwer zu erkennen, was sie getroffen hatten, aber nach den erschütternden Geräuschen von Explosionen und den dichten Rauchwolken unter ihnen zu urteilen, hatten sie wohl die deutschen Schiffe erwischt, die gemütlich im Hafen lagen. Na bitte, das war doch etwas, oder?

»Alles klar, Jungs«, kam die Stimme über den Funk. »Das war ein Erfolg. Fliegen wir zurück.«

Langsam drehten die Blenheims nach Backbord ab, und die ganze Luftflotte folgte ihnen zurück über den Kanal. In der Ferne funkelte die britische Küste im Sonnenschein wie ein Leuchtfeuer, das sie zu Hause begrüßte.

Sieben Monate später waren Bombenangriffsflüge aufs Festland nichts Neues mehr; Thomas' Leben bestand aus ihnen. Jede Mission war auf ihre Art erfrischend; es gab immer Deutsche, vor denen man sich in Acht nehmen, feindliches Feuer, das man vermeiden, strategische Standorte, die man ins Visier nehmen musste. Die RAF-Jungs waren entschlossen, verbissen, unbesiegbar.

Aber es gab auch Opfer zu beklagen. Ende Juni war Harry an einem strahlenden, perfekten Nachmittag über Frankreich verschwunden. Es war eine Routinemission gewesen – Bomber hinein- und wieder hinauszueskortieren –, aber diesmal hatten die Deutschen sie erwischt, und es war zu einem Nahkampf gekommen. Thomas war es gelungen, dem feindlichen Feuer auszuweichen, aber er hatte Harrys panische Rufe über den Funk gehört und dann gesehen, wie sich das Flugzeug seines Freundes mit brennendem Heck zur Erde hinunterschraubte.

»Harry!«, hatte er gerufen, während die Maschine unter einer Wolkendecke verschwand. »Harry! Hörst du mich?«

Aber die einzige Antwort war ein unheilvolles Rauschen gewesen.

Thomas konnte nur vermuten, dass sein Freund – offiziell als im Kampf vermisst geführt – tot war. Das musste er sein; wie sein Flugzeug gebrannt und nur einen unheilverkündenden Schatten aus schwarzem Rauch hinter sich zurückgelassen hatte, hatte Thomas bis ins Mark erschüttert. Er konnte nichts tun, und die Hilflosigkeit war lähmend.

»Das hier ist für dich, Harry«, sagte er sieben Wochen später, als er in einen Nahkampf mit einer 109er verwickelt wurde und dafür sorgte, dass das andere Flugzeug auf die klaffende Erde zutrudelte. Manchmal widmete er seine Triumphe Harry; zu anderen Zeiten Oliver; zu wieder anderen seiner eigenen Mutter, denn er war überzeugt, dass sie irgendwo dort oben war, auf ihn hinuntersah und ihm ein bisschen zusätzliches Glück bescherte. Wie sonst ließ sich erklären, dass er so unbesiegbar zu sein schien?

Als er in jener Nacht hereinrollte, wartete der Fluglehrer Maxwell mit einem breiten Grinsen auf ihn. »Sie werden nie darauf kommen, was passiert ist, Sir«, sagte er, während Thomas sich losschnallte.

»Ich bin ein bisschen zu müde für Ratespiele«, erwiderte dieser, während er aus dem Cockpit kletterte.

»Oh, aber das hier ist es wert. Es hat mit Cormack zu tun.«

Thomas sah verblüfft auf. »Harry Cormack?«

»Genau der, Sir. Er ist wieder da, Sir, gesund und munter. Ich schlage vor, Sie gehen gleich zur Offiziersmesse.«

Thomas konnte es nicht glauben, bis er fünf Minuten später, nachdem er über den Stützpunkt gerannt war, seinen Freund mit eigenen Augen erblickte. Da, genau wie Maxwell es versprochen hatte, stand Harry in voller Ausgehuniform, hagerer als vor sieben Wochen, aber ansonsten unversehrt.

»Harry?«, rief Thomas vom anderen Ende des Raums, und sein Freund wandte sich um, lächelte und kam zu ihm, um ihn in einer bärenhaften Umarmung an sich zu drücken.

»Thomas! Du bist eine Augenweide, mein Freund!« Harrys Stimme war rau, aber vertraut, und Thomas fühlte sich, als würde er ein Gespenst ansehen.

»Ich war mir sicher, du seist tot!« Thomas schlug seinem Freund auf den Rücken, um sich zu vergewissern, dass Harry tatsächlich aus Fleisch und Blut war.

»Das dachte ich auch. Aber ich bin in der Nähe eines Bauernhauses heruntergekommen, und der Bauer hat mich drei Tage in einem Vorratskeller unter seiner Scheune versteckt, bis die Nazis ihre Suche einstellten.«

»Wer war dieser Mann?«, fragte Thomas ehrfürchtig.

Harry zuckte mit den Schultern. »Ein Bursche namens Jacques. Seinen Nachnamen habe ich nie erfahren. Er hat mich zu einem Schlachter in der Stadt geschickt, der mich noch einmal vier Tage versteckt hat. Und dann hat mich ein dritter Mann hinten in seinen Lastwagen gesetzt und nach Paris gefahren, wo man mir den Weg zu einer sicheren Wohnung in der Nähe einer kleinen Kunsthandlung mit Skulpturen von Ballerinen im Schaufenster beschrieben hat.«

»Einer sicheren Wohnung?«

»Na ja, gewissermaßen.« Harry kicherte. »Eigentlich war es eher eine Art Wandschrank. Es war nicht weit vom Eiffelturm; ich musste einfach stehen bleiben und ihn anstarren, Thomas. So etwas hast du noch nie gesehen. Das Gebäude hatte eine riesige rote Eingangstür, und drinnen stand ein Mann auf dem ersten Treppenabsatz, der mich hastig in einer Art Loch im Flur versteckte. Dort blieb ich drei Tage, nur mit einer kleinen Wurst und etwas Brot zu essen, und am vierten Morgen kam eine Frau, um mich wegzubringen. Sie haben mir Kleidung und falsche Papiere gegeben, und ich bin in einem Zug voller Nazisoldaten bis zu einer Stadt nahe Perpignan ganz im Süden gefahren. Und dann – und das ist der unglaublichste Teil, Thomas – bin ich tatsächlich zu Fuß über die Pyrenäen nach Spanien gelaufen.«

Thomas starrte ihn an. »Über die Pyrenäen?«

»Es gibt dort einen Gebirgspass, der durch eine Gemeinde namens Banyuls-sur-Mer verläuft. Wir haben es über die Grenze geschafft, und dann wurden wir von dem Mann, der uns hinübergeführt hatte, Eisenbahnarbeitern übergeben, die uns nach Barcelona gebracht haben.«

»Ich kann es nicht glauben.«

»Ich würde es auch nicht glauben, wenn es mir nicht selbst passiert wäre.«

»Wer sind diese Leute, die dir geholfen haben?«

Harry zuckte mit den Schultern. »Ich habe keine Ahnung. Sie hatten Decknamen, und es schien alles sehr geheim zu sein. Aber eines kann ich dir sagen: Sie helfen uns, diesen Krieg zu gewinnen, Thomas. Bevor ich abgeschossen wurde, dachte ich, wir Engländer wären dort draußen mehr oder weniger allein. Aber es gibt jede Menge ganz gewöhnlicher Franzosen, die auch ihren Beitrag leisten. Sie reden von Churchill, als wäre er ihr Erlöser.«

Thomas wollte etwas erwidern, sagen, wie erstaunlich das alles war und wie froh er war, dass Harry wieder zu Hause war. Aber er brachte keinen Ton heraus, daher lächelte er stattdessen nur und schlug seinem Freund noch einmal auf den Rücken.

»Das werde ich nie vergessen«, sagte Harry nach einem Moment. »Und du solltest es auch nicht, Thomas. Eines Tages könntest du es sein, der vom Himmel fällt.«

»Ich werde es nicht vergessen«, antwortete Thomas, auch wenn er nicht die Absicht hatte, sich über Frankreich abschießen zu lassen. »Versprochen.«

Kapitel 13

August 1941

Ruby bestand darauf, dass Charlotte zurück in ihre Wohnung ging – je länger sie blieb, desto größer war die Wahrscheinlichkeit, dass ihre Eltern aufwachten und hierherkamen, um nach ihr zu suchen –, und dann brachte sie Dexter so leise wie möglich in dem Wandschrank im Hausflur unter. Verwundert erkannte sie, dass der Verschlag nicht nur groß genug war, um einen Mann zu beherbergen, sondern dass er auch genau zu diesem Zweck eingerichtet war. Es gab dort Decken und ein Kissen, Kerzen und Streichhölzer, ein paar Dosen mit Lebensmitteln und sogar etwas zivile Kleidung. Marcel war offensichtlich schon seit einer ganzen Weile hier zugange, was Ruby wütend und stolz zugleich machte.

»Hier sind Sie erst einmal in Sicherheit«, sagte sie zu Dexter. »Mein Mann müsste bald zu Hause sein, und er wird wissen, was zu tun ist.«

»Ich weiß nicht, wie ich Ihnen danken soll, Miss.« Er war größer, als er zunächst ausgesehen hatte, was rasch offensichtlich wurde, als er sich mühsam in dem Wandschrank zusammenfaltete.

»Sie können eine Sache tun, um mir zu danken.«

»Was immer Sie wollen, Miss.«

»Sie können am Leben bleiben. Sie dürfen nicht sterben, solange ich für Sie verantwortlich bin, okay?« Sie versuchte, zuversichtlich zu klingen, aber sie befürchtete, dass er das Zittern in ihrer Stimme heraushören konnte. »Wir brauchen Sie so bald wie möglich wieder oben in der Luft. Sie müssen mir versprechen, wieder gesund zu werden.«

Er lächelte matt. »Ich verspreche es, Miss. Und gegenüber einer hübschen Frau habe ich noch nie mein Wort gebrochen.«

Sie errötete, während sie die versteckte Tür schloss. Es war lange her, seit irgendjemand sie so genannt hatte.

Der nächste Tag war fürchterlich. Er schien kein Ende zu nehmen, und obwohl Ruby ihr Bestes tat, um ihrem gewohnten Alltag nachzugehen – mit ihren Lebensmittelkarten loszuziehen, um sich in der Schlange anzustellen, die Wohnung zu fegen und zu wischen, wieder einen Brief an ihre Eltern zu schreiben –, war sie in Gedanken bei dem Piloten. Ging es ihm gut? Sie konnte nichts tun, solange es draußen hell war. Und sie hatte noch immer keine Möglichkeit, Marcel zu erreichen.

Sie wartete bis Mitternacht, bevor sie sich aus ihrer Wohnung wagte, und stand dann lange Zeit im Flur und lauschte, ob sich irgendjemand regte. Aber das Haus schien zu schlafen, daher schlich sie zu dem Wandschrank und öffnete ihn, indem sie auf das Paneel drückte, das Charlotte ihr am Abend zuvor gezeigt hatte. Als die Tür lautlos aufglitt, war der Geruch nach Schweiß und Urin so stark, dass er ihr fast den Atem verschlug; hustend wich sie einen Schritt zurück. Dann hielt sie die Luft an und beugte sich wieder vor, suchte die Dunkelheit ab.

»Dexter?«, flüsterte sie.

»Miss?« Die Stimme war schwach und unsicher, aber sie zu hören, erfüllte Ruby mit Erleichterung.

»Es geht Ihnen gut. O Gott sei Dank.«

»Ich habe ein Versprechen gegeben, oder?« Sie hörte sein Lächeln im Dunkeln.

»Das haben Sie allerdings. Wie geht es Ihnen? Kann ich Ihnen irgendetwas bringen?«

»Oh, es geht mir großartig, Miss. Ich denke, ein Schluck Wasser wäre schön, wenn es nicht zu viele Umstände macht.«

»Natürlich.« Ruby schloss den Wandschrank, eilte zurück in ihre Wohnung und kam gleich darauf mit einem vollen Glas wieder. Warum hatte sie nicht schon längst daran gedacht, ihm etwas Wasser zu bringen? Wieder blieb sie kurz im Flur stehen und lauschte auf Bewegung im Haus, bevor sie die Tür zum Wandschrank leise öffnete, die Luft anhielt und das Glas Wasser in die Dunkelheit reichte.

»Danke«, murmelte Dexter matt, und dann hörte sie, wie er mit großen, dankbaren Schlucken trank. Als er ihr kurz darauf das Glas wiedergab, fügte er hinzu: »Und bitte entschuldigen Sie den, äh, Geruch hier drinnen.«

»Das ist mir gar nicht aufgefallen.«

»Es ist furchtbar freundlich von Ihnen, Miss. Aber ich weiß, dass es entsetzlich ist.«

»Wirklich, so schlimm ist es nicht. Wie geht es Ihrer Schulter?«

Er zögerte. »Oh, sie verheilt gut, denke ich.«

Ruby wusste, dass es eine Lüge war. »Hören Sie, ich verspreche Ihnen, wenn mein Mann bis morgen nicht zu Hause ist, werde ich Hilfe für Sie finden.«

»Ich will Sie nicht in Gefahr bringen, Miss.«

Dankbarkeit und Scham stiegen in Ruby auf. »Dexter, Sie haben Ihr Leben riskiert, weil Sie wussten, dass Sie im Krieg etwas bewirken könnten. Was für ein Mensch wäre ich, wenn ich jetzt nicht dasselbe tun würde?«

»Sie sind mir nichts schuldig, Miss. Selbst das hier, mich

auf Ihr eigenes Risiko zu verstecken, ist mehr, als ich erwartet hätte. Sie sind sehr mutig.«

»Wohl kaum.« Tatsächlich fühlte sie sich wie eine Schwindlerin, irgendeine Art Anerkennung für die Arbeit einzustecken, die ganz offensichtlich Marcel in die Wege geleitet hatte. »Halten Sie durch, Dexter. Sie schaffen das schon.«

»Danke, Miss«, wiederholte er leise, während sie die Tür schloss. »Gute Nacht.«

Marcel kam zwei Stunden später, um kurz nach zwei Uhr morgens, nach Hause.

»O Gott sei Dank.« Ruby sprang auf, sobald er zur Tür hereinkam. Sie war noch nie so erleichtert gewesen, ihn zu sehen.

Er schien verblüfft, dass sie auf ihn wartete. »Ruby, was ist los? Ist irgendetwas passiert?«

»Wann hattest du vor, es mir zu sagen?«, fragte sie, anstatt zu antworten.

»Dir was zu sagen?«

»Das mit den Piloten, die du versteckst.«

Für einen Sekundenbruchteil erstarrte Marcel, und dann war er an ihrer Seite, packte ihren Arm so fest, dass sie wusste, dass er einen blauen Fleck hinterlassen würde. »Du weißt nicht, wovon du redest.«

Ruby ließ sich nicht beirren. »Das Versteck im Flur vor unserer Wohnung? Die heimlichen nächtlichen Treffen? Wie konntest du etwas so Gefährliches genau vor meiner Nase tun, ohne mich einzuweihen?«

»Du darfst so etwas nicht sagen, Ruby. Es ist unbesonnen.«

»Ich hätte dir geholfen, weißt du. Du hast mir nicht die Chance dazu gegeben.«

»Ruby, es ist meine Aufgabe, dich zu beschützen.«

»Mich zu *beschützen?* Marcel, ich hätte deinen Schutz und deine Unterstützung gebraucht, als ich das Baby verloren habe, und da hast du mich völlig allein gelassen. Das hier würde mir wieder eine Aufgabe geben. Siehst du das denn nicht? Wenn du mich wirklich beschützen willst, dann wirst du mir vertrauen. Schließlich ist in diesem Moment ein Pilot in diesem Wandschrank, und ich habe es ohne dich geschafft, einen Tag lang für seine Sicherheit zu sorgen, oder?«

Er sah verblüfft auf. »Im Wandschrank ist *jetzt* ein Pilot?«

»Er ist gestern Abend gekommen. Er braucht dringend ärztliche Hilfe, aber er ist am Leben.«

Marcel ließ sich schwer in einen Sessel fallen. »Je mehr ich dir erzähle, desto mehr bringe ich dich in Gefahr.«

»Ich verstecke einen RAF-Piloten, Marcel. Ich denke, dafür ist es ein bisschen zu spät.«

Er seufzte und schwieg lange. »Ich arbeite jetzt schon seit über einem Jahr für dieses Untergrundnetzwerk«, sagte er schließlich. »Wir helfen alliierten Piloten durch Spanien heraus.«

»Durch *Spanien?* Mit wem arbeitest du denn zusammen?«

Er schüttelte den Kopf, presste die Lippen zusammen. »Es ist besser, wenn du das nicht weißt.«

Ruby biss die Zähne zusammen. »Ich dachte, du wolltest mir vertrauen.«

»Ruby, wir kennen nur die, die unmittelbar vor oder nach uns auf der Fluchtroute eingesetzt sind. Es ist besser so. Wenn einer von uns von den Nazis geschnappt wird, verringert es die Anzahl der Leute, die wir preisgeben können.«

»Aber es würde doch sicher keiner von euch die anderen verraten.«

»Das hoffen wir natürlich. Aber die Deutschen wenden Folter an. Wer weiß, wer unter einem solchen Druck zusammenbrechen könnte? Und außerdem besteht immer die Möglichkeit, dass das Netzwerk von einem Spion infiltriert wird.«

»Wenn es so gefährlich ist, warum tust du es dann?«

»Ich muss. Ich kann mich nicht einfach zurücklehnen und die Deutschen gewinnen lassen.«

Ruby wartete, bis er sie ansah. »Genau so fühle ich mich auch, Marcel. Du musst mich helfen lassen.«

»Ich muss mich zuerst um diesen Piloten kümmern, okay? Wir können morgen früh darüber reden.«

»Ist das ein Versprechen?«

Er hielt ihrem Blick stand. »Das ist ein Versprechen. Und jetzt geh ins Bett.«

»Na schön.« Er schien tatsächlich zu meinen, was er sagte. Und er hatte recht; der Streit zwischen ihnen konnte warten. Dexter hatte jetzt oberste Priorität. »Bitte sag ihm von mir auf Wiedersehen. Auf Wiedersehen und gute Reise.«

»Wem?« Marcel blickte verblüfft.

»Dem Piloten. Dexter. Er ist ein netter Mann, und er hat es verdient zu leben.«

Marcel nickte, und dann schlüpfte er wieder zur Tür hinaus. Ruby beobachtete durch den Spion, wie er den Wandschrank öffnete und Dexter heraushalf. Als sie auf die Treppe zugingen, bemerkte sie, wie Dexter mit dem Anflug eines Lächelns noch einmal zurücksah.

Marcel wandte sich nicht um.

Drei Tage später war ihr Mann noch immer nicht zurückgekehrt, und das ungute Gefühl in Rubys Magengegend verschlimmerte sich von Stunde zu Stunde. Er hatte versprochen, am nächsten Tag mit ihr zu reden, daher wusste sie, dass er vorhatte zurückzukommen. Trotzdem, rief sie sich in Erinnerung, könnte irgendetwas dazwischengekommen sein. Er könnte gezwungen worden sein, sich zu verstecken oder den Piloten vielleicht zu einem Punkt weiter hinten an der Fluchtroute zu bringen als ursprünglich geplant. Ruby wusste ja schließlich nicht, wie das alles funktionierte.

Als es am dritten Tag um kurz nach Mittag an der Tür klopfte, wusste Ruby, dass es um Marcel gehen würde. Als sie durch das Guckloch in den Flur hinausspähte, sah sie Aubert und öffnete langsam die Tür.

»Hallo, Ruby.« Seine Augen waren blutunterlaufen, seine Kleidung schmutzig.

»Komm herein, Aubert«, sagte sie. »Marcel ist nicht da.«

»Ich weiß.« Er folgte ihr hinein und wartete, bis sie die Tür hinter ihm abgeschlossen hatte. »Ich habe Neuigkeiten.«

»Marcel ist etwas zugestoßen, stimmt's?«

Aubert starrte sie an. »Ruby, er und ich haben zusammen an … etwas gearbeitet. Etwas Wichtigem.«

»Ihr seid Fluchthelfer für die Résistance«, sagte sie leise. Jetzt war es so offensichtlich.

»Er hat erwähnt, dass er es dir erzählt hat.« Aubert holte tief Luft. »Ich kann nicht behaupten, dass ich das gutheiße.«

»Aubert, was ist passiert?«

»Marcel wurde …« Er brach abrupt ab und sah erst Ruby an und dann zu Boden. »Marcel wurde verhaftet.«

»Was?«

»Die Deutschen, Ruby. Sie haben ihn dabei geschnappt, wie er den britischen Piloten eskortiert hat, den ihr hier untergebracht hattet. Das sichere Haus, zu dem Marcel ihn gebracht hat, ist aufgeflogen.«

Einen Moment lang sprach keiner von ihnen, und das einzige Geräusch war das Ticken der Uhr an der Wand. »Okay«, sagte Ruby schließlich. »Dann werden wir ihn herausholen. Da gibt es doch sicher eine Möglichkeit.«

»Ruby…«

»Und in der Zwischenzeit werde ich helfen. Ich habe schließlich den Piloten beschützt, oder? Ich kann dasselbe für andere tun, bis Marcel wiederkommt. Frag ihn. Er wird es dir sagen.«

»Ruby, ich fürchte, du hast mich falsch verstanden. Marcel ist nicht im Gefängnis.«

»Oh, nein. Wurde er etwa auf einen dieser Transporte nach Osten geschickt?« Ruby hatte erst kürzlich von politischen Gefangenen gehört, die aus Frankreich in Lager in Deutschland gebracht wurden. Es würde schwieriger sein, ihn dort herauszubekommen, aber sie hatte Vertrauen in das Netzwerk. Wenn sie es schafften, Piloten nach England zurückzubringen, konnten sie doch sicher auch einen ihrer eigenen Leute retten.

»Nein.« Aubert drehte seine Mütze in den Händen. »Sie – Ruby, die Deutschen haben ihn erschossen. Er ist tot.«

Schweigen trat ein. »Tot?«, flüsterte Ruby. »Und was ist mit dem Piloten?«

»Was?«

»Was ist aus dem Piloten geworden? Ist er auch tot?«

»Äh, nein. Er wurde nach Deutschland gebracht. In ein Kriegsgefangenenlager.«

»Aber Marcel haben sie getötet?«

»Für Kriegsgefangene gelten andere Vorschriften, und Leute wie ihn betrachten sie als Verräter. Als Marcel nichts preisgeben wollte, entschieden sie, ein Beispiel an ihm zu statuieren. Er war ein guter Mann, Ruby.«

Ruby sah zu Boden, während sie Auberts Worte verarbeitete. Wenn sie sich doch nur selbst irgendetwas überlegt hätte, um dem Verwundeten zu helfen. Hätte sie Marcel retten können? War es ihre eigene Tatenlosigkeit, die ihn das Leben gekostet hatte?

»Ruby?« Auberts Stimme durchschnitt ihre Gedanken.

Atemlos sah sie auf, aber auf einmal war sie so klar im Kopf wie schon lange nicht mehr. »Ich muss helfen. Ich muss Marcels Arbeit übernehmen.«

»Nein, Ruby. Das ist unmöglich. Ich kann dich nicht in eine solche Gefahr bringen.«

»Marcel hat gesagt, er würde mich helfen lassen. Bevor er gegangen ist.«

»Nein. Absolut nicht. Ich könnte dich nicht in Gefahr bringen. Das kann ich Marcel nicht antun.«

»Marcel ist *tot*«, entgegnete Ruby schärfer als beabsichtigt.

Schuldgefühle huschten über Auberts Gesicht. »Ich bin immer noch sein Freund. Und er würde wollen, dass ich dich beschütze.«

»Es ist nicht Marcels Entscheidung. Oder deine.«

Er schüttelte den Kopf. »Es tut mir leid, Ruby. Du bist Amerikanerin. Du fällst hier sowieso schon auf. Du wärst nur eine Bürde für uns.«

»Aber …«

»Nein.« Sein Tonfall war entschieden. »Du solltest versuchen herauszukommen. Ich habe gehört, dass es noch immer Schiffe gibt, die von der freien Zone nach Amerika fahren. Kontaktiere deine Botschaft im Süden und lass dir von ihnen helfen. In der Zwischenzeit findest du mich im Hinterzimmer der Bäckerei in der Rue de la Comète, wenn du irgendetwas brauchst, aber für dich gibt es hier jetzt nichts mehr.«

Aubert ging, bevor sie noch irgendetwas sagen konnte. Ruby starrte ihm nach, bevor sie die Tür zu ihrer Wohnung schloss. Sie stand ein paar Minuten reglos da, und dann sackte sie auf dem Boden zusammen und ließ den Tränen freien Lauf.

Marcel war tot. Erschossen von den Deutschen. Er war ein

besserer Mann gewesen, als sie ihm zugebilligt hatte. Wenn er gelebt hätte, hätte er sie helfen lassen, wie er es versprochen hatte? Hätten sie sich wieder ineinander verliebt, sobald er sich nicht mehr vor ihr versteckte?

Jetzt würde sie niemals die Chance bekommen, es zu erfahren.

Zwei Tage später klopfte es kurz nach Morgengrauen hart an der Tür.

»Marcel?«, rief Ruby. Sie war mit einem Ruck hellwach, bevor sie von einer neuen Welle von Schuldgefühlen und Schmerz erschüttert wurde. Seit Auberts Besuch hatte sie das Bett kaum noch verlassen; sie war überrumpelt worden vom Ausmaß ihrer Trauer. Schließlich hatte seit über einem Jahr eine Kluft zwischen Marcel und ihr bestanden; sie hatten sich nicht mehr geliebt, seit sie das Baby verloren hatte; und sie hatte immer mehr das Gefühl gehabt, dass sie sich nach dem Ende des Krieges scheiden lassen würden. Aber das Wissen, dass er sein Leben riskiert hatte, um alliierte Piloten zu retten, und dass er deswegen gestorben war, ließ sie alles in einem anderen Licht betrachten. Er war gewiss nicht der Ehemann gewesen, den sie sich erhofft hatte, aber hätte es etwas geändert, wenn der Krieg nicht gekommen wäre?

Vielleicht war vieles davon tatsächlich ihre Schuld. Sie hätte gewillter sein sollen, die Zweifel zu seinen Gunsten sprechen zu lassen, ihn als den Menschen zu sehen, in den sie sich verliebt hatte. War ihre eigene Rastlosigkeit der Grund, dass sie sich so leicht abgewandt hatte?

Das Klopfen ertönte wieder, und Ruby warf einen Morgenrock über und eilte zur Tür, um zu öffnen. Was, wenn es Aubert war, um ihr zu sagen, dass er noch einmal über ihre Bitte nachgedacht hatte, dass er sie als Teil des Untergrundnetzwerkes brauchte? Stattdessen sah sie sich, als sie die Tür öffnete, zwei französischen Polizisten gegenüber – und zwei Deutschen in voller Ausgehuniform, einer blond, der andere dunkler.

Sie blinzelte sie in verblüffter Panik an, bevor ihr bewusst wurde, dass sie nichts Unrechtes getan hatte. Na ja, außer Dexter zu verstecken, aber sie bezweifelte, dass sie davon wussten. Selbst wenn sie ihn gefoltert hatten, hatte er sie mit Sicherheit nicht verraten; es wäre weitaus einfacher gewesen, sie ganz aus der Geschichte herauszulassen und zu erklären, dass es Marcel war, der ihm Unterschlupf gewährt hatte.

»Hallo, meine Herren«, sagte sie, bemüht, das Zittern aus ihrer Stimme herauszuhalten.

»Sind Sie Madame Benoit?«, fragte der kleinere der beiden französischen Gendarmen. Die Knopfreihe seiner Uniformjacke glänzte, seine kleine Kappe saß kerzengerade. Seine Augen funkelten ebenso glitzernd wie seine Knöpfe; er war sichtlich zufrieden, ein Teil von dem hier zu sein, was immer das war.

»Die bin ich.« Sie zog ihren Morgenrock fester um sich.

»Wir müssen Ihre Papiere sehen.« Hinter dem kleinen Gendarmen standen die beiden deutschen Offiziere schweigend da und durchbohrten Ruby mit Blicken. Der andere französische Polizist ließ unbehaglich den Blick durch das Innere ihrer Wohnung schweifen.

»Ja, natürlich.« Sie ließ die Tür angelehnt, während sie ihre Papiere aus ihrer Handtasche holte. Der französische Polizist inspizierte sie als Erster und reichte sie dann den Deutschen, die sie überflogen. Der Dunkelhaarige schnaubte und gab sie ihr zurück.

»Amerikanerin?«, fragte er auf Französisch mit starkem Akzent. »Was tun Sie hier?«

Sie erklärte, dass sie vor dem Krieg einen Franzosen geheiratet und entschieden hatte zu bleiben. Der Deutsche kniff die Lippen zusammen und murmelte dem anderen Offizier irgendetwas zu, woraufhin dieser nickte.

»Das ist sehr verdächtig, wissen Sie«, sagte er, während er Ruby mit einem stählernen Blick fixierte. Seine Augen waren knopfartig und leer, wie die einer Schlange. Sein Französisch war tadellos. »Warum sind Sie nicht in die Vereinigten Staaten zurückgekehrt?«

»Ich wollte an der Seite meines Mannes bleiben.«

»Um ihn bei seiner verräterischen Arbeit beim Widerstand zu unterstützen?«, spottete der kleine französische Polizist.

»Oh, nein, an diesen Anschuldigungen gegen ihn war doch sicher nichts dran.« Sie riss die Augen weit auf und knetete die Hände. »Da ist der französischen Polizei doch sicher ein Fehler unterlaufen.«

»Uns unterlaufen keine Fehler, Madame«, entgegnete der kleine Polizist angespannt. Hinter ihm verdrehte der blonde Deutsche die Augen, und der französische Kollege hüstelte.

»Oh, ich bin sicher, *Ihnen* nicht«, beeilte sich Ruby zu sagen. »Ich meine nur, dass vielleicht irgendjemand der Polizei falsche Informationen über ihn gegeben hat.« Sie schlug die Augen nieder. »Ich kann unmöglich glauben, dass mein Ehemann genau vor meiner Nase etwas so Schlimmes getan haben sollte.«

»Wir müssen Ihre Wohnung durchsuchen«, erklärte der blonde Deutsche, und Ruby nickte. Wahrscheinlich waren die Polizisten deshalb hier, und sie betete, dass Marcel nichts versteckt hatte. Wenn sie die letzten zwei Tage doch nur genutzt hätte, um die Wohnung von oben bis unten zu durchkämmen!

»Natürlich, meine Herren, wollen Sie nicht hereinkommen?«, sagte sie, um einen gleichmütigen Ton bemüht. »Ich bin sicher, Sie werden nichts Verdächtiges finden. Um genau zu sein, wenn Sie unser Zuhause durchsucht hätten, bevor mein Mann hingerichtet wurde, hätte ihn das vielleicht gerettet!«

Die Deutschen drängten an dem kleinen Franzosen vorbei, der ihnen einen Augenblick später vor sich hinmurmelnd folgte. Der andere Gendarm blieb neben ihr stehen. »Es tut mir leid, Madame«, sagte er leise, und sie nickte. Sie verstand, dass einige der Leute, die mit den Deutschen zusammenarbeiteten, keine andere Wahl hatten. Sie war verblüfft von dem plötzlichen Mitgefühl, das sie für ihn empfand.

Sie sah zu, wie die Deutschen sorgfältig jeden Schrank und jede Schublade öffneten, während der kleine Franzose ihre Kommode durchwühlte und Kleider und Unterwäsche theatralisch in die Luft warf. Als er den Kleiderschrank erreichte, in dem sie für kurze Zeit Dexter versteckt hatte, hielt sie den Atem an, aber er riss nur ihre Kleider von den Bügeln und warf sie auf den Boden.

Nach einer Viertelstunde waren sie mit der Durchsuchung fertig und kamen zur Wohnungstür zurück.

»Anscheinend sagen Sie die Wahrheit«, erklärte der blonde Deutsche. »Aber wir werden Sie im Auge behalten.«

»Natürlich. Das verstehe ich.«

»Wenn Sie irgendetwas verstecken, werden wir es finden«, ergänzte der kleine Franzose, aber diesmal legte ihm der dunkelhaarige Deutsche eine Hand auf die Schulter.

»Das reicht jetzt. Ich bin sicher, sie weiß, dass sich niemand ewig vor uns verstecken kann.« Er nickte ihr knapp zu und machte auf dem Absatz kehrt. Die anderen folgten ihm, und Ruby sah ihnen nach, bis sie die Treppe hinunter verschwunden waren. Erst dann gestattete sie sich, zitternd auf dem Boden zusammenzubrechen.

Aber als sie sich wenig später am Türrahmen hochzog, machte sich Hoffnung in ihr breit. Marcel hatte so viel Zeit damit verbracht, ihr das Gefühl zu geben, nutzlos zu sein, dass es für sie leichter als erwartet gewesen war, sich so zu benehmen, als wäre sie es tatsächlich. Vielleicht hatte er ihr letztendlich doch geholfen. Vielleicht war die Unwissenheit, die er ihr immer unterstellt hatte, die perfekte Tarnung.

Jetzt musste sie sich nur noch eine Möglichkeit überlegen, Aubert zu überzeugen, dass sie das zu ihrem Vorteil nutzen könnte.

Kapitel 14

Oktober 1941

Anfang Herbst wurde Thomas kurz vor Morgengrauen hochgeschickt, um als Rückendeckung zu fliegen. Die Bomber sollten ihre Ladung auf zwei von den Deutschen kontrollierte Fabriken hundertsechzig Kilometer nördlich von Paris abwerfen; dann sollten Thomas und die Jungs den Himmel patrouillieren, während ihre Flotte nach England zurückkehrte, und deutsche Kampfflieger, die sie verfolgten, abfangen und in ein Gefecht verwickeln.

Missionen wie diese waren inzwischen fast zur Routine geworden, und die RAF flog hinein und wieder hinaus, bevor die Deutschen überhaupt Zeit hatten, ihre Kampfflieger zu starten. An diesem Morgen, während sie nach Osten flogen, schweiften Thomas' Gedanken ab. Die Wolken sahen seltsam und schwer aus, wie von innen beleuchtet. *Wir können uns glücklich schätzen,* dachte er. *Die meisten Leute bekommen den Himmel nie so zu sehen.* Er schwor sich, das nie zu vergessen, solange er lebte.

»Ein wunderschöner Morgen, was?«, funkte ein Pilot namens Lewis, und Thomas lächelte. Genau das hatte er selbst gerade gedacht; es hatte etwas unleugbar Magisches, die Geburt eines neuen Tages vom Himmel aus zu sehen.

»Friedlich hier oben«, pflichtete Thomas bei und drehte dann zurück nach Westen, während die ersten Lichtbänder über dem östlichen Horizont zu schimmern begannen. Knapp hundert Kilometer vor ihm lag die französische Küste, und dahinter führte ein schmaler Streifen Ärmelkanal zu den weißen Klippen von Dover, immer eine Augenweide, selbst wenn sie nur für ein paar Stunden fort gewesen waren. Die Klippen bedeuteten Sicherheit, und an diesem Morgen würden sie im weichen Sonnenlicht schimmern, während sie die RAF-Jungs zu Hause begrüßten.

Das war es, woran Thomas dachte, als auf einmal ein Schwarm deutscher 109er hinter seiner Schwadron aus dem Nebel aufstieg. Thomas schlug das Herz bis zum Hals, als er sie entdeckte. »Hinter uns!«, gelang es ihm gerade noch über den Funk zu rufen, bevor er in einem Ausweichmanöver in die Wolken abtauchte.

»Durchhalten, Jungs!«, brüllte irgendjemand zurück, und dann pfiffen auf einmal überall Kugeln. Thomas versuchte verzweifelt, auf die näher kommenden 109er zuzuschwenken, um einen kleinen Vorteil zu gewinnen, aber es war sinnlos. Seine Schwadron war zahlenmäßig hoffnungslos unterlegen; es waren mindestens drei 109er, die seine Verfolgung aufgenommen hatten. Er riss den Gashebel nach hinten, um die Spit so hart wie möglich zu beschleunigen, aber dann ertönte auf einmal ein gewaltiges Scheppern, gefolgt von einer solch heftigen Erschütterung, dass es sich anfühlte, als hätte sich Thomas' Rückgrat von seinem Körper losgerissen. Er fluchte in dem Wissen, dass er getroffen worden war.

Er schätzte die Situation rasch ab, während er versuchte, nicht in Panik auszubrechen. Konnte er noch gleiten? Schließlich war er nicht allzu weit entfernt von der Küste. Wenn er nicht übermäßig viel Höhe oder Treibstoff verlor, könnte er es vielleicht knapp zurück über den Ärmelkanal schaffen. Aber die Wolken unter ihm schossen auf ihn zu, und ein kurzer Blick auf seinen Höhenmesser bestätigte, dass er rasch sank.

»Lewis, sieht aus, als ob ich getroffen wurde«, funkte er, aber es kam keine Antwort, nur das Rauschen des leeren Himmels. Waren die anderen weitergeflogen und hatten ihn zurückgelassen? Hatten sie ihn in die Wolken stürzen sehen und gingen davon aus, dass er erledigt war? *Na schön, Thomas*, sagte er sich, während er weiter sank. *Ganz ruhig bleiben. Wenn Harry einen solchen Schlamassel überleben konnte, dann kannst du das auch.*

Aber seine erzwungene Gelassenheit wurde erschüttert, als ein erneuter Kugelhagel auf ihn einprasselte, der diesmal den Motor traf. Die Windschutzscheibe war prompt schwarz von Öl, und dichter Rauch umgab ihn von allen Seiten. »Verdammt!«, fluchte er. Jetzt war das Flugzeug nicht mehr zu retten; er musste mit dem Fallschirm abspringen, bevor er noch tiefer sank. Und so katapultierte er sich heraus, während er betete, er möge es schaffen, und schwebte einen entsetzlichen Moment lang wie erstarrt allein am Himmel, während seine Spit in schwarze Rauchwolken gehüllt ohne ihn auf den Boden zuraste. Inmitten seiner Panik verspürte er einen Anflug von Traurigkeit wegen des Flugzeugs, aber er hatte keine Zeit, um einen verkohlten Klumpen Metall zu betrauern. Jetzt fiel er, und zwar schnell. Er zog an der Reißleine seines Fallschirms und spürte einen markerschütternden Ruck, während der Schirm sich öffnete. Jetzt blieb ihm nichts anderes mehr übrig, als vom Himmel zu schweben, mit einem Gefühl, als hätte man ihm eine Zielscheibe aufgemalt. Er machte sich auf die Schüsse gefasst, die garantiert kommen würden, aber der Kampf ging über ihm weiter. Unter ihm war die Erde seltsam still.

Thomas holte tief Luft und zwang sich, die Umgebung

konzentriert abzuschätzen, während er sank. Er würde in einem dicht bewaldeten Gebiet herunterkommen. Die nächste Straße lag mindestens einen Kilometer weiter östlich, was hieß, dass es eine Weile dauern würde, bis die Deutschen zu ihm gelangen konnten – falls ihn überhaupt jemand hatte fallen sehen. Die Wolken waren dicht, und er hatte sich mitten in ihnen herauskatapultiert; es war durchaus möglich, dass es für die Deutschen so ausgesehen hatte, als ob er mit dem Flugzeug abgestürzt wäre.

Die Zeit verlangsamte sich, während er zu einer unsanften Landung ansetzte; er entging knapp einer Gruppe großer Bäume und landete auf einer kleinen Lichtung. Sobald seine Füße den Boden berührten und er feststellte, dass er unversehrt war, zog er in aller Eile seinen Fallschirm ein, um seine Position nicht zu verraten. Er rollte ihn zusammen, grub ein Loch in die Erde und stopfte ihn hinein. Er verteilte die Erde wieder darüber und zog ein paar herabgefallene Zweige über die frisch umgegrabene Stelle, bis dort nichts mehr zu sehen war.

Als Nächstes schälte er sich aus seinem Sidcot-Anzug und wendete ihn von innen nach außen, um die RAF-Markierungen zu verbergen. Er zog ihn in aller Eile wieder an, dann ließ er sich auf die Knie fallen, rollte sich ein bisschen auf dem Boden herum, bis der Fliegeranzug ausreichend schmutzig war, und strich sich dann noch ein bisschen Erde ins Gesicht. Na bitte, auf den ersten Blick konnte er jetzt leicht als französischer Landarbeiter durchgehen – zumindest bis jemand genauer hinsah und seine Fliegerstiefel bemerkte oder versuchte, ihn ins Gespräch zu ziehen. Auch wenn er dank seiner Schulbildung fast fließend Französisch sprach, würde sein britischer Akzent ihn mit Sicherheit verraten.

Thomas dankte Gott für die Vorsorgemaßnahmen der

RAF, während er das Fluchtpaket herausholte, das in seine Uniform eingenäht war – ein durchsichtiger Kunststoffbeutel mit Überlebensausrüstung wie Streichhölzern, Wasserreinigungstabletten und Energiepillen –, und entnahm ihm den kleinen Kompass, der zur Standardausrüstung gehörte. Er studierte ihn einen Moment und schlug dann den Weg nach Süden ein. Wenn er während des Nahkampfs nicht vom Kurs abgekommen war, befand er sich fast genau nördlich von Paris, und auch wenn es ein paar Tage Fußmarsch bedeutete, war es die beste Alternative, die ihm einfiel. Er konnte noch immer hören, wie Harry von dem Wohnhaus mit der roten Tür neben der Galerie mit Ballerinastatuen redete, wo ein Mann willens und in der Lage war, Piloten wie ihm zu helfen. Wenn er es dorthin schaffte, ohne geschnappt zu werden, dann würde er eine Chance haben, lebend nach England zurückzukehren.

Am Abend war Thomas zutiefst erschöpft. Er hatte angenommen, ein paar Tage Fußmarsch würden nicht allzu beschwerlich sein, aber mit dem ganzen Adrenalin im Blut hatte er nicht bemerkt, dass er sich bei der Landung den linken Knöchel verstaucht hatte. Anfangs machte es ihm nicht viel aus, aber je länger er über Hügel bergauf und bergab stapfte, immer in die Richtung, die der Kompass ihm anzeigte, desto langsamer wurden seine Schritte. Als die Dunkelheit hereinbrach, stieß er auf einen Bach, an dem er stehen blieb, um einen Schluck Wasser zu trinken. Er wusste, dass er bald einen sicheren Ort zum Schlafen finden musste.

Er setzte sich auf einen umgestürzten Baumstamm und schloss für einen Moment die Augen, und als Nächstes spürte er eine Hand auf seiner Schulter, die ihn wachrüttelte. Ein Mann mit einer tiefen Stimme sagte etwas, und Thomas zuckte zusammen und sprang erschrocken auf. Der Wald war in Dunkelheit getaucht, und er war allein auf der Lichtung mit einem Fremden, der eine Laterne hielt.

»Ich habe gesagt, geht es Ihnen gut?«, fragte der Mann noch einmal, und Thomas brauchte eine Sekunde, um zu begreifen, dass die Worte Französisch und nicht Deutsch waren. Ein Anflug von Erleichterung durchzuckte ihn, aber er war noch immer auf der Hut. Er konnte unmöglich wissen, ob dieser Mann Freund oder Feind war.

»Ja, danke«, knurrte Thomas auf Französisch, bemüht, sich einen landestypischen Akzent zu geben, und in der Hoffnung, dass seine kurz angebundene Antwort den britischen Tonfall seiner Worte verschleiern würde.

»Sie sind Engländer«, sagte der Mann ruhig, und Thomas' Mut sank. Offenbar war er doch nicht so schlau gewesen, wie er gehofft hatte.

»Nein«, entgegnete Thomas abgehackt, während er noch einen Schritt zurückwich und über seinen Fluchtweg nachdachte. Wenn der Mann keine Pistole hatte oder kein besonders guter Schütze war, konnte Thomas versuchen wegzulaufen. Aber wie weit würde er mit seinem verletzten Knöchel kommen, vor allem in einem dunklen Gelände, in dem er sich nicht auskannte?

Aber der Mann kam nicht weiter auf ihn zu. »Entspannen Sie sich«, sagte er auf Französisch. »Ich bin keiner von denen.«

»Wen meinen Sie?«

»Ein Kollaborateur. Ein Nazifreund.« Der Mann spuckte laut aus. »Ich bin Franzose, und für mich ist jeder, der uns hier zu helfen versucht, ein Freund.«

Thomas zögerte. Er war sich nicht sicher, ob er dem Mann glauben sollte, aber er hatte kaum eine andere Wahl. »Na schön. Ich versuche, nach Paris zu kommen.«

Der Mann fragte nicht nach dem Grund. »Na ja, heute Nacht werden Sie das nicht mehr schaffen. Und Sie müssen schlafen, bevor Sie weiterlaufen können. Kommen Sie mit mir mit.«

Thomas blieb wie angewurzelt stehen. »Woher weiß ich, dass ich Ihnen vertrauen kann?«

»Das können Sie nicht wissen. Aber je weiter Sie sich Paris in diesem Aufzug nähern, desto mehr werden Sie sich in Gefahr bringen. Sie können Ihr Risiko mit mir eingehen, oder Sie können Ihren Weg in einem gewendeten Fliegeranzug fortsetzen.«

Thomas wurde flau im Magen. »Sie erkennen, was ich anhabe?«

»Ihre Stiefel helfen Ihrer Sache auch nicht. Kommen Sie, Sie können eine Runde schlafen und morgen beim ersten Tageslicht wieder unterwegs sein.« Der Mann ging los, ohne eine Antwort abzuwarten. Als Thomas ihm nicht folgte, rief der Mann über seine Schulter: »Ich werde nicht betteln. Aber es wäre in Ihrem besten Interesse.«

Sekunden später folgte Thomas dem Fremden. Sie hielten sich im Schatten, bis sie den Rand eines Felds erreichten.

»Na los, kommen Sie schon«, forderte der Mann ihn auf. »Je länger Sie hier draußen herumhängen, desto mehr Gelegenheit geben Sie den Deutschen, Sie zu entdecken, mein Freund. Und dann werde ich leugnen müssen, dass ich Sie je gesehen habe.«

Der Mann begann, das Feld zu überqueren, das anscheinend mit Kartoffeln bepflanzt war. Aber Thomas wusste, dass die Franzosen, genau wie die Engländer, unter einer gewaltigen Lebensmittelknappheit litten, daher fragte er sich, wie viel von dem Feld zu Brachland gemacht worden war von den Deutschen, die sich mehr darum sorgten, ihre Feinde hungern zu lassen, als darum, ihre eigenen Leute zu ernähren.

Der Mann führte ihn zu einem bescheidenen Bauernhaus und hielt die Tür auf. Drinnen flackerte Kerzenlicht, und Thomas zögerte einen Moment, bevor er eintrat. »Na bitte«, sagte der Mann, während er die Tür hinter ihm schloss. »War das so schwer?«

Thomas nahm die Umgebung in sich auf. Das Zimmer war spärlich möbliert, aber es sah warm und gemütlich aus.

»Claude?« Eine Frau in einem Hausmantel tauchte aus dem hinteren Teil des Hauses auf. Sie war jung – vielleicht Anfang zwanzig – und hübsch. Im Kerzenlicht konnte Thomas endlich auch das Gesicht des Mannes erkennen, der ihn mit zu sich nach Hause genommen hatte, und sah verwundert, dass er kaum älter als Thomas selbst war.

»Henriette, ich habe einen Gast mitgebracht«, sagte der Mann. »Haben wir irgendetwas zu essen für ihn?«

»Ja, natürlich«, murmelte sie, während sie Thomas' Gesicht ein paar Sekunden musterte, bevor sie aus dem Zimmer huschte.

»Das ist meine Frau, Henriette.« Der Mann wandte sich wieder zu Thomas um. »Mein Name ist Claude. Und du bist?«

»Thomas.« Er hielt einen Moment inne, überlegte, ob er auch seinen Nachnamen nennen sollte, und entschied sich dann dagegen. »Und vielen Dank. Es ist sehr freundlich von dir und deiner Frau, mir zu helfen.«

Claude zuckte mit den Schultern. »Das würde jeder tun.«

»Ich glaube, das ist nicht wahr.«

»Jeder mit einem Gewissen«, berichtigte sich Claude.

Thomas nickte. »Wie hast du mich gefunden?«

»Ich war draußen auf dem Feld, als ich dich gesehen habe, wie du auf den Bach zugestolpert bist. Als du dich hingesetzt und nicht mehr vom Fleck gerührt hast, dachte ich, du wärst vielleicht tot. Aber ich musste bis Einbruch der Dunkelheit warten, um nachzusehen, denn es lässt sich unmöglich sagen, wann die deutschen Patrouillen unterwegs sind. Aber diese faulen Schweine machen früh Feierabend. In der Stadt betrinken sie sich dann mit unserem besten Wein.«

»Wo sind wir hier?«, fragte Thomas.

Claude zog eine Augenbraue hoch. »In der Nähe von Ayette. Woher kommst du?«

»Arras. Glaube ich. Mein Flugzeug wurde heute Morgen bei einem Nahkampf abgeschossen.«

»Ah, dann werden sie nach dir suchen. Umso besser, dass ich dich für die Nacht hierhergebracht habe. Aber du hast an einem Tag eine gute Strecke zurückgelegt. Vor allem mit dieser Verletzung.« Er zeigte auf Thomas' Knöchel. »Henriette kann ihn verbinden, auch wenn ich nicht weiß, wie viel das helfen wird.«

»Danke.«

Claude nickte. »Also, warum hast du es so eilig, nach Paris zu kommen? Dort wimmelt es von Nazis, weißt du.«

Thomas zögerte. Claude schien durchaus freundlich, aber was, wenn er ein Spion für die Deutschen war, der nach Informationen angelte? »Es scheint mir die beste Möglichkeit zu sein, um Verbindung zu einem Fluchthilfenetzwerk aufzunehmen.«

»Ja. Ja, das ist es. Wir haben hier in der Gegend nur ein paar deiner Kameraden gesehen, und wir können nicht mehr tun, als euch zu helfen weiterzukommen, ohne geschnappt zu werden.«

»Es gab noch andere?«

»Ja. Ein Bursche namens Kenneth, vor ungefähr sechs Monaten. Ist in der Nähe von Arras heruntergekommen genau wie du. Und dann, vor ungefähr vier Monaten, ein

Mann namens Michael. Sein Bein war so schlimm verletzt, dass man den Knochen sehen konnte. Henriette hat die Wunde gereinigt und den Knochen gerichtet. Die Nazis haben herumgeschnüffelt, da sein Flugzeug nicht weit von hier abgestürzt ist. Aber zumindest bis Paris hat er es geschafft.«

»Woher weißt du das?«

»Weil mein Vater ihn gefahren hat.«

Thomas sah verblüfft auf. Es gab hier jemanden, der Piloten mitnahm? Das würde ihm die nächsten paar Tage mit Sicherheit erleichtern. Aber dann schüttelte Claude den Kopf.

»Mein Vater ist letzten Monat gestorben. Herzinfarkt. Aber ich glaube, für diesen Piloten sein Leben zu riskieren, hat letztendlich seine Seele reingewaschen.« Er wartete keine Antwort ab. »Aber genug davon. Jetzt geben wir dir erst einmal etwas zu essen und zum Anziehen, damit du schlafen kannst.« Claude lächelte. »Du hattest doch hoffentlich nicht vor, in diesem Aufzug durch Paris zu laufen, oder? Da könntest du ja gleich eine britische Fahne schwenken.«

Nachdem Thomas eine erstaunlich köstliche Kartoffelsuppe gegessen hatte, von Henriette gekocht, die anschließend seinen Knöchel verband, führte Claude ihn in die Scheune, wo sich unter einer leeren Box eine Falltür im Boden befand.

»Früher hatten wir sechs Pferde«, erklärte Claude, während sich seine Miene verdüsterte. »Die Nazis haben sie alle beschlagnahmt.«

»Das tut mir leid«, sagte Thomas.

»Mir auch. Für uns alle.« Er reichte Thomas einen kleinen Stapel mit Kleidung – ein Hemd und eine Hose, wie es aussah, und ein Paar zerkratzte Schuhe. »Die Sachen haben meinem Vater gehört. Er war ein großer Mann, daher dürften sie dir gut genug passen. Und jetzt schlaf ein bisschen, und zieh das hier morgen früh an. Ich komme und hole dich beim ersten Tageslicht.«

Er öffnete die Falltür und zeigte hinunter in die Dunkelheit. Es roch moderig und schal, aber Thomas begriff, dass es vermutlich der beste Ort auf dem Grundstück war, um sich zu verstecken.

»Nicht dass wir damit rechnen, dass irgendjemand kommt und nach dir sucht«, sagte Claude, »aber falls doch, wird er die Falltür nicht sehen. Wir werden sie über Nacht mit ein paar Heuballen zudecken.«

Thomas stieg in den Keller hinunter, das Kleiderbündel unter einen Arm geklemmt, und binnen fünf Minuten schlief er tief und fest auf dem kalten, harten Boden.

Es schien kaum Zeit verstrichen zu sein, als auf einmal Licht in den Keller strömte und ihn weckte. Als Thomas in die plötzliche Helligkeit blinzelte, entdeckte er Claudes Gesicht in der Luke über sich. »Hoffe, du hast gut geschlafen, mein Freund«, begrüßte ihn der Franzose. »Und jetzt zieh dir die Kleider an, schnell. Es ist kurz nach Morgengrauen, und du musst im Wald verschwunden sein, bevor die Deutschen aufwachen.«

Thomas zog sich rasch an, und auch wenn die Kleider ein bisschen eng saßen – er musste die Hose halb offen lassen, und die zwei obersten Knöpfe an seinem Hemd konnte er nicht schließen –, passten die Schuhe erstaunlich gut. Er kletterte die Leiter hoch, seinen Fliegeranzug und seine Stiefel unter einen Arm geklemmt. »Die hier nehme ich mit und vergrabe sie«, sagte er zu Claude. »Ich will nicht, dass du damit erwischt wirst.«

Claude nickte und reichte Thomas ein kleines Päckchen. »Hier ist etwas Brot und Käse und eine Flasche Wasser, damit du versorgt bist, bis du nach Paris kommst.«

»Ich weiß nicht, wie ich dir danken soll.«

»Oh, das ist ganz einfach«, erklärte Claude, während er Thomas eine Hand auf die Schulter legte. »Geh zurück nach England, und wenn du wieder in die Lüfte aufsteigst, mach den Nazis die Hölle heiß. Wir werden diesen Krieg gewinnen, und dafür brauchen wir Männer wie dich.«

»Und Männer wie dich«, erwiderte Thomas lächelnd.

Claude zuckte mit den Schultern. »Ich bin nur ein Bauer. Und jetzt los mit dir, bevor die Deutschen dir auf die Spur kommen. Gute Reise.« Er zeigte in Richtung Wald, bevor er sich abwandte und langsam zurück zum Haus ging. Drinnen brannte Licht, und Thomas konnte Henriettes Silhouette im Küchenfenster sehen. Für einen Moment verspürte er einen seltsamen Anflug von Eifersucht. Obwohl Claudes Leben eindeutig hart war – bei Tageslicht war offensichtlich, dass die Nazis seinen Hof geplündert hatten –, tat er trotzdem etwas Gutes, und er hatte ein schönes Zuhause und eine Frau, die ihn liebte. Wie wäre es wohl, diese Art Frieden im Leben zu haben? Würde es ihm seine Arbeit erleichtern? Zum ersten Mal seit einer ganzen Weile fühlte sich Thomas schmerzlich einsam. Er hob eine Hand zum Haus, nur für den Fall, dass Henriette hinaussah, und brach dann auf in Richtung Wald. Mit seinem bandagierten Knöchel, einem halbwegs vollen Bauch und einer Nacht voll gutem Schlaf hinter sich fühlte er sich bereit für das, was kommen würde.

Für den Rest des Weges benötigte Thomas drei Tage. Er musste die Hauptstraßen meiden, was bedeutete, dass das Gelände schwieriger für seinen verletzten Knöchel war. Henriettes Verband war jedoch hilfreich, ebenso das Paket mit Brot und Käse, das sie und Claude ihm mitgegeben hatten. Thomas war zwar am Verhungern und Verdursten, bis er den

Stadtrand von Paris erreichte, aber ohne die beiden wäre er tatsächlich verhungert.

Den letzten Tag seines Marschs verbrachte er damit, zu versuchen, seinen französischen Akzent zu perfektionieren, und er sprach sich immer wieder laut vor: »Entschuldigung? Wissen Sie, wo ich eine Kunstgalerie finden kann, die auf Ballett spezialisiert ist? Ich soll dort einen Freund treffen.« Als er sich am nächsten Morgen aus dem Wald herauswagte, hatte er das Gefühl, es im Wesentlichen zu beherrschen, aber er würde trotzdem aufpassen müssen.

Während er durch die Vororte von Paris lief, hielt er den Blick auf den Boden gerichtet, glaubte aber dennoch zu spüren, wie die Leute ihn anstarrten. Er musste ja auch seltsam aussehen – wie ein Landstreicher vielleicht – mit seiner zerknitterten Bauernkleidung. Wenn er es doch einmal wagte, sich umzusehen, bemerkte er allerdings viele Leute in schlecht sitzenden, schmuddeligen Kleidern, was ihn erleichterte und zugleich deprimierte. So blieb er zwar einfacher unbemerkt, aber andererseits hatte er sich Paris immer als eine glamouröse Stadt vorgestellt, und dieser Ort war ebenso gebeutelt wie London.

Es war früher Nachmittag, als er das eigentliche Paris erreichte. Er hielt den ersten Mann an, der Blickkontakt zu ihm aufnahm, und fragte ihn mit seinem einstudierten französischen Akzent nach der Galerie, aber der Mann schüttelte nur den Kopf und eilte weiter. Noch zwei Bitten um Informationen stießen auf dieselben verständnislosen Blicke, und allmählich begann Thomas, sich Sorgen zu machen. Stehen zu bleiben, um einen Stadtplan zu finden, würde sicher unnötige Aufmerksamkeit auf ihn lenken. Und er wollte sich nicht länger als unbedingt nötig auf den Straßen aufhalten. Es wimmelte überall von deutschen Soldaten, die in ihren Uniformen herumstolzierten, in Cafés zu Mittag aßen, sogar französische

Mädchen ausführten, was Thomas schaudern ließ. Busse voller lachender deutscher Soldaten rumpelten die breiten Boulevards hinunter, und der Knoten der Wut in Thomas' Magen verkrampfte sich noch mehr.

Er dachte angestrengt nach, während er entschlossen weiterging und sich alle Mühe gab, so auszusehen, als ob er hierher gehörte. Harry hatte erwähnt, dass dieser Laden in der Nähe des Eiffelturms war, oder? Vielleicht war das ja der Schlüssel: in Richtung des Turms gehen und einfach die Straßen in seiner Nähe ablaufen, bis er auf die Galerie stieß. Etwas Besseres fiel ihm jedenfalls nicht ein, und er wusste, dass die Uhr tickte. Paris hatte mit Sicherheit eine Sperrstunde. Nach Einbruch der Dunkelheit konnte er hier nicht herumlaufen, ohne Aufmerksamkeit auf sich zu ziehen.

»Können Sie mir sagen, wie ich zum Eiffelturm komme?«, wandte er sich an einen Mann, der ihm entgegenkam. Der Mann sah ihn einen Moment seltsam an, aber dann zeigte er hinter sich und erklärte Thomas, dass er noch einen langen Weg vor sich hätte, den Hauptboulevard hinunter, bis er in die Rue Montmartre und dann in die Rue du Louvre mündete. Nachdem er den Fluss überquert hatte, sollte er am Quai rechts abbiegen und der Seine folgen, bis der Eiffelturm vor ihm aufragte.

Während er weiterging, fiel Thomas auf, wie schön die Stadt tatsächlich war. Die Nazis hatten ihr anscheinend einen Großteil ihres Lebens geraubt, denn die Grünanlagen waren kahl und die Balkonkästen vieler Wohnungen voller vertrockneter Pflanzen anstelle der Blumen, die Thomas auf Fotos gesehen hatte. Passanten machten einen besiegten Eindruck, ihre Mienen so düster und erbärmlich wie ihre Kleidung. Die Cafés waren größtenteils leer, bis auf die, in denen sich die Deutschen tummelten.

Aber abgesehen von den Zeichen der Besatzung konnte Thomas sehen, warum die Leute sagten, dass Paris einer der schönsten Orte der Welt war. Seine Eltern hatten hier vor seiner Geburt Urlaub gemacht, und seine Mutter hatte stets mit wehmütigem Entzücken davon gesprochen. Die Dinge, die sie erwähnt hatte – die schönen alten Gebäude, die kunstvollen Laternenpfähle, die breiten Avenuen, die sorgfältige Stadtbegrünung –, waren noch immer offensichtlich, und Thomas konnte sich vorstellen, wie die Stadt in ihrer ganzen Pracht aussehen musste. »Endlich habe ich es nach Paris geschafft, Mum«, sagte er leise, während er den Fluss überquerte. In der Ferne sah er auf der rechten Seite den Eiffelturm. »Jetzt brauche ich nur noch ein bisschen Glück.«

Zu seinem Leidwesen hatte Thomas vier Stunden später, als sich die Sonne dem Horizont entgegenneigte, die Galerie noch immer nicht gefunden, obwohl er so viele Seitenstraßen auf und ab gelaufen war, dass sich ihm der Kopf drehte. Er hatte keinen Reserveplan, und er murmelte entnervt vor sich hin, den Blick zum Gehsteig gesenkt, als ihm auf einmal der Weg versperrt wurde.

Er sah verblüfft auf und schluckte schwer, als er erkannte, dass er um ein Haar mit einem deutschen Soldaten zusammengestoßen wäre. Der Mann stand in voller Ausgehuniform mitten auf dem Gehsteig und funkelte Thomas wütend an. Er bellte irgendetwas in einem unverständlichen Deutsch, und Thomas starrte ihn kläglich an, überzeugt, dass er aufgeflogen war. Gab es eine Möglichkeit wegzulaufen? Er schien an der Endstation angelangt zu sein. Der Mann sagte noch irgendetwas anderes, wartete offenbar auf eine Antwort, und schließlich sagte Thomas auf Französisch: »Es tut mir leid. Ich spreche kein Deutsch.«

Der Mann beäugte ihn und wechselte dann, zu Thomas'

Verblüffung, ebenfalls ins Französische. »Ihr Franzosen seid Dummköpfe. Wisst ihr denn nicht, dass Deutsch bald eure Landessprache sein wird?«

Thomas war zu verblüfft, um prompt etwas zu erwidern. Er brauchte ein paar Sekunden, um zu begreifen, dass der Mann ihn nicht angehalten hatte, weil er ihn für einen RAF-Piloten hielt. Er hielt ihn für einen Pariser. »Sehr wohl«, brachte Thomas schließlich auf Französisch zustande. Er wusste, dass sein Akzent lausig war, aber er nahm an, dass es dem Deutschen nicht auffallen würde, da sein eigener Akzent noch schlimmer war. »Ich bitte um Entschuldigung.«

Der Mann schnaubte. »Nun, wie ich Sie gefragt habe, wohin gehen Sie?«

Thomas zögerte. »Zu einer Kunstgalerie.«

Der Mann musterte ihn von Kopf bis Fuß. »Was für eine Art Kunstgalerie?«

»Eine, die auf Ballett spezialisiert ist.« Thomas kam sich idiotisch vor.

»*Sie?* Ein Arbeiter? Was könnten Sie dort denn zu tun haben?«

»Ich, ähm, wurde angeheuert, sie zu putzen und zu helfen, ein paar Gemälde aufzuhängen.«

»Sie verschwenden mitten im Krieg Ihre Zeit mit Ballett und Kunst?« Der Soldat versperrte ihm noch immer den Weg. »Und Sie wollen ein Mann sein?«

»Es ist nur ein Auftrag. Ich bin hungrig und ohne Arbeit.«

Der Soldat musterte ihn noch einmal mit angewiderter Miene. »Na ja, Sie gehen in die falsche Richtung.«

Thomas schwieg.

Einen Augenblick später seufzte der Soldat und zeigte zu einer Straße zwei Blocks hinter Thomas. »La Ballerine ist gleich dort. Rue Amélie. Auf halber Höhe. Ich will Sie lieber nicht erwischen, wie Sie sich nach der Sperrstunde dort herumtreiben.«

»Nein, das werden Sie bestimmt nicht.«

»Also dann?« Der Soldat hatte sich noch immer nicht gerührt. »Wollen Sie sich nicht für meine Hilfe bei mir bedanken?«

»*Merci*«, murmelte Thomas. Er hasste sich ein bisschen dafür, dass er sich von diesem Nazischwein einschüchtern ließ.

»Auf *Deutsch*«, verlangte der Mann grinsend.

Thomas durchforstete sein Gedächtnis und schaffte es, eines der wenigen deutschen Wörter auszuspucken, die er beherrschte. »Danke.«

Der Soldat blickte zufrieden. Er lächelte eisig und trat zur Seite. Thomas eilte weiter, ohne noch einmal zurückzusehen, mit einem fauligen Geschmack im Mund. Das war knapp.

Ein paar Minuten später hüpfte Thomas' Herz vor Dankbarkeit, als er an einem Geschäft mit einem Schild vorbeikam, das es als La Ballerine auswies. Die Türen und Fenster waren mit Zeitungspapier zugeklebt, und er fragte sich, ob der Laden überhaupt geöffnet hatte, aber das war egal. Er würde ohnehin nicht hineingehen. Links neben dem Geschäft befand sich ein Wohnhaus mit einer großen roten Tür, genau wie Harry es beschrieben hatte.

Thomas schluckte schwer und eilte an dem Gebäude vorbei. Er umrundete den Block zweimal, nur für den Fall, dass der Soldat ihm nachgegangen war. Bei der dritten Runde war er schließlich überzeugt, dass er nicht verfolgt wurde, und duckte sich in den Schatten, wo er sich ein letztes Mal umsah, bevor er die rote Tür aufdrückte. Er hatte damit gerechnet, dass sie verschlossen sein könnte, aber das Glück war offenbar auf seiner Seite, und er stolperte in einen trübe beleuchteten Hausflur mit einer breiten Wendeltreppe, die mindestens fünf Stockwerke hochführte. Er blieb stehen und holte tief Luft. Harry hatte erwähnt, dass der Mann mit dem humpelnden Gang in der ersten Etage wohnte, aber er hatte nicht gesagt, in welcher Wohnung, und jetzt war sich Thomas nicht sicher, was er tun sollte.

In der Ecke nahe der Haustür stand ein ausrangierter, klapperig aussehender Stuhl, und während Thomas wie gelähmt von Unschlüssigkeit im Flur stand, wurde ihm auf einmal bewusst, wie abgrundtief erschöpft er war. Er hatte seit über einem Tag nichts mehr gegessen, da sein sorgfältig eingeteiltes Essenspaket von Claude und Henriette aufgebraucht war, und drei Tage ununterbrochen zu laufen, ohne einen sicheren Ort, um sich auszuruhen, hatten ihren Tribut gefordert. Sein Knöchel pochte, er war am Verdursten und zitterte am ganzen Körper. »Nein, Thomas«, befahl er sich streng. »Du hast es so weit geschafft. Reiß dich wenigstens noch ein bisschen länger zusammen.« Aber der Stuhl in der Ecke sah so einladend aus, und einen Augenblick später ließ er sich dankbar darauf sinken, froh, seinen Beinen eine Pause zu gönnen, wenn auch nur für einen Moment.

»Denk nach, Thomas«, murmelte er, während er gegen den Schlaf ankämpfte, der ihn zu übermannen drohte. Die Begegnung mit dem deutschen Soldaten hatte sein Adrenalin hochgejagt, und jetzt, als sich seine Angst allmählich legte, fühlte er sich ausgelaugter denn je. »Denk nach, Kumpel. Es muss eine Möglichkeit geben, Harrys Mann zu finden.«

Einen Augenblick später war er verblüfft, das Klicken einer Wohnungstür zu hören, die ihm gegenüber geöffnet wurde. Konnte das der Mann mit dem humpelnden Gang sein? Aber im Türrahmen tauchte eine uralte, winzige Frau in einem Wollpullover über einem ausgefransten Kleid auf.

»Kann ich Ihnen helfen?«, fragte sie auf Französisch, während sie Thomas misstrauisch beäugte.

»Oh, nein, vielen Dank, Madame«, antwortete er. Er sprach langsam und gab sich alle Mühe, Französisch ohne einen verräterischen britischen Akzent zu sprechen.

»Pardon?« Die Frau hielt sich eine Hand ans Ohr, und Thomas begriff, dass sie taub oder nahezu taub sein musste.

»Ich warte nur auf einen Freund, Madame.« Er sprach etwas lauter und fühlte sich prompt viel zu exponiert, während seine Stimme durch das Gebäude hallte. Sie blickte noch immer skeptisch.

»Ich bin hier die Concierge«, erklärte sie. »Ich kenne jeden in diesem Gebäude, und keiner von ihnen hätte einen Freund in solch abgerissenen Kleidern. Mach, dass du weiterkommst, Landstreicher, sonst verständige ich die Polizei.«

Sie knallte die Tür zu, und er schüttelte den Kopf. Er war auffälliger als beabsichtigt, begriff er, und jetzt würde er schnell handeln müssen, falls sie ihre Drohung wahr machte.

»Na schön«, sagte er sich. Er musste von Tür zu Tür gehen. Seine Tarnung würde sein, dass er eben erst von Nordosten in die Stadt gekommen war – was helfen könnte, einen Akzent zu entschuldigen, der nicht ganz korrekt klang – und dass er verzweifelt versuchte, den Cousin seiner Frau zu finden. Er war die einzige mögliche Erklärung, die ihm dafür einfiel, warum er den Namen des Mannes nicht wusste. Ja, das war es; seine Frau war kürzlich gestorben, und der einzige Verwandte, von dem er wusste, war ein Mann, der hier lebte und der humpelte, aber er war ihm nie begegnet. Es klang nach einer etwas seltsamen Geschichte, das wusste er, aber etwas Besseres fiel ihm nicht ein. Warum hatte er die Tage in den Wäldern nicht genutzt, um sich eine hieb- und stichfeste Geschichte auszudenken? Stattdessen hatte er sich gestattet, an glücklichere Zeiten zurückzudenken, bevor der Krieg ausgebrochen war, als seine Mutter noch am Leben war und die Zukunft weit offen vor ihm lag. Die Erinnerungen hatten ihn vorwärtsgetrieben, aber jetzt fühlte es sich an, als ob er drei ganze Tage verschwendet hatte.

Er stieg die erste Treppe hoch und wandte sich nach links. Vielleicht sollte er einfach am Anfang anfangen. Da war eine Tür mit der Bezeichnung 1B, und bevor er es sich anders überlegen konnte, holte er tief Luft, hob die Hand und klopfte.

Kapitel 15

Oktober 1941

Monsieur Benoit war jetzt seit zwei Monaten tot, und Charlotte wusste, dass hinter der Geschichte mehr steckte, als man ihr sagte. Die offizielle Erklärung konnte sie einfach nicht glauben: dass er eines Tages losgegangen war und in eine Polizeiaktion verwickelt wurde, die nichts mit ihm zu tun hatte. Sie wusste von dem geheimen Wandschrank im Flur und von den alliierten Piloten, und sie war sich sicher, dass sein Tod damit zusammenhing. Die französische Polizei, begleitet von zwei deutschen Offizieren, die wie Kampfhunde aussahen, hatte bereits dreimal vor Rubys Tür gestanden. Charlotte hatte versucht zu lauschen, aber sie konnte nur ein paar Wortfetzen hier und da verstehen. Offenbar wussten die Männer von Marcels Beteiligung an dem Untergrundnetzwerk, hatten Ruby aber letztendlich geglaubt, als sie sagte, sie hätte keine Ahnung, was ihr Mann im Schilde führte. »Er hat mich behandelt, als hätte ich nicht das Hirn, um irgendetwas zu verstehen«, hatte Charlotte Ruby beim letzten Besuch der Polizei sagen hören.

»Na ja, Sie *sind* ja auch nur eine Frau«, hatte eine tiefe französische Stimme entgegnet.

»Ja, da haben Sie wohl recht«, hatte Ruby erwidert, und Charlotte war stolz, dass ihre Nachbarin zuletzt lachte.

Schließlich hörten die Besuche der Polizei und der Nazis auf. »Sie weiß eindeutig nichts«, hatte einer der französischen Polizisten gesagt, als sie nach ihrem letzten Besuch das Gebäude verließen.

»Eindeutig«, hatte einer der deutschen Offiziere schnaubend erwidert. »Aber was für ein heißer Arsch, stimmt's?«

Auf seine Worte folgte eine ekelerregende Flut sexueller Anspielungen, und die Männer kicherten darüber, was jeder von ihnen mit Ruby tun würde, wenn er mit ihr allein wäre. Und sosehr Charlotte Ruby auch in Schutz nehmen wollte, wusste sie doch, dass die Männer besser so redeten, als wenn sie erkannt hätten, dass Ruby ebenfalls eine Rolle – wenn auch nur eine kleine – als Fluchthelferin gespielt hatte.

Charlotte vermutete, dass ihre Nachbarin sich jetzt einsamer als je zuvor fühlte; schließlich hatte sie im Grunde niemanden, an den sie sich wenden konnte. Ruby ging nur noch aus dem Haus, um ihre Lebensmittelrationen abzuholen, und sie schien nie Besuch zu bekommen.

Charlotte traf sich nach wie vor einmal wöchentlich mit Ruby zu ihrem Englischunterricht – ihre Eltern waren in dem Punkt sehr entschieden –, und obwohl sie versuchte, Ruby zu fragen, wie es ihr ging, drehten sich ihre Gespräche meist nur um ihre Schularbeiten und banale, alltägliche Dinge. Mehr als einmal hatte Charlotte versucht, den britischen Piloten zur Sprache zu bringen, denn sie machte sich Sorgen, was mit ihm passiert war, aber Ruby schnitt ihr jedes Mal das Wort ab. »Man kann nie wissen, wer zuhört«, flüsterte sie dann. »Wir dürfen über diese Dinge nicht laut sprechen.«

Aber Charlotte war es leid, den offensichtlich prägenden Moment ihrer Freundschaft zu ignorieren, und so traf sie eines frühen Herbstabends nach dem Abendessen eine Entscheidung. Sie würde zu Ruby hinübergehen und sie wissen lassen, dass man ihr vertrauen konnte und dass sie keine Angst vor den Nazis hatte.

Sie wollte gerade die Tür öffnen und in den Flur hinaustreten, als sie ein Geräusch hörte, das sie erschreckte. Sie spähte genau rechtzeitig durch das Guckloch, um zu sehen, wie ein breitschultriger, dunkelhaariger Mann auf Rubys Tür zutaumelte. Er klopfte laut, und Charlotte, auf einmal von Zweifel gelähmt, hielt den Atem an. War das wieder ein anderer Nazi? War er gekommen, um Ruby etwas anzutun? Aber während er noch einmal nachdrücklicher klopfte, erkannte Charlotte, dass er schlecht sitzende, mit Erde und Schmutz verkrustete Kleidung trug. Ein deutscher Soldat würde doch sicher nicht so durch Paris laufen. Aber er trug auch keine Pilotenuniform. Wer war er also?

Schließlich öffnete sich Rubys Tür einen Spaltbreit.

»Entschuldigung«, sagte der Mann auf Französisch, mit einem Akzent, der ihr bekannt vorkam. Wo hatte Charlotte ihn schon einmal gehört? »Ich komme gerade aus dem Norden. Meine Frau ist gestorben, und ich bin auf der Suche nach ihrem Cousin. Es tut mir leid, aber ich weiß seinen Namen nicht. Ich weiß nur, dass er in diesem Haus wohnt und etwas humpelt.«

Ruby betrachtete ihn schweigend, und in diesem kurzen Moment der Stille traf Charlotte eine Erkenntnis: *Sein Akzent war derselbe wie der des Piloten, den sie und Ruby im August versteckt hatten.* Da war sie sich fast sicher. Aber warum erzählte er eine solch haarsträubende Geschichte? Sie spähte noch einmal durch den Spion und sah, dass Ruby verwirrt, aber nicht ängstlich war.

»Ein humpelnder Mann, sagen Sie?«, fragte Ruby vorsichtig, und der Mann nickte, obwohl er bereits zurückwich.

»Vielleicht bin ich bei der falschen Wohnung. Es tut mir sehr leid«, sagte er, aber irgendetwas an seiner Stimme klang jetzt seltsam. Seine Worte verschmolzen ineinander, und auf einmal wirkte er schwach. Er schien zu schwanken, und dann fiel er dumpf auf die Knie und erstarrte. »Sehr leid«, wiederholte er, aber diesmal auf Englisch, und dann sackte er nach vorn und verlor in Rubys Türrahmen das Bewusstsein.

Kapitel 16

Oktober 1941

Drei Dinge waren Ruby sofort klar. Erstens, der Mann vor ihr war Engländer. Zweitens, er war auf der Suche nach Marcel gekommen, was vermutlich hieß, dass er ein Pilot war, der Hilfe brauchte. Drittens, sie musste ihn sofort aus dem Flur schaffen, bevor die Concierge oder irgendjemand anders ihn sah. Wie um ihre Gedanken zu unterstreichen, öffnete sich die Tür zur Wohnung der Dachers einen Spaltbreit, und Charlotte spähte hinaus.

»Ruby?«, flüsterte sie.

»Geh wieder zurück!«, zischte Ruby. »Ich will dich hier nicht dabeihaben!«

Charlotte sah aus, als hätte man sie geohrfeigt. »Aber ich kann helfen.«

»Nein. Bitte. Vergiss, dass du irgendetwas gesehen hast.«

Ohne eine Antwort abzuwarten, bückte sich Ruby, packte den Mann unter den Armen und schleifte seinen schlaffen Körper in ihre Wohnung. Sie schloss die Tür hinter sich ab, bevor sie sich umwandte, um ihn anzusehen. Er war groß und gut aussehend, aber auf eine irgendwie jungenhafte Art. Nicht so wie der andere Pilot, und nicht so wie Marcel. Oder sah er nur unschuldig aus, weil er bewusstlos war? Sie kauerte sich neben ihn, bemerkte seine rosigen Wangen und legte ihm eine Hand auf die Stirn. Er glühte.

Er stöhnte leise, wachte aber nicht auf, und einen Augenblick später traf sie eine Entscheidung. Sie wusste, dass sie ihn im Wandschrank verstecken sollte, so wie sie es mit Dexter getan hatte, aber er brauchte sofort Hilfe. Sie musste sein Fieber senken, bevor sie sich überlegen konnte, was sie als Nächstes tun sollte.

Sie wollte ihn auf die Couch legen, damit er es bequemer hatte, aber er war zu schwer. Daher entschied sie, ihn liegen zu lassen, wo er war, und das Kissen und die Decke von ihrem eigenen Bett zu holen. Sie füllte eine Schüssel mit kaltem Wasser und verbrachte dann die nächsten zwei Stunden an seiner Seite damit, ihm einen nassen Lappen auf die Stirn zu drücken, den sie immer wieder ins kalte Wasser tauchte. Er regte sich ein paarmal und murmelte irgendetwas Unverständliches, aber es war fast Mitternacht, bevor er endlich die Augen aufschlug.

Er richtete mühsam den Blick auf sie, und seine Pupillen weiteten sich. Dann stöhnte er und versuchte, sich aufzusetzen. »Wo bin ich?«, fragte er auf Englisch. Seine Stimme war schwach, seine Augenlider flatterten, und er schüttelte den Kopf. »Entschuldigung«, wechselte er ins Französische. »Ich wollte fragen, wo ich bin.«

»Sie sind in einer Wohnung in Paris«, antwortete sie auf Englisch. »Sie sind vorläufig in Sicherheit. Aber Sie haben Fieber, und darum müssen wir uns kümmern.«

»Sie sprechen Englisch?« Er betrachtete sie voller Respekt.

Sie nickte. »Ich bin Amerikanerin. Und Sie sind Engländer?«

Er zögerte, forschte in ihrem Gesicht. Seine Augen waren von einem fast durchscheinenden Blau, wie sie es noch nie gesehen hatte. Sie wusste, dass er zu ergründen versuchte, ob er ihr vertrauen konnte.

»Mein Mann hat Leuten wie Ihnen geholfen«, sagte sie, nachdem sich das Schweigen über eine Minute hingezogen hatte.

»Ihr Mann?«

»Ja.« Ruby fragte sich, ob sie sich die Enttäuschung, die über sein Gesicht huschte, nur einbildete.

»Er ist auch hier?«

»Im Moment nicht. Aber ich will Ihnen helfen. Sie müssen mir allerdings sagen, wer Sie sind.«

Wieder hielt er inne, den Blick auf sie gerichtet.

Sie konnte seine Gedanken lesen. »Das hier ist keine Falle«, sagte sie sanft. »Sie haben über zwei Stunden geschlafen. Wenn ich Ihnen etwas hätte antun wollen – oder die Behörden verständigen –, dann hätte ich es bereits getan.«

Seine Augen blieben noch einen Moment länger auf ihr ruhen, und wieder dachte sie unwillkürlich, was für eine außergewöhnliche Farbe sie hatten. »Mein Name ist Thomas, Miss«, sagte er schließlich. »Thomas Clarke. Ich bin ein RAF-Pilot. Mein Flugzeug ist in der Nähe von Arras abgestürzt, und ich bin seit mehreren Tagen zu Fuß unterwegs. Meinem Freund Harry wurde vor ein paar Monaten von einem Mann in diesem Haus geholfen. Ich wusste nicht, wohin ich mich sonst wenden sollte. Haben Sie Harry gekannt?«

Ruby schüttelte den Kopf. »Mein Mann hat seine Arbeit immer für sich behalten.«

»Ihr Mann – humpelt er?«

»Ja.«

»Dann ist er der Mann, von dem Harry mir erzählt hat.« Seine Augenlider flatterten wieder, und sein Kopf schwankte leicht.

»Bleiben Sie bei mir.«

»Ich glaube, ich bin sehr krank.«

Sie lächelte. »Ja, da haben Sie wohl recht. Ich frage mich nur, ob Sie krank sind, weil Sie ein paar Tage draußen den Elementen ausgesetzt waren, oder ob es etwas Ernsteres ist.«

»Etwas Ernsteres?«

»Zum Beispiel eine Infektion. Wurden Sie verletzt, als Ihr Flugzeug abgestürzt ist? Irgendwelche Wunden?«

Er sah sie ausdruckslos an. »Ich habe mir den Knöchel verletzt, aber er blutet nicht. Und ich habe vielleicht ein paar Schrammen auf der Brust.«

»Darf ich mal sehen?«

Er hielt einen Moment inne, dann knöpfte er langsam sein Hemd auf. Seine Brust war muskulös und straff, und genau unter der linken Seite seines Brustkorbs klaffte eine mindestens fünf Zentimeter breite Schnittwunde. Sie war gelblich verfärbt und nässte. Sie sah überhaupt nicht gut aus.

»Ist da etwas?«, fragte er matt, während er sich aufzusetzen versuchte.

»Nur eine kleine Schnittwunde.« Sie legte eine Hand fest auf seine rechte Schulter. »Aber ich muss sie reinigen und verbinden. Es könnte ein bisschen wehtun. Bringen wir Sie ins Bett, okay?«

Er sah sie unsicher an. »Ins Bett? Aber wo werden Sie schlafen? Und was ist mit Ihrem Mann?«

»Keine Sorge. Sie brauchen jetzt dringender Ruhe als ich. Darf ich Ihnen hochhelfen?«

Er nickte und stützte sich an ihr ab, während er sich zitternd hochstemmte. Als sie ihm half, zu ihrem Schlafzimmer zu humpeln, fiel ihr auf, dass ihr Kopf nicht ganz bis zu seiner Schulter reichte; er war mehrere Zentimeter größer als Marcel und sogar noch breiter gebaut, als ihr zunächst aufgefallen war.

»Bitte, Miss«, sagte er, während sie ihn behutsam auf ihre Bettkante setzte. »Ich will Ihnen keine Umstände machen.«

»Das tun Sie nicht«, erwiderte sie entschieden. »Und jetzt legen Sie sich hin, und ich hole ein paar Dinge, um Ihre Wunde zu versorgen.«

»Miss?«, fragte er matt, während sie zur Tür ging.

Sie wandte sich noch einmal um. »Ja?«

»Sie haben mir Ihren Namen gar nicht gesagt.«

»Ruby.«

»Ruby«, wiederholte er, und irgendetwas an der Art, wie ihr Name aus seinem Mund klang, ließ ihr Herz schneller schlagen. »Danke, Ruby. Danke, dass Sie mir helfen.«

»Gern geschehen, Thomas«, antwortete sie nach einem Moment, aber er war bereits eingeschlafen, und seine Brust hob und senkte sich mit jedem flachen, schaudernden Atemzug.

Thomas zuckte zusammen, wachte aber nicht auf, als Ruby seine Wunde reinigte. Im Laufe der nächsten beiden Tage versorgte sie ihn, so gut sie konnte, brachte ihm Brühe und dann etwas altbackenes Brot, als er wieder Essen bei sich behalten konnte. Sie wünschte, sie hätte mehr, um es mit ihm zu teilen, aber was sie ihm gab, schien zu helfen, und am dritten Abend glühte seine Stirn nicht mehr, und in seine Wangen war etwas Farbe zurückgekehrt.

»Ich fühle mich schon viel besser«, sagte er zu ihr, während sie ihm ein bescheidenes Abendessen aus Brot und schwachem Kaffee brachte. »Ich sollte jetzt vermutlich aus Ihrem Bett verschwinden. Es ist mir peinlich, dass ich es so lange in Beschlag genommen habe.«

»Seien Sie nicht albern. Sie waren krank. Ich bin nur froh, dass Sie auf dem Weg der Besserung sind.«

»Meine Anwesenheit hier bringt Sie doch sicher in Gefahr.«

Ruby wich seinem Blick aus. »Konzentrieren Sie sich einfach darauf, wieder zu Kräften zu kommen.«

»Sie sind ein Engel, wissen Sie das?«, sagte er, während sie ihm ein kleines Glas Wasser reichte. Er leerte es dankbar. »Ein absoluter Engel, Ruby.«

Sie errötete. »Sie haben sich an meinen Namen erinnert. Ich dachte, das würden Sie vielleicht nicht tun; Sie waren im Fieberwahn, als Sie hierherkamen.«

Seine Augenlider wurden bereits schwer. »Ich kann mir nicht vorstellen, irgendetwas von Ihnen zu vergessen.«

Er sank wieder in Schlaf, bevor sie eine Antwort zustande bringen konnte. Da sie sich zum ersten Mal seit Tagen sicher war, dass er leben würde, gestattete sie sich, sich neben dem Bett auf den Boden zu legen und die Augen zu schließen, nur für einen Moment.

Als sie aufwachte, schimmerten die ersten Strahlen der Morgendämmerung durchs Fenster, was hieß, dass sie die ganze Nacht geschlafen hatte. Sie setzte sich stöhnend auf, nur um zu sehen, dass der Pilot auf der Seite lag und auf sie hinunterstarrte. »Sie sind wach«, sagte er. »Ich hoffe, es ist nicht unpassend von mir zu sagen, dass Sie schön sind, wenn Sie schlafen.«

Sie verbarg ein verlegenes Lächeln. »Es tut mir sehr leid. Ich hatte nicht vor einzunicken.«

»Und ich hatte nicht vor, Ihr Leben so zu übernehmen. Ich bin tief beschämt, dass ich Sie auf dem Boden habe schlafen lassen. Es tut mir schrecklich leid.«

»Sie waren in keinem Zustand, sich darüber zu streiten.« Sie stand auf und legte ihm eine Hand auf die Stirn. Sie war kühl, das Fieber völlig verschwunden. Ruby seufzte erleichtert auf. »Ich glaube, Sie sind über den Berg, Thomas.«

»Sie haben mir das Leben gerettet.«

»Oh, Sie hätten das schon geschafft, ob mit mir oder ohne mich.«

Er kicherte. Er hatte ein nettes Lachen, warm und kräftig. »Glauben Sie ja nicht, dass ich Ihnen Ihre Bescheidenheit durchgehen lassen werde. Sie sind eine regelrechte Florence Nightingale.«

Ihre Wangen glühten schon wieder, weshalb sie rasch das Thema wechselte. »Als Sie ankamen, sagten Sie, Ihr Freund sei hier gewesen?«

»Ja, Miss. Harry Cormack. Er hat Ihr Haus genau beschrieben. Aber ich hatte erwartet, Ihren Mann anzutreffen, als ich hierherkam, nicht Sie.« Er zögerte. »Darf ich Ihnen eine persönliche Frage stellen? Ihr Mann… Er ist nicht mehr hier, richtig?«

»Warum sagen Sie das?« Sie hatte ihm nicht erzählt, dass Marcel tot war, da sie es für besser hielt, wenn ein fremder Mann in ihrer Wohnung davon ausging, dass ihr Ehemann jeden Augenblick nach Hause kommen könnte. Aber abgesehen von seiner schieren Größe hatte Thomas nichts Bedrohliches an sich. Er machte einen freundlichen und sanften Eindruck, und er schien eher aus Besorgnis gefragt zu haben.

»Ich sehe in Ihrem Zimmer nichts, was so aussieht, als ob es ihm gehört. Oder täusche ich mich da?«

»Nein.« Vielleicht hätte sie das Gefühl haben sollen, dass er ihre Privatsphäre verletzte, aber er war lediglich ein aufmerksamer Beobachter. »Er ist vor ein paar Monaten gestorben.«

»Das tut mir schrecklich leid. Sie müssen ihn vermissen.«

»Zum Schluss lief es zwischen uns nicht besonders gut.« Sie konnte nicht glauben, dass sie das eben zugegeben, es überhaupt gesagt hatte. »Aber trotzdem war sein Tod sehr traurig. Ich habe ihn mehr vermisst, als ich anfangs erwartet hatte.«

»Und jetzt sind Sie allein«, sagte er leise, den Blick auf sie gerichtet.

»Na ja, schon.« Auf einmal war sie nervös. »Aber es geht mir gut. Und jetzt werde ich Ihnen ein paar frische Anziehsachen bringen.«

Nachdem Thomas wieder eingeschlafen war, diesmal auf dem Sofa, ließ Ruby ihm eine Nachricht da, dass sie aus dem Haus gehen würde. Es erschien ihr nicht sehr ratsam, ihn allein in der Wohnung zurückzulassen, aber sie war zuversichtlich, dass er schlau genug war, sich zu verstecken oder über den Balkon hinauszuklettern, wenn irgendjemand während ihrer Abwesenheit an die Tür kommen sollte.

Sie eilte mit gesenktem Kopf zu der Bäckerei in der Rue de la Comète, die Aubert erwähnt hatte. Sie war sich sicher, dass er sie dafür zurechtweisen würde, dass sie einem Piloten in einer Wohnung Unterschlupf gewährte, auf die die Nazis bereits aufmerksam geworden waren, aber sie wusste, dass sie die richtige Entscheidung getroffen hatte. Wenn sie versucht hätte, Thomas zu verlegen, wäre er mit Sicherheit gestorben. Dass sein Fieber gesunken und er auf dem Weg der Besserung war, grenzte an ein Wunder. Jetzt brauchte sie noch eines.

Während sie in der Bäckerei in der Schlange stand, wurde ihr bewusst, dass sie mehr an den Piloten dachte, als sie sollte. Nicht an ihre Mission, ihn zu retten – das war zu erwarten –, sondern an die Art, wie seine Anwesenheit ihre Wohnung ausfüllte. Wie sich ihr Herzschlag beschleunigt hatte, als sie in ihr Zimmer kam und ihn schlafend in ihrem Bett sah. Es war albern, natürlich, sicher ein Anzeichen dafür, dass sie in letzter Zeit einsamer gewesen war, als sie dachte. Aber es war mehr als das, etwas, das sie nicht genau benennen konnte.

Es dauerte eine Stunde, bis sie schließlich vor der Theke stand. »Ich bin auf der Suche nach Aubert Moreau«, wandte sie sich an die hakennasige Frau mittleren Alters, die dort stand und Brotlaibe ausgab.

»Nie von ihm gehört«, fuhr die Frau sie an. »Lebensmittelkarte, bitte.«

»Nein, ich weiß, dass er hier ist«, protestierte Ruby. »Oder dass er es zumindest war.«

»Hier gibt es niemanden mit diesem Namen.«

»Bitte«, flehte Ruby. Sie schlug einen etwas sanfteren Ton an, während die Frau an ihr vorbeisah und sich bereits dem nächsten Kunden zuwandte. »Ich bin Marcel Benoits Ehefrau.«

Der Blick der Frau schnellte zurück zu Ruby. »Ich habe keine Ahnung, wer das ist. Aber ich nehme an, falls jemand namens Moreau vorbeischaut, könnte ich ihm eine Nachricht von Ihnen ausrichten.«

Ruby beäugte sie misstrauisch. »Es gibt keine Nachricht. Bitte sagen Sie ihm einfach, dass ich gehofft hatte, ihn zu sehen.«

»Ja, natürlich. Also, möchten Sie jetzt ein Brot?«

Ruby wurde bewusst, dass sie ihre Lebensmittelkarte vergessen hatte, aber die Frau drückte ihr trotzdem einen Laib in die Hand, wobei sie ihren Blick eine Sekunde zu lange festhielt. Entweder hatte Ruby soeben Aubert die Nachricht hinterlassen, dass sie Hilfe brauchte, oder sie hatte die Behörden darauf aufmerksam gemacht, dass sie ihre Wohnung noch einmal überprüfen sollten.

Thomas war wach und auf den Beinen, als sie wiederkam. Sie wunderte sich, ihn im Wohnzimmer stehen zu sehen, wo er einige ihrer gerahmten Fotos betrachtete. »Ich habe schon angefangen, mir Sorgen um Sie zu machen«, sagte er, während er sie anlächelte.

Sie nahm seinen Anblick in sich auf, bevor sie antwortete. Er trug eine von Marcels Hosen – viel zu eng und kurz für ihn – und eines von Marcels alten Hemden, das aussah, als würde es jeden Augenblick an den Nähten platzen. Er hatte sich die Haare gewaschen und sich rasiert, wodurch er irgendwie auch verletzlicher aussah. Er strich sich verlegen über die Wangen, während sie ihn noch immer anstarrte. »Entschuldigung«, sagte er. »Ich habe im Bad einen Rasierer gefunden. Ich hoffe, Sie haben nichts dagegen, dass ich ihn benutzt habe. Ich bin es nicht gewohnt, einen Bart zu tragen.«

»Nein, nein, schon gut«, erwiderte Ruby, während sie sich von seinem Anblick losriss.

»Ist alles in Ordnung? Sie waren eine ganze Weile fort.«

Ruby nickte. »Ich habe nur versucht, jemanden zu erreichen, mit dem mein Mann zusammengearbeitet hat. Aber ich konnte ihn nicht finden.«

»Ich will Ihnen nicht zur Last fallen, Miss.«

»Erstens einmal fallen Sie mir nicht zur Last.« Ruby wurde bewusst, wie wahr die Worte waren. »Und zweitens müssen Sie aufhören, mich Miss zu nennen. Wie wäre es, wenn Sie mich einfach Ruby nennen?«

Er lachte. »Entschuldigung. Dann also Ruby.« Er wandte sich ab und wies auf eines der Fotos, die er betrachtet hatte, als sie hereinkam. Es war ein Schnappschuss von ihr, als sie ungefähr fünfzehn war, inmitten von Mohnblumen, die jedes Frühjahr in der Nähe des Hauses ihrer Eltern in Kalifornien blühten. »Das bist du als Mädchen.« Es war eine Feststellung, keine Frage. »Du warst glücklich.«

Sie sah verblüfft auf. Besucher in der Wohnung fühlten sich

oft zu diesem Bild hingezogen, aber sie äußerten sich immer nur zu dem riesigen Blumenfeld. Nie zu ihr. »Ja, das war ich.«

»Darf ich fragen, warum du nicht zurück in die Staaten gegangen bist?«

Ruby wies zur Couch, und sie setzten sich. »Ich nehme an, weil ich mich entschieden habe, das hier zu meiner Welt zu machen. Anfangs war es, weil ich meinem Mann ein Versprechen gegeben hatte, aber dann habe ich mich in Paris verliebt. Und man kann etwas nicht nur dann lieben, wenn es einfach ist, oder? Das ist keine echte Liebe.«

»In der Tat.« Thomas starrte sie auf eine Art an, bei der sie sich verunsichert und verstanden zugleich fühlte.

Sie holte tief Luft, bevor sie fortfuhr. »Ich bin froh, dass ich geblieben bin. Es klingt vielleicht verrückt, aber in Amerika könnte ich nichts tun, um zu helfen. Hier kann ich wenigstens *etwas* tun.«

»Aber es ist riskant. Vor allem das, was du tust, Ruby. Leute wie mich zu verstecken.«

Sie lächelte leise. »Ehrlich gesagt, bist du der Erste. Seit mein Mann gestorben ist.«

Er stand abrupt auf. »Warum hast du mir das nicht gesagt? Ich dachte einfach, das würdest du schon länger tun. Ich sollte gehen; ich kann dich nicht in eine solche Gefahr bringen.«

Sie griff instinktiv nach seiner Hand, um ihn wieder neben sich auf die Couch zu ziehen. Erst als sich seine Finger um ihre schlossen, wurde ihr bewusst, dass es zu forsch von ihr gewesen war, aber auf einmal wollte sie nicht mehr loslassen – vor allem nicht, als klar wurde, dass er ebenfalls nicht die Absicht hatte, sich von ihr zu lösen. Seine Hand war groß, schwielig und warm. »Bitte, Thomas, setz dich.«

Mit unsicherer Miene gehorchte er. Seine Finger waren noch immer mit ihren verschränkt, er saß näher bei ihr als davor, und ihre Knie berührten sich. »Ruby, es ist nicht so, dass ich nicht an dich glaube. Tatsächlich scheinst du ein echtes Ass zu sein, wenn es darum geht, Leute zu retten. Ich würde nur niemals derjenige sein wollen, der dich in Gefahr bringt.«

»Thomas, das hier gibt mir zum ersten Mal seit Jahren wieder das Gefühl, ich selbst zu sein.« Die Art, wie er sie ansah, ließ sie glauben, dass er es verstand. »Bevor ich meinen Mann geheiratet habe, war ich Studentin an einer Universität in New York. Ich war unabhängig, und ich habe an mich geglaubt.«

Thomas nickte und drückte sanft ihre Hand, ermunterte sie fortzufahren.

»Aber dann hat sich das irgendwie geändert. Ich dachte, wenn ich hierherkomme, würde meine Unabhängigkeit wachsen. Schließlich wartete das große Abenteuer Paris auf mich.« Sie lächelte über ihre eigene Naivität. »Aber irgendwie, irgendwann wurde aus einer mutigen Abenteurerin nur eine Ehefrau, nichts weiter. Es wäre leicht, Marcel die Schuld zu geben, aber es war ebenso sehr meine Schuld. Ich habe zugelassen, dass er über meine Meinungen hinwegredete. Ich habe alle Entscheidungen ihm überlassen. Ich habe mich von ihm zur Seite drängen lassen, bis ich in unserer Ehe nicht mehr ich selbst war. Vielleicht war ich es von Anfang an nie gewesen. Aber wie auch immer, ich habe die Person verloren, die ich war, die Person, die ich sein wollte, und ich glaube, ich habe es erst begriffen, als es zu spät war.« Auf einmal kam sie sich albern vor. »Entschuldige. Ich weiß gar nicht, warum ich dir das alles erzähle.«

»Ich bin froh, dass du es tust.« Thomas nahm ihre andere Hand und wartete darauf, dass sie ihn ansah. Dann fuhr er fort: »Ich bin froh, dass du es mir erzählst, denn du täuschst dich, Ruby. Es tut mir sehr leid, dass du dich verloren gefühlt hast. Aber mir scheint, dass du die ganze Zeit gewusst hast, wer du bist, auch wenn es dir nicht bewusst war.«

»Das kannst du nicht wissen«, wand sie ein. »Du kennst mich doch gar nicht.«

»Jedenfalls noch nicht. Aber wie du dich in diesen letzten paar Tagen um mich gekümmert hast, das war die Arbeit einer Frau, die genau weiß, wer sie ist. Du hast große Freundlichkeit und großen Mut bewiesen. Diese Dinge sind seltener, als du glaubst.«

»Danke.« Ihre Wangen erwärmten sich. Woher wusste er nur genau das Richtige zu sagen? »Aber weißt du, ich glaube, jemand, der sich selbst wirklich kennt, ist imstande, mehr zu helfen. Und bis jetzt habe ich mich in diesem Krieg sehr nutzlos gefühlt.«

»Ruby, du hast mir das Leben gerettet.«

»Und dafür bin ich ja auch dankbar. Aber ein oder zwei Männer zu retten, ist das genug? Mein Mann dachte, ich sei schwach und töricht. Das ist der Grund, weshalb er mir nie von seiner Arbeit für die Alliierten erzählt hat. Und vielleicht war ich tatsächlich töricht. Wie hatte ich nicht sehen können, was los war? Aber ich will mehr tun. Ich will ein Teil dieses Kampfes sein.«

»Ich denke, das bist du schon jetzt.«

»Ich weiß nicht, ob das stimmt.« Sie wandte den Blick ab. »Aber ich bin stärker, als er je dachte, dass ich sei.«

»Ruby«, sagte Thomas. Er wartete, bis sie ihn ansah. »Das bezweifle ich nicht eine Sekunde.«

Kapitel 17

Oktober 1941

Ruby hatte irgendetwas an sich, das für Thomas alles veränderte. Als er acht Tage zuvor mit dem Fallschirm über Frankreich abgesprungen war, wollte er nichts weiter, als so schnell wie möglich nach England zurückzukehren. Jetzt war er dankbar für die Verzögerung. Er wusste, dass die Gefahr mit jedem Tag, den er in Paris blieb, steigen würde, aber irgendwie war ihm das egal.

Aber es war töricht, so zu denken, und das wusste er. Ruby hatte ihn gerettet, und deshalb fühlte er sich ihr verbunden. Das hätte jedenfalls sein CO zu ihm gesagt. Aber Thomas hatte das Gefühl, dass es mehr war.

Er wusste, dass es ratsam wäre weiterzuziehen. Schließlich war, auch wenn Ruby eindeutig helfen wollte, ihr Mann die Verbindung zu den Fluchthelfern gewesen, nicht sie. Aber er wollte einfach nicht gehen.

Am Tag zuvor hatte sie erwähnt, dass es besser wäre, wenn er in dem kleinen Wandschrank im Hausflur schlief, wo ihr Mann die anderen RAF-Piloten versteckt hatte, die vor ihm hier gewesen waren. Aber dann war die Dunkelheit hereingebrochen, während sie redeten, sie hatten nicht auf die Zeit geachtet, und sie hatte gesagt, es sei in Ordnung, wenn er die Nacht stattdessen in ihrer Wohnung verbringen wollte.

»Ich will dich nicht in Gefahr bringen«, hatte er entgegnet.

Aber die Wahrheit war, er wollte nicht weggehen. Der Wandschrank vor ihrer Tür hätte genauso gut kilometerweit entfernt sein können.

»Ich glaube, im Moment sind wir in Sicherheit«, hatte sie erwidert, und er hatte genickt, obwohl er es besser wusste. Er genoss es, mit ihr zu reden – über ihre Kindheit und seine, über ihre Hoffnungen und seine Träume, über das Leben, das sie führen wollten, wenn der Krieg einmal vorbei war. Er war nicht bereit dafür, dass die Unterhaltung bereits endete.

»Weißt du, du erinnerst mich ein bisschen an meine Mutter«, hatte Thomas um kurz vor Mitternacht gesagt. Er kam sich wie ein absoluter Idiot vor, sobald ihm die Worte über die Lippen kamen. »Entschuldige, das war nicht das Richtige, um es zu einem hübschen Mädchen zu sagen. Ich meine nur, sie war einer der anständigsten Menschen, die ich kannte, und mir fällt auf, dass du genauso bist. Freundlich und fürsorglich und großzügig. Ich hoffe, es ist in Ordnung, dir das zu sagen.«

Ruby lächelte, und selbst in dem schwachen Licht der Kerzen, die zwischen ihnen brannten, war er sich fast sicher, sie erröten zu sehen. »Danke. Das ist ein wundervolles Kompliment. Du erinnerst mich auch ein bisschen an meinen Vater.«

»Wirklich?«

»Er ist ein sehr guter Mann. Er hat mir immer zugehört, mir das Gefühl gegeben, jemand Besonderes zu sein, jemand Wichtiges. Meine Mutter hat er genauso behandelt. In den letzten Jahren habe ich viel an ihn gedacht und mich gefragt, wie ich jemanden heiraten konnte, der überhaupt nicht so war.«

»Aber manchmal gehört das eben zum Erwachsenwerden, oder? Wir versuchen, allein loszuziehen, unseren eigenen Weg zu finden, und wir begreifen zu spät, was wir zurückgelassen haben.«

»Hast du das auch getan? Einen Teil deiner Vergangenheit zurückgelassen?«

»Ja«, antwortete er nach einer langen Pause. »Ich glaube schon. Ich hatte es so eilig, ein Held für England zu werden, dass ich zur Tür hinausgestürmt bin, ohne auch nur einen Blick zurück zu werfen. Ich habe mir gesagt, ich würde zu Besuch kommen, ich würde ständig schreiben, denn es gab nur mich und meine Mum. Mein Vater ist vor Jahren gestorben, und wir hatten keine anderen Verwandten. Aber dann wurde die Lage auf einmal hektisch, und ich schob es immer wieder hinaus und sagte mir, ich würde ihr am nächsten Tag schreiben oder sie in der nächsten Woche besuchen. Aber dafür hatte sie mich nicht großgezogen, weißt du. Ich sollte ein besserer Sohn sein, und ich dachte immer, das würde ich, wenn der Krieg vorbei war, nachdem ich geholfen hatte, England zu retten. Aber dann blieben mir auf einmal keine Tage und Wochen mehr.« Er war verlegen, als er spürte, wie seine Augen feucht wurden, und wandte den Blick rasch ab, bevor Ruby es bemerkte.

»Sie ist gestorben?«, fragte Ruby.

»Ja. Im Blitz, einer der Bombennächte in London. Im Dezember 1940. Ich … ich konnte sie nicht retten.«

»Das tut mir so leid, Thomas.« Ruby rutschte näher heran, schlang die Arme um ihn und drückte ihn an sich. Ihre Berührung war elektrisierend. »Ich weiß genau, wie es sich anfühlt, jemanden zu verlieren, den man zutiefst liebt, sich zu fühlen, als ob man gescheitert ist, weil man ihn nicht retten konnte.«

Und einfach so war der Moment vorbei. »Ja, natürlich, dein Mann.« Er löste sich von ihr, hasste den eifersüchtigen Stich, der ihn durchzuckte. Natürlich hatte sie den Mann geliebt, den sie geheiratet hatte; es sollte ihm nichts ausmachen, das zu hören.

Ruby sah ihn verblüfft an. »Nein, das habe ich nicht gemeint.«

Thomas dachte, sie würde es vielleicht genauer ausführen, aber das tat sie nicht. Stattdessen verfiel sie in Schweigen, und ihre Augen füllten sich mit Tränen. Sie verschloss sich, und auf einmal blickte sie gequält, gebrochen. Er wollte sie fragen, von wem sie redete, wer sie so tief verletzt hatte, aber er wusste, dass er sie besser nicht bedrängen sollte. Stattdessen legte er den Arm um sie und murmelte: »Es tut mir sehr leid, Ruby.«

»Ich glaube, ich habe noch nie so mit jemandem geredet«, sagte sie nach einer Weile.

»Ich auch nicht.« Sie sahen sich in die Augen, und einen Moment lang dachte sie, er würde vielleicht versuchen, sie zu küssen, aber dann verließ ihn der Mut.

»Ich habe das Gefühl, ich könnte ewig mit dir reden, ohne dass mir die Dinge ausgehen, die ich sagen könnte«, meinte sie schließlich.

Und so blieben sie noch ein paar Stunden länger auf und redeten über alles, auch wenn sie ihm nie erzählte, wessen Tod ihr das Herz gebrochen hatte. Um kurz nach drei Uhr morgens stand er auf, um ihnen zwei Gläser Wasser zu holen, und als er ins Wohnzimmer zurückkam, fand er sie auf der Couch schlafend, den Kopf nach links geneigt, während ihr die Haare über die Schultern fielen. Er breitete sanft eine Decke über sie und setzte sich auf den Stuhl mit der harten Lehne ihr gegenüber. Dann sah er ihr einfach beim Schlafen zu, bis er kurz vor dem Morgengrauen selbst einnickte.

Als er aufwachte, waren ihre Augen offen, und sie betrachtete ihn. Sie wandte den Blick rasch ab, als er zu sich kam. »Du bist wach«, sagte sie.

Er lächelte sie an. »Wie spät ist es?«

»Kurz nach neun. Ich schlafe nie so lange.«

»Ich auch nicht.«

Die Stille zwischen ihnen fühlte sich geladen an.

»Du hast mich gestern Nacht zugedeckt?«, fragte sie schließlich. »Nachdem ich eingeschlafen war?«

»Du hast so friedlich ausgesehen. Ich wollte dich nicht wecken.«

Sie schluckte schwer. »Danke. Das war sehr freundlich von dir. Ich habe seit einer Ewigkeit nicht mehr so gut geschlafen.« Sie räusperte sich. »Jedenfalls, ich verspreche dir, ich werde heute noch einmal versuchen, Aubert zu finden. Es tut mir wirklich sehr leid wegen der Verzögerung. Du hast es bestimmt eilig weiterzuziehen.«

»Nein«, antwortete Thomas vorsichtig. Er wartete, bis sie ihn anblickte. »Die Wahrheit ist, ich bin mir nicht sicher, ob ich gehen will.«

Er liebte die Art, wie sich ihre Wangen rosig verfärbten, bevor sie antwortete. »Ich wünschte nur, ich hätte mehr Essen, das ich dir geben könnte. Aber die Rationen …«

»Ruby, ich habe alles, was ich brauche.« Er sah ihr in die Augen, während er sich fragte, ob irgendeine Chance bestand, dass sie genauso empfand.

Eine Stunde später ging sie, trotz Thomas' Einwänden, dass sie sich in Gefahr brachte. »Wir schweben alle ständig in Gefahr«, meinte sie mit einem traurigen Lächeln, als sie im Türrahmen noch einmal innehielt. »Die einzige Möglichkeit, das zu ändern, besteht darin, den Kampf aufzunehmen.«

Sie war gegangen, bevor er etwas erwidern konnte. Die nächste Stunde verbrachte Thomas damit, auf Rubys gerahmte Fotos zu starren und sich hilflos zu fühlen. Sie riskierte ihr Leben für ihn, und es gab verdammt noch mal nichts, was er dagegen tun konnte.

Er hatte nicht mit dem hier gerechnet. Er hatte nicht mit *ihr* gerechnet. Sie war anders als die Frauen, die auf den Stützpunkten herumhingen und vor den Piloten mit den Wimpern klimperten. Und sie war auch anders als die Mädchen, mit denen er zur Schule gegangen war, und das nicht nur, weil sie Amerikanerin war. Sie hatte eine Kraft an sich, eine Furchtlosigkeit, und das Seltsame war, dass sie es selbst nicht in sich zu sehen schien. Sie war nicht hart und abweisend, wie man es von einer mutigen Frau vielleicht erwarten würde. Aber irgendjemand war dafür verantwortlich, dass sie einen Schutzwall um sich herum errichtet hatte, und er nahm an, es könnte ihr Mann gewesen sein. Aber das erklärte nicht, um wen sie trauerte. Hatte es noch jemand anderen gegeben, einen anderen Mann, den sie geliebt hatte?

Ein hartes Klopfen an der Tür riss ihn aus seinen Gedanken, und er erstarrte. Was, wenn es die Deutschen waren? Sollte er über den Balkon fliehen? Sich in Rubys Kleiderschrank verstecken? Hier stehen wie ein Mann und versuchen, sie zurückzuschlagen? Andererseits, wenn er in Rubys Wohnung geschnappt wurde, dann würde sie den Kopf dafür hinhalten müssen. Das konnte er ihr nicht antun.

»Verdammt«, fluchte er, gelähmt von Unschlüssigkeit, als es noch einmal klopfte. Er trat vorsichtig einen Schritt auf die Tür zu. Ruby hatte einen Spion; vielleicht konnte er die Situation im Hausflur abschätzen, bevor er entschied, was er tun sollte.

Er wollte sich gerade vorbeugen, als er jemanden weinen hörte. Es klang wie ein Kind. Als er hinausspähte, sah er ein dunkelhaariges Mädchen, vielleicht zwölf oder dreizehn.

»Bitte, Madame Benoit!«, flehte das Mädchen zwischen Schluchzern auf Französisch. »Es ist wegen Maman! Sie braucht Hilfe!«

Thomas hielt den Atem an. Konnte das irgendeine Art Falle sein? Hatten die Nazis das Kind auf ihn angesetzt, damit er die Tür öffnete?

Als er nicht antwortete, schien das Mädchen sich ein bisschen zusammenzureißen. Sie klopfte noch einmal, sanfter diesmal. »Monsieur Pilot?«, sagte sie etwas leiser, und er war so verblüfft, dass er einen Schritt von der Tür zurückwich. »Ich weiß, dass Sie da drin sind. Bitte, meine Mutter ist gestürzt. Ich brauche Ihre Hilfe. Sie können mir vertrauen. Ich bin Rubys Freundin.«

Thomas verharrte stocksteif, und nach einem Moment flüsterte das Mädchen: »Bitte?« Ihr Ton war so mitleiderregend, dass sein Herz ein klein wenig brach. »Ich weiß nicht, was ich sonst tun soll«, fügte sie hinzu, während sie bereits von der Tür zurückwich. Er sah durch den Spion zu, wie sie in der Eckwohnung verschwand.

Er zögerte nur noch einen Moment länger, bevor er leise in den düsteren Hausflur schlüpfte. Er fühlte sich exponiert, aber jetzt gab es kein Zurück mehr. Es wäre gewissenlos, einem Kind, das seine Hilfe brauchte, den Rücken zu kehren. Er holte tief Luft und klopfte dann leicht an die Tür der Wohnung des Mädchens, während er auf das Beste hoffte.

Kapitel 18

Oktober 1941

Charlotte war in Panik. Sie und Maman waren in der Küche gewesen und hatten ein paar kostbare Kartoffeln klein geschnitten, um eine Suppe zu kochen, als ihre Mutter auf einmal auf dem Boden zusammenbrach und dabei mit dem Kopf gegen den Tresen schlug. Jetzt konnte Charlotte sie nicht wieder aufwecken, und das Blut, das von ihrer Stirn strömte, bildete eine kleine, beängstigende Lache. Sie hatte alles nur Erdenkliche versucht – ihre Mutter gerüttelt, laut zu ihr gesprochen, ihr einen kühlen Lappen auf die Stirn gelegt –, aber Maman hatte sich nicht einmal gerührt. Und ihr Vater würde vermutlich noch ein paar Stunden nicht nach Hause kommen; er war früh an diesem Morgen losgegangen, um ein paar andere Männer zu treffen, die Charlotte von der Synagoge kannte.

Charlotte hatte bei Ruby geklopft, aber niemand hatte geöffnet. Die anderen Nachbarn, nun ja, einige von ihnen hatten keinen Hehl daraus gemacht, wie sie über Juden dachten. Und sie wollte mit Sicherheit keine Hilfe von irgendjemandem in Anspruch nehmen, der ihre Familie hasste. Wer wusste schon, was passieren könnte? Sie konnte auch keinen Arzt um Hilfe rufen; der eine, der Rubys totgeborenes Kind entbunden hatte, hatte sich vor Wochen auf den Weg in die freie Zone gemacht, und sie kannte keinen anderen. Ihr Vater hatte ihr mehrmals eingeschärft, dass man unmöglich wissen konnte, wem man jetzt noch trauen durfte.

Charlotte beugte sich wieder über ihre Mutter. »Bitte wach auf, Maman. *Bitte!* Ich weiß nicht, was ich tun soll!« Aber ihre Mutter regte sich noch immer nicht.

In diesem Augenblick klopfte es leicht an der Tür. Mit hämmerndem Herzen schlich Charlotte zum Guckloch und spähte hinaus. Ein unbekannter Mann stand im Hausflur, in einer Hose und einem Hemd, die zu klein für ihn waren. »Ich bin der Pilot, Mademoiselle«, sagte er leise. »Ich bin hier, um zu helfen.«

Jetzt erkannte sie ihn, auch wenn er frisch rasiert war und völlig anders aussah als an dem Tag seiner Ankunft. Sie holte tief Luft und öffnete die Tür. »Hallo, Monsieur.« Sie musterte ihn von Kopf bis Fuß. Er hatte breite Schultern, dunkle Haare und strahlend blaue Augen, die aussahen, als würden sie an den Rändern Fältchen bilden, wenn er lächelte. »Bitte kommen Sie herein.«

»Ist mit deiner Mutter irgendetwas passiert?« Er ging bereits an ihr vorbei in die Wohnung.

»Ja.« Charlotte schluckte schwer, während sie hinter ihm herstürzte. Er sah sich rasch um, und einen Moment lang fragte sie sich, was ihm wohl auffiel. Bemerkte er die Decke mit dem Davidstern, die ihre Großmutter genäht hatte und die jetzt zusammengefaltet über einem Stuhl lag? Sah er das abgewetzte Sofa, den durchgelaufenen Teppich, die Dinge, für die Maman sich schämte? »Sie ist gestürzt, während wir Kartoffeln klein geschnitten haben. Ich – ich kann sie nicht aufwecken.«

Charlotte spürte, wie ihr die Tränen übers Gesicht strömten, und sie war verlegen. Sie war kein Baby mehr; warum weinte sie dann? Aber der Pilot schien es nicht zu bemerken.

Er kniete bereits neben ihrer Mutter, legte ihr zwei Finger an den Hals und beugte sein Ohr zu ihrem Mund.

»Atmet sie?«, fragte Charlotte, bemüht, nicht so panisch zu klingen, wie sie sich fühlte.

»Ja, das tut sie. Hast du ein sauberes Handtuch, das du mir bringen kannst?«, fragte er, ohne sich umzuwenden. »Und etwas kaltes Wasser, bitte?«

»Natürlich.« Charlotte stürzte ins Bad und schnappte sich ein frisches Handtuch. Sie brachte es dem Piloten, der sich noch immer über ihre Mutter beugte, und dann holte sie ihm rasch einen großen Krug Wasser. »Wird mit ihr alles gut werden?«

»Ja. Ich glaube, sie ist nur in Ohnmacht gefallen. Sieh mal, sie kommt schon wieder zu sich.«

Charlotte spähte über seine Schulter auf ihre Mutter, deren Augenlider tatsächlich zu flattern begannen. »Oh, Gott sei Dank. Maman? Maman? Geht es dir gut?«

Ihre Mutter murmelte irgendetwas Unverständliches und schloss wieder die Augen.

»Es wird alles gut mit ihr«, meinte der Pilot. »Wir müssen uns nur vergewissern, wie schlimm sie sich den Kopf angeschlagen hat. War sie in letzter Zeit krank?«

»Nicht dass ich wüsste.« Charlotte hatte das Gefühl, eine schreckliche Tochter zu sein. Wie hatte sie nicht bemerken können, dass mit ihrer Mutter etwas nicht stimmte?

»Keine Sorge«, meinte der Pilot, der ihre Gedanken offenbar lesen konnte. »Manchmal passiert so etwas einfach. Und du hast schnell gehandelt, um Hilfe für sie zu holen. Du hast große Geistesgegenwart bewiesen.«

»Aber ich habe es riskiert, Sie auffliegen zu lassen.« Auf einmal wurde ihr bewusst, wie töricht sie gewesen war. »Wenn jemand gesehen hätte …«

»Aber das hat niemand. Außerdem, wenn die eigene Mutter krank ist, kann man unmöglich klar denken, oder?«

Charlotte nickte. »Haben Sie… haben Sie eine Mutter?« Sie wusste, wie dumm die Frage war, sobald sie ihr über die Lippen kam. Natürlich hatte er eine Mutter!

»Ja, ich hatte eine. Sie war eine wundervolle Frau.« Er zögerte. »Und jetzt lass uns deine Mum hinüber zur Couch bringen, damit wir ihren Kopf ein bisschen aufstützen können, okay?«

Charlotte nickte, und während der Pilot ihre Mutter mühelos auf die Arme nahm, griff sie nach dem blutverschmierten Handtuch und dem Wasser und folgte ihm dorthin, wo er sie sanft ablegte. Mamans Augenlider flatterten wieder, und sie versuchte, irgendetwas zu sagen. »Was ist, Maman?«, fragte Charlotte, während sie sich vorbeugte.

»Der Mann«, krächzte ihre Mutter matt. »Wer ist der Mann?«

Der Pilot lächelte und wich einen Schritt zurück, während Charlotte Mamans Hand drückte. »Ein Freund. Er ist ein Freund.«

Eine Stunde später ruhte Maman bequem in ihrem eigenen Bett, ihr Kopf einbandagiert, nachdem der Pilot festgestellt hatte, dass die Verletzung nicht tief war. »Es wäre vielleicht eine gute Idee, die Wunde von einem Arzt ansehen zu lassen, nur um sicherzustellen, dass sie sich nicht infiziert«, überlegte er. »Aber das ist nichts, worum wir uns im Moment sorgen müssen. Was die Ohnmacht betrifft, so denke ich, dass deine Mutter vielleicht nicht genug zu essen bekommt.«

»Das tut keiner von uns.«

Der Pilot nickte. »Die Rationen sind sehr knapp, richtig?«

»Manchmal denke ich, die verdammten Nazis versuchen, uns alle verhungern zu lassen.«

»Das würde ich ihnen durchaus zutrauen.« Falls der Pilot schockiert von ihrer Ausdrucksweise war, ließ er es sich jedenfalls nicht anmerken. »Wir sollten deine Mutter eine Weile ausruhen lassen. Wenn sie ein bisschen geschlafen hat, dürfte sie sich besser fühlen.«

Charlotte zögerte, nickte vor sich hin und führte den Piloten aus dem Zimmer. »Kann ich Ihnen einen Kaffee machen, um mich bei Ihnen zu bedanken?«, fragte sie.

Er lächelte wieder. Er hatte wirklich ein sehr nettes Lächeln, und sie hatte recht damit gehabt, dass seine Augen an den Rändern Fältchen bildeten. »Aber du hast mir doch eben erzählt, dass alles streng rationiert ist.«

»Wir haben ein bisschen echten Kaffee für besondere Anlässe aufgehoben.«

»Oh, aber ich glaube nicht, dass das hier ein besonderer Anlass ist. Deine Mutter wäre bestimmt von allein wieder aufgewacht. Wie wäre es mit einem einfachen Glas Wasser, und dann können wir beide uns ein bisschen unterhalten?«

Auf einmal fühlte sich Charlotte schüchtern. »Okay.« Sie holte ihm ein Glas Wasser aus der Küche, und als sie ins Wohnzimmer zurückkam, saß er in dem Sessel, den normalerweise ihr Vater einnahm. Sie zögerte kurz, bevor sie ihm das Glas reichte.

Er beugte sich vor. »Kennst du Ruby sehr gut?«

»Ja. Wir sind sehr gut befreundet.« Charlotte wusste, dass sie prahlte, dass sie ihre Freundschaft mit ihrer Nachbarin übertrieben darstellte, aber Ruby war in letzter Zeit tatsächlich ihre engste Freundin.

»Dann kannst du mir vielleicht eine Frage beantworten.«

Charlotte schwieg einen Moment. »Vielleicht.«

»Meinst du, ich kann irgendetwas tun, um ihr zu helfen?

Sie scheint traurig, und ich wünschte, ich wüsste, wie ich sie aufmuntern kann.«

Charlotte war verblüfft; es war nicht die Art Frage, die sie erwartet hatte. »Ich… ich weiß nicht.« Suchte er nach Informationen? Er machte eigentlich keinen geschwätzigen Eindruck. Um genau zu sein, schien er aufrichtig besorgt. »Es hat nichts mit ihrem Ehemann zu tun, wissen Sie. Ich glaube, sie vermisst ihn manchmal, aber er war nicht sehr nett zu ihr. Jedenfalls nicht so nett, wie man zu jemandem wie Ruby sein sollte.«

»Man kann sich schwer vorstellen, zu einer Frau wie ihr nicht nett zu sein.«

Charlotte fühlte sich schuldig. Sie wusste, dass sie zu viel gesagt hatte. Aber der Pilot sah nicht so aus, als ob er Ruby verurteilte. Er sah selbst irgendwie traurig aus. »Über die Toten soll man nicht schlecht reden. Aber ich glaube… ich glaube, Monsieur Benoit hat ihr das Gefühl gegeben, nutzlos zu sein.«

»Aber sie ist doch alles andere als nutzlos, oder?«

»Sie ist sehr stark.«

»Und doch hat sie eine gewisse Traurigkeit an sich.« Der Pilot schien in Gedanken verloren.

»Es hat mit dem Baby zu tun, glaube ich.«

»Dem Baby?« Er lehnte sich zurück, als hätte sie ihm die Luft aus den Lungen geschlagen.

Sie schluckte schwer. Jetzt war sie eindeutig zu weit gegangen. »Ich hätte nichts sagen sollen. Sie… sie redet nicht gern darüber. Aber sie war schwanger, wissen Sie, vor einer Weile. Und das Baby kam zu früh zur Welt, ohne zu atmen. Sie ist nicht mehr dieselbe, seit es passiert ist.«

Der Blick des Piloten war noch immer auf Charlotte gerichtet, aber sie hatte das Gefühl, dass seine Gedanken irgendwo weit weg waren. »Es tut mir sehr leid, das zu hören«, sagte er leise. »Wirklich sehr leid.«

»Mir auch«, pflichtete Charlotte ihm bei. Sie schwiegen so lange, dass sie sich allmählich unbehaglich fühlte. »Kann ich Sie etwas fragen?«

»Natürlich.« Er schien mit einem Ruck in die Wirklichkeit zurückzukehren.

»Was machen Sie in Paris?«

Er erzählte ihr, wie er abgeschossen worden und zu Fuß bis in die Stadt gelaufen war, auf der Suche nach dem Mann, der in dem Haus mit der roten Tür wohnte. »Und jetzt sollte ich vermutlich weiterziehen«, sagte er abschließend. »Aber ich kann mich nicht dazu durchringen.«

»Warum nicht?«

Er seufzte. »Ich weiß nicht genau.«

»Ist es wegen Ruby?«

»Vielleicht.« Er richtete den Blick wieder auf sie. »Charlotte, würdest du etwas für mich tun?«

»Ja, alles.« Sie war erleichtert, dass sie sich vielleicht dafür revanchieren können würde, dass er ihr geholfen hatte.

»Versprichst du mir, auf sie aufzupassen, wenn ich nicht mehr hier bin? Dafür zu sorgen, dass sie ein bisschen Glück in ihrem Leben hat?«

Charlottes Herz schwoll vor Stolz. »Ja, Sir, das werde ich.« Sie hielt einen Moment inne. »Sie sorgen sich um sie.«

»Oh, ja, das tue ich.« Der Pilot erhob sich und lächelte wieder. »Lass mich noch einmal nach deiner Mutter sehen, und dann sollte ich wieder zurückgehen.«

»Natürlich.« Charlotte führte ihn noch einmal den Flur hinunter zum Schlafzimmer ihrer Eltern, wo er ihrer Mutter den Puls fühlte, ihr eine Hand auf die Stirn legte und ihr dann einen Moment beim Schlafen zusah.

»Es sollte alles gut mit ihr sein«, meinte er. »Aber komm wieder und hol mich, wenn es irgendein Problem gibt, okay?«

»Ja. Vielen Dank noch mal.« Charlotte führte ihn aus dem Zimmer, schon jetzt traurig, dass ihre gemeinsame Zeit um war. Er war eine willkommene Ablenkung gewesen, und genau wie Ruby hatte auch er mit ihr geredet, als wäre sie eine Erwachsene. »Kann ich Ihnen etwas Brot und Käse geben, um mich bei Ihnen zu bedanken?«

»Oh, das ist nicht nötig.«

Aber Charlotte packte bereits ein kleines Päckchen. Sie wusste, dass Rubys Lebensmittelkarten nur für eine Person waren, und das war mit Sicherheit nicht genug, um diesen Mann satt zu bekommen. Sie hielt ihm das Päckchen hin. »Bitte. Das ist das Mindeste, was ich tun kann. Wenn nicht für Sie, dann für Ruby. Der Käse ist vom Land. Ein Freund meines Papas hat ihn uns gebracht. Aber ich weiß, dass Papa wollen würde, dass Sie ihn bekommen, dafür, dass Sie meiner Maman geholfen haben.«

Er zögerte kurz, dann nickte er und nahm das Essen entgegen, während sie ihn zur Wohnungstür begleitete. »Darf ich dich noch etwas fragen?« Der Pilot hielt inne, eine Hand bereits auf der Tür. »Bist du jüdisch? Ist das der Grund, weshalb du keine Hilfe holen konntest?«

Charlotte starrte ihn an. Ihr Vater hatte ihr eingeschärft, niemandem, der ihr etwas antun könnte, freiwillig zu sagen, dass sie Jüdin war. Aber sie wusste, dass dieser Mann das niemals tun würde. »Ja.«

»Eines Tages wird alles anders sein«, meinte er nach einer sehr langen Pause. »Wir werden diesen Krieg gewinnen, Charlotte. In der Zwischenzeit halt einfach durch. Verliere nicht aus den Augen, wer du bist.«

Bevor sie etwas erwidern konnte, war er in den Flur hinausgeschlüpft. Sie sah ihm von ihrem Türrahmen aus nach, bis er sicher in Rubys Wohnung war.

Kapitel 19

Oktober 1941

»Ruby?« Auberts Augen waren vor Entsetzen weit aufgerissen, als Ruby um kurz nach Mittag das Café Michel in der Rue de Bourgogne betrat. Sie hatte sich die ganze Nacht das Gehirn zermartert, wo sie ihn finden könnte, und schließlich hatte sie sich erinnert, dass Marcel dieses Café einmal flüchtig erwähnt hatte, damals, als die Nazis nach Paris kamen. Aubert schaute dort manchmal vorbei, hatte Marcel bemerkt, bevor er abrupt verstummt war, als hätte er irgendetwas Falsches gesagt. Damals war es Ruby kaum aufgefallen, aber rückblickend war sie sich sicher, dass er irgendetwas preisgegeben hatte, das er nicht sollte. Wie auch immer, hier saß Aubert, ganz hinten in dem Café. Nazisoldaten aßen in der Nähe, redeten und lachten, ihre Teller voller Fleisch, Brot und Gemüse, ihre Gläser mit Wein gefüllt. Sie hasste sie mit einer Inbrunst, die sie verblüffte.

»Hallo, Aubert«, sagte sie, beeindruckt, wie ruhig sie klang.

Seine Augen weiteten sich noch mehr. »Mein Name ist Philippe«, berichtigte er sie. »Sie müssen mich mit jemandem verwechseln.«

Sie starrte ihn einen Moment an, bevor sie begriff. Er verwendete einen Decknamen. Hatte Marcel auch einen gehabt? Es gab so vieles, was sie nicht wusste. »Ja, natürlich. Philippe. Mein Fehler.«

»Kein Problem.« Sein Lächeln war unnatürlich steif. »Möchten Sie vielleicht ein bisschen spazieren gehen?« Er legte bereits ein paar Münzen auf den Tisch, bevor sie etwas erwidern konnte. Er nahm ihren Arm und führte sie aus dem Café.

»Was zum Teufel tust du hier?«, herrschte er sie im Flüsterton an, sobald sie draußen auf der Straße waren.

»Ich versuche, dich zu finden.«

»Ruby.« Er zog seufzend ein Taschentuch aus seiner Jacke und tupfte sich damit den Schweiß von der Stirn. »Dein Mann wurde hingerichtet, weil er alliierten Flüchtlingen geholfen hat, nur für den Fall, dass du es vergessen hast. Du hättest die Nazis direkt zu mir führen können!«

»Niemand ist mir gefolgt.«

»Du hast mich in einem Café genau vor der Nase der Deutschen angesprochen!«

»Du hast in einem Café genau vor der Nase der Deutschen *gesessen!*«, hob Ruby hervor.

»Teil meiner Tarnung. Ich bin ein Kollaborateur nach allem, was sie wissen. Du kannst das nicht einfach aufs Spiel setzen.«

»Du musst mir zuhören.« Sie war es leid, zurechtgewiesen zu werden. »Ich gewähre einem RAF-Piloten Unterschlupf.«

Mit einem Mal wurde er völlig still. »Wie bitte?«

»Er ist vor fünf Tagen aufgetaucht, hat nach Marcel gesucht. Er hatte eine schlimme Infektion und hohes Fieber. Er ist auf dem Weg der Besserung, aber er muss zurück nach England.« Sie spürte einen Kloß in der Kehle, als sie das sagte.

»Er ist einfach vor deiner Tür aufgetaucht?«

Ruby nickte. Sie verdrängte den Gedanken, wie verletzlich Thomas ausgesehen hatte, als er im Hausflur zusammenbrach. »Er hatte von einem anderen Piloten, der es sicher nach Hause geschafft hat, von dem Netzwerk gehört.«

»Verdammt!« Auberts Gesicht lief rot an. »Sie sollen doch keine Details erzählen.«

Ruby schwieg, bis der Mann sich beruhigt hatte. »Ich muss Thomas – den Piloten – mit jemandem zusammenbringen, der ihm aus Paris heraushelfen kann. Und danach will ich helfen. Ich will Teil des Untergrundnetzwerks sein.«

»Das ist lächerlich, Ruby. Du kannst nicht helfen.«

Sie zuckte zusammen. »Wie kannst du das sagen? Ich helfe *schon jetzt*.«

»Marcel hat gesagt, dass du es gut meinst, aber das ist nicht genug, Ruby.«

»Ich habe weitaus mehr zu bieten als nur gute Absichten.«

Aubert starrte sie einen Moment an. »Marcel hat auch gesagt, du seist unbesonnen. Es tut mir leid.«

Die Worte trafen ihr Ziel. »Ja, na ja, Marcel hat sich in vielen Dingen geirrt. Das weißt du genauso gut wie ich. Er war aufbrausend und jähzornig, und ich bin es nicht.«

Aubert schwieg lange Zeit. »Es ist eine gefährliche Arbeit, Ruby.«

»Meinst du, ich kenne die Risiken nicht?«

Aubert seufzte und hob die Hände, als wollte er sich geschlagen geben. »Ich werde jemanden schicken, der deinen Piloten morgen abholt. Wenn alles gut geht, können wir reden. Aber ich verspreche nichts.«

Sie nickte, angestrengt bemüht, eine neutrale Miene zu bewahren. »Woher werde ich wissen, dass derjenige, der morgen kommt, legitimiert ist?«

»Sie wird dich mit einem Decknamen ansprechen.«

Sie? Das hieß, es gab andere Frauen beim Widerstand. Hatte Marcel Seite an Seite mit ihnen gearbeitet, sie mit Respekt behandelt, während er sie, Ruby, kleinmachte? »Einem Decknamen?«

»Jeder von uns hat einen. Es ist hilfreich, die wahre Identität der anderen nicht zu kennen.« Er hielt einen Moment inne und musterte sie. »Ab jetzt wirst du Fleur sein.«

»Fleur?«

Er lächelte leicht. »Marcel sagte, du hättest ständig von den Mohnblumenfeldern zu Hause gesprochen. *Alors*, jetzt hast du die Gelegenheit, deine eigene Blume zu sein.«

Er schnellte herum und ging zurück in das Café, bevor sie noch ein Wort sagen konnte. Sie war sich nicht sicher, ob der Name sie verspotten sollte, aber sie mochte ihn trotzdem. Sie gestattete sich ein winziges Lächeln, bevor sie sich in die entgegengesetzte Richtung wandte.

Fleur, dachte sie, während sie zurück zu ihrer Wohnung ging. *Die, die inmitten der Dunkelheit blüht*. Sie fühlte sich unbesiegbar, während sie an der Ecke Rue de l'Université an einem Trupp deutscher Soldaten vorbeiging. Einer von ihnen pfiff ihr nach, aber sie ignorierte ihn. Endlich hatte sie eine Aufgabe, einen Grund, hier zu sein, aber ein Teil von ihr war auch voller Bedauern.

Thomas. Ihn auf seinen Weg zu schicken, war das Richtige. Daran bestand kein Zweifel, aber Ruby wusste, dass sich ihre Wohnung ohne ihn leer anfühlen würde. Wie war das möglich? Sie hatte ihn doch eben erst kennengelernt.

Du darfst nicht so denken, rief sie sich in Erinnerung, während sie weitereilte, den Blick stur geradeaus gerichtet. *Du darfst keine Gefühle entwickeln*. Aber Thomas hatte irgendetwas an sich, irgendetwas, das sie nicht genau benennen konnte. Und jetzt würde sie vielleicht nie herausfinden, warum sie so empfand.

Er wurde fast schon dunkel, als sie nach Hause kam. »Hallo?«, rief sie, als die Wohnung leer schien. Für einen Moment schlug ihr das Herz bis zum Hals. War die Polizei gekommen, um Thomas abzuholen? War irgendetwas passiert? Aber einen Augenblick später tauchte er mit betretener Miene aus ihrem Kleiderschrank auf.

»Ich habe jemanden gehört und mich versteckt«, sagte er, während er sich mit der rechten Hand durchs Haar fuhr. »Entschuldige.«

»Schon gut. Du hast das Richtige getan.«

»Wo warst du denn?« Er hielt einen Moment inne und schüttelte den Kopf. »Entschuldige. Das klang jetzt völlig falsch. Nicht dass ich irgendein Recht habe, es zu erfahren. Was ich sagen wollte, ist, ich habe mir Sorgen gemacht. Geht es dir gut?«

»Um genau zu sein, habe ich den Mann getroffen, von dem ich dir erzählt habe; den mein Ehemann gekannt hat. Und ich habe gute Neuigkeiten; er schickt morgen jemanden, der dich abholt.«

»Oh.«

»Ich dachte, du würdest dich freuen.«

Thomas wandte den Blick ab. »Das tue ich ja auch. Und ich bin froh, dass ich für dich keine Gefahr mehr sein werde. Aber …«

»Aber was?«

»Aber wer wird dich beschützen, wenn ich nicht mehr hier bin?«

Ruby sah ihn mit großen Augen an. »Du bist besorgt um mich?«

Er wirkte verblüfft. »Na ja, natürlich.«

»Es ist schrecklich lange her, dass irgendjemand sich darum Gedanken gemacht hat, was mit mir passiert.«

»So sollte es nicht sein, Ruby. Ich weiß, dass ich mich immer darum sorgen werde, jetzt, wo ich dich kennengelernt habe.«

Irgendetwas löste sich in ihr. »Ich werde mich auch immer darum sorgen, was mit dir passiert.«

Sie sahen sich lange in die Augen, und Ruby konnte ihren eigenen Herzschlag fast hören.

Thomas ergriff als Erster wieder das Wort. »Ich sollte dir sagen, dass deine Freundin Charlotte heute hergekommen ist.«

»Charlotte? Von nebenan?«

Er nickte. »Ihre Mutter ist gestürzt.«

»Oh, nein! Ist mit Madame Dacher alles in Ordnung?«

Thomas nickte. »Es geht ihr gut, glaube ich. Wenn ich raten müsste, würde ich vermuten, sie hat in letzter Zeit nicht genug gegessen und ist einfach ohnmächtig geworden. Sie hat sich bei ihrem Sturz den Kopf angeschlagen, daher ist etwas Blut geflossen, was Charlotte beunruhigt haben muss.«

»Du bist zu ihrer Wohnung gegangen?«

»Es war das Richtige. Sie hat nach dir gesucht. Sie klang verängstigt.«

»Du hast es riskiert, entdeckt zu werden, um ihr zu helfen.«

Er zuckte mit den Schultern, wandte den Blick ab.

»Ich sollte nach ihr sehen«, murmelte Ruby nach einer Pause. Aber sie konnte sich nicht vom Fleck rühren. Thomas starrte sie wieder an, und dabei wünschte sie unwillkürlich, irgendwie, sie könnte noch etwas länger in diesem Moment verweilen. »Du bist ein guter Mann, Thomas«, sagte sie. »Ein sehr guter Mann.« Und dann, ohne eine Antwort abzuwarten, schlüpfte sie zur Tür hinaus.

»Ich glaube, der Pilot liebt dich«, sagte Charlotte eine halbe Stunde später ernst zu Ruby, nachdem diese nach Madame Dacher gesehen hatte, die jetzt wach, wenn auch noch immer benommen war.

»Er ist doch erst seit ein paar Tagen hier, Charlotte! So schnell verlieben sich Leute nicht.«

»Manchmal reichen ein paar Tage«, entgegnete Charlotte selbstbewusst, und Ruby musste sich ein Lächeln verbeißen. Charlotte mochte für ihr Alter weise sein, aber sie war immer noch ein Kind. Sie konnte solche Dinge unmöglich verstehen.

»Er wird sowieso bald fortgehen, zurück nach England.«

»Eines Tages wird der Krieg zu Ende sein, weißt du. Und dann kannst du ihn wiedersehen.«

Falls wir beide überleben, dachte Ruby. Aber sie zwang sich zu einem Lächeln. »Lass uns daraus nicht etwas machen, was es nicht ist. Ich helfe ihm einfach ein paar Tage, das ist alles. Also, bist du sicher, dass es dir und deiner Mutter gut geht?«

Charlotte nickte.

»Bitte zögere nicht, mich zu holen, wenn irgendetwas schiefgeht.«

»Okay. Bitte sag deinem Piloten, dass ich ihm sehr dankbar bin.«

Ruby schlüpfte aus der Wohnung der Dachers, während Charlottes Worte in ihren Ohren nachhallten. *Deinem Piloten.* Allein schon bei dem Gedanken, dass er ihr gehören könnte, fühlte sie sich schwindelig. Aber sie benahm sich albern, und sie wusste es.

Sie holte tief Luft und zwang sich, in die Wirklichkeit zurückzukehren, bevor sie die Tür zu ihrer eigenen Wohnung öffnete. Es roch, als ob irgendjemand kochte, aber das war unmöglich. »Thomas?«

»Hier drinnen.«

Als sie um die Ecke zur Küche bog, sah sie zwei Kerzen auf dem Tisch brennen und Thomas am Herd stehen. »Was tust du denn da?«, fragte sie.

Er wandte sich lächelnd zu ihr um. »Ich hoffe, du hast

nichts dagegen. Ich mache uns etwas zu essen. Charlotte hat mir ein bisschen Brot und Käse gegeben. Es ist nicht viel, aber meine Mutter sagte immer, ich hätte ein besonderes Talent für Käsetoast. Ich dachte, wir könnten die Hälfte den Dachers bringen und uns den Rest teilen.«

Sie starrte ihn sprachlos an, überzeugt, dass das hier irgendeine Art Fata Morgana war. In der ganzen Zeit, die sie mit Marcel verbracht hatte, hatte er nicht ein einziges Mal angeboten, für sie zu kochen. Kein Mann hatte das je getan. Sie wusste, dass das Brot vermutlich altbacken und der Käse wahrscheinlich alt war, aber es roch wie die köstlichste Mahlzeit der Welt.

»Setz dich«, sagte Thomas, während er sich wieder zum Herd umwandte. »Mach's dir gemütlich. Ich wünschte, ich könnte dir ein Glas Wein anbieten, aber ich habe leider nur Wasser.«

»Augenblick, ich habe etwas Wein«, erinnerte sich Ruby. Sie hatte sich den letzten Rest von Marcels Sammlung für einen besonderen Anlass aufgehoben, aber das hier war genau das, oder? Sie trat an den Schrank im Wohnzimmer und suchte ganz hinten, bis sie eine Flasche 1937er Bordeaux fand. »Wird das den Zweck erfüllen?«, fragte sie, während sie in die Küche zurückkam.

Thomas zog grinsend die Augenbrauen hoch. »Wenn du sicher bist, dass du sie öffnen willst, dann würde sie das Essen zu einem regelrechten Festmahl erheben.«

Das offene Sandwich, das Thomas zubereitete, war eines der köstlichsten Dinge, die Ruby je gegessen hatte, und bis sie die Flasche Wein geleert hatten, saßen sie nebeneinander auf der Couch und tauschten Geschichten aus ihrer Kindheit aus. Ruby erzählte ihm, wie sie sich mit fünf Jahren einmal in den Mohnblumenfeldern verlaufen hatte und wie verängstigt sie gewesen war, und Thomas kicherte und erzählte ihr, wie er, als er in demselben Alter war, eines Nachmittags in London weggelaufen war und seinen Eltern eine Höllenangst gemacht hatte. Sie redeten über die Schule und ihre Kindheitsträume; Ruby hatte Lehrerin werden wollen, und Thomas hatte gehofft, Arzt zu werden.

»Naturwissenschaften habe ich immer geliebt«, erklärte er. »Und ich kümmere mich gern um andere Leute. Daher schien es ein logischer Weg für mich zu sein. Ich hatte sogar schon mehrere Vorbereitungskurse absolviert, um anschließend Medizin zu studieren.«

»Warum hast du es dann nicht getan?«

Er seufzte. »Der Krieg ist dazwischengekommen. Ich wollte helfen. Ich hatte die Universität eben abgeschlossen, als ich entschied, mich freiwillig zu melden.«

»Meinst du, du wirst deine Ausbildung fortsetzen? Eines Tages Arzt werden?«

»Ganz ehrlich, ich weiß es nicht. Ein Arzt soll Leben retten, aber ich musste Leben auslöschen. Ich bin mir nicht sicher, inwieweit mich das verändert hat.«

»Im Krieg ist alles anders. Und du kämpfst für ein höheres Ziel.«

»Aber es muss auch Deutsche geben, die genauso fühlen. Wenn ich in der Luft eines gelernt habe, Ruby, dann dass absolut nichts schwarz-weiß ist. Und als Arzt sollte man die Welt ein bisschen wissenschaftlicher sehen, denke ich. Ich bin mir einfach nicht sicher, ob ich noch immer dieser Mensch bin.«

»Aber vielleicht bist du, in gewisser Weise, sogar ein besserer Mensch geworden. Schließlich sind es die Nuancen, die die Welt schön machen, oder?« Ihre Wangen erwärmten sich, während Thomas ihrem Blick standhielt.

»Und was ist mit dir?«, fragte er. »Willst du immer noch Lehrerin werden?«

»Vor einem Jahr hätte ich Nein gesagt. Aber inzwischen habe ich mit Charlotte gearbeitet, habe ihr geholfen, Englisch zu lernen, und das hat mir wieder vor Augen geführt, wie sehr ich das Unterrichten liebe. Wissen ist Macht, vor allem in Zeiten wie diesen.«

Thomas nickte. »Apropos Charlotte, sie hat mir gegenüber etwas erwähnt, als ich vorhin in ihrer Wohnung war«, sagte er. »Es ist meine Schuld; ich habe sie nach dir gefragt, und ich fürchte, ich war neugieriger als beabsichtigt.«

Ruby blinzelte ein paarmal. »Was hat sie gesagt?«

»Sie hat mir von dem Baby erzählt. Es tut mir so leid, Ruby.«

Auf einmal fühlte sich Ruby wie betäubt, kalt. In gewisser Weise war sie froh, dass Thomas es wusste. Sie hatte es ihm am Abend zuvor sagen wollen, aber sie hatte nicht gewusst, wie sie die Worte dafür finden sollte.

Als sie nichts sagte, fuhr er fort. »Er war es, von dem du gestern Abend gesprochen hast, stimmt's? Du hast gesagt, du würdest dich fühlen, als ob du gescheitert wärst, weil du ihn nicht retten konntest.«

Jetzt rollten die Tränen, und sie gab sich keine Mühe, sie zu verbergen. »Er ist zu früh gekommen. Ich war nicht stark genug.«

»Ruby.« Er ergriff ihre Hände und wartete, bis sie ihn ansah. »Ich kann mir den Schmerz eines solchen Verlusts nicht einmal vorstellen. Aber du musst wissen, dass es nicht deine Schuld war.«

»Aber es ist die wichtigste Aufgabe einer Mutter, ihr Kind zu beschützen.«

»Aber manchmal ist das unmöglich. Ich kenne dich inzwischen gut genug, um zu wissen, dass du alles getan hast, was du konntest, um dieses Baby zu beschützen, richtig?«

Ruby nickte kläglich.

»Manchmal sind Gottes Pläne anders als unsere, und man kann unmöglich wissen, warum«, fuhr Thomas fort. »Ich muss dich um etwas bitten, Ruby.«

Sie sah verblüfft auf. Er bat sie mitten in einem solchen Gespräch um einen Gefallen? »Na schön.«

»Du musst dir selbst verzeihen.«

»Thomas …«

»Bitte lass mich ausreden. Du kannst die Traurigkeit mit dir herumschleppen, aber nicht die Schuldgefühle. Schuldgefühle werden dich bei lebendigem Leib auffressen, und in diesem Fall gibt es keinen Grund dafür. Es geht mich ja nichts an, Ruby, aber wenn ich eines für dich hoffe, dann, dass du versuchen wirst, dieses Gefühl des Scheiterns loszuwerden, denn das bist du nicht. Ich will das Beste für dich. Ich will, dass du glücklich bist. Und ich glaube nicht, dass du das sein wirst, nicht vollständig, solange du diese Bürde nicht ablegst.«

Als er geendet hatte, starrte sie ihn lange an. »Ich werde es versuchen«, flüsterte sie schließlich. »Aber was kümmert es dich überhaupt? Wir werden uns vermutlich nie wiedersehen.«

»Eines Tages wird der Krieg zu Ende sein«, erwiderte Thomas. »Und Paris ist nicht so weit entfernt von London.«

Ruby gestattete sich, sich eine Zukunft vorzustellen, in der sie alle Zeit der Welt haben könnten, um einander kennenzulernen. Aber das war einfach nicht realistisch. Wie standen die Chancen, dass ein RAF-Pilot und eine amerikanische junge Frau in Paris wieder zueinanderfinden würden? Sie entschied sich zu sagen: »Das ist ein netter Gedanke, Thomas. Ein sehr netter Gedanke.«

Sie redeten bis spät in die Nacht, bis Rubys Augenlider

schwer wurden. Schließlich warf sie einen Blick auf die Uhr auf dem Kaminsims und stand auf. »Du hast morgen eine lange Reise vor dir. Du musst etwas Schlaf bekommen.«

Er erhob sich ebenfalls, und wieder war sie verblüfft von seiner schieren Größe, der Art, wie ihr Kopf perfekt an seiner harten Brust ruhen würde. Er trat einen Schritt näher, und sie hielt den Atem an. In einem Sekundenbruchteil lagen seine Lippen auf ihren, weich und zärtlich. Er glitt mit kräftigen Fingern durch ihre Haare, umfasste ihren Nacken, während er sie an sich zog, und sie erwiderte den Kuss, obwohl sie wusste, dass es töricht war. Aber es fühlte sich perfekt und richtig an, und sie wollte nicht, dass der Moment endete.

Als er sich schließlich von ihr löste, blickte er benommen. »Das hätte ich nicht tun sollen. Entschuldige.«

Ruby sah ihm in die Augen. »Ich bin sehr froh, dass du es getan hast.«

»Na dann.« Er küsste sie wieder, eindringlicher, und diesmal war es Ruby, die ihn unterbrach.

»Thomas, wir müssen etwas Schlaf bekommen«, sagte sie.

»Ja, ja, natürlich.«

Ruby zögerte. »Also dann, gute Nacht. Und danke für ein wundervolles Abendessen.« Sie ging in ihr Schlafzimmer, ohne noch einmal zurückzusehen, aber nachdem sie die Tür hinter sich geschlossen hatte, blieb sie dort stehen und lauschte. Sie sehnte sich danach, zu ihm zu gehen, und sie fragte sich, ob er sich auf der anderen Seite der Wand genauso fühlte. Wenn er zu ihrer Tür kam, würde sie ihn hereinlassen, selbst wider ihr besseres Wissen.

Aber das tat er nicht. Und nach einer Weile, das Herz schwer vor Sehnsucht nach etwas, von dem sie wusste, dass sie es niemals haben könnte, kroch sie ins Bett und starrte an die Decke, bis die Morgendämmerung heraufzog.

Kapitel 20

Oktober 1941

»Fleur?« Die dunkelhaarige Frau, die vor Rubys Tür stand, war früh dran. Zu früh. Und sie war auch zu schön. Ruby wusste, dass es albern war, so zu denken, vor allem da die Frau mit ihren üppigen Kurven, Schmolllippen und großen grünen Augen vermutlich von Vorteil für die Résistance war, da sie die deutschen Soldaten ablenkte. Aber Ruby hasste die Vorstellung, ihr Thomas zu übergeben, erst recht nach dem Kuss der letzten Nacht.

»Entschuldigung, sind Sie Fleur?«, wiederholte die Frau etwas unsicherer. Ihr Akzent verriet Ruby, dass sie Französin war, aber ihre Schönheit schien irgendwie fremdartig, exotisch.

»Ja. Und Sie sind …«

»Laure. Ich bin wegen des Päckchens hier.« Die Frau lächelte leicht, womit sie zu Rubys Leidwesen noch entzückender aussah. »Philippe hat mich geschickt«, ergänzte sie, als Ruby noch immer nichts gesagt hatte.

»Oh, ja, natürlich.« Ruby zwang sich zu einem Lächeln. Auberts Deckname.

»Und Sie haben das Päckchen?« Jetzt betrachtete Laure Ruby misstrauisch.

»Einen Augenblick, bitte.« Ruby schloss die Tür vor Laure, in dem Wissen, dass es unhöflich war, aber es kümmerte sie nicht besonders. Sie wollte ein paar Sekunden mit Thomas allein.

»Ist sie das?«, hörte sie seine Stimme hinter sich in Marcels Kleidung. »Die Frau, die mich zu dem nächsten Punkt an der Route bringen wird?«

»Das ist sie«, bestätigte Ruby tonlos.

Thomas schloss mit drei langen Schritten den Abstand zwischen ihnen. Er zog Ruby in seine Arme und küsste sie noch einmal, bevor er sich von ihr löste. »Ich will dich nicht verlassen.«

Bei seinen Worten wurde Ruby schwer ums Herz. »Aber du musst.«

»Eines Tages werde ich wiederkommen«, sagte Thomas. »Ich schwöre es.«

Ruby bezweifelte, dass diese Worte je wahr sein könnten. Aber sie wollte sie glauben.

Es klopfte wieder an der Tür, und Ruby hielt Thomas' Blick noch einen langen Moment stand, bevor sie öffnete. Laure stand verwirrt vor ihr, die Hände in die Hüften gestemmt.

»Wir müssen wirklich los«, sagte sie. »Darf ich hereinkommen?«

Ruby nickte, trat zur Seite und schloss hinter ihr die Tür. Laure stellte sich Thomas vor; und dann, als wäre Ruby gar nicht da, begann sie, in einem Schnellfeuerenglisch Anweisungen herunterzurasseln.

»Sie müssen hinter mir gehen«, sagte sie. »Kein Kontakt. Keine Kenntnisnahme. Wenn jemand mich anhält, gehen Sie weiter. Wenn jemand Sie anhält, gehe ich weiter. Wir dürfen auf keinen Fall zusammen gesehen werden. Wenn alles gut geht, werde ich Sie zum Bahnhof führen, wo ich als Erste in den Zug steigen werde und Sie mir ein paar Minuten später in denselben Waggon folgen. Noch einmal, wir kennen uns nicht. Hier sind Ihre Fahrkarte und Ihre Ausweispapiere sowie Ihr deutsches Reisedokument, alles tadellose Fälschungen.« Sie zog ein paar Papiere aus ihrer Handtasche und reichte sie Thomas. »Sie sind ein taubstummer französischer Landarbeiter. Haben Sie verstanden?«

»Aber ich kann Französisch sprechen.«

»Mit einem englischen Akzent. Sie werden unter gar keinen Umständen sprechen, wenn Sie angesprochen werden.«

Thomas nickte.

»Sie werden die Kleider anziehen, die ich hier habe.« Sie hob die Tasche hoch, die sie in der Hand hielt. »Und Sie werden dieses Schild hier tragen.« Sie zückte ein schlampig handgeschriebenes Schild, auf dem auf Französisch stand: TAUBSTUMM. HABEN SIE ETWAS KLEINGELD? »Wir werden den Zug in Bordeaux verlassen, und Sie werden mir zu einem anderen Zug folgen. Verstanden?«

»Ja.« Thomas war ganz geschäftsmäßig. »Danke. Mir ist bewusst, dass Sie ein großes Risiko eingehen.«

Laure schien etwas sanfter zu werden. »Das tun wir alle, Sie eingeschlossen. Das Wichtigste ist es, Sie zurück zum Kampf zu bringen.« Sie wandte sich an Ruby. »Philippe sagt, Sie haben gute Arbeit geleistet, um diesen Piloten gesund zu pflegen. Sie sollen ihn am Montag um zehn in den Tuilerien treffen, wenn Sie noch immer interessiert sind, die Dinge mit ihm zu besprechen.«

»Das bin ich.« Ruby fühlte sich steif und verlegen. »Danke.«

Laure nickte. »Also dann. Wir müssen los.«

Thomas trat vor und ergriff Rubys Hand. »Ich weiß nicht, wie ich dir danken soll«, sagte er leise. Dann beugte er sich vor und küsste sie rasch auf die Wange – das Äußerste, was sie beide vor Laure zu tun wagten –, bevor er einen Schritt zurücktrat.

»Du kannst mir danken, indem du gut auf dich aufpasst, Thomas.«

Er wandte sich zur Tür, schon jetzt zu weit entfernt von ihr.

»Sie müssen sich noch umziehen.« Laures Stimme war scharf.

Thomas blinzelte ein paarmal. »Natürlich.« Sie reichte ihm die Tasche, und er verschwand in Rubys Schlafzimmer. Laure und Ruby betrachteten einander schweigend, während er sich umzog. Als er wieder zum Vorschein kam, sah er völlig verwandelt aus. Die Kleidung, die Laure ihm gegeben hatte, war abgetragen und schmutzig. Er würde leicht als französischer Bauer durchgehen.

»Ich habe die Sachen deines Ehemannes auf dein Bett gelegt«, sagte er mit einem Blick auf Ruby. »Vielen Dank nochmals. Für alles.«

»Gern geschehen.«

Er ging mit Laure zur Tür, und Ruby befürchtete, dass es die letzten Worte waren, die sie je zueinander sagen würden. Sie fühlten sich seltsam unpersönlich an. Aber als er an ihr vorbeiging, blieb er kurz stehen und berührte sanft ihre Wange. »Ich werde nie, aber auch nie vergessen, was du für mich getan hast.«

»Das hätte jeder anständige Mensch getan«, entgegnete Ruby.

»Davon rede ich nicht.« Er musterte noch eine Sekunde ihr Gesicht, als wollte er sich ihre Züge genau einprägen, dann ließ er die Hand sinken und verließ die Wohnung. Laure warf einen letzten Blick auf Ruby, bevor sie die Tür hinter sich zuzog.

Danach herrschte nur noch Stille.

Ruby stand lange Zeit reglos da, bevor sie langsam zur Couch ging und sich benommen setzte. War gestern Nacht wirklich passiert? Waren die letzten paar Tage echt gewesen? Und jetzt was? Ein Teil von ihr wünschte, sie hätte Aubert nach dem Prozentsatz von Piloten gefragt, die es sicher zurück nach England schafften, und ein Teil von ihr war froh, dass sie es nicht getan hatte.

Irgendwann später klopfte es an ihrer Tür, und Ruby sprang auf, um zu öffnen. Was, wenn Thomas irgendetwas zugestoßen war? Aber es war nur Charlotte, die dort stand, eine einzelne rote Rose in den Händen. Sie hielt sie Ruby hin.

»Die hat heute Morgen auf unserem Balkon geblüht«, sagte sie. »Kannst du das glauben? Im Oktober? Maman wollte, dass du sie bekommst.«

»Danke, Charlotte.« Ruby nahm die Rose entgegen und atmete ihren Duft tief ein. Sie roch stark und süß, und ihre Farbe erinnerte sie an die Mohnblumen, die in der Nähe des Hauses ihrer Eltern in Kalifornien blühten, die, von denen sie Thomas erzählt hatte. Es war genug, um ihr die Tränen in die Augen zu treiben.

»Dein Pilot ist gegangen«, sagte Charlotte rundheraus.

»Ja. Ja, das ist er.« Ruby holte einmal tief Luft. »Wie geht es deiner Mutter, Charlotte?«

»Etwas besser, danke.«

»Das freut mich sehr.«

Charlotte nickte, aber sie machte keine Anstalten zu gehen. Ruby hatte das Gefühl, dass das Mädchen noch etwas sagen wollte.

»Ist alles in Ordnung, Charlotte?«

»Ich kann meine Eltern nachts hören«, platzte sie heraus. »Wie sie diskutieren. Sie schlafen nicht mehr. Ich weiß nicht, was ich tun soll. Sie bleiben einfach auf und streiten sich über die Situation in Paris. Sie reden darüber, ob wir versuchen sollten wegzugehen.«

Ruby verspürte Mitleid mit den Dachers. Sie wusste, dass die Lage für die Juden immer schlimmer wurde; es gab häufig Berichte über Verhaftungen und Deportationen in der ganzen Stadt. »Vielleicht solltet ihr das tun«, meinte sie sanft.

»Aber das hier ist unsere Stadt, Ruby. Es ist das einzige Zuhause, das ich je gekannt habe. Warum sollten wir gehen müssen?«

»Weil es allmählich gefährlich wird.«

»Aber *du* hast dich entschieden zu bleiben! Warum sollte es für uns anders sein?«

Ein Blick verriet Ruby, dass das Mädchen die Antwort auf seine Frage selbst wusste.

In den nächsten Tagen fand Ruby kaum Schlaf. Wenn sie die Augen schloss, sah sie, wie Thomas irgendetwas Entsetzliches zustieß. Sie stellte sich vor, dass er von einem Deutschen in einem Zug geschnappt wurde, verraten von Laure, im Südwesten Frankreichs auf der Straße aufgegriffen, auf der Stelle erschossen, während er versuchte, die Grenze nach Spanien zu überqueren. Sie wusste, dass sie sich immer wieder befehlen musste, ihn zu vergessen. Ihre Mutter hatte ihr einmal gesagt, manchen Leuten, denen sie begegnete, sei es bestimmt, für immer ein Teil ihrer Welt zu sein, aber anderen nur, den Lauf ihres Lebens zu verändern und dann weiterzuziehen. Thomas hatte ihr gezeigt, dass sie helfen konnte, hatte ihr Selbstvertrauen wiederhergestellt und ihr eine Aufgabe gegeben. Wegen ihm konnte sie langsam ihre Schuldgefühle wegen des Babys loslassen. Vielleicht war das ja alles, was ihm bestimmt war. Vielleicht würde sie mit der Zeit aufhören, an ihn zu denken, aufhören, sich an das Gefühl seiner Lippen auf ihren zu erinnern.

Am Montag ging Ruby zu den Tuileriengärten, um Aubert

zu treffen. Während sie über die blumengesäumten Wege schlenderte, wunderte sie sich, wie normal alles schien. Sie sah kleine Jungen, die auf dem Teich Boote mit weißen Segeln fahren ließen, kichernde Mädchen, die einander jagten, zufriedene Mütter, die Kinderwagen schoben, während sie miteinander plauderten. Es war, als ob niemand von ihnen wüsste, dass ein Krieg tobte. Ruby war sich nicht sicher, ob sie dankbar für die Normalität oder entsetzt davon sein sollte.

»Benimm dich unauffällig«, sagte Aubert leise, als er sich mit raschen Schritten vom Westeingang des Parks näherte. Er küsste sie auf beide Wangen und legte einen Arm um sie. »Tu so, als ob wir alte Freunde wären, die sich nur treffen, um sich zu unterhalten.«

»Aber wir *sind* alte Freunde«, entgegnete Ruby. »Oder etwa nicht?«

Sein Schweigen war Antwort genug. Er war nie ihr Freund gewesen. Er hatte sie lediglich geduldet. War es das, was er jetzt tat? Eine freundliche Miene aufsetzen, um sie zufriedenzustellen?

Sie setzten sich zusammen auf eine Bank mit Blick auf den Teich. Es war die perfekte Tarnung für ein heimliches Treffen. Es gab Tausende von Zeugen, daher könnte niemand sie beschuldigen, sich zu verschwören, und trotzdem konnten sie reden, ohne gehört zu werden. »Immer vor den Augen der Öffentlichkeit verstecken«, murmelte Aubert. »Das ist der letzte Ort, an dem die Nazis suchen.«

»Ist der Pilot in Sicherheit?« Ruby konnte sich die Frage nicht verkneifen. »Der, dem ich Unterschlupf gewährt habe?«

»Das weiß ich nicht. Sobald sie Paris verlassen, habe ich keine Ahnung, was passiert. Es ist besser so; je weniger jeder von uns weiß, desto weniger können wir preisgeben, falls wir verhaftet werden.«

»Aber er ist doch wenigstens aus Paris herausgekommen?«

»Ja.« Aubert schwieg einen Moment. »Weißt du, es ist unsere Aufgabe, sie zu dem nächsten Punkt an der Route zu schicken, nicht, uns mit ihnen anzufreunden.«

Ruby wandte den Blick ab, aber sie war sich sicher, dass Aubert spürte, wie sich ihre Schultern unter seinem Arm anspannten. »Ich habe ihn gesund gepflegt, Aubert, daher sorge ich mich natürlich darum, was aus ihm wird.«

»Laure schien das Gefühl zu haben, dass mehr zwischen euch beiden ist. Ich habe ihr natürlich gesagt, dass sie sich täuschen muss. Du trauerst doch sicher noch immer um deinen Ehemann.«

»Natürlich«, beeilte sich Ruby zu sagen, während sie einen schweren Kloß von Schuldgefühlen hinunterschluckte.

»Wie auch immer, ich weiß, dass du uns helfen willst. Das weiß ich zu schätzen, Ruby, aber ich habe darüber nachgedacht, und ich glaube nicht, dass du dafür geeignet bist. Du fällst schon jetzt auf.«

»Und doch habe ich mehrere Tage einen Piloten beherbergt.«

»Trotzdem, ich bin mir nicht sicher, ob du imstande wärst ...«

Sie wartete nicht ab, bis er den Satz zu Ende führte. »Aber du hast von Anfang an nicht gedacht, dass ich zu so etwas imstande wäre, oder? Und ich habe dir schon jetzt das Gegenteil bewiesen.«

»Ruby ...«

»Und wirklich, Aubert, wer würde mich denn schon verdächtigen?«, unterbrach sie ihn wieder. »Dank Marcel denken die Leute, dass ich nichts bin, ein Niemand.«

Der betretene Blick, den Aubert ihr zuwarf, verriet Ruby,

dass er es ebenfalls gedacht hatte. Vielleicht dachte er es noch immer.

»Siehst du?«, fuhr sie fort. »Marcel hat die perfekte Vorarbeit geleistet. Wenn die Nazis je Verdacht schöpfen, müssen sie sich nur umhören, und alle werden ihnen sagen, wie nutzlos ich bin.« Ihr Lachen klang verbitterter als beabsichtigt. »Er hat die perfekte Tarnung geschaffen.«

»Es ist eine sehr gefährliche Arbeit, Ruby.«

»Ich bin mir der Risiken bewusst.«

»Aber sie foltern Leute. Du kannst unmöglich wissen, wie du dem standhalten würdest.«

»Ich *weiß*, dass ich lieber sterben würde, als zu riskieren, irgendeinen der Piloten, denen ich helfen würde, in Gefahr zu bringen.«

»Und unter gar keinen Umständen dürftest du den Deutschen von mir oder Laure oder irgendjemandem sonst, den du beim Widerstand kennenlernst, erzählen. Als Amerikanerin könntest du vielleicht überleben, aber die Franzosen unter uns würden sofort hingerichtet werden. Wir würden unser Leben in deine Hände legen, Ruby.«

»Aubert, ich bin bereits beteiligt, was heißt, dass dein Leben schon jetzt in meinen Händen liegt. Ich nehme an, es liegt ganz bei dir, was als Nächstes passiert.« Sie hielt den Atem an.

Seine Hand auf ihrer Schulter spannte sich an und lockerte sich dann wieder. »Na schön. Aber von jetzt an bin ich Philippe. Das darfst du nicht vergessen. Die Decknamen sind zu unserem Schutz, und du darfst nicht unvorsichtig sein. Ich werde dir binnen einer Woche deinen ersten Piloten schicken, solange die Engländer einverstanden sind, und ich werde mich bemühen, zusätzliche Lebensmittelkarten für dich zu besorgen. Laure oder ein Mann mit dem Decknamen Jean-

Louis wird sie von deiner Wohnung abholen. Wenn nichts dazwischenkommt, solltest du die Männer höchstens achtundvierzig Stunden haben.«

Ruby holte tief Luft. »Danke.«

»Das ist das falsche Wort für eine solche Situation. Du glaubst, du begibst dich hier auf ein großes Abenteuer, Ruby. Aber ich fürchte, du hast soeben einen Weg eingeschlagen, der letztendlich mit deinem Tod enden könnte.«

Sechs Tage später klopfte es leise an Rubys Tür, und als sie öffnete, stand dort ein Mann mit kleinen dunklen Augen in einem Overall und einem ausgeblichenen Hemd. Eine tiefe Schnittwunde zog sich über seine rechte Gesichtshälfte, und er war erschöpft. »Fleur?«, fragte er, während er sich nervös umsah. Er erinnerte Ruby an ein scheues Reh.

»Ja«, antwortete Ruby auf Englisch. Sie begriff prompt, dass er der erste der Männer war, die Aubert wie versprochen zu ihr schicken würde. »Bitte, wollen Sie nicht hereinkommen?«

Anfangs rührte er sich nicht vom Fleck. »Sie sprechen Englisch?«

»Ich bin Amerikanerin.«

Seine Augen füllten sich mit Tränen. »Gott, Sie haben keine Ahnung, wie schön es ist, meine eigene Sprache zu hören.« Er trat ein, und sie schloss hinter ihm die Tür. »Was in aller Welt tun Sie hier, so weit weg von zu Hause?«

»Dasselbe könnte ich Sie fragen.«

Er lachte, was gleich darauf in ein abgehacktes Husten überging. »Ich wurde über Abbeville abgeschossen. Ein Bauer hat gesehen, wie mein Flugzeug heruntergekommen ist, und mich gefunden, bevor es die Deutschen tun konnten. Hat mich zwei Tage in seiner Scheune versteckt, bevor er mich einem Burschen übergeben hat, der mich zu einer anderen Stadt gefahren hat. Dort habe ich drei Nächte im Keller eines Gasthofs geschlafen, und dann wurde ich von einem Mitglied der Résistance abgeholt. Er gab mir ein Fahrrad und forderte mich auf, ihm in die Vororte von Paris zu folgen. Ich habe die Anweisung erhalten, zu Ihnen zu kommen. Man hat mir gesagt, das hier sei mein letzter Zwischenstopp, bevor ich nach Spanien aufbreche.«

Ruby war sich sicher, dass er ihr nicht so viele Details hätte erzählen sollen. »Jeder von uns kennt nur den nächsten Punkt an der Route«, sagte sie sanft. »Daher passen Sie bitte auf, dass Sie niemandem sonst erzählen, wo Sie jeweils übernachtet haben. Es könnte die Operation gefährden.«

Er kniff die Augen zusammen, und sie erkannte, dass er es nicht gewohnt war, zurechtgewiesen zu werden. »Ich habe Ihnen keine Details genannt. Außerdem wissen Sie das alles doch sicher sowieso schon.«

»Um genau zu sein, wusste ich es nicht.«

»Wenn Sie das sagen.«

Sie mochte die Art nicht, wie er sie ansah.

»Wie auch immer«, sagte er, »ich nehme an, Fleur ist nicht Ihr richtiger Name.«

»Möglicherweise.« Sie beließ es dabei.

»Na schön. Mein Name ist Lawrence. Kein Deckname, wohlgemerkt. Lawrence Bartholomew Fischer. Ich fliege Spitfires.«

»Na ja, freut mich, Sie kennenzulernen, Mr. Fischer. Und ich denke, Sie werden feststellen, dass die Unterkunft hier durchaus angemessen ist. Ich zeige Ihnen den Wandschrank.«

»Den … Wandschrank?«

Fischer blieb eineinhalb Tage bei Ruby, keine Woche später gefolgt von einem Bomberpiloten namens Harley Holt und dann einem Bordschützen namens Stephen Orlando. Danach gaben sie sich die Klinke in die Hand; jede Woche standen ein oder zwei vor ihrer Tür, und jedes Mal hieß sie sie willkommen, gab ihnen etwas zu essen und versteckte sie dann in dem Wandschrank im Flur, wo sie warteten, bis sie von Laure abgeholt wurden.

Es gab ein paar brenzlige Situationen – Nachbarn sahen die Männer zufällig kommen oder gehen, und die Concierge, Madame Lefèvre, tauchte gelegentlich im Erdgeschoss auf –, aber ihre verkniffenen Lippen verrieten Ruby, dass sie davon ausgingen, dass sie wechselnden Herrenbesuch empfing. Ihr sollte es recht sein.

Charlotte hingegen war sehr wohl bewusst, was vor sich ging, und das bereitete Ruby Sorgen. Sie wusste, dass sie ihrer jungen Nachbarin vertrauen konnte, aber letztendlich war Charlotte nur ein Kind. Was, wenn ihr versehentlich irgendetwas herausrutschte? Oder was, wenn Ruby aufflog und irgendjemand glaubte, dass Charlotte und ihre Familie darin verwickelt waren?

Trotzdem konnte Ruby den Männern nicht den Rücken kehren.

In ihrem dritten Monat bei der Résistance wunderte sie sich, eines Tages einen amerikanischen Air-Force-Piloten zu begrüßen, der an die RAF ausgeliehen worden war. Er war in Palmdale aufgewachsen, nur fünfzehn Kilometer von ihrer eigenen Heimatstadt entfernt. »Gott, Miss, natürlich kenne ich Lancaster!«, rief er, als sie ihm erzählte, woher sie stammte. Sie wusste, dass sie solche Details nicht ausplaudern sollte, und normalerweise war sie weitaus zurückhaltender, aber sie musste einfach die Gelegenheit beim Schopf ergreifen, mit einem Fremden in Erinnerungen an Südkalifornien zu schwelgen, der auf der anderen Seite der Welt irgendwie den Weg zu ihrer Tür gefunden hatte. »Ihre Eltern müssen in großer Sorge um Sie sein. Hören Sie oft von Ihnen?«

Sie schüttelte den Kopf. »Es ist jetzt Monate her.«

»Dieser verdammte Krieg. Na ja, wenn Sie wollen, kann ich ihnen eine Nachricht von Ihnen überbringen, wenn ich nach Hause komme.«

Sie zögerte. Für eine Sekunde klang es wie ein wahr gewordener Traum. Aber ihm zu sagen, wie ihr richtiger Name lautete oder wer ihre Eltern waren, war mit zu vielen Komplikationen verbunden. Sie hatte schon jetzt zu viel gesagt. »Helfen Sie einfach den Alliierten, den Krieg zu gewinnen, ja?«

»Ja, Miss.« Seine Miene war ernst. »Ich werde mein absolut Bestes geben. Das ist der Grund, weshalb ich es kaum erwarten kann, aus dieser verdammten Stadt herauszukommen. Nehmen Sie's mir nicht übel, bitte.«

»Schon gut. Es fühlt sich tatsächlich ein bisschen an, als ob Paris verdammt ist, nicht wahr?«

Er nickte und sah dann aus ihrem Fenster. »Vor dem Krieg muss das eine ziemlich schöne Stadt gewesen sein.«

»Das war es wirklich.«

»Glauben Sie, Sie werden in die Staaten zurückkehren, wenn das alles hier vorbei ist?«

»Ich weiß es wirklich nicht. Es fällt mir schwer, weiter als bis morgen zu denken.«

»Seltsam, wie ein Krieg die Dinge verändert, stimmt's? Ich hätte eigentlich die Steuerkanzlei meines Vaters übernehmen sollen. Stattdessen verstecke ich mich in der Wohnung einer hübschen Fremden in Paris. Hätte nie gedacht, dass ich einmal hier landen würde.«

»Ich auch nicht«, erwiderte Ruby, und genau wie der Pilot

sprach auch sie nicht nur von Paris. Sie sprach von dieser seltsamen Wendung, die das Leben genommen hatte, wie sie den Boden, auf dem sie stand, nicht mehr wiedererkannte. »Aber der Krieg kann nicht ewig dauern, oder? Vielleicht ist es nicht zu spät, um zu dem Leben zurückzufinden, das wir führen sollen.«

»Oder vielleicht ist es das hier.« Der Pilot lächelte traurig. »Vielleicht war uns das hier die ganze Zeit vorherbestimmt.«

Kapitel 21

Oktober 1941

Nachdem Thomas Rubys Wohnung verlassen hatte, führte Laure ihn zu einem Bahnhof in Paris, wo bereits drei andere britische Piloten warteten, jeder mit seinem eigenen Begleiter. Thomas hatte strikte Anweisungen erhalten, keinen von ihnen zur Kenntnis zu nehmen – und schon gar nicht mit ihnen zu reden –, aber es war tröstlich, einfach zu wissen, dass sie da waren. Er war hier nicht mehr allein, was ihm das Gefühl gab, als hätte er eine berechtigte Chance zu überleben.

Sie bestiegen einen Nachtzug nach Bordeaux, und obwohl Laure in seinem Abteil saß, durfte er sie nicht ansehen oder versuchen, auf irgendeine Weise zu kommunizieren. Der Vorteil eines Nachtzugs war, dass er sich jedes Mal schlafend stellen konnte, wenn ein Zugbegleiter oder deutscher Offizier vorbeikam, und genau das tat er auch und öffnete die Augen erst dann wieder einen Spaltbreit, wenn ihre Schritte verhallt waren. Am Morgen stiegen sie in einen Zug nach Bayonne um, und er erhaschte einen Blick auf die anderen Piloten, die ebenfalls mit ihren Begleitern einstiegen. So weit, so gut; sie waren jetzt in Südfrankreich, das weniger gefährlich zu sein schien als Paris.

In Bayonne verließen ihre Begleiter sie, wünschten ihnen knapp viel Glück und übergaben sie einem anderen Mann, der jedem von ihnen eine Fahrkarte aushändigte und sie in einen kleineren Zug zu dem winzigen Ort Dax setzte. Das hier, begriff Thomas, würde wieder ein gefährlicher Teil der Reise sein; der neue Mann würde sie nicht begleiten, da das Risiko einer Verhaftung zu groß war. Bei ihrer Ankunft sollten sie aus dem Zug steigen und versuchen, sich unauffällig zu geben, während sie vor dem Bahnhof darauf warteten, von einem anderen Kontaktmann abgeholt zu werden. »Verlassen Sie sich auf Ihre falschen Papiere«, sagte der Mann leise auf Französisch, was Thomas rasch für die anderen übersetzte. »Sagen Sie nichts, nicht einmal, wenn Sie vernommen werden.«

Im Zug sah Thomas mit wachsender Beklommenheit zu, wie ein deutscher Soldat das erste Abteil betrat und Passagiere nach ihren Papieren zu fragen begann. Einer der drei anderen RAF-Piloten schien jünger als der Rest zu sein – neunzehn, vielleicht zwanzig –, und er war der Erste, an den der Soldat sich wandte. Thomas saß wie gelähmt da, während der junge Pilot den Mann verständnislos ansah, der ihm einen Befehl zubrüllte. *Gib ihm deine Papiere*, dachte Thomas, während er wünschte, er könnte dem Jungen zu Hilfe kommen, ohne Verdacht zu erwecken. *Verdammt, tu einfach, was die Helfer dir gesagt haben.*

Nach ein paar langen Sekunden sah Thomas, wie der Junge mit sichtlich zitternden Händen in seine Tasche griff und seine Ausweispapiere aushändigte. Der Deutsche studierte sie einen Moment und fragte ihn auf Französisch nach dem Grund seiner Reise. Der Junge starrte ihn noch immer an, und der Soldat wiederholte die Frage lauter, während seine Augen vor Misstrauen loderten. *O Gott*, dachte Thomas. *Er fliegt gleich auf.*

Aber dann ergriff eine ältere Frau, die dem Piloten gegenübersaß, das Wort und erklärte dem deutschen Soldaten, dass der Junge ihr Enkel sei, dass sie eine entfernte Tante besuchten und dass der Junge taub sei. »Wie können Sie es wagen, sich über ihn lustig zu machen?«, fragte die Frau. Der Mann wirkte unsicher, aber die Frau setzte sich neben den jungen Piloten und legte ihm einen Arm um die Schultern. »Es ist alles gut, mein Junge. Er hat es nicht böse gemeint.« Der Soldat kniff die Augen zusammen, aber nach einem Moment knurrte er angewidert und ging weiter.

Thomas stieß einen tiefen Seufzer der Erleichterung aus, und auch wenn er es nicht wagte, Blickkontakt zu irgendeinem der anderen Piloten aufzunehmen, sah er der älteren Frau fest in die Augen, die ihn kurz anlächelte, nickte und dann ging, um sich einen Platz in einem anderen Waggon zu suchen. *Gott sei Dank für gute Samariter.*

Als der Zug Dax erreichte, stiegen die vier Piloten aus und versuchten, sich unter die kleine Menschenmenge zu mischen, während sie ihre Fahrkarten abgaben und den Bahnhof verließen. Draußen warteten zwei Männer auf sie.

»Willkommen«, begrüßte der größere der beiden sie auf Englisch. Er trug einen Schnurrbart und eine ausgeblichene Mütze. Thomas fand nicht, dass er französisch klang, aber er konnte seinen starken Akzent nicht einordnen. »Wir sind hier, um eure Gruppe in die Berge zu bringen.« Er wies mit dem Kinn auf die sechs Fahrräder, die neben ihnen an der Wand lehnten.

Es war keine Zeit, Fragen zu stellen, während sie aufstiegen und vom Bahnhofsvorplatz in ein malerisches französisches Dorf radelten. Thomas trat der Schweiß auf die Stirn, als sie an einem Café mit ein paar Deutschen an den Tischen davor vorbeikamen, aber keiner der Soldaten würdigte sie eines zweiten Blickes, und sobald sie um die Ecke gebogen waren, entspannte sich Thomas ein wenig. Vielleicht würden sie es ja tatsächlich schaffen. Hier schien es weitaus weniger Deutsche zu geben als in Paris, was ein gutes Zeichen war.

Sie radelten den ganzen Tag schweigend. Der Mann, der sie angesprochen hatte, fuhr voraus, und sein Begleiter, der bislang noch nichts gesagt hatte, bildete das Schlusslicht. Kurz vor Einbruch der Dunkelheit, die Pyrenäen hoch aufragend vor sich, bogen sie von der Hauptstraße zu einem Dorf ab, von wo sie über gewundene Straßen zu einem kleinen, abgelegenen Bungalow am Waldrand kamen. »Hier werdet ihr übernachten«, erklärte der Mann mit der ausgeblichenen Mütze, während er sie der Reihe nach ansah. »Es sind sehr nette Gastgeber, sehr mutig, euch Unterschlupf zu gewähren. Am Morgen gehen wir los.«

»Gehen wohin?«, fragte der jüngste Pilot.

Der Mann wies mit dem Daumen auf die zerklüfteten Berge, die einen Schatten über den Ort warfen. »Süden. Nach Spanien.«

An diesem Abend, bei einer warmen Mahlzeit aus Lamm und Bohnen, sprachen die Piloten zum ersten Mal miteinander. Ihre Gastgeber waren ein Paar mittleren Alters, das sich nach dem Essen in sein Schlafzimmer zurückzog und die Männer allein ließ, nachdem sie ihnen auf Französisch erklärt hatten, dass die Lage ihres Hauses abseits des Ortskerns ideal war, um Gäste zu verstecken; die Handvoll Deutsche, die in der Nähe stationiert waren, machten sich nicht die Mühe, sich in diese Richtung hinauszuwagen.

Thomas erfuhr, dass der jüngste Pilot Norman Wimbley hieß und in zwei Monaten zwanzig werden würde. Er hatte eine großspurige Art, aber während er erzählte, wie er über Südbelgien abgeschossen wurde und auf einen Bauern traf, der Teil der Widerstandsbewegung war, konnte Thomas das Zittern in seiner Stimme hören. Die anderen – Scott Pace und

Walter Caldwell – waren eher in seinem eigenen Alter und hatten sich auf der Flugschule kennengelernt; Scott war am Rand von Paris abgeschossen worden, und Walter war auf der französischen Seite der deutschen Grenze abgestürzt. Wie Norman hatten auch sie die Hilfe von Einheimischen bekommen, die Verbindungen zu den Fluchthelfern hatten. Thomas fragte sich, wie ausgedehnt das Netzwerk tatsächlich war. Es war eine erstaunliche Vorstellung, dass all diese französischen und belgischen Zivilisten ihr eigenes Leben riskierten, um Männer zurück in den Krieg zu bringen.

»Sollen wir wirklich zu Fuß über die Berge klettern?«, fragte Norman, während er aus dem Fenster in die Dunkelheit spähte. »Das klingt doch verrückt.«

»Wir haben keine andere Wahl«, hob Scott hervor. »Das ist im Moment die einzige Möglichkeit, aus Frankreich herauszukommen.«

»Aber über einen *Berg* klettern?«, beharrte Norman. »Hat irgendeiner von euch das schon mal gemacht?«

»Nein«, entgegnete Walter. »Aber willst du zurück ins Cockpit oder nicht? Wenn du dir unsicher bist, könntest du genauso gut zurückbleiben.«

»Das habe ich nicht gesagt«, knurrte Norman. »Nur dass es hart sein wird.«

»Das Leben ist nun mal hart«, fauchte Walter.

»Hört zu«, sagte Thomas nach einem Moment, »es besteht kein Zweifel, dass das hier schwierig sein wird. Und wir können unsere Deckung nicht aufgeben. Aber wir werden zusammenhalten und tun, was die Helfer uns sagen, und wir werden es schaffen.«

Scott und Walter nickten, und auch wenn Norman irgendetwas vor sich hin murmelte, zuckte er schließlich mit den Schultern. »Na schön«, sagte er.

Die beiden Männer, die sie am Bahnhof abgeholt hatten, tauchten vor dem Morgengrauen wieder auf und weckten die Piloten nach nur wenigen Stunden Schlaf. Sie stellten sich als Florentino und Alesander vor und erklärten, dass sie seit einigen Monaten Piloten halfen, über die Berge nach Spanien zu kommen. »Alesander spricht nur sehr wenig Englisch und auch kaum Französisch« sagte Florentino. »Wir sind beide mit der baskischen Sprache aufgewachsen. Wenn ihr Fragen habt, fragt ihr mich.«

»Was schlägst du vor, wie wir es über die Berge schaffen sollen, wenn wir nicht einmal Wanderstiefel haben?«, fragte Norman, womit er sich einen strengen Blick von Florentino einhandelte.

»Mit Mut«, erwiderte dieser, »und dem hier.« Er hob einen Leinensack an und kippte den Inhalt auf dem Boden des Bungalows aus. Darunter waren mehrere Paar Schuhe mit Sohlen aus dickem Seil. »Die hier werden euch in dem gebirgigen Gelände helfen. Zieht sie rasch an, und dann gehen wir los.«

»Espadrilles?«, schnaubte Norman spöttisch. »Das soll wohl ein Witz sein. Die sind doch für Frauen.«

Florentino funkelte ihn an. »Wir benutzen diese Schuhe seit Hunderten von Jahren. Die Sohlen passen sich den Füßen an, lassen sie atmen und helfen bei steilen Anhöhen. Du kannst gern deine eigenen Schuhe tragen, wenn es dir lieber ist. Erwarte nur nicht, dass ich dir helfe, wenn deine Füße bluten und du von einem Felsvorsprung stürzt.«

Fünf Minuten später, mit den seltsamen Seilschuhen an ihren Füßen, marschierten die Piloten rasch auf die Berge zu, Beutel mit Brot und Würsten über der Schulter. Jeder hatte außerdem einen Ziegenlederbeutel mit Wein bekommen, der während der Überquerung maßvoll getrunken werden sollte. »Los geht's«, knurrte Alesander, die ersten Worte, die er sprach, seit er die Piloten getroffen hatte. Er zeigte auf eine schmale Straße, die aus der steilen Wand des Berges vor ihnen gehauen zu sein schien. »Mir nach.«

Thomas holte tief Luft und reihte sich ein. Wenn das der Weg nach Hause war, dann war er entschlossen, ihn zu gehen.

Drei Tage später erreichte die Gruppe die andere Seite der spanischen Grenze, durchgefroren und erschöpft, nachdem sie den eisigen Fluss Bidassoa durchwatet hatten, der Frankreich von Spanien trennte. Manchmal, erklärte Florentino, konnte er Piloten über eine Brücke führen, die den Fluss überspannte, aber Alesander war bereits vorausgegangen und zurückgekommen, um zu melden, dass die Brücke von der spanischen Polizei stark patrouilliert wurde. Während er bis zur Taille durchnässt auf einem eisigen Feld stand, war sich Thomas sicher, dass er in seinem ganzen Leben noch nie so gefroren hatte.

Für den Rest des Abstiegs mussten sie sich im Schatten halten, aber sie schafften es unbemerkt. In einem kleinen Ort weiter unten führten Florentino und Alesander sie zu einer Scheune, wo sie die Nacht fröstelnd unter dicken Decken verbrachten. Am nächsten Tag marschierten sie wieder zu einem anderen Ort, wo sie in einem Bauernhaus schliefen und eine warme Mahlzeit aus Kartoffeln und Lamm bekamen, und schließlich, an ihrem dritten Tag in Spanien, führten Florentino und Alesander sie zu einer Straße, wo sie von einem schwarzen Wagen abgeholt und zur Küstenstadt San Sebastián gebracht wurden. Von dort fuhr ein Wagen mit Union Jacks sie zur britischen Botschaft in Madrid, wo sie vom Vizekonsul herzlich willkommen geheißen, mit neuer Kleidung ausgestattet und zwei Tage beherbergt wurden. Thomas schlief und aß gut, aber jetzt, wo seine Reise fast zu Ende war, stellte er fest, dass er nicht daran dachte, wie nah er England, sondern wie weit entfernt von Paris er war.

Schließlich wurden die Piloten zu einem Hafen in Sevilla gefahren, wo ein norwegisches Schiff darauf wartete, sie nach Gibraltar zu bringen, an der Südküste der Iberischen Halbinsel. Dort gab es einen RAF-Stützpunkt, und Thomas und die anderen Piloten bekamen neue Uniformen ausgehändigt, bevor sie auf die letzte Etappe ihrer Reise geschickt wurden: einen Flug nach England. Nachdem er in London ein paar Tage vernommen worden war, wurde Thomas zurück nach Northolt geschickt, wo nicht einmal Harrys Anblick genügte, um ihn aus der Depression zu holen, in die er verfallen war.

»Aber du bist zu Hause, mein Freund!«, sagte Harry, während er ihn zu einer bärenhaften Umarmung an sich zog. »Weißt du überhaupt, wie viel Glück du hattest?«

»Ich musste es hierher schaffen«, erwiderte Thomas. »Das ist die einzige Möglichkeit, um zurück nach Paris zu kommen.«

»Zurück nach Paris?«, kicherte Harry. »Ich hätte gedacht, du würdest jetzt eine Weile auf dieser Seite des Kanals bleiben wollen. Nachdem ich abgeschossen wurde, hatte ich es nicht eilig, nach Frankreich zurückzukehren.«

Thomas schüttelte den Kopf. »Es ist nicht Frankreich, wohin ich so unbedingt zurückwill.« Er beließ es dabei, denn er hatte sehr strikte Anweisungen erhalten, niemals über irgendeinen Teil des Fluchtnetzwerkes zu sprechen. Das war die eine Bedingung, unter der es ihm gestattet worden war, den Kampf über französischem Gebiet wiederaufzunehmen, obwohl viele zurückgekehrte Piloten jetzt nach Afrika versetzt wurden.

Das Schweigegelübde beinhaltete Ruby, das wusste er. Und so schloss er seine Erinnerungen an sie weg und schwor sich, niemals von der Zeit zu sprechen, die er in ihrer Wohnung verbracht hatte. Was würden Harry oder die anderen auch schon dazu sagen?

Aber es war echt gewesen. Da war er sich ganz sicher. Und als er die Freigabe erhielt, wieder in die Lüfte aufzusteigen, und erneut begann, Bomber nach Frankreich zu eskortieren, schwor er sich, dass er sie, egal was passierte, wiedersehen würde.

Kapitel 22

Mai 1942

Charlotte war sehr stolz auf Ruby, aber sie durfte es nicht laut sagen. Dreizehnjährige liefen nicht herum und sagten Erwachsenen, dass sie stolz auf sie waren; es klang herablassend.

Auch wenn Maman und Papa ahnten, was in Rubys Wohnung los gewesen war – wie könnten sie das auch nicht nach Mamans Sturz? –, wussten sie nicht, dass die Situation noch immer anhielt. Charlotte verbrachte bei Weitem zu viel Zeit damit, durch das Guckloch zu spähen, während fremde Männer nachts kamen und ein oder zwei Tage später wieder gingen, aber sie machte es sich zur Gewohnheit, ihre Eltern abzulenken, wenn sie je im Begriff schienen, in den Flur hinauszugehen, während er von Rubys Besuchern belegt war. Es war nicht so, dass Charlotte glaubte, ihren Eltern nicht vertrauen zu können; sie wollte nur nicht, dass sie noch etwas belastete. Sie ertranken schon jetzt in Sorgen.

Papa schien von Tag zu Tag nervöser zu werden und stürzte oft davon zu heimlichen Treffen mit anderen Männern von ihrer Synagoge. Charlotte wusste nicht, ob er die Bedrohung durch die Nazis ernst nahm, oder ob er den Kopf in den Sand steckte. Er versicherte ihr ständig, dass Massendeportationen hier niemals passieren könnten. Nicht ihnen. »Selbst im Osten heißt es, dass sie nur das Gesindel abholen, nicht die produktiven Mitglieder der Gesellschaft. Ich arbeite noch immer, Charlotte. Wir leisten einen Beitrag. Es wird alles gut werden.«

Aber sie glaubte ihm nicht. Und was noch wichtiger war, sie wusste, dass Maman es auch nicht tat. Früher stark und robust, war Maman wie verwandelt, seit der Krieg ausgebrochen war, und das beunruhigte Charlotte noch mehr als die zunehmende Anspannung ihres Vaters. Während Papa ständig nervös zu sein schien, siechte ihre Mutter dahin. Sie war andauernd krank vor Sorge und Unterernährung, und wenn Charlotte sie zu trösten versuchte, trübte sich Mamans Blick jedes Mal. »Es wird alles gut werden, meine Liebe«, wiederholte sie immer wieder wie eine kaputte Schallplatte.

Sie behandelten Charlotte wie ein Kind, und sie war es leid. Konnten sie denn nicht sehen, dass sie ebenso besorgt war wie die beiden? Dass ihre beschwichtigenden Worte fadenscheinig klangen? Wenn sie doch nur irgendetwas Mutiges tun könnte, um an der Heimatfront zu helfen, so wie Ruby. Dann würden ihre Eltern sie ernst nehmen müssen. Stattdessen war sie die meiste Zeit in ihrer Wohnung eingesperrt, eine Gefangene der Befürchtungen ihrer Eltern, sie könnte auf der Straße aufgegriffen und weggebracht werden, ohne dass sie es wussten. Maman hatte es auch aufgegeben, Charlotte zu unterrichten. Ihre einzigen Verbindungen zur Außenwelt waren gelegentliche Streifzüge mit ihrem Papa, die Bücher in ihrer Wohnung und ihr wöchentlicher Englischunterricht bei Ruby.

Und dann, in den letzten Maitagen des Jahres 1942, wurde alles noch schlimmer. Es erging ein Befehl, der alle Juden in Frankreich verpflichtete, einen gelben Stern an der linken Seite ihrer Jacken zu tragen. Sie hatten nur ein paar Tage Zeit, um sich die Baumwollabzeichen von ihrer örtlichen Polizeiwache abzuholen, und ab der zweiten Juniwoche drohten harte Strafen für diejenigen, die ohne sie auf der Straße angetroffen wurden.

Papa holte die Sterne für die Familie ab, und Maman nähte sie pflichtschuldig an die Jacken und Pullover, die sie am häufigsten trugen. »Es ist nur ein Davidstern«, meinte Papa, seine Stimme seltsam tonlos. »Nichts, wofür wir uns schämen sollten. Schließlich sind wir stolz darauf, Juden zu sein.«

»Aber die Leute werden uns auslachen«, wand Charlotte leise ein, während sie in ihre Jacke mit dem verhassten gelben Makel schlüpfte.

»Die, die uns wegen des Sterns schlecht behandeln, sind dieselben, die uns schon immer gehasst haben.« Papa mied ihren Blick. »Halt einfach den Kopf hoch erhoben.« Aber Charlotte konnte den Schmerz im Gesicht ihres Vaters sehen, und sie wusste, dass das neue Gesetz ihn ebenso sehr kränkte wie sie.

Als sie den Stern das erste Mal bei einem Spaziergang mit Papa trug, spuckte ein bärtiger Mann sie an, und sein Speichel landete auf ihrer rechten Wange. Sie blinzelte Tränen zurück und verkniff sich eine Reaktion, bis sie um die Ecke gebogen war, außer Sichtweite für ihn. Ein paar Teenagerjungen brüllten von einem Türeingang, nannten sie eine dreckige Jüdin, und ein deutscher Soldat verhöhnte sie mit einem solch angewiderten Blick, dass sie sich zusammenreißen musste, um nicht physisch zurückzuzucken. Als sie und Papa wieder sicher in ihrem eigenen Haus waren, zitterte sie.

»Es ist nicht fair«, murmelte sie, bemüht, ihre Tränen zurückzudrängen. Papa umarmte sie rasch und ging vor ihr in die Wohnung, das Gesicht düster vor Besorgnis. Er sagte ihr, sie solle sich alle Zeit nehmen, die sie bräuchte, um wieder zu sich zu kommen, aber sie dürfe Maman nicht aus der Fassung bringen.

Sie versuchte noch immer, sich zu beruhigen, als die Tür zur Nachbarwohnung geöffnet wurde. »Charlotte?«, fragte Ruby, während sie in den Flur hinaustrat. »Was ist los?«

»Es ist wegen des Sterns«, stieß Charlotte hervor, und ihren besten Absichten zum Trotz schluchzte sie noch heftiger.

Ruby zog Charlotte in ihre Arme. »Was ist passiert?«

»Ich verstehe nicht, warum die Leute uns so sehr hassen.«

»Was hältst du davon, wenn du kurz hereinkommst? Lass uns über diese Sache reden.«

»Aber du bist beschäftigt.« Charlotte löste sich aus ihren Armen. »Ich will nicht stören, wenn du einen … Gast hast.«

Ruby lächelte. »Heute gehört die Wohnung ganz uns, Charlotte. Bitte. Leiste mir Gesellschaft.«

Charlotte folgte Ruby hinein. Sie staunte, wie anders sich die Wohnung jetzt für sie anfühlte, obwohl sie im Grunde so aussah wie immer. In den meisten Wochen kam Ruby für ihren Englischunterricht zu den Dachers, daher war Charlotte seit einer Weile nicht mehr hier gewesen. Und auch wenn sich die Einrichtung nach Marcels Tod kaum verändert hatte, war es das Wissen, dass sie ein Zufluchtsort für Helden war, das alles verwandelte.

Ruby machte ihnen zwei kleine Tassen Ersatzkaffee, und Charlotte kam sich sehr erwachsen vor, während sie ein Stück Zucker in ihren Kaffee rührte und einen Schluck nahm.

»Und jetzt sag mir«, begann Ruby, während sie sich zu ihr auf die Couch setzte, »bist du heute anders, als du gestern warst?«

Charlotte hielt inne, die Tasse auf halbem Weg zum Mund. »Na ja … nein.«

»Na dann, es hat sich also nur verändert, was du trägst. Habe ich recht?«

Charlotte sah hinunter auf den gelben Stern. »Ja. Aber …«

»Kein Aber«, unterbrach Ruby sie entschieden. »Du solltest stolz darauf sein, wer du bist, was du bist. Meinst du nicht, dass ich wegen meines fürchterlichen amerikanischen Akzents hier jeden Tag auffalle? Ich weiß, dass die Leute sich über mich lustig machen.«

Charlotte gestattete sich ein leises Lächeln. Rubys Akzent war ziemlich grauenhaft, auch wenn ihr Wortschatz nahezu perfekt war. »Ja«, meinte sie nach einer langen Pause, »aber dich spuckt niemand auf der Straße an, weil du Amerikanerin bist.«

Ruby legte einen Arm um sie und drückte sie fest an sich. »Charlotte, du weißt ebenso gut wie ich, dass das Innere eines Menschen das ist, was zählt. Und manchmal muss man eben durchs Feuer gehen, um sein wahres Selbst zu finden. Vielleicht ist das hier dein Feuer.«

»Was meinst du damit?«

»Ich meine, dass wir unsere Berufung im Leben manchmal erst dann entdecken, wenn die Lage am düstersten ist.« Ruby umfasste Charlottes Schultern und sah ihr in die Augen. »Nutze diese Erfahrung, um dadurch stärker zu werden.«

Charlotte starrte lange Zeit auf ihren Schoß, während sie über die Worte ihrer Freundin nachdachte. Sie wusste, dass es ein kluger Rat war, aber ihm zu folgen, war leichter gesagt als getan. Schließlich sah sie auf. »Ich glaube, meinem Vater macht es auch sehr zu schaffen.«

Rubys Miene wurde etwas sanfter. »Es ist sehr lieb von dir, dass du dich um ihn sorgst, Charlotte. Aber dein Papa ist doch ein sehr religiöser Mann, oder?«

»Ja.«

»Dann vertraue darauf, dass er darin Trost finden wird. Dafür ist der Glaube besonders gut: um uns in Krisenzeiten Kraft zu geben.«

»Woher willst du das wissen?« Charlotte wollte nicht unhöflich klingen. »Du bist nicht jüdisch.«

»Nein, ich bin katholisch. Aber unterm Strich ist der Katholizismus gar nicht so viel anders. An Gott zu glauben, steht im Mittelpunkt unserer Religion genau wie bei euch, und während die Lage für mich immer schwieriger wurde, habe ich gelernt, stärker zu beten. Es hat mir Trost gespendet.«

»Wie denn? Gebete sind doch nur Worte.«

»Aber es sind Worte, die uns in Erinnerung rufen, dass es dort draußen etwas gibt, das größer ist als wir selbst. Und es sind Worte, die das Beste in uns zum Vorschein bringen.«

Charlotte sah Ruby lange Zeit an, bevor sie nickte. »Okay.«

Ruby zog das Mädchen zu einer Umarmung an sich. »Am dunkelsten ist es immer vor der Morgendämmerung, meine Freundin.«

»Ich weiß.« Doch Charlotte sagte nicht, dass die Morgendämmerung manchmal überhaupt nicht kam.

Kapitel 23

Juli 1942

Der Pilot, der Mitte Juli zu Ruby kam, ein dreiundzwanzigjähriger Amerikaner aus Boston namens Samuel Sullivan, traf nach der Sperrstunde ein, was sehr gefährlich war. Die französische Polizei ging hart gegen Leute vor, die dagegen verstießen, und wenn Samuel in der Nähe ihrer Wohnung aufgegriffen worden wäre, hätte er sie dadurch sehr leicht verraten können. Aber Ruby hieß ihn trotzdem willkommen und nahm sich vor, später mit Aubert darüber zu reden. Sie waren dazu übergegangen, sich alle zwei Wochen im Hinterzimmer eines verlassenen Tanzstudios in der Rue d'Estrées zu treffen, und manchmal gesellte sich auch Laure zu ihnen. Ruby hatte sie nie nach der Reise in den Süden mit Thomas gefragt, da sie die Vorschriften kannte; sie durften nicht über die Piloten sprechen, nachdem sie weitergereist waren. Nie. Aber sie beneidete die schöne Helferin mit den rabenschwarzen Haaren noch immer um die Zeit, die sie mit dem freundlichen, charmanten Piloten verbracht hatte. Anfangs hatte Ruby gedacht, sie würde ihn im Laufe der Monate vergessen, aber er war noch immer das Erste, was ihr jeden Morgen beim Aufwachen durch den Kopf ging.

»Dort draußen ist heute Abend irgendetwas los«, sagte Samuel, nachdem Ruby ihm etwas Brot, Käse, Wasser und frische Kleidung gegeben hatte.

»Was meinen Sie damit?«

Er schüttelte den Kopf. »Ich bin mir nicht sicher, ehrlich gesagt. Aber auf den Straßen ist viel Polizei. Sie glauben doch nicht, dass sie sich für eine Razzia rüsten, oder?«

Ein ängstlicher Schauder durchzuckte Ruby. »Wo waren sie? Nur in dieser Gegend hier?«

»Nein, Miss. Deswegen habe ich ja so lange gebraucht. Heute Abend war in ganz Paris Polizei auf den Straßen.«

»Deutsche?«

»Franzosen, glaube ich.«

»Hmm.« Was Samuel beschrieb, klang ungewöhnlich. Schließlich trat die französische Polizei nur selten allein in Aktion; sie waren die Marionetten der Deutschen. Wenn sie in großer Zahl dort draußen unterwegs waren, dann steckten zweifellos die Deutschen dahinter. Aber konnte es sein, dass Samuel übertrieb? Ruby kannte ihn überhaupt nicht, daher ließ es sich unmöglich sagen. »Ich bin sicher, es ist alles in Ordnung«, meinte sie nach einer langen Pause. »Keiner von ihnen hat Sie gesehen, oder?«

»Nein. Ich war sehr vorsichtig.«

»Gut. Also, dann bringen wir Sie jetzt für die Nacht unter, okay? Ich werde Sie morgen früh holen, sobald das Haus still ist, und dann können wir über den nächsten Schritt reden.«

»Es ist sehr freundlich von Ihnen, mir zu helfen.«

»Das ist keine Freundlichkeit. Das ist meine Pflicht.« Das war in letzter Zeit ihr Spruch geworden, und sie meinte es ernst. Sie tat wirklich nichts Außergewöhnliches. Tatsächlich befürchtete sie eher, dass ihre Rolle im Netzwerk egoistischer Natur war, denn sie füllte ihre Tage aus, sodass sie keine Zeit hatte, sich den Kopf darüber zu zerbrechen, ob Thomas noch am Leben war. Und sie hatte auch keine Zeit, sich zu fragen, weshalb ihr das so wichtig war.

Sie trat vor ihre Wohnungstür, lauschte in die Stille des

Hauses. Als sie sich sicher war, dass die Luft rein war, brachte sie Samuel in aller Eile zu dem Wandschrank, den sie erst an diesem Nachmittag mit frischen Decken gefüllt hatte. Dort drinnen würde er es die Nacht über bequem haben.

Nachdem sie ihn untergebracht hatte, ging sie die Treppe hinunter und öffnete die Haustür ins Freie, aber alles war still. In der Ferne konnte sie Lastwagen rumpeln hören, aber in der Rue Amélie war alles friedlich. Ein rascher Blick zu beiden Enden der in Schatten getauchten Straße bestätigte nur den üblichen Verkehr.

Trotzdem ging Ruby um kurz nach Mitternacht mit einem unruhigen Gefühl ins Bett. Sie wälzte sich lange hin und her, bevor sich der Schlaf einstellte, und sie war eben eingeschlummert, als ein polterndes Geräusch sie hochfahren ließ. Sie nahm ihre Armbanduhr vom Nachttisch, während sie ein Licht einschaltete. Es war 4.25 Uhr morgens, und draußen war irgendetwas los.

Sie schlich in den Flur vor ihrer Wohnung und spähte vom Treppenabsatz aus durch das große Vorderfenster des Hauses. Die Straße war vollgestellt mit zwei Polizeilastwagen und einem kleinen Transportbus, der bereits vollgestopft mit Menschen war. Vier französische Polizisten betraten in diesem Moment das Gebäude genau gegenüber, das erhellt von den Scheinwerfern der Lastwagen war, und wenig später tauchten zwei andere aus dem Gebäude nebenan auf und eskortierten eine vierköpfige Familie hinaus, die alle den gelben Stern an ihren Mänteln trugen. Die Mutter und der Vater sahen vom Schlaf zerzaust und besorgt aus; die Kinder, zwei Mädchen, die nicht älter als drei und fünf sein konnten, weinten.

Einen Augenblick später kamen die ersten Polizisten, die sie gesehen hatte, mit einer schluchzenden Mutter und drei kleinen Kindern aus dem Gebäude gegenüber. Einer der Polizisten brüllte der Frau irgendetwas zu, und sie schüttelte heftig den Kopf. Auch diese Familie trug den gelben Stern an den Mänteln, die sie über ihren Schlafanzügen angezogen hatten. Ruby unterdrückte ein Aufstöhnen, als der Polizist der Frau hart ins Gesicht schlug, sodass ihr Kopf nach hinten sackte. Danach beruhigte sie sich, ihre Schreie jetzt nur noch erstickte Schluchzer. Sie und ihre Kinder wurden rasch in den wartenden Bus gescheucht, ihre Koffer in den Polizeilastwagen verladen.

Ruby hatte genug gesehen.

Sie wandte sich um und rannte zur Wohnung der Dachers, wo sie hart gegen die Tür hämmerte. »Wachen Sie auf, Monsieur Dacher! Madame Dacher! Charlotte! Es ist ein Notfall!« Die Sekunden verstrichen, und Ruby klopfte nachdrücklicher, obwohl sie wusste, dass sie damit vermutlich das halbe Haus aufweckte. Sie betete, die Leute mögen in ihren Wohnungen bleiben und der versteckte Pilot so vernünftig sein stillzuhalten. Schließlich kam Monsieur Dacher an die Tür, einen Schürhaken umklammernd. Seine Miene wurde sanfter, als er sah, dass es Ruby war.

»Madame Benoit«, sagte er, »was ist los?«

»Die Polizei treibt Juden zusammen«, sagte sie rasch. »Sie sind genau vor dem Haus. Sie müssen verschwinden.«

Sie erwartete, dass er seine Frau alarmieren, sich rasch die Sachen der Familie schnappen und fliehen würde, aber stattdessen schüttelte er nur den Kopf. »Nein, nein, das kann nicht sein, Madame Benoit.«

»Monsieur Dacher, ich habe eben gesehen, wie zwei Familien, einschließlich der Kinder, aus ihren Wohnungen gezerrt und in Busse verladen wurden.«

»Das müssen Ausländer sein«, sagte Monsieur Dacher, auch wenn er blass geworden war. »Keine braven französischen Bürger wie meine Frau und ich.«

»Ich habe keine Ahnung, aber wollen Sie das Risiko eingehen? Außerdem sind Sie woanders geboren, oder?«

Er blickte verblüfft. »Ja, aber …«

Er wurde von Madame Dacher unterbrochen, die bleich hinter ihm im Flur auftauchte. Sie sah jünger aus ohne ihr Make-up, verletzlicher, als Ruby sie je gesehen hatte. »Reuven, glaubst du wirklich, sie werden uns in Ruhe lassen, nur weil du früher einmal ein erfolgreiches Geschäft geführt hast?« Sie warf einen Blick auf Ruby, ihre Augen weit aufgerissen und traurig, bevor sie wieder zu ihrem Mann zurücksah. »Madame Benoit hat recht. Wir sollten lieber auf Nummer sicher gehen.«

»Aber, Sarah, du glaubst doch wohl nicht …«

»Reuven!«, schnitt ihm Madame Dacher das Wort ab. »Jetzt ist nicht der richtige Zeitpunkt, um dich von deinem Stolz aufhalten zu lassen.«

»Aber sie treiben staatenlose Juden zusammen, Sarah. Das muss es sein.«

»Glaubst du nicht, dass wir in ihren Augen genau das sind? Die Nazis kümmert es nicht, was du zur französischen Wirtschaft beigetragen hast. Sie wollen uns alle loswerden.«

Einen Moment lang herrschte angespanntes Schweigen. »Nein«, erklärte Monsieur Dacher schließlich entschieden. »Ich werde mich nicht aus meinem Zuhause vertreiben lassen.«

»Aber …«, begann Madame Dacher.

»Nein«, erwiderte er entschlossen.

»Papa?« Charlotte tauchte hinter ihrer Mutter auf. Sie trug ein rosa Nachthemd, und ihr Haar war zu Zöpfen geflochten. Sie wirkte verängstigt. »Ich glaube, es stimmt, was Ruby sagt. Ich habe dir doch gesagt, dass der Fleischer Gerüchte gehört hat, und ich …«

»Und ich habe dir gesagt, dass Gerüchte fast nie wahr sind. Du darfst nicht alles glauben, was du hörst, Liebes. Es wird uns nichts passieren. Wenn die Polizei hierherkommt, werden wir einfach erklären, dass …«

»Hör auf, Reuven!«, sagte Madame Dacher scharf, während sie einen Schritt vortrat. »Ich bin nicht gewillt, dieses Risiko mit Charlotte einzugehen.« Sie wandte sich an Ruby. »Werden Sie sie nehmen? Unseren kleinen Liebling beschützen? Wenn heute Nacht nichts passiert, wird sie morgen früh wieder zurückkommen.«

»Aber, Maman!«

Madame Dacher ergriff Rubys Hand, die Augen voller Tränen. »Bitte, Madame Benoit. Ich weiß, dass Sie mutig und stark sind. Und ich weiß, dass Sie sich um Charlotte sorgen. Können Sie sie behalten, wenn die Deutschen uns holen kommen? Nur bis wir sicher zurückkommen können.«

»Natürlich.«

»Nein, Maman!«, versuchte Charlotte es noch einmal. »Wenn sie kommen, werde ich mit euch mitgehen.«

»Nein, mein Liebling, das wirst du nicht.« Madame Dacher nahm die Hände ihrer Tochter. »Jetzt ist nicht viel Zeit, und du darfst dich nicht widersetzen. Du musst stark sein, Charlotte. Und du musst mutig sein. Hab keine Angst davor, zu sein, wer du bist. Versprich mir, dass du uns nie vergessen wirst.«

»Aber, Maman!« Jetzt schluchzte Charlotte, aber Madame Dacher küsste sie auf die Stirn und wich dann von ihr zurück.

»Sie müssen jetzt gehen, bevor es zu spät ist.« Madame Dacher sah Ruby an. Tränen strömten ihr über die Wangen, und sie hauchte ein *Danke*, bevor sie sich wieder an ihren Mann wandte. »Verabschiede dich von Charlotte, Reuven.«

Er kniete sich vor seine Tochter. »Deine Mutter reagiert

über, Liebes. Wenn die Polizei uns holen kommt, dann ist es nur ein Missverständnis, das wir bald ausgeräumt haben werden. Aber in der Zwischenzeit sei schön brav zu Madame Benoit.«

»Wir müssen gehen.« Ruby fühlte sich, als würde ihr Herz zerspringen, während sie Charlottes Hand nahm und das Mädchen mit sich fortzog. »Bevor die Polizei kommt.« Am Türrahmen hielt sie inne und wandte sich noch einmal zu Monsieur Dacher um. »Sind Sie sicher, dass Sie nicht versuchen wollen zu verschwinden, solange noch Zeit ist? Ich könnte Sie auch verstecken.«

Er fing ihren Blick auf und lächelte. »Das hier ist Frankreich, Madame Benoit. Wir sind französische Staatsbürger. Ich bin der festen Überzeugung, dass wir uns morgen früh wiedersehen werden.«

Ruby wusste, dass nicht genug Zeit war, um Monsieur Dacher umzustimmen, daher nickte sie ihm nur kurz zu, hielt für ein paar entsetzliche Sekunden Madame Dachers Blick stand und führte dann eine schluchzende Charlotte den Flur hinunter in ihre eigene Wohnung.

»Du musst in den Kleiderschrank klettern, Schatz«, sagte sie rasch, sobald sie die Tür hinter ihr geschlossen und abgesperrt hatte.

»Nein!« Charlotte begann, noch heftiger zu weinen. »Vielleicht kann ich meine Eltern überzeugen wegzugehen.«

»Es ist keine Zeit, Schatz.«

»Aber was, wenn sie abgeholt werden?«

»Dann hoffen und beten wir, dass dein Vater recht hat«, antwortete Ruby, während sie Charlottes Tränen fortwischte.

»Aber das glaubst du nicht, stimmt's?«

Ruby wusste nicht, was sie darauf erwidern sollte. Wenn sie aufrichtig zu Charlotte war, würde sich das Mädchen nur noch schlechter fühlen, aber sie wollte es auch nicht belügen. Sie entschied sich, sanft zu sagen: »Vielleicht wird die Polizei deine Eltern ja gar nicht abholen. Aber nur um auf Nummer sicher zu gehen, Charlotte, sollten wir dich verstecken. Du darfst keinen Laut von dir geben, egal was passiert. Hast du mich verstanden?« Ruby zog ihre Freundin zu einer festen Umarmung an sich, und dann nahm sie ihre Hand und führte sie rasch ins Schlafzimmer, wo sie ein paar Decken auf dem Boden des Kleiderschranks ausbreitete, in dem sie einst Thomas versteckt hatte.

»Ich komme und hole dich, sobald ich sicher bin, dass die Polizei gegangen ist«, versprach sie.

Charlotte nickte, und Ruby schloss rasch den Schrank. Kaum hatte sie es getan, hörte sie Geräusche im Hausflur. Sie schlich so leise wie möglich zur Tür und spähte durch den Spion, voller Angst sowohl um ihren versteckten Piloten als auch um Charlottes Eltern.

Die Polizei war da, genau wie Ruby befürchtet hatte.

Sie waren zu viert – dieselben vier, die die Frau mit ihren Kindern aus dem Haus gegenüber gezerrt hatten –, und sie gingen schnurstracks auf die Tür der Dachers zu und klopften laut. Nach einem Moment öffnete Monsieur Dacher, bereits in einer frischen grauen Hose, einem Button-down-Hemd und Hosenträgern. Er sah aus, als würde er zu einem Geschäftstreffen gehen. »Wir sind wegen Reuven Dacher und seiner Familie hier«, sagte einer der Polizisten, der, der der weinenden Frau gegenüber ins Gesicht geschlagen hatte.

»Ich bin Reuven Dacher.« Seine Stimme war zittrig, aber stark. »Aber hier liegt irgendein Irrtum vor. Ich bin französischer Staatsbürger, ein Kriegsveteran. Ich bin Pelzhändler. Ich habe viele Verbindungen zur Gemeinde, und ich …«

»Sie werden mit uns mitkommen. Ich bin sicher, wenn ein

Irrtum vorliegt, wird er morgen früh aufgeklärt werden.« Der Polizist konsultierte die Papiere in seinen Händen. »Ihre Frau, Sarah, und Ihre Tochter, Charlotte, müssen ebenfalls mitkommen.«

Ruby schauderte. Das hier war keine gewöhnliche Festnahme, wenn sie Kinder auf ihrer Liste hatten. Sie sah dieselbe Erkenntnis über Monsieur Dachers Miene huschen.

»Ich werde meine Frau holen.« Jetzt bebte seine Stimme. »Aber Charlotte – unsere Tochter – ist bei Freunden in Aubergenville.«

Der Polizist grinste ihn spöttisch an. »Sie erwarten, dass wir das glauben?«

»Sie können gern hereinkommen und suchen, so viel Sie wollen, aber sie ist nicht hier.« Monsieur Dacher räusperte sich, bevor er hinzufügte: »Außerdem ist sie hier in Frankreich geboren. Sie ist ebenso französisch wie jeder andere in diesem Haus.«

»Und doch sind Sie und Ihre Frau es nicht. Sie sind in …« Der Polizist konsultierte wieder seine Liste. »… Polen geboren.«

»Ich habe fast mein ganzes Leben hier verbracht wie auch meine Frau.«

Der Polizist lachte. »Und Sie glauben, das macht Sie zu Franzosen wie uns?« Er wartete keine Antwort ab, bevor er an Monsieur Dacher vorbeidrängte. »Wir werden herausfinden, wo Ihre Tochter sich versteckt.«

Monsieur Dacher stand stocksteif im Türrahmen, während zwei andere Polizisten dem ersten in die Wohnung folgten. Der vierte Polizist blieb mit unbehaglicher Miene draußen stehen. Ruby beobachtete ihn, während er mehrmals zwischen Monsieur Dachers bleichem Gesicht und dem Boden hin und her sah. Sie betete, der Pilot in seinem Wandschrank möge kein Geräusch machen. Sie hatte das Gefühl, dass es diesem Polizisten fast leidtat, an den Verhaftungen beteiligt zu sein, aber das hieß nicht, dass er seiner Aufgabe nicht nachkommen würde, wenn es nötig sein sollte.

Nach einem Moment wandte sich Monsieur Dacher ab und ging in die Wohnung, und Ruby konnte hören, wie er irgendetwas sagte. Ein paar Minuten später tauchte er wieder auf, Madame Dachers Hand umklammernd. Jeder von ihnen trug einen Koffer, während die vier Polizisten sie aus dem Gebäude eskortierten. Keiner der beiden Dachers warf einen Blick zurück, und Ruby wusste, dass es ihrer Nachbarin das Herz zerreißen musste, Charlotte zurückzulassen. Ruby wünschte, sie hätte mehr gesagt, um den Dachers zu versichern, dass sie ihre Tochter mit ihrem Leben beschützen würde, aber es war einfach keine Zeit dafür gewesen.

Ruby wartete lange, nachdem die Polizisten gegangen waren, bevor sie in den Flur vor ihrer Wohnung schlüpfte. Sie sprach ein stilles Dankgebet, dass der Pilot unentdeckt geblieben war, dann trat sie an die Vorderfenster des Hauses und sah hinaus. Die Straße lag wieder verlassen da. Wenn sie es nicht mit eigenen Augen gesehen hätte, hätte sie nie gewusst, dass hier überhaupt etwas passiert war.

Sie holte tief Luft. Sie musste sich zusammenreißen, bevor sie wieder hineinging und Charlotte gegenübertrat. Das würde sie tun, bevor sie sich um den Piloten kümmerte, denn das Mädchen war inzwischen vermutlich außer sich.

Als sie ein paar Minuten später die Tür des Kleiderschranks öffnete, starrte Charlotte sie an. »Was ist passiert?«, fragte das Mädchen mit tonloser Stimme.

»Die Polizei hat sie abgeholt«, antwortete Ruby, um einen möglichst unbekümmerten Ton bemüht, obwohl sie innerlich schrie.

»Na ja, dann müssen wir ihnen folgen.«

»Schatz, das können wir nicht. Sie hatten dich auch auf ihrer Liste. Ich werde auf keinen Fall riskieren, dass dir irgendetwas passiert. Deine Eltern haben der Polizei gesagt, dass du in Aubergenville bist, und sie müssen es geglaubt haben.«

»Aber ... wir müssen etwas unternehmen.«

»Ich bin sicher, in ein paar Tagen wird sich das alles aufgeklärt haben«, erwiderte Ruby, bemüht, eine Zuversicht auszustrahlen, die sie nicht empfand. »Da liegt bestimmt ein Irrtum vor. In der Zwischenzeit holen wir dich erst einmal aus diesem Kleiderschrank heraus, okay?«

Charlottes Hand war eiskalt, als sie sie in Rubys legte. Ruby spürte, wie das Mädchen zitterte, während sie es zum Sofa im Wohnzimmer führte.

»Papa ist sich so sicher, dass es ihn retten wird, Franzose zu sein«, meinte Charlotte leise, nachdem sie sich gesetzt hatte.

»Ja.«

»Aber es gibt keine Franzosen mehr. Er gibt nur noch Juden, die, die uns hassen, und Leute, die zu viel Angst um ihr eigenes Leben haben, um sich zur Wehr zu setzen.«

»Aber es gibt auch Leute wie dich und mich, Charlotte, Menschen, die tun, was sie können, um zu helfen. Letztendlich werden wir gewinnen.«

»Bis dahin wird es für meine Eltern zu spät sein.«

»Nein«, erwiderte Ruby entschieden. »Morgen früh werde ich sehen, was ich herausfinden kann, okay? Ich weiß nicht, worum es bei diesen Razzien überhaupt ging, aber deine Eltern müssen irrtümlich darunter gewesen sein. Ich werde das regeln.«

Charlotte schüttelte den Kopf. »Aber was, wenn du das nicht kannst, Ruby? Was, wenn du das nicht kannst?«

Kapitel 24

Juli 1942

Ruby benötigte über eine Stunde, um Charlotte zu beruhigen, aber schließlich schlief das Mädchen auf der Couch ein. Kurz vor dem Morgengrauen schlüpfte Ruby in den Hausflur hinaus und klopfte leicht an die Tür zu dem versteckten Wandschrank. »Ich bin's, Fleur«, flüsterte sie. »Sie können jetzt herauskommen.« Als sie das Paneel zurückschob, sah sie Samuel in dem winzigen Raum kauern, ein Messer umklammernd.

»Was in Gottes Namen war das denn?«, wollte er wissen. »Diese Stimmen im Flur … ich hatte recht, stimmt's? Irgendetwas Schreckliches ist passiert.«

Ruby legte ihm eine Hand auf den Arm. »Es war eine Razzia«, sagte sie ruhig. »Um Juden abzuholen.« Dann kamen ihr auf einmal die Tränen, und sie konnte nicht mehr aufhören zu weinen. Der Pilot kletterte leise heraus und legte die Arme um sie.

»Es ist ja gut«, murmelte er. »Es wird alles gut werden.«

Seine tröstlichen Worte ließen sie nur noch heftiger schluchzen, denn er verstand es nicht. Er kannte den Krieg nur aus der Luft.

»Wir müssen in meine Wohnung gehen, bevor irgendjemand Sie sieht«, sagte Ruby, während sie ihre Tränen trocknete. Auf einmal wurde ihr bewusst, wie dumm es war, einen Flüchtling vor den Augen der Öffentlichkeit zu umarmen. Sie vermutete, dass die Bewohner des Hauses noch immer schlafend in ihren Betten lagen, aber sie konnte das Risiko nicht eingehen. »Wir müssen leise sein, weil Charlotte endlich eingeschlafen ist«, ergänzte sie im Flüsterton, während sie ihre Wohnungstür öffnete.

»Charlotte?«

»Die Tochter des Paars nebenan, das abgeholt wurde.«

»Großer Gott«, murmelte Samuel mit einem Blick auf das schlafende Mädchen auf der Couch, während Ruby ihn hereinführte, leise die Tür schloss und hinter ihnen absperrte.

Ruby gab ihm ein Zeichen, ihr ins Schlafzimmer zu folgen, und sobald sie drinnen waren, ließ sie die Tür angelehnt, setzte sich auf die Bettkante und bedeutete ihm, neben ihr Platz zu nehmen.

»Was ist passiert?«, fragte Samuel. »Mit den Eltern des Mädchens?«

Ruby berichtete ihm die Ereignisse der letzten Stunden und erklärte, dass Madame Dacher sie gebeten hatte, Charlotte zu beschützen. »Charlottes Vater ist überzeugt, dass sie bald zurückkommen werden. Aber ich fürchte, er täuscht sich.«

»Aber was könnte die Polizei mit den Juden denn schon tun?«

Ruby schüttelte den Kopf. »Ich kenne nur die Gerüchte darüber, was in Osteuropa passiert. Sie stecken die Juden in Lager. Es gibt Gerüchte, dass sie einige umbringen.«

»Mein Gott.« Samuel bekreuzigte sich und richtete den Blick zum Himmel. »Und was werden Sie jetzt wegen des Mädchens unternehmen?«

Ruby schwieg einen Moment. Sie hatte die ganze Nacht darüber nachgegrübelt. »Ich glaube nicht, dass sie hier in Sicherheit ist. Was, wenn die Polizei noch einmal kommt und nach ihr sucht?«

Samuel nickte langsam. »Was, wenn ich sie mitnehme? Zu den Pyrenäen? Ich könnte ihr helfen, außer Landes zu kommen.«

Rubys Augen füllten sich mit Tränen. »Samuel, das ist sehr freundlich von Ihnen. Aber dafür ist das Netzwerk nicht vorgesehen, und ich fürchte, es würde Sie alle, und vor allem Charlotte, in Gefahr bringen. Es ist schon für erwachsene Männer gefährlich genug. Und sie ist nur ein Mädchen.«

»Ich bin nicht nur ein Mädchen«, unterbrach sie eine Stimme vom Türrahmen, und Ruby zuckte zusammen.

»Charlotte.« Ruby sprang vom Bett auf. »Ich dachte, du schläfst.«

Charlotte warf einen Blick auf Samuel und sah dann wieder zurück zu Ruby. »Ich bin nicht nur ein Mädchen«, wiederholte sie. »Ich will etwas tun. Und ich werde Frankreich nicht verlassen.«

Rubys Brust schnürte sich zusammen. »Wie viel hast du gehört?«

»Genug.«

Ruby betete, sie möge nicht gehört haben, wie sie die Gerüchte wiederholte, dass Juden umgebracht wurden. Außerdem gab es keinen Grund zu der Annahme, dass das den Dachers passieren würde. Die französische Polizei würde sich doch sicher nicht daran beteiligen, das ihren eigenen Leuten anzutun. »Charlotte, wir müssen alles tun, was wir können, um dich zu beschützen.«

Charlotte schüttelte den Kopf. »Das hier ist auch mein Land. Ich will helfen. Ich will etwas *tun* genau wie du. Diese Piloten zu retten, hat dir dein Leben wiedergegeben. Es hat dir das Gefühl gegeben, dass du etwas bewirkst. Ich will auch etwas bewirken. Ich will dafür sorgen, dass Maman und Papa sicher nach Hause kommen.«

»Und das werden sie.« Ruby bereute die Worte, kaum dass sie ihr über die Lippen gekommen waren, denn es war kein Versprechen, das sie halten konnte. »Aber, Charlotte, ich werde dich nicht in Gefahr bringen. Du bist noch ein Kind.«

Charlotte starrte sie an, und in der Stille hörte Ruby die Worte, die ihre Freundin unausgesprochen ließ. Sie war kein Kind mehr. Das war sie schon lange nicht mehr; der Krieg hatte sie alle verändert. »Ich muss wissen, was mit ihnen passiert ist«, erklärte Charlotte schließlich.

»Ich werde sehen, was ich herausfinden kann. Aber jetzt musst du dich erst einmal ausruhen. Das müssen wir alle. Wenn wir kämpfen wollen, dann müssen wir stark bleiben.« Ruby warf einen Blick auf Samuel. »Sie können zurück in den Wandschrank im Flur gehen, wenn Sie wollen, aber ich nehme eigentlich nicht an, dass die Polizei heute Nacht noch einmal wiederkommt. Was halten Sie davon, wenn Sie die Couch nehmen? Sie können sich im Kleiderschrank verstecken, wenn irgendjemand kommt. Und, Charlotte, was hältst du davon, wenn du hier bei mir schläfst?« Ruby zeigte auf die andere Seite des Betts. »In ein paar Stunden werden wir uns überlegen, wie es weitergehen soll.«

Um kurz nach zehn Uhr morgens verließ Ruby die Wohnung, um Aubert zu treffen, der bestimmt wusste, was los war. Samuel hatte versprochen zu bleiben, um Charlotte zu beschützen. »Ich komme allein zurecht«, hatte das Mädchen protestiert, aber er war standhaft geblieben.

»Genau darum geht es in diesem Krieg«, hatte er ernst auf Englisch erklärt. Charlottes Augen hatten sich mit Tränen gefüllt, während Ruby die Worte für sie übersetzte. »Ich bin hier, um für dich und deine Eltern zu kämpfen. Ich werde dich beschützen. Das schwöre ich bei meinem Leben.«

Auf den Straßen herrschte eine unheimliche Stille, bis auf die Polizeilastwagen und Busse, die alle paar Minuten vorbeirumpelten. Ruby wurde flau im Magen, während sie in die Gesichter der Leute sah, die aus den Busfenstern starrten; es waren mindestens ebenso viele Frauen und Kinder wie Männer, und sie waren alle völlig verängstigt. Die Verhaftungswelle schien noch immer anzudauern und die meisten Leute in ihren Wohnungen geblieben zu sein, um all das nicht mit anzusehen. Ruby hatte das Gefühl, aufzufallen, während sie mit gesenktem Kopf zu dem Tanzstudio eilte.

»Du hättest nicht herkommen sollen.« Auberts Gesicht war eingefallen und blass, als er fünf Minuten nach Rubys eindringlichem Hämmern die Tür des Studios öffnete. »Wenn dir jemand gefolgt ist …«

»Mir ist niemand gefolgt. Sie sind zu sehr damit beschäftigt, unschuldige Juden zu verhaften, um auf mich zu achten.«

»Komm herein, schnell.« Aubert legte ihr eine Hand auf den Arm und führte sie ins Hinterzimmer. Sie war überrascht, Laure bereits dort stehen zu sehen.

»Hallo, Fleur.« Laure küsste Ruby auf beide Wangen, die die Begrüßung steif erwiderte.

»Laure hier hat mir gerade erzählt, was sie über die Verhaftungen herausfinden konnte«, sagte Aubert, während er sich setzte und Ruby bedeutete, ebenfalls Platz zu nehmen.

Laure nickte, und Ruby wurde bewusst, dass die andere Frau erschüttert aussah. Sie hatte die Fluchthelferin nie anders als völlig gefasst gesehen. »Die Verhaftungen sind noch nicht vorbei«, sagte Laure ernst. »In vielen Teilen der Stadt gehen sie noch immer weiter, auch wenn inzwischen, Gott sei Dank, viele Leute davon gehört haben und untergetaucht sind. Das heißt, es werden wenigstens ein paar gerettet werden.«

»Gerettet wovor?«, fragte Ruby, obwohl ihr vor der Antwort graute.

»Es heißt, dass sie von Drancy außer Landes gebracht werden.«

»Drancy?« Ruby kannte die Stadt nur als einen Vorort von Paris.

»Dort befindet sich ein neues Internierungslager«, erklärte Aubert. »Es wird von der französischen Polizei kontrolliert, und die Leute werden von dort mit Zügen in den Osten gebracht.«

»Nach Deutschland. Und Polen. In Arbeitslager.« Laure warf einen Blick auf Aubert. »Und Todeslager.«

»Nein.« Rubys Antwort kam prompt. »Das würde die französische Polizei nicht tun. Das könnte sie nicht.«

Laure seufzte. »Sei doch nicht so naiv. Es passiert. Du hast es doch letzte Nacht mit eigenen Augen gesehen, oder? Deswegen bist du doch hier?«

»Ja. Aber sie holen Kinder ab. Sie können sie unmöglich in den Osten schicken, um zu arbeiten.« Ruby wurde flau im Magen, als sie die Wahrheit in ihren eigenen Worten heraushörte. Sie wurden in den Osten geschickt, um zu sterben.

Laure und Aubert tauschten einen Blick, lange Zeit sprach keiner ein Wort. »Das ist der Grund, weshalb unsere Arbeit so wichtig ist«, brach Aubert schließlich das Schweigen. »Wir müssen dem Einhalt gebieten, und den Alliierten zu helfen, ist unsere beste Möglichkeit.«

»Meine Nachbarn wurden abgeholt«, sagte Ruby leise. »Die Dachers.«

»Im Ausland geborene Juden?«, fragte Laure.

Ruby nickte. »Die Eltern sind aus Polen, aber sie sind seit Jahren Franzosen. Der Ehemann hat im Ersten Weltkrieg gekämpft, Herrgott noch mal.«

»Das könnte ihnen helfen«, überlegte Laure. »Soweit ich weiß, werden Veteranen vorläufig noch nicht deportiert.«

»Entschuldige«, warf Aubert ein. »Hast du eben gesagt, deine Nachbarn wurden abgeholt?«

Ruby nickte. »Sie wohnen gleich nebenan.«

»Das heißt, die französische Polizei war in deinem Gebäude? Aber im Moment ist doch ein Pilot bei dir, oder?«

»Ja. Aber er war gut versteckt. Ich denke, wir sind in Sicherheit.«

Aubert rieb sich die Schläfen. »Das können wir unmöglich mit Bestimmtheit wissen.«

Die drei schwiegen.

»Ich habe ihre Tochter zu mir genommen«, platzte Ruby heraus.

Aubert und Laure rissen beide den Kopf hoch, um sie anzustarren. »Du hast … was?«, fragte Aubert.

»Die Tochter der Dachers. Charlotte. Ich habe ihr Englischunterricht gegeben. Sie ist dreizehn; sie ist wie eine Schwester für mich geworden. Als ihre Eltern hörten, dass die Polizei auf dem Weg zu ihnen war, haben sie mich gebeten, sie aufzunehmen.«

Aubert starrte sie mit offenem Mund an. »Was hast du getan? Du könntest das Netzwerk gefährden!«

»Nein, ich glaube nicht, dass die Polizei noch einmal wiederkommen wird, um sie zu holen.«

»Das kannst du nicht wissen!« Auberts Gesicht lief rot an. »Du hast uns alle in Gefahr gebracht.«

»Nein, sie hat das Richtige getan«, schaltete sich Laure ein, womit sie Ruby verblüffte. »Genau das ist unsere Mission – Unschuldige davor zu schützen, dass sie den Deutschen in die Hände fallen. Und wer ist unschuldiger als ein Kind? Jetzt müssen wir entscheiden, wie wir weiter vorgehen sollen.«

»Gibt es irgendeine Möglichkeit, herauszufinden, wohin Charlottes Eltern gekommen sind?«, wagte sich Ruby vor. »Vielleicht können wir sie herausholen.«

»Im Moment sind sie aller Wahrscheinlichkeit nach im Vel' d'Hiv«, antwortete Laure.

»Dem Radstadion?«, fragte Ruby. »Im fünfzehnten Arrondissement?«

Aubert räusperte sich. »Offenbar wurde es von der französischen Polizei als eine Art Auffanglager angemietet.«

»Aber für wie viele Leute denn?«, fragte Ruby. »So groß ist das doch gar nicht.« Sie war nur einmal mit Marcel zu einem Boxkampf dort gewesen, kurz nachdem sie nach Paris gezogen waren. Sie hatte es als stickig und veraltet empfunden.

»Es gibt Gerüchte«, sagte Laure langsam, »dass die französische Polizei eine Liste von fast dreißigtausend Juden hat.«

»Dreißig*tausend?*«

»Nicht dass wir glauben, dass sie auch nur annähernd so viele verhaftet haben«, beeilte sich Laure zu sagen. »Aber selbst wenn die Zahl nur halb so hoch ist, sind es immer noch sehr viele Menschen.«

»Die können sie doch unmöglich alle im Stadion unterbringen«, wand Ruby ein. »Da müssten sie sie ja übereinanderstapeln.«

»Und du meinst, das würde den Deutschen etwas ausmachen?«, fragte Aubert.

»Ich werde später hingehen und sehen, was ich herausfinden kann«, sagte Laure in einem beschwichtigenden Ton. »Und ich werde mich auch nach Charlottes Eltern umhören. Den Dachers, sagst du?«

»Ja. Reuven und Sarah. Das wird sie doch nicht noch mehr in Gefahr bringen?«

»Ich werde sehr vorsichtig sein. Versprochen.«

»Danke.« Ruby wandte sich an Aubert. »Vielleicht sollte ich jetzt erst einmal aufhören, Piloten aufzunehmen. Ich darf nichts tun, was Charlotte in Gefahr bringen könnte.«

»Nein.« Seine Antwort kam prompt. »Bitte. Du bist zu wichtig für das Netzwerk.«

»Ich dachte, ich sei nutzlos. Hast du das nicht selbst gesagt? Dass ihr mich nicht braucht?« Ruby konnte sehen, wie Laure ein Lächeln unterdrückte, und sie hatte das Gefühl, dass es ein Ausdruck der Solidarität war. Vielleicht hatte sich Aubert ihr gegenüber anfangs genauso verhalten.

»Ja, na ja, ich habe mich eben getäuscht«, erwiderte er knapp. »Bitte, du musst weiterhin helfen.«

»Aber ich muss auch Charlotte beschützen«, wand Ruby ein. »Das muss für mich jetzt oberste Priorität haben. Ich kann helfen, tausend Piloten zu retten, aber wenn ich zulasse, dass die Deutschen kommen und ein kleines Mädchen abholen, das zu beschützen ich versprochen habe, könnte ich mir niemals verzeihen.«

Aubert starrte sie einen Moment an. »Wenn ihre Eltern in den nächsten paar Tagen nicht zurückgebracht werden, werden wir Ausweispapiere für sie fälschen müssen. Das wird helfen.«

»Wie denn?«

»Wir fälschen sie ständig für die Piloten. Wir werden einen Cousin von Marcel in England erfinden. Dieses Mädchen wird seine Tochter sein. Du kannst den Leuten sagen, dass ihre Eltern gestorben sind und dass du sie adoptiert hast.«

»Wird das wirklich funktionieren?«

»Es ist eine plausible Geschichte. Solange sie aufgeweckt genug ist, um mitzuspielen.«

»Sie ist einer der schlauesten Menschen, die mir je begegnet sind.«

»Wenn ihre Eltern bis Sonntag nicht zurückgekommen sind, werde ich jemanden mit Papieren zu deiner Wohnung schicken.« Aubert hielt einen Moment inne. »In der Zwischenzeit musst du deinen gegenwärtigen Piloten noch ein paar Tage länger behalten, bis das Leben in Paris wieder seinen gewohnten Gang geht.«

»Seinen gewohnten Gang?«, fragte Ruby. »Ich glaube nicht, dass irgendjemand von uns noch weiß, was das ist.«

Bis Ruby sich nach Lebensmittelrationen angestellt und am frühen Abend nach Hause zurückgekehrt war, herrschte auf den Straßen wieder Ruhe. Hatte es die Polizei geschafft, die meisten Juden zu verhaften, hinter denen sie her war, oder war das nur die Ruhe im Auge des Sturms? Schwebte Charlotte noch immer in Gefahr? Und was würde mit den Eltern des Mädchens passieren? Ruby konnte noch immer Madame Dachers schmerzerfüllte, verängstigte Miene sehen, als sie sich von ihrer Tochter verabschiedete. Es war, als ob sie wusste, dass es zum letzten Mal sein würde.

Ich muss aufhören, so pessimistisch zu sein, ermahnte sich Ruby, während sie die Rue Amélie hinunterging. *Die Dachers werden bestimmt bald wieder da sein.* Aber sie hatte den ganzen Tag an Laures Berichte über das Vel' d'Hiv denken müssen. Zwanzig-, dreißigtausend Menschen, in einem winzigen Stadion zusammengepfercht; es war grauenhaft. Und eine Regierung, die bei einer solchen Unmenschlichkeit das Sagen hatte, würde keine Ausnahmen bei Leuten machen, die eigentlich nicht dorthin gehörten. *Keiner* von ihnen gehörte dorthin, aber das schien niemanden aufzuhalten.

Ruby drehte den Schlüssel zu ihrer Wohnungstür und trat leise ein. Sie unterdrückte einen Schrei, als eine große Gestalt aus den Schatten auftauchte und auf sie zustürzte.

»Ach, Sie sind's nur«, sagte Samuel mit seinem tiefen Bostoner Akzent, während Ruby erschrocken zurückzuckte und sich mit den Händen an die Brust fuhr.

»Samuel! Sie haben mich zu Tode erschreckt!« Während Rubys Augen sich allmählich an die Dunkelheit gewöhnten, konnte sie sehen, dass er dasselbe Messer in der Hand hielt wie am Abend zuvor im Wandschrank.

»Ich habe geschworen, das Mädchen zu beschützen«, sagte er matt. »Sie ist im Schlafzimmer. Sie hat heute viel geweint. Ich konnte sie nicht trösten, da ich kein Französisch spreche. Es tut mir leid.«

»Ich bin sicher, es hat ihr geholfen, einfach zu wissen, dass Sie hier waren.«

»Haben Sie irgendetwas über ihre Eltern herausgefunden?«

Sie schüttelte den Kopf und dämpfte ihre Stimme. »Nichts. Aber die allgemeinen Nachrichten sind nicht gut.«

»Das hatte ich befürchtet.« Er wies mit einem Nicken zum Schlafzimmer. »Was halten Sie davon, wenn Sie zu ihr gehen, um mit ihr zu reden? Ich werde horchen, ob im Hausflur irgendetwas Verdächtiges zu hören ist. Wenn Sie fertig sind, gehe ich wieder zurück in den Wandschrank.«

Ruby nickte. »Danke.«

»Nein, ich danke *Ihnen*. Wenn ich gestern Nacht auf der Straße gewesen wäre, wäre ich mit Sicherheit auch verhaftet worden.«

Morgen würde Ruby mehr tun, um über Charlottes Eltern alles herauszufinden, was sie konnte. Aber im Augenblick konnte sie nichts weiter tun, als zu versuchen, einem Mädchen ein klein wenig Trost zu spenden, das viel zu weise war, um sich von den leeren Versprechungen einer Zukunft, die Ruby nicht garantieren konnte, beschwichtigen zu lassen.

Kapitel 25

Juli 1942

Spätestens am Sonntag wusste Charlotte, dass ihre Eltern in absehbarer Zeit nicht nach Hause kommen würden.

»Sie wurden bereits weiter nach Drancy geschickt«, brachte Ruby ihr an diesem Morgen sanft bei. »Laure hat mit ein paar Leuten gesprochen, die sie gestern noch gesehen haben. Sie sind einigermaßen guter Dinge, Liebes.«

Charlotte nickte, angestrengt bemüht, ihre Tränen zu unterdrücken. Sie wollte, dass Ruby ihr solche Dinge anvertraute, und sie befürchtete, wenn sie zusammenbrach, würde ihre Freundin sie wieder wie ein Kind behandeln. »Wohin werden sie von Drancy gebracht?«

Ruby zögerte. »Es besteht immer noch die Möglichkeit, dass sie freigelassen werden. Aber ich will dir keine allzu großen Hoffnungen machen. Realistisch betrachtet, könnten sie in den Osten in ein Arbeitslager kommen.«

»Ein Arbeitslager«, wiederholte Charlotte tonlos.

»Deine Eltern sind beide gesund. Es wird schwierig für sie sein, aber es gibt jeden Grund zu der Annahme, dass mit ihnen alles gut werden wird.«

Aber nichts war mehr gut, und Charlotte war sich sicher, dass Ruby das ebenso sehr wusste wie sie. Die Welt hatte sich über Nacht verändert.

Als Ruby ihr die Idee erläutert hatte, falsche Papiere anzufertigen, die sie als Rubys Adoptivtochter ausgaben, hatte Charlotte zu weinen begonnen. Ruby hatte das Mädchen in die Arme genommen, hatte ihr immer wieder erklärt, dass es nur eine List sei, nur zu ihrem Schutz, bis ihre Eltern nach Hause kamen, was sicher bald der Fall sein würde. Aber Ruby hatte sie falsch verstanden – das war nicht der Grund, weshalb Charlotte weinte. Sie schluchzte, weil sie wusste, dass es eine Notmaßnahme war, eine, die Ruby nicht ergreifen würde, wenn sie nicht wirklich glaubte, dass Charlotte hierbleiben würde. Und ein Teil von ihr weinte auch, weil sie wusste, wie glücklich sie sich schätzen konnte, ein Zuhause bei der mutigsten Frau, die sie je gekannt hatte, gefunden zu haben – selbst unter solch ungewöhnlichen und entsetzlichen Umständen.

»Ich werde deine Eltern nicht ersetzen«, hatte Ruby mit fester Stimme erklärt, während sie Charlotte umarmte. »Absolut nicht. Das würde ich niemals versuchen. Aber von jetzt an, Charlotte, weißt du hoffentlich, dass ich auch deine Familie bin.«

»Aber werde ich dich nicht in Gefahr bringen, indem ich bleibe?«

»Nein.« Rubys Antwort war entschieden gewesen.

»Was ist mit dem Netzwerk? Kann ich dir jetzt dabei helfen?«

»Auf keinen Fall. Ich will dich da nicht hineinziehen.«

»Aber …«

»Nein, Charlotte. Das ist zu gefährlich.«

Samuel war am Tag zuvor kurz nach Morgengrauen mit Laure aufgebrochen. Und Ruby war um Mittag zu einem Treffen mit einigen der anderen Helfer gegangen und hatte Charlotte zum ersten Mal seit der Razzia allein zu Hause gelassen.

Sie ging benommen in der Wohnung auf und ab, während sie sich vorzustellen versuchte, wie sich dieser Ort je wie ein Zuhause anfühlen könnte, als es auf einmal an der Tür klopfte. Sie erstarrte. Was, wenn es die Polizei war? Andererseits könnte es auch ein Pilot sein, der Zuflucht suchte. Vielleicht könnte sie Ruby beweisen, dass sie doch imstande war zu helfen. Sie schlich auf Zehenspitzen durchs Zimmer und spähte durch das Guckloch.

Sie sah einen Jungen etwa in ihrem Alter, vielleicht ein, zwei Jahre älter, im Flur stehen. Er hatte schwarze Haare und trug abgerissene Kleidung, und obwohl sein Gesicht jung aussah, hatte er die breiten Schultern eines Mannes, der zehn Jahre älter war.

Charlotte wich einen Schritt zurück, nicht sicher, was sie tun sollte. Er sah nicht aus, als könnte er mit der Polizei zusammenarbeiten, aber er war auch kein Pilot; er schien zu jung zu sein – und sich zu wohl in seiner schmuddeligen Kleidung zu fühlen. Sie wollte sich gerade schon abwenden, als er wieder klopfte.

»Ich kann dich hören, weißt du«, sagte er durch die Tür. Sein Akzent war eindeutig französisch, und seine Stimme war tiefer, als sie erwartet hatte. »Ich will dir nichts Böses. Ich habe eine Lieferung für Fleur.«

Rubys Deckname. So viel wusste Charlotte, nachdem sie ihre Nachbarin in den letzten paar Monaten schamlos belauscht hatte. Das hieß, dieser Junge gehörte dem Netzwerk an?

»Bitte lass mich nur mein Päckchen abgeben, und dann bin ich schon wieder weg«, sagte er, als sie sich noch immer nicht gerührt hatte.

Charlotte war sich noch immer nicht sicher, ob es das Richtige war, aber auf einmal verspürte sie einen verzweifelten

Drang, diesem Fremden von Angesicht zu Angesicht gegenüberzustehen. Sie holte tief Luft und öffnete die Tür.

Einen Augenblick lang starrten sie sich schweigend an. Sie las die Fragen in seinen grünen Augen. Er versuchte zu ergründen, wer sie war und was sie hier tat. Aber suchte er in ihrem Gesicht auch noch nach irgendetwas anderem? Sie stellte fest, dass sie nicht wegsehen konnte; seine Augen schienen zu strahlend für sein Gesicht zu sein – für jedes Gesicht, um genau zu sein.

»Guten Tag«, brach er schließlich das Schweigen. »Ich bin auf der Suche nach Madame Fleur.«

»Sie ist nicht hier. Aber sie ist meine Cousine.« Charlotte konnte kaum glauben, dass sie das eben gesagt hatte. Es gehörte zu ihrer neuen Tarnung, natürlich, aber es fühlte sich wie ein Verrat an Maman und Papa an. »Ich kann ihr etwas ausrichten, wenn du willst.«

Der Junge musterte sie, während einer seiner Mundwinkel leicht nach oben wanderte. »Verstehe. Na, dann sag *deiner Cousine* bitte, dass ich deine Papiere gebracht habe. Hab sie selbst gefälscht.« Er hielt einen Umschlag hoch.

Charlottes Wangen begannen zu glühen. Er wusste, dass sie ihn belogen hatte. »*Du* hast sie gefälscht?«, fragte sie.

Er zuckte mit den Schultern. »Da war nichts dabei.«

»Aber wie alt bist du denn?« Charlotte begriff prompt, dass die Frage nicht sehr höflich war.

»Fünfzehn.«

»Oh.« Sie kam sich dumm vor, gefragt zu haben, und wusste nicht, was sie als Nächstes sagen sollte.

»Ich habe von meinem Papa gelernt, sie zu fälschen«, sagte er schließlich. »Aber er ist jetzt tot, daher musste ich es übernehmen. Ich bin ziemlich gut. Sieh sie dir an.«

Charlotte nahm ihm den Umschlag ab und zog die Papiere

heraus. Sie wusste nicht, wie Geburtsurkunden und Adoptionspapiere aussehen sollten, aber die hier schienen sehr offiziell, mit Stempeln und Siegeln und allem. »Gute Arbeit«, sagte sie, bemüht, so zu klingen, als wüsste sie, wovon sie redete.

Sein Lächeln wurde etwas breiter. »Danke.«

»Vielleicht... vielleicht könnte ich auch helfen.«

Er blickte verwirrt. »Du willst Papiere fälschen?«

»Nein. Ich meine, vielleicht, auch wenn ich nicht weiß, ob ich das überhaupt gut könnte. Aber ich will etwas tun. Ich bin es leid, einfach nur zuzusehen, wie alles immer schlimmer wird, und nichts zu tun.« Wenn Ruby sie nicht helfen lassen wollte, dann würde dieser geheimnisvolle Junge es vielleicht tun.

Er musterte sie. »Wie alt bist du?«

Sie richtete sich zu ihrer vollen Größe auf. »Fast vierzehn.«

»Bist du mutig?«

»Oh, ja.« Sie wollte glauben, dass es wahr war. Schließlich war sie noch nicht zusammengebrochen.

Der Junge forschte wieder in ihrem Gesicht. »Na ja, ich nehme an, du könntest dich schon nützlich machen. Lass mich mit ein paar Leuten reden, mit denen ich zusammenarbeite. Ich melde mich.«

»Wirklich?« Sie konnte es kaum glauben.

»Warum nicht?« Er zuckte mit den Schultern, und dann wandte er sich zum Gehen.

»Warte!«, rief sie ihm nach. »Du hast mir deinen Namen gar nicht gesagt.

»Lucien.« Er sah zu ihr zurück. »In den Papieren steht, dass du Hélène heißt. Aber wer bist du wirklich?«

Sie zögerte. »Charlotte. Aber ich bin mir nicht sicher, ob ich die je wieder sein werde.«

»Charlotte ist ein schöner Name. Aber Hélène auch. Wer

immer du zu sein entscheidest, ich freue mich, dich zu kennen. Wir werden uns wiedersehen.«

Und dann war er gegangen. Charlotte starrte ihm nach, während er die Treppe hinunter verschwand, verwirrt von der Art, wie ihr Herz noch immer hämmerte, und von der Tatsache, dass ihr Gesicht sich anfühlte, als würde es brennen.

Kapitel 26

Juli 1942

Die Neuigkeiten über die Massenverhaftungen in Paris hatten England erreicht, und Thomas war beunruhigt. Er wusste, wie sehr sich Ruby um das Nachbarsmädchen gesorgt hatte, und jedes Mal, wenn er die Augen schloss, stellte er sich vor, wie Ruby sich zwischen das Kind und den Lauf der Pistole eines deutschen Soldaten warf. Ruby würde nicht kampflos zulassen, dass Charlotte irgendetwas zustieß, aber was genau hieß das? Und welche Garantie gab es überhaupt, dass auch nur eine der beiden noch am Leben war?

Er wusste, dass er sich nur um seine eigenen Missionen sorgen sollte, aber irgendwie gehörte jede freie Minute ihr. Er hatte sich freiwillig zu diesem Kampf verpflichtet, hatte aus seiner Zeit im Cockpit sogar ein gewisses Vergnügen gezogen. Ruby hingegen hatte um nichts von alledem gebeten; sie hatte sich in den falschen Menschen verliebt und sich auf einmal mitten in einem Krieg wiedergefunden. Er fragte sich, ob sie nach ihm weiterhin Piloten Unterschlupf gewährt hatte, aber keine anderen Flieger aus seiner Schwadron waren zurückgekehrt, nachdem sie abgeschossen worden waren, daher gab es niemanden, den er fragen konnte.

Heute kehrte er von einer Mission über Ostfrankreich zurück, nachdem er eine Bomberflotte eskortiert hatte. Er gab seine Deckung für eine Sekunde auf, als sie über Dünkirchen flogen, und dachte daran, dass Paris fast genau südlich lag, nur etwas über hundertfünfzig Kilometer weit entfernt. Eine Strecke, die er mit seiner Spitfire rasch zurücklegen könnte. Was würde passieren, wenn er eine Neunzig-Grad-Drehung nach Süden machte und einfach über dem Horizont verschwand? Es war eine nette Fantasie, aber natürlich wusste er genau, wie es enden würde; er würde abgeschossen werden, während er sich Paris näherte, und vermutlich in einem Feuerball am Himmel sterben. Nein, danke.

Und so zwang er sich zur Konzentration. Er musste überleben, wenn es irgendeine Hoffnung geben sollte, sie wiederzusehen. Und er würde den Krieg nicht überleben, wenn er sich jedes Mal Tagträumereien hingab, wenn er über den Kontinent flog.

Die Klippen von Dover kamen in Sicht, weiß und schimmernd, als Thomas über den Kanal zurückflog, und während er sich seinem Heimatflugplatz näherte, versuchte er angestrengt, sich auf das zu konzentrieren, was unmittelbar vor ihm lag, anstatt auf eine Zukunft, die er nicht unter Kontrolle hatte. Vielleicht hatte sie gar keinen Gedanken mehr an ihn verschwendet, nachdem er ihre Wohnung verlassen hatte.

Als die Landepiste in Sicht kam, öffnete Thomas die Cockpithaube, verringerte seine Fluggeschwindigkeit auf zweihundert Kilometer in der Stunde und bereitete sich auf die Landung vor. Fahrwerk eingerastet. Propeller in normaler Funktion. Klappen ausgefahren. Er flog einen weiten Bogen, verringerte seine Geschwindigkeit noch mehr und brachte die Maschine sicher herunter, senkte die lange Nase sanft ab und holperte ein paarmal über die Landebahn, bevor er das Flugzeug zum Stehen brachte. Er rollte rasch weiter, um Platz für andere zu machen, die nach ihm landeten. Sobald er wieder in der Abfertigung war, stellte er den Motor ab und schaltete die Instrumente und den Funk aus. Wieder ein erfolgreicher Flug verbucht.

Er war eben zu seinem Zimmer zurückgekehrt und im Begriff, sich für einen Abend im Pub mit Harry umzuziehen, der die erste Runde ausgeben wollte, als es an seiner Tür klopfte. Er öffnete rasch, aber anstelle von Harry stand dort der Adjutant der Schwadron, ein Mann namens Fred Horn. »Clarke? Ich fürchte, es ist etwas passiert.«

»Sir?« Thomas' Gedanken huschten prompt zu Ruby, aber das war verrückt. Er würde mit Sicherheit nicht benachrichtigt werden, wenn ihr irgendetwas zustieß. Aber wen gab es sonst? Er war ein Mann ohne Familie. »Was ist passiert?«

»Es ist leider wegen Harry Cormack«, sagte Horn, den Blick zum Boden gesenkt. »Er ist heute nicht zurückgekommen.«

Thomas spürte, wie ihm das Herz in die Hose rutschte. *Harry? Schon wieder?* »Wissen Sie etwas über seinen Status? Wo ist er gelandet?«

»Ich fürchte, ich drücke mich nicht klar genug aus. Ein paar 109er haben ihn über dem Kanal eingeholt.«

Ein schweres Gewicht senkte sich auf Thomas' Brust. »Hat irgendjemand gesehen, wie er heruntergekommen ist?«

Horn nickte. »Dort draußen war ein ganzer Schwarm 109er, völliges Chaos. Aber Wellesley und Newton haben beide gesehen, wie er brennend ins Wasser gestürzt ist. Hatten nach dem Absturz ein paar Boote draußen in dem Gebiet, aber keine Spur von Überlebenden, fürchte ich.«

Eine Welle der Hoffnungslosigkeit schwappte über ihn hinweg. Harry war einer der besten Piloten, die er kannte. Ein Schwarm deutscher 109er hätte kein allzu großes Problem sein sollen, es sei denn, er war zahlenmäßig stark unterlegen, oder einer von ihnen hatte sehr, sehr großes Glück. Und selbst wenn, hätte Harry nicht versucht, sich mit dem Fallschirm zu retten? »Irgendwelche Hinweise auf einen Absprung?«, fragte Thomas.

»Offenbar ist sein Flugzeug intakt im Wasser gelandet.« Horn wandte den Blick ab. »Keine Anzeichen eines Fluchtversuchs.«

»Verdammt.« Thomas schlug mit der Faust gegen die Tür.

Horn zog sich bereits zurück. »Jedenfalls, Clarke, ich dachte nur, Sie sollten es wissen.«

»Ja. Gut. Danke.« Thomas schloss die Tür und ging durch das Zimmer zu seinem Bett. Er ließ sich schwer darauf fallen, benommen von der Neuigkeit. *Sollte Harry etwa wirklich tot sein? Einfach so?* Er konnte nicht begreifen, warum er so schockiert war. Schließlich geschahen solche Dinge fast jeden Tag. Keinem der Piloten war eine sichere Heimkehr garantiert. Verdammt, auch keinem Zivilisten. Man musste sich nur ansehen, was mit seiner Mutter passiert war.

Es war so sinnlos. Es gab Tage, da fühlte sich Thomas wie im Rausch, während er über die Wolken aufstieg, aber an anderen Tagen, vor allem wenn er über Frankreich flog, fragte er sich, was das alles überhaupt sollte. Irgendjemand würde eines Tages diesen Krieg gewinnen, ob es die Alliierten oder die Deutschen waren, und dann würde es sich anfühlen, als ob all diese Opfer vergeblich ihr Leben gelassen hatten. Und was, wenn England letztendlich nicht triumphierte? Würde das bedeuten, dass Harry und Oliver und Thomas' Mutter umsonst gestorben waren? Was, wenn Ruby letztendlich auch verloren war, verschluckt von dem gähnenden Loch der deutschen Aggression?

Und so ließ sich Thomas, kurz bevor er sich setzte, um wieder einmal einen Brief – diesmal an Harrys Eltern – zu schreiben, auf die Knie fallen und betete für die Seele seines

Freundes, für die Seele seiner eigenen Mutter, um ein Ende des Kampfes und um die Kraft, eine Rolle dabei zu spielen, diesen Krieg zu Ende zu bringen. Aber vor allem flehte Thomas Gott an, dass Ruby in Sicherheit war und dass das Schicksal ihn eines Tages zurück zu ihr führen würde.

Kapitel 27

August 1942

»Ich fürchte, ich habe schlechte Neuigkeiten.« Aubert stand vor Rubys Tür, was allein schon beängstigend genug war. Er war niemand, der einfach so vorbeischaute.

»Bist du sicher, dass du hier sein sollest?« Ruby scheuchte ihn rasch in ihre Wohnung, bevor ihn irgendjemand sah.

»Ich bin ein alter Freund deines Mannes, der gekommen ist, um nach dir zu sehen, falls irgendjemand fragt. Aber das hier konnte nicht warten.«

»Was ist das für eine Neuigkeit?« Für einen Moment stellte sich Ruby vor, er würde ihr sagen, dass Thomas abgeschossen worden war. Aber das war verrückt, oder? Woher sollte Aubert so etwas wissen? Und selbst wenn dem britischen Piloten irgendetwas zugestoßen war, warum sollte irgendjemand sie informieren? Vermutlich hatte er keinen Gedanken mehr an sie verschwendet, nachdem er nach England zurückgekehrt war.

»Es ist wegen Charlottes Eltern«, sagte Aubert, während er seine Stimme dämpfte.

Ruby schloss für einen Moment die Augen. Sie wollte nicht hören, was er zu sagen hatte. Sie konnte nicht. Aber sie musste. »Was ist passiert?«

»Sie wurden beide in ein Lager in Polen geschickt.«

»Schon jetzt?«

»Drancy ist überlaufen. Sie schaffen die Leute von dort weg, so schnell sie können.«

»Aber ich dachte, wir arbeiten daran, sie herauszuholen?«

»Jetzt können wir nur noch hoffen, dass sie menschlich behandelt werden, wohin sie auch kommen.«

»Was soll ich bloß Charlotte sagen?«

»Ich denke, sie ist stärker, als du ihr zubilligst.«

Ruby starrte ihn an. »Woher willst du das wissen? Du hast doch kaum mit ihr gesprochen.«

»Der Junge, der ihre Papiere überbracht hat – ich kenne ihn, seit er klein war, und obwohl er erst fünfzehn ist, ist er ein wesentlicher Bestandteil unserer Operation. Er hat Charlotte kennengelernt, und er hat in den höchsten Tönen von ihrer Entschlossenheit, uns zu helfen, gesprochen.«

»Aubert, sie ist nur ein Kind.«

»Das ist Lucien auch. Aber der Krieg macht uns alle zu etwas anderem. Er hat auch dich verändert, oder?«

Sie wandte den Blick ab. »Das werde ich nicht zulassen, Aubert. Ich bin für sie verantwortlich.«

Er sah über ihre rechte Schulter. »Vielleicht wird diese Entscheidung nicht bei dir liegen.«

Ruby wandte sich um und sah Charlotte dort stehen und sie anstarren. »Sind Sie wegen meiner Eltern hier? Was ist mit ihnen passiert?«

»Sie wurden deportiert«, sagte Aubert, während er sie genau beobachtete. »In ein Lager in Polen.«

»Charlotte …« Ruby trat einen Schritt auf das Mädchen zu.

Aber Charlotte hob eine Hand, um sie aufzuhalten. »Wie kann ich mir sicher sein, dass sie am Leben sind?«, fragte sie. »Woher weiß ich, dass Sie nicht nur versuchen, mir falsche Hoffnungen zu machen?«

Aubert sah ihr in die Augen. »Weil, meine Liebe, der Krieg nicht der richtige Zeitpunkt ist, um die Leute, denen wir vertrauen sollten, zu täuschen.«

»Sie kennen mich doch kaum. Sie können mir unmöglich vertrauen.«

»Lucien hat gesagt, dass du tapfer bist.«

Die Wangen des Mädchens röteten sich. »Er kennt mich eigentlich auch nicht.«

»Aber er besitzt eine sehr gute Menschenkenntnis«, erwiderte Aubert. »Und er hat mir gesagt, er hätte den Eindruck, dass du stark und mutig bist.«

»Das hat er gesagt?« Charlotte wirkte verblüfft.

Aubert nickte. »Hör zu, Charlotte, wir haben ein paar Quellen in Drancy. Nach allem, was wir wissen, wurden deine Eltern bis jetzt relativ gut behandelt.«

»Sind Sie sicher?«, fragte Charlotte.

Ruby hasste es zu hören, wie hoffnungsvoll das Mädchen klang, denn was, wenn Aubert, trotz seines ganzen hochtrabenden Geredes von Ehrlichkeit, nur das sagte, was Charlotte hören musste? Ein Teil von ihr wollte ihm glauben, aber es gab zu viele Fragen. Was machten die Deutschen mit all den Leuten, die sie in den Osten brachten?

»So sicher wie möglich. Also«, sagte Aubert. »Zum nächsten Punkt. Ihr zwei müsst in eine neue Wohnung ziehen.«

Ruby und Charlotte tauschten einen Blick. »Was?«, fragte Ruby.

»Wir haben das Gefühl, dass es ein ernstes Problem gibt, wenn Charlotte hier bei dir bleibt. Die Nachbarn wissen, wer sie ist; du wirst sie nicht als eine Cousine ausgeben können, wenn ihr bleibt. Es muss nur einer sie im Gegenzug für ein paar Lebensmittelkarten melden. Du würdest vermutlich verhaftet werden, und Gott bewahre, dass du in dem Moment einen Piloten bei dir versteckst. Das Netzwerk würde auffliegen. Das Risiko können wir nicht eingehen.«

»Aber … was, wenn die Piloten mich unter meiner neuen Adresse nicht finden können?«

Aubert sah sie verwirrt an. »Die Kontaktleute, die sie nach Paris schicken, werden sie natürlich einfach zu deinem neuen Zuhause dirigieren.«

»Ja, natürlich«, murmelte Ruby. Ihre Augen brannten von Tränen, die sie nicht vergießen durfte. Wie sollte Thomas sie finden, falls er je hierher zurückkam? Aber Charlotte zu schützen, war tausendmal wichtiger, und Ruby wusste, dass sie keine Wahl hatte.

Aubert beobachtete sie aufmerksam, als ob er ahnte, was in ihr vorging. Aber das konnte er unmöglich. »Wir haben für euch eine Wohnung in der Nähe des Arc de Triomphe gefunden, auf der anderen Seite des Flusses.«

»Schon?«

»Sie hat eine Nische, um Piloten in der Wohnung zu verstecken. Der Vermieter ist einer von uns. Er wird dir helfen können, falls du je Unterstützung brauchst. Ihr müsst so rasch wie möglich dorthin.«

»Na dann.« Ruby zwang sich zu einem Lächeln. »Ich nehme an, dann sollten wir jetzt besser packen.«

»Macht das. Ich schicke euch übermorgen ein paar Männer, die euch mit euren Sachen helfen, wenn es dir recht ist.«

»Ja, in Ordnung«, antwortete Ruby. »Danke.«

Er verschwand zur Tür hinaus, bevor sie noch etwas anderes sagen konnte.

»Du bist besorgt, ob er dich finden wird«, sagte Charlotte leise, nachdem Aubert gegangen war und Ruby mindestens eine Minute in der Mitte des Wohnzimmers gestanden und ins Leere gestarrt hatte.

»Wer?«

»Thomas. Der Pilot.«

Ruby wollte protestieren, aber Charlotte schüttelte nur den Kopf.

»Ich glaube, er hat für dich genauso empfunden«, sagte sie. »Und er wird wiederkommen. Meine Eltern auch. Du musst einfach daran glauben.«

Ruby zwang sich zu einem Lächeln, aber sie fühlte sich bei diesen Worten nur schlechter statt besser. Sie bezweifelte, dass Charlottes Eltern überhaupt zurückkommen würden – und die Chancen, dass sie Thomas wiedersehen würde, waren natürlich gering. Aber sie konnte nur ein begrenztes Maß an Leid an einem Tag ertragen, daher legte sie einen Arm um das Mädchen und sagte fröhlich: »Was hältst du davon, wenn wir mit dem Packen anfangen? Wir haben viel Arbeit vor uns.«

Zwei Tage später war der Inhalt von Rubys Leben in Paris in Kartons gepackt, die alte Wohnung leer geräumt. Die Trauer, die Ruby überkam, während sie die Leere betrachtete, war unerwartet; ihr Leben in Paris hatte hier begonnen, und es war seit Generationen das Zuhause von Marcels Familie gewesen. Aber die Familie Benoit gab es nicht mehr, und Ruby sollte kein Teil mehr davon sein. Es war Zeit zu gehen.

»Wie werden meine Eltern uns finden, wenn sie zurückkommen?«, fragte Charlotte, während sie auf Auberts Männer warteten.

»Ich werde ein paarmal die Woche vorbeischauen«, versprach Ruby, »und Aubert wird auch Leute haben, die nachsehen. Keine Sorge, Charlotte. Wir werden es wissen, wenn sie wiederkommen.«

»Ich kann auch zurückgehen, um nach der Wohnung zu sehen.«

»Nein. Wir können es nicht riskieren, dass dich jemand sieht.«

Charlotte ließ den Kopf hängen. »Das war's also? Ich muss einfach verschwinden und jemand anders werden?«

»Um zu überleben, ja.«

Charlotte seufzte. »Und wir können jetzt nicht einmal in meine Wohnung gehen, um ein paar von meinen Sachen zu holen?«

Ruby wollte schon Nein sagen, aber dann zögerte sie. Charlotte durfte nicht dabei gesehen werden, wie sie die Wohnung betrat oder verließ. Aber was, wenn Ruby dorthin ging? Wenn irgendjemand sie aufzuhalten versuchte, würde es sich leicht erklären lassen; sie könnte einfach beschämt sagen, dass sie nach Wertsachen suchte; sie würde dastehen wie jemand, der versuchte, seinen Vorteil aus der Notlage der armen Dachers zu ziehen. Sie wusste, dass solche Dinge überall in Paris passiert waren, auch wenn sie nicht gehört hatte, dass irgendjemand die Nachbarwohnung betreten hatte. »Ich werde es versuchen, Charlotte. Was würdest du denn haben wollen, wenn ich nur ein paar Dinge holen kann?«

Charlottes Miene hellte sich auf. »Mein blaues Kleid, bitte. Das mit der gelben Schleife. Es hängt in meinem Kleiderschrank. Einen der Pullover meines Vaters, bitte, und die Seidenhandschuhe meiner Mutter, die sie immer in der dritten Schublade ihrer Kommode aufbewahrt, ganz hinten versteckt. Und den Ehering meiner Mutter; er ist golden mit ein paar kleinen Diamanten. Er müsste auf dem Frisiertisch liegen, in einer kleinen blauen Schatulle.« Charlotte hielt einen Moment inne, und Ruby wurde schwer ums Herz, als sie begriff, dass das arme Mädchen seit Tagen darüber nachgedacht hatte. »Und ein oder zwei der gerahmten Fotografien aus dem Wohnzimmer, wenn es nicht zu viel verlangt ist.«

»Ich werde mein Bestes tun.« Ruby schlüpfte in den Hausflur, grüßte fröhlich Madame Colin aus dem zweiten Stock, die das Gebäude eben verließ, und schloss dann mit Charlottes Schlüssel die Tür der Dachers auf. Sie war so konzentriert darauf, unbemerkt in die Wohnung zu gelangen, dass sie mehrere Sekunden brauchte, um den Anblick zu erfassen, der sich ihr bot.

»Oh, nein.« Sie sah sich entsetzt um. Die Wohnung war völlig verwüstet worden. Das schöne Samtsofa und die Sessel waren aufgeschlitzt. Kahle Stellen an der Wand zeigten, wo sich einmal Bilder befunden hatten. Bücher waren aus den Regalen gerissen und zerstört worden, und Madame Dachers gesamtes Porzellan fehlte aus der kunstvollen Vitrine in der Ecke.

Rubys Augen füllten sich mit Tränen. Sie und Charlotte hatten nicht gehört, dass irgendjemand in die Wohnung eingebrochen war, und die Tür war unversehrt, daher mussten die Diebe Zugang zu einem Schlüssel gehabt haben – aller Wahrscheinlichkeit nach von dem Vermieter oder der Concierge. Ruby wurde übel bei der Vorstellung, dass Nachbarn darauf gelauert hatten, ihren Vorteil aus dem Unglück der Familie zu ziehen. Hatte einer von ihnen die Dachers überhaupt erst der Polizei gemeldet? Gab es in diesem Gebäude jemanden, der für ihre Deportation unmittelbar verantwortlich war?

Mit hämmerndem Herzen schlüpfte Ruby in die Küche, die ebenso verwüstet war, und dann in Madame und Monsieur Dachers Schlafzimmer. Das Bett war abgezogen, und das Einzige, was auf der Kommode noch geblieben war, waren Ringe aus Staub. Wenigstens ein paar Kleider baumelten noch von Bügeln im Wandschrank, daher ging sie sie rasch durch, bis sie einen kratzigen Wollpullover fand, der Monsieur Dacher gehört hatte. Sie konnte sich nicht vorstellen, warum jemand ihn zurückgelassen hatte, wenn Winterkleidung doch sehr gefragt war, aber vielleicht hatten die Leute die Hände bereits voll mit anderen Wertgegenständen gehabt.

Madame Dachers Seidenhandschuhe und ihr Ehering waren natürlich verschwunden, obwohl Ruby pflichtschuldig nach ihnen suchte. Letztendlich entschied sie sich für eine Seidenbluse, die zwischen zwei schlichten Baumwollkleidern versteckt gewesen war. In Charlottes kleinem Zimmer stieß sie auf noch mehr Verwüstung, und offenbar fehlte auch das blaue Kleid, um das das Mädchen gebeten hatte. Ruby wählte stattdessen rasch zwei Baumwollkleider aus; sie nahm an, dass sie von Madame Dacher handgenäht waren, und sie könnte es Charlotte gegenüber damit begründen, dass sie mehr sentimentalen Wert besaßen. Es gab nirgends Fotos der Familie; sicher waren sie wegen des Werts der Silberrahmen gestohlen worden.

Sie nahm ein paar von Charlottes Büchern und huschte dann zurück zu ihrer eigenen Wohnung, nachdem sie die Tür zu einem traurigen Teil der Vergangenheit für immer geschlossen hatte.

»Hast du die Sachen gefunden, um die ich dich gebeten habe?«, fragte Charlotte.

»Weißt du«, antwortete Ruby vorsichtig, »ich denke, deine Mutter muss ihren Ehering und die Handschuhe mitgenommen haben. Und dieses blaue Kleid, das du erwähnt hast? Je länger ich darüber nachdachte, desto klarer wurde mir, wie unpraktisch es wäre. Du wirst Alltagskleider benötigen. Aber ich habe einen der Pullover deines Papas!« Sie reichte den Armvoll mit Habseligkeiten Charlotte, die enttäuscht blickte. »Außerdem habe ich dir ein paar deiner Bücher mitgebracht.«

»Und ein Familienfoto?«, fragte Charlotte leise.

»Oh, ich dachte, das wäre vielleicht keine gute Idee«, erwiderte Ruby. »Was, wenn jemand unsere neue Wohnung durchsucht und es findet? Außerdem bin ich sicher, dass deine Eltern im Nu wieder da sein werden. Du wirst kein Foto brauchen, um dich an sie zu erinnern.«

Charlotte biss sich auf die Lippe. »Die Wohnung war geplündert, stimmt's?«

Ruby zögerte. »Ja. Es tut mir so leid.«

»Es gibt wirklich schreckliche Menschen auf dieser Welt.«

Ruby zog Charlotte an sich. »Aber es gibt auch gute Menschen. Und ich will gern glauben, dass es unterm Strich mehr gute als schlechte gibt.«

Charlotte ließ sich einen Moment halten, bevor sie sich löste. Sie trat ans Fenster und sah lange Zeit schweigend hinaus. Ruby störte sie nicht; sie wusste, dass das Mädchen auf seine eigene Art Abschied nehmen musste.

Die neue Wohnung befand sich in einem hübschen Gebäude in der Rue de Lasteyrie im Bezirk Passy, ein dreißigminütiger Fußweg über den Fluss. Die Gegend, obwohl nahe bei der geschäftigen Avenue Foch und der quirligen Avenue des Champs-Élysées gelegen, war ein ruhiges Wohnviertel. Tatsächlich fühlte sich die Straße fast so an wie die Rue Amélie.

Der Vermieter, ein Mann namens Georges Savatier, begrüßte sie bei ihrer Ankunft. »Sie müssen unsere neuen Mieter sein, Fleur und ihre Cousine Hélène«, sagte er mit einem strahlenden Lächeln. »Kommen Sie, kommen Sie, wir müssen Sie einquartieren.« Er war vielleicht zehn Jahre älter als Ruby, mit einer tiefen Stimme, einem beträchtlichen Bauch und einem großen, buschigen schwarzen Schnurrbart, der nicht zu seinem kahlen Kopf zu passen schien. Sein Lächeln war breit und fröhlich, und Ruby mochte ihn auf Anhieb.

Er führte sie zwei Treppen hoch zu einer Wohnung, während er erklärte, das Gebäude habe keinen Aufzug, er wisse aber, dass sie jung und gesund seien, und hoffe, dass es für sie bequem sein würde. »Unser zweiter Stock ist auch unser ruhigster«, ergänzte er, wobei er Ruby einen bedeutungsvollen Blick zuwarf. »Sie haben keine Nachbarn.« Vor Wohnung C blieb er stehen und lächelte. »Hier sind wir. Die Wohnungen A, B und D stehen leer.«

»Was ist mit den Leuten passiert, die früher dort gewohnt haben?«, wollte Charlotte wissen.

Monsieur Savatier legte die Stirn in Falten, während er den Schlüssel drehte und die Tür öffnete. »Sie sind vor ein paar Monaten mitten in der Nacht weggegangen. Vielleicht aufs Land.« Er warf einen raschen Blick auf Ruby. Waren die früheren Besitzer ebenfalls bei den kürzlichen Razzien verhaftet worden?

Ruby und Charlotte folgten ihm in die Wohnung, die nur etwa halb so groß war wie ihre alte, aber sie hatte einen hübschen Balkon mit Blick auf einen privaten Innenhof.

»Mein Lieblingsteil der Wohnung«, erklärte Monsieur Savatier, während er auf eine der beiden Türen weiter hinten zeigte. »Kommen Sie, ich zeige es Ihnen.« Er führte sie zu einem winzigen Zimmer mit einem einzigen kleinen Fenster. »Das hier, denke ich, wird das große Schlafzimmer sein«, sagte er.

Ruby wollte schon einwenden, dass hier wohl kaum ein Bett hineinpassen würde, als sein Lächeln noch breiter wurde und er auf die Wand auf der linken Seite zeigte. »Soweit ich weiß, benötigen Sie einen unauffälligen Stauraum.«

Er legte eine Hand auf ein Paneel der Wand, etwa in Hüfthöhe. Er drückte es sanft hoch und nach innen, und die Wand glitt auf und brachte einen kleinen Raum zum Vorschein, groß genug für einen Mann, um bequem aufrecht zu sitzen. »Voilà«, sagte Monsieur Savatier. »Falls Sie hier irgendetwas verstauen müssen.«

»Es ist perfekt«, erwiderte Ruby, während sie einen Blick mit Charlotte tauschte. Es war größer als der Wandschrank im Flur ihres alten Hauses, und in ihrer eigenen Wohnung verborgen war es auch ein sichereres Versteck. Es würde weitaus leichter sein, Piloten unbemerkt hinein- und hinauszuschleusen. Die Wandfläche darüber war mit Schränken und Vitrinen ausgefüllt; es war so gestaltet, dass es aussah, als ob die ganze Wand zu Lagerzwecken genutzt wurde.

»Ja, das dachte ich mir schon«, sagte Monsieur Savatier. »Ich habe es selbst gebaut. Ich kann nicht viel tun, um zu helfen; ich verwalte mehrere Gebäude, und ich bin sicher, man hat mich im Auge. Aber das hier ist mein bescheidener Beitrag.« Er zeigte nach oben und ergänzte: »Ich wohne zwei Stockwerke höher mit meiner Frau. Wir sind beide für Sie da, falls Sie uns je brauchen. Unter Ihnen stehen die meisten Wohnungen auch leer, das heißt, Sie müssen keine Angst vor neugierigen Blicken haben. Und es gibt natürlich keine Concierge.«

»Ich weiß nicht, wie ich Ihnen danken soll«, sagte Ruby.

»Bedanken Sie sich nicht zu früh. Die schlechte Neuigkeit habe ich Ihnen noch gar nicht gesagt. Das Gebäude nebenan, das ich ebenfalls verwalte, hat mehrere Nazioffiziere als Mieter. Das heißt, Sie leben sehr nah bei ihnen. Aber ich nehme nicht an, dass sie irgendetwas ahnen.«

Bis zum späten Abend hatten Auberts Freunde ihre Möbel und Habseligkeiten gebracht, und Charlotte und Ruby hatten begonnen, die beengte neue Wohnung zu ihrem Zuhause zu machen. Es gab immer noch Kartons auszupacken, aber Ruby sah, dass Charlotte allmählich die Augenlider zufielen. »Was hältst du davon, wenn du ins Bett gehst?«

Charlotte gähnte. »Aber es gibt noch immer so viel zu tun.«

»Das wird alles morgen früh immer noch hier sein. Es war ein langer Tag.«

Charlotte nickte und ging in das größere Schlafzimmer. Sie hatten entschieden, dass es ihres sein würde; so nah bei jungen Piloten zu schlafen, wäre nicht schicklich.

»Danke.« An ihrer Tür hielt Charlotte noch einmal inne und sah zurück ins Wohnzimmer, wo Ruby an dem kleinen Tisch in der Ecke saß.

»Du musst mir für gar nichts danken.«

»Doch. Du hättest mich nicht mitnehmen müssen.«

»Charlotte«, sagte Ruby entschieden, »du bist jetzt meine Familie. Ich würde es gar nicht anders wollen. Und jetzt schlaf ein bisschen. Morgen früh wird alles gleich besser aussehen.«

Kapitel 28

Januar 1943

Anfang 1943 waren die Lebensmittel knapper als je zuvor, aber Ruby und Charlotte überlebten. Sie hatten acht Piloten geholfen, seit sie in die neue Wohnung gezogen waren, und auch wenn es noch immer keine Nachricht von Charlottes Eltern gab, schien das Mädchen eine Art inneren Frieden gefunden zu haben.

Abends saßen Charlotte und Ruby beisammen, eine brennende Öllampe zwischen sich, und redeten über die Piloten, die sie gerettet hatten. Sie fragten sich, wie viele von ihnen es sicher zurück nach England oder Amerika geschafft hatten, wie viele wieder in die Lüfte zurückgekehrt waren. Sie dachten sich lebhafte Geschichten über die Männer aus, die sie nur kurz gekannt hatten. Ein amerikanischer Kampfflieger namens Earl Johnson zum Beispiel hatte im August bei ihnen gewohnt, und jetzt stellten sie sich vor, dass er Missionen über dem Westen Deutschlands flog und deutsche Kampfflieger vom Himmel schoss. Ein britischer Bomber namens Jay Cash war im Oktober fast eine Woche lang ihr Gast gewesen, und sie hatten sich eingeredet, dass er jetzt Bomben auf die von Nazis betriebenen Fabriken in den Pariser Vororten warf.

In der ersten Woche des neuen Jahres beherbergten sie einen RAF-Piloten namens Jon Payne, der Ruby an seinem ersten Abend bei ihnen lange und eindringlich anstarrte.

»Verzeihen Sie«, sagte er, als sie ihn zum dritten Mal dabei ertappte. »Sie erinnern mich nur an jemanden.«

»An wen denn?«

Er räusperte sich. »Es ist irgendwie albern, aber in meiner Schwadron gibt es einen Kameraden, der vor etwas über einem Jahr abgeschossen wurde und über ein Untergrundnetzwerk aus Paris herausgekommen ist. Er und ich haben uns eine Zeit lang ein Zimmer geteilt. Er hatte Albträume, und er hat immer wieder einen Namen geschrien. Als ich ihn schließlich danach fragte, sagte er, er dürfe keine Einzelheiten preisgeben – das ist natürlich eine der Vorschriften –, es hätte in Paris aber eine Frau gegeben, die ihm geholfen hätte. Er hat mir ein bisschen von ihr erzählt; er fand, sie war eine außergewöhnliche Frau. Ihm war natürlich nicht bewusst, dass er im Schlaf ihren Namen rief. Aber so, wie er sie beschrieb, klang sie genau wie Sie.«

»Wie ich?«

Der Pilot nickte. »Ja. Sie war auch Amerikanerin, genau wie Sie, und schön. Aber Sie sind natürlich als Fleur bekannt.«

»Und welchen Namen hat er gerufen?«

»Ich bin mir nicht sicher, ob ich das sagen sollte.«

Ruby nickte und wartete. Es gab bestimmt noch andere Frauen in Paris, die beim Widerstand waren. Und war es nicht viel wahrscheinlicher, dass der betreffende Pilot den Namen der hinreißenden Laure gerufen hatte?

»Na ja«, meinte Jon nach einem Moment, »Sie sind schließlich alle unter Decknamen bekannt, oder?«

»Da haben Sie recht, natürlich.«

»Ruby«, sagte Jon. »Das hat er immer wieder gerufen.«

Rubys ganzer Körper war auf einmal wie betäubt. Sie rief sich in Erinnerung, dass der Pilot irgendjemand hätte sein können, aber sie hatte ihren richtigen Namen bei niemandem sonst verwendet, mit Ausnahme von Dexter, dem ersten Flüchtling, der vor ihrer Tür auftauchte. »Wer war der Pilot?«

»Ich nehme an, seinen Nachnamen sollte ich Ihnen besser nicht sagen. Aber es kann wohl nichts schaden, Ihnen seinen Vornamen zu nennen. Er war Thomas. Kennen Sie einen Thomas?«

Ruby schluckte schwer. »Vielleicht.«

In jener Nacht lag Ruby hellwach im Bett und starrte an die Decke. Der Mann, den Jon erwähnt hatte, *musste* Thomas sein, *ihr* Thomas. Aber hieß das wirklich, dass er so an sie dachte wie sie an ihn? Oder nur, dass sie eine Rolle in der entsetzlichsten Notlage seines Lebens gespielt hatte? Trotzdem, dass er sie als außergewöhnlich und schön beschrieben hatte, na ja, das war doch etwas.

Am nächsten Morgen, bevor Laure eintreffen sollte, nahm Ruby Jon beiseite. »Dieser Freund von Ihnen, Thomas«, sagte sie. »Geht es ihm gut?«

»Es geht ihm prächtig, Miss. Die Albträume sind vorbei, und er fliegt wieder Missionen über Frankreich.« Er hielt inne und beugte sich verschwörerisch zu ihr. »Aber ich glaube, er hat noch immer eine Schwäche für das Mädchen, von dem er geträumt hat.«

Ruby blinzelte ein paarmal. »Na ja, wenn Sie nach Hause kommen, würden Sie ihm sagen, dass es Ruby gut geht? Und dass sie vielleicht auch hin und wieder an ihn denkt?«

Jon grinste. »Ich werde die Nachricht sehr gern ausrichten, Fleur.«

Laure kam kurz vor Mittag, um Jon abzuholen. Nachdem er gegangen war, hätte sich Ruby dafür ohrfeigen können, dass sie ihm nicht noch mehr Fragen gestellt hatte. War Thomas auf seiner Flucht aus Frankreich verwundet worden?

War er in irgendwelche Schwierigkeiten geraten? Aber allzu interessiert zu erscheinen, hätte nur Fragen ausgelöst, die sie nicht hätte beantworten können. Sie würde sich damit begnügen müssen, dass Jon es sicher zurück nach England schaffen und ihre Nachricht weitergeben würde. Er hatte gewusst, wer sie war, und Thomas würde es ebenfalls tun. Außerdem würde Thomas jetzt wissen, dass sie umgezogen war und dass er nach jemandem namens Fleur suchen musste, falls er je wiederkam.

Zwei Wochen später erhielten Ruby und Charlotte allerdings schreckliche Neuigkeiten. »Philippe hat mich gebeten, Ihnen auszurichten, dass mehrere Piloten und einer der Anführer des Netzwerks letzte Woche in Urrugne verhaftet wurden«, berichtete Monsieur Savatier ihnen grimmig. »Im Moment werden sie alle verhört. Einer von ihnen war der Pilot, der erst vor zwei Wochen hier war, Payne. Es herrscht große Sorge, dass einer von ihnen oder alle reden werden und dass unsere Organisation auffliegen wird.«

»Was wird mit ihnen passieren?«, stieß Ruby hervor, obwohl sie schon jetzt erschüttert von der Nachricht war.

»Die Piloten werden in Kriegsgefangenenlager im Osten gebracht. Die Franzosen und Belgier, die beschuldigt werden, ihnen geholfen zu haben … aller Wahrscheinlichkeit nach gefoltert, um an Informationen zu kommen. Und dann hingerichtet.«

Ruby nickte. Das hatte sie natürlich gewusst; schließlich war es auch Marcels Schicksal gewesen. Es rief ihr nur aufs Neue in Erinnerung, wie hoch das Risiko war – und die Gefahr, der sie Charlotte aussetzte.

»Philippe hat mich außerdem gebeten, Ihnen zu sagen, dass Sie eine Weile nichts von ihm hören werden«, fuhr Monsieur Savatier fort. »Und man wird Ihnen auch keine Piloten mehr schicken. Versuchen Sie einfach, ein normales Leben zu führen. Es gibt bislang keinen Grund zu der Annahme, dass dieser Teil des Netzwerks aufgeflogen ist.«

»Aber was, wenn doch?«

Monsieur Savatier legte die Stirn in Falten. »Ich werde tun, was ich kann, um Sie und Ihre Cousine zu schützen. Aber Sie müssen bereit sein, von einem Augenblick auf den anderen zu flüchten.«

Ruby und Charlotte warteten tagelang. Was passierte mit den Piloten, die in der Zwischenzeit über Belgien und Nordfrankreich abgeschossen wurden? Liefen sie in der eisigen Wildnis umher und fragten sich, warum ihnen niemand zu Hilfe kam? Oder hatten sie Zuflucht bei mitfühlenden Bauern und Dorfbewohnern gefunden, die wussten, dass sie sie besser nicht weiter nach Paris schicken sollten, bevor sie Entwarnung bekommen hatten?

Unwillkürlich war Ruby auch ständig besorgt um Thomas. Jon Payne hatte gesagt, er sei in die Lüfte über Frankreich zurückgekehrt, aber was, wenn er wieder abgeschossen wurde? Was, wenn er versuchte, nach Paris zu gelangen, um sie zu finden? Was, wenn er es zu ihrem alten Wohnhaus schaffte, nur um festzustellen, dass sie verschwunden war?

Und so beschloss Ruby eines Samstagmorgens, drei Wochen nachdem ihre Arbeit als Fluchthelferin zum Stillstand gekommen war, Charlotte früh zu wecken. »Hast du Lust auf einen Spaziergang?«

Charlotte rieb sich den Schlaf aus den Augen. »Einen Spaziergang?«

»An der alten Wohnung vorbei. Nur um sie zu sehen.«

»Aber ich dachte, es sei zu gefährlich für mich, dich zu begleiten.«

»Draußen ist es kalt. Du wirst eine Mütze und einen Schal tragen, und wir werden nicht nah genug herangehen, um ehemaligen Nachbarn zu begegnen. Außerdem kann ich dich nicht allein lassen.« Tatsächlich hatte Ruby, seit die Neuigkeiten von den Festnahmen eingetroffen waren, Charlotte kaum noch aus den Augen gelassen. Sie wusste, dass sie das arme Mädchen vermutlich in den Wahnsinn trieb, aber was hatte sie für eine Wahl?

»Meinst du, es ist sehr kalt dort, wo meine Eltern sind?«, fragte Charlotte, als sie eine halbe Stunde später mit raschen Schritten in südlicher Richtung durch Passy liefen. Deutsche Transportfahrzeuge voller Soldaten rumpelten die Avenuen hinunter, und die Flaggen der Nationalsozialisten färbten die Stadt rot wie ein schlimmer Ausschlag.

Ruby zögerte. »Ja. Aber ich glaube, dass es ihnen gut geht.«

»Das kannst du nicht wissen.«

»Manchmal muss man an Dinge glauben, die man nicht sehen kann.«

Ihr Atem bildete Wolken in der Luft. »Wie Religion«, meinte Charlotte schließlich. »So, wie wir an Gott glauben müssen, selbst wenn wir Ihn nicht sehen können.«

Ruby sah sie an. Sie hatten nicht viel über Gott gesprochen; es schien ein gefährliches Thema in diesen Zeiten, und Ruby selbst war nicht gerade eine eifrige Kirchgängerin. Aber sie pflichtete Charlottes Worten bei. »Ja. So ähnlich, Charlotte. Glaube.«

»Glaube, dass letztendlich alles gut werden wird.«

Ruby nickte, aber auf einmal war ihre Stimme zu erstickt, um etwas zu erwidern. Sie *glaubte* an Gott – das hatte sie immer getan –, aber in letzter Zeit fiel es ihr schwer zu verstehen, wie Er diesen Krieg zulassen konnte.

Sie erreichten die Rue Amélie schneller, als Ruby erwartet hatte. Als sie um die Ecke in die Straße einbogen, in der sich ihrer beider Leben zum ersten Mal miteinander verwoben hatten, nahm Ruby Charlottes Hand. Das Mädchen zitterte, und Ruby hatte das Gefühl, dass es nicht nur vor Kälte war. »Geht es dir gut?«, fragte sie.

»Ja.« Charlottes Stimme klang kräftig und klar. »Auf der anderen Seite des Flusses zu leben, fühlt sich für mich nur an, als ob wir uns neu erfunden haben. Aber hier bist du immer noch du, und ich bin immer noch ich, selbst wenn wir so tun, als ob wir etwas anderes wären. Es bedeutet, dass wir uns dem stellen müssen, was wir zurückgelassen haben.«

Ruby drückte Charlottes Hand. »Ich hätte es nicht besser sagen können.«

Sie verlangsamten ihre Schritte, als sie an dem Gebäude vorbeigingen, aber sie konnten nicht stehen bleiben; sie durften nicht auffallen. Die Spitze des Eiffelturms tauchte vor ihnen auf, prachtvoll und schön, und Ruby musste an die frühen Tage ihrer Ehe zurückdenken, als sie oft auf ihrem winzigen Balkon saß und sich an dem Wissen erfreute, dass sie wirklich hier war, wirklich in Paris. Aber der Turm bedeutete nicht mehr dasselbe wie früher, und sein Anblick löste auch Erinnerungen daran aus, wie sie aus dem Fenster gestarrt hatte, nachdem das Baby gestorben war. Diese Wohnung war der Ort von so viel Traurigkeit gewesen, aber hier hatte sie auch Charlotte und Thomas kennengelernt. Leid und Freude waren untrennbar miteinander verbunden.

»Denkst du gerade an Thomas?«, fragte Charlotte, als sie das Ende des Blocks erreichten. »Ich weiß, dass du das oft tust.«

»Ich nehme an, ich denke an all die Dinge, die hier passiert sind. Ich kann mich glücklich schätzen, hier gelebt zu haben. Ich kann mich glücklich schätzen, dich getroffen zu haben.«

Diesmal war es Charlotte, die Rubys Hand tröstlich drückte. »Und umgekehrt.«

Sie umrundeten den Block noch zweimal, aber in dem alten Gebäude oder in seiner Nähe regte sich nichts. Es war nur ein Geist einer anderen Zeit und eines anderen Orts.

Sie waren schweigsam, während sie über die Seine zurückgingen. »Glaubst du wirklich, sie werden uns finden, wenn sie wiederkommen?«, fragte Charlotte, als sie nach links in die Rue Boissière einbogen. »Meine Eltern? Thomas? Die Leute aus unserem alten Leben?«

»Ja, das glaube ich.«

Charlotte sah sie an. »Aber wie kannst du dir da so sicher sein?«

»Weil das Schicksal nicht so grausam ist, dass es sie nach Paris zurückbringen und nicht zu uns führen würde«, erwiderte Ruby. Sie wünschte nur, sie könnte ihren eigenen Worten glauben.

Als sie rund zwanzig Minuten später im zweiten Stock ihres neuen Wohnhauses um die Ecke der Treppe bogen, war Ruby verblüfft, einen jungen Mann zu sehen, der vor ihrer Türschwelle auf sie wartete. Im ersten Moment dachte sie, es könnte ein Pilot sein. Aber dann wandte er sich um, und sie erkannte, dass er dafür ein paar Jahre zu jung war. Er war fünfzehn, vielleicht sechzehn, mit einem dunklen Lockenschopf und durchdringenden grünen Augen mit Schlupflidern.

»Wo bist du gewesen?«, fragte Charlotte, während sie ihre Schritte beschleunigte und ihn umarmte. Er fing Rubys Blick über Charlottes Kopf hinweg auf.

»Hallo«, sagte er ruhig. »Ich bin Lucien.«

Charlotte löste sich mit roten Wangen von ihm und sah Ruby an.

Diese zog eine Augenbraue hoch. »Du bist der Fälscher. Der, von dem Char… Hélène – mir erzählt hat.«

Sein Lächeln wurde etwas breiter. »Ah, dann spricht sie also von mir? Das ist schön zu hören.« Sie warfen beide einen Blick auf Charlotte, deren Gesicht noch röter angelaufen war, während sie den Boden betrachtete. »Ja, ich bin der Fälscher. Unter anderem. Aber heute bin ich ein Bote. Darf ich hereinkommen?«

Ruby zögerte. Der Junge schien nett zu sein, aber irgendetwas an ihm machte sie beklommen. Oder reagierte sie nur auf die Art, wie Charlotte sich benahm? Jetzt war nicht die Zeit für müßige Schwärmereien. Vor allem nicht für ein Kind. Ruby schüttelte den Gedanken rasch ab. Sie war nicht fair. »Ja, natürlich. Komm herein.«

Lucien ließ Charlotte und Ruby mit einer Armbewegung den Vortritt, bevor er ihnen in die Wohnung folgte.

»Was gibt's?«, fragte Charlotte, sobald sie drinnen waren. »Was ist los, Lucien?«

Er zögerte, und in der Stille tauschten Charlotte und Ruby einen besorgten Blick.

»Geht es um meine Eltern?«, fragte das Mädchen leise.

»Was? Nein. Nein, ich habe keine Nachricht von deinen Eltern.«

»Oh.« Charlotte ließ erleichtert die Schultern sinken.

»Es geht um Philippe.«

Auberts Deckname. Ruby hörte die Anspannung in der Luft knistern, und Luciens auf einmal gesenkter Blick verriet ihr, dass irgendetwas entsetzlich schiefgegangen war. »Was ist passiert?«

Lucien sah auf. »Er wurde verhaftet.« Seine Stimme war tonlos, aber Ruby konnte den Sturm in seinen Augen sehen. »Vor ein paar Tagen. Einer der Männer in Urrugne hat ihn verraten, zusammen mit mehreren anderen, die ein Teil der Operation waren.«

»Oh nein«, hauchte Ruby. Charlotte sah aus, als würde sie gleich in Tränen ausbrechen, daher legte Ruby ihr einen Arm um die Schultern und versuchte, nicht zusammenzubrechen.

»Geht es ihm gut?«, fragte Charlotte.

Lucien zögerte, und noch bevor er das Wort ergriff, wusste Ruby, was er sagen würde. »Er ist tot, leider«, sagte er leise. »Erschießungskommando. Er hat sich geweigert zu reden, und sie hatten kein Druckmittel gegen ihn in der Hand. Er hat keine Familie; es gab niemanden, mit dessen Verhaftung sie drohen konnten. Er hatte seine Spuren gut verwischt.«

»Er ist wirklich tot?«, fragte Charlotte.

»Ja.«

»Mein Gott.« Ruby senkte den Kopf und sprach ein stilles Gebet. »Geht es Laure gut?«

»Ja, soweit ich weiß. Aber ich fürchte, ein zu großer Teil des Netzwerks ist aufgeflogen. Man wird uns erst einmal keine Piloten mehr schicken.«

Ruby verdaute diese Worte. »Sollten wir besser umziehen? Besteht die Möglichkeit, dass die Nazis von uns wissen?«

»Nein«, erwiderte Lucien entschieden. »Hier seid ihr sicherer; ihr wohnt noch nicht lange hier. Monsieur Savatier wird helfen, euch zu beschützen.« Sein Blick verweilte auf Charlotte. »Und ich auch. Ich werde in der Nähe sein. Ich werde nicht zulassen, dass euch irgendetwas passiert.« Seine letzten Worte waren an das Mädchen gerichtet.

»Vielleicht ist es besser, wenn Charlotte und ich die Stadt verlassen«, überlegte Ruby.

»Nein«, erwiderte Charlotte prompt. »Wenn wir weggehen, wie sollen meine Eltern uns dann finden, wenn sie wiederkommen?«

Lucien warf Ruby einen Blick zu, und sie konnte in seinen Augen sehen, dass er ihre Befürchtungen um das Schicksal der Dachers teilte.

»Ich kann dein Leben nicht noch mehr gefährden, als ich es ohnehin schon getan habe«, erklärte Ruby nach einer langen Pause.

»Ich glaube, keine von uns beiden wird sich ausgefüllt fühlen, wenn wir nicht irgendetwas tun«, meinte Charlotte. »Aber was können wir tun? Unser Teil der Fluchtroute ist tot.«

Lucien räusperte sich. »Es gibt andere, die versuchen, eine neue Organisation aufzubauen. Die Engländer stecken dahinter.«

Ruby schloss für einen Moment die Augen. Wie leicht wäre es, sich selbst und Charlotte einfach aus der Gefahr zu bringen, indem sie sich zurückzog. Aber dann würde sie die Nazis gewinnen lassen, oder? Auberts Tod wäre vergeblich gewesen. Alles, wofür sie gearbeitet hatte, wäre vergeblich gewesen. »Bitte«, sagte sie schließlich mit einem Blick auf Charlotte, »halt uns auf dem Laufenden.«

»Das werde ich tun.« Lucien nickte ihr zu und sah Charlotte lange an, bevor er sich zur Tür wandte. »Ich melde mich. Es tut mir sehr leid, der Überbringer solch schlechter Nachrichten zu sein.«

Kapitel 29

Februar 1943

»Ich fürchte, Ruby glaubt nicht mehr, dass wir helfen können werden«, sagte Charlotte eines kalten Winterabends zwei Wochen später zu Lucien. Ruby war früh ins Bett gegangen, und Lucien, der von der Straße gesehen hatte, wie das Schlafzimmerlicht erlosch, war vorbeigekommen. Das war ihm inzwischen zur Gewohnheit geworden: etwa eine halbe Stunde zu warten, nachdem Ruby sich schlafen gelegt hatte, und dann leicht an ihre Wohnungstür zu klopfen. Ruby hatte sie bislang noch nicht ertappt, aber andererseits taten sie eigentlich auch nichts Verbotenes. Lucien hatte sie nicht einmal geküsst; sie saßen nur beisammen und redeten stundenlang. Aber Charlotte hatte noch nie einen Jungen gekannt, der sie so ansah wie er, und ihr Herz hatte noch nie so gerast wie jetzt, wenn ihre Blicke aufeinander ruhten.

»Warum sagst du das?«, fragte Lucien. Er saß nur wenige Zentimeter von Charlotte entfernt auf der Couch, so nah, dass sie seinen Atem an ihrer Wange spüren konnte.

»Sie redet jetzt davon, wie nutzlos sie sich fühlt. Wie sie befürchtet, dass sie die Deutschen gewinnen lässt, indem sie nichts tut.«

Lucien rutschte ein wenig näher an sie heran. »Aber du verstehst doch, dass es mir widerstrebt, dich in Gefahr zu bringen?«

»Warum?«

Lucien sah ihr in die Augen, bevor er den Blick senkte. »Weil du mir inzwischen sehr viel bedeutest.«

Ihr Herz setzte einen Takt aus. »Du mir auch. Aber es gibt keine Zukunft für uns, wenn man die Deutschen hierbleiben lässt.«

»Charlotte…« Lucien führte seinen Gedanken nicht zu Ende.

»Du weißt, dass ich recht habe. Ich bin Jüdin, Lucien. Die Deutschen würden uns nicht einmal Freunde sein lassen.« Sie nahm ihren Mut zusammen und fügte hinzu: »Geschweige denn, mehr als Freunde.«

»Mehr als Freunde?« Einer seiner Mundwinkel verzog sich zu einem halben Lächeln. »Was schwebt dir denn vor?«

»Spielt das eine Rolle? Solange die Deutschen hier sind, ist das unmöglich. *Alles* ist unmöglich.«

»Sprich nicht so, Charlotte«, sagte er leise. Sie liebte es, wenn er sie bei ihrem richtigen Namen nannte. Er und Ruby waren die Einzigen, die das taten; die anderen Menschen, mit denen sie Kontakt hatten, darunter Monsieur Savatier und seine Frau, kannten sie nur als Hélène.

»Lucien, ich kann nichts dafür. In dieser Gesellschaft gibt es keinen Platz für Leute wie mich.«

»Na ja«, erwiderte er nach einem Moment, »ich will keiner Gesellschaft angehören, die dir den Rücken kehren würde. Das heißt, damit sind wir schon zwei, die hier nicht leben können.«

Sie blinzelte die Tränen zurück. Das Seltsame war, dass sie wusste, dass er ihr die Wahrheit sagte. Lucien war kompliziert, aber er log nie. Jedenfalls nicht ihr gegenüber. »Danke«, erwiderte sie. »Aber es hat keinen Sinn, jetzt darüber zu reden. Sondern wie wir etwas verbessern können. Ruby und ich müssen helfen.« Sie hatte aufgehört, ihre Freundin bei ihrem Decknamen zu nennen, wenn sie mit Lucien redete. Vor ein paar Wochen hatte Charlotte erfahren, dass es Luciens Vater gewesen war, der Rubys neue Ausweispapiere gefälscht hatte, als sie anfing, beim Untergrundnetzwerk zu arbeiten, daher hatte er ihren Namen sowieso die ganze Zeit gewusst.

Lucien schwieg. Nach einem Moment stand er auf und begann, im Zimmer auf und ab zu gehen. »Charlotte«, sagte er schließlich, »das ist sehr gefährlich. Die Nazis kennen keine Moral. Weißt du, dass sie diese Woche die Polizei zu einem Waisenhaus geschickt haben, um Kinder abzuholen? Kinder – manche nicht älter als fünf!«

Charlotte wurde still. »Das kann nicht wahr sein. Was für einen Grund haben sie denn genannt?«

Lucien lachte verbittert auf. »Sie brauchten noch mehr Juden, um ihre Zugwaggons zu füllen.«

Charlotte sah auf ihre Hände. Berichte wie dieser machten ihr schreckliche Angst; sie war vor den Nachrichten über die Verhaftungen von Juden größtenteils abgeschirmt worden, da ihre Hauptverbindung zur Außenwelt Ruby war. Und natürlich war es einleuchtend, dass diese versuchte, sie zu beschützen, aber Charlotte wollte die Wahrheit wissen. Sie wollte über das Grauen Bescheid wissen. »Ich muss helfen.« Diesmal war ihr Ton entschlossen, und sie hoffte, dass Lucien hören konnte, dass sie keine Angst hatte. »Die Alliierten müssen gewinnen, Lucien. Sie müssen. Ich kann nicht tatenlos zusehen, wie die Deutschen alles an sich reißen.«

Er seufzte und setzte sich wieder neben sie. Diesmal berührten sich ihre Knie. »Ich habe Gerüchte über ein neues Netzwerk gehört, aber es ist noch nicht angelaufen. Sie versuchen noch, die Details auszuarbeiten. In der Zwischenzeit bleiben einige der Piloten einfach dort, wo sie gerade sind, hauptsächlich auf dem Land. Wenn jemand hierhergeschickt werden sollte, könnte er sehr lange bei euch sein.«

»Damit würden wir zurechtkommen.«

»Und wir haben im Moment keine zusätzlichen Lebensmittelkarten.«

»Das ist kein Problem.« Charlotte sah ihn lächelnd an. »Ich kenne einen Fälscher, der uns dabei vielleicht helfen könnte.«

Lucien lächelte ebenfalls. »Klingt nach jemandem, den man kennen sollte.«

Charlotte hielt seinem Blick stand. »Er ist der Beste.«

Die Luft zwischen ihnen schien zu gefrieren. Dann beugte er sich vor, und seine Lippen landeten sanft auf ihren. Als er sich – zu früh – von ihr löste, waren seinen Wangen mit roten Flecken übersät. »Es tut mir leid.«

»Mir nicht.«

»Ich … ich muss los.« Lucien erhob sich. Sein Gesicht war noch immer gerötet, und er war nervös. »Ich werde sehen, was ich tun kann.« Er küsste sie noch einmal, diesmal auf die Wange, und dann eilte er zur Tür und schloss sie leise hinter sich.

Charlotte blieb noch lange im Wohnzimmer sitzen, nachdem Lucien gegangen war, und dachte über eine Zukunft nach, die vermutlich niemals kommen würde. Sie wusste, dass sie Ruby nichts davon erzählen konnte; diese würde sagen, dass sie zu jung war, um solche Gefühle für einen Jungen zu hegen. Ruby sah ihre junge Freundin noch immer als Kind an, egal was Charlotte tat, um ihr das Gegenteil zu beweisen – und sie war misstrauisch gegenüber Lucien. »Was würden deine Eltern von dir denken, wenn du dich mit einem Fälscher wie ihm einlässt?«, hatte Ruby einmal gesagt.

»Ich denke, sie wären stolz«, hatte Charlotte entgegnet.

Doch natürlich wusste sie nicht, was ihre Eltern denken

würden. Lucien war kein Jude, und sie wusste, dass sowohl Maman als auch Papa sich immer vorgestellt hatten, sie würde in ihre Fußstapfen treten, einen braven jüdischen Jungen heiraten, brave jüdische Kinder großziehen.

Andererseits gab es die Welt, von der Maman und Papa geträumt hatten, längst nicht mehr. Vielleicht war es das einzig Richtige, ihrem Herzen zu folgen.

Eines Abends Ende Juli saßen Charlotte und Ruby auf dem kleinen Balkon ihrer Wohnung in der Rue de Lasteyrie. Charlottes Eltern waren jetzt seit einem Jahr verschwunden, und es hatte keine Nachricht über ihren Verbleib gegeben, seit sie Drancy verlassen hatten. Die Massenverhaftungen in Paris hatten nachgelassen, und die Stadt war in einen seltsamen Rhythmus trügerischer Normalität verfallen. Die Pariser gingen mit gesenkten Köpfen ihrem Alltag nach, während die Nazis es sich in Cafés gemütlich machten und über die großen Avenuen stolzierten, als hätte die Stadt schon immer ihnen gehört. Aber erst letzte Woche hatte Lucien ihnen die Neuigkeit überbracht, dass einundzwanzig jüdische Familien ohne jeden Grund auf dem Boulevard Beaumarchais verhaftet worden waren; die Polizei hatte einfach zugeschlagen und sie weggebracht, schluchzend und schreiend, mitsamt den Kindern. Charlotte wusste, dass solche Dinge weiterhin passieren würden, und dass sie selbst mit ihrer Tarnung als Rubys christlicher Cousine ständig in Gefahr schwebte.

Tatsächlich hatten die Risiken Ruby zu einer kleinen Despotin gemacht. Charlotte wusste, dass ihre Freundin nur besorgt um sie war, aber es war schwer, mit jemandem zusammenzuleben, dessen Schutz sich so erdrückend anfühlte. Ruby verbot ihr jetzt grundsätzlich, das Haus zu verlassen, und beharrte darauf, dass Charlotte in der Wohnung weitaus sicherer war, wo niemand sie sehen und misstrauisch werden konnte. Aber es war Sommer, und Charlotte sehnte sich danach, durch die Straßen zu schlendern, die Blumen zu riechen, das Gras unter ihren Füßen zu spüren. Andererseits war es ohnehin nicht mehr das Paris von Charlottes Kindheit. Und solange Ruby sie beschützte – und selbst so unglücklich schien –, hatte Charlotte das Gefühl, keine andere Wahl zu haben, als ihre Wünsche zu respektieren, selbst wenn das Eingesperrtsein sie mit Einsamkeit und Sehnsucht erfüllte.

»Denkst du oft an deine Eltern?«, fragte Charlotte unvermittelt, während sich die Dämmerung über die Stadt senkte. Der Himmel in Paris verfärbte sich an den meisten Abenden zu einem fast magischen Blau, vor allem im Sommer. Die Franzosen hatten es immer *l'heure bleue* genannt, und Charlotte hatte sich gewundert, von Ruby zu erfahren, dass die Amerikaner auf der anderen Seite des Atlantiks die letzte Stunde des Tageslichts nicht genauso empfanden. Vielleicht war der Himmel hier schöner als irgendwo sonst, aber Charlotte bezweifelte das allmählich. Dort draußen gab es doch sicher etwas Besseres. Außerdem hatte *die blaue Stunde* inzwischen auch noch eine andere Bedeutung angenommen; es war das, was die Franzosen das Ende der Unschuld am Vorabend des Ersten Weltkrieges nannten. Charlotte war damals noch nicht geboren, aber sie glaubte, jetzt zu verstehen, was Frankreich verloren hatte.

»Meine Eltern?«, fragte Ruby. »Warum, ja, das tue ich. Sehr oft.«

»Aber du sprichst nie von ihnen.«

Ruby schwieg einen Moment. »Es ist schmerzlich für mich, Charlotte«, antwortete sie schließlich. »Ich denke oft, wie grausam es von mir war, sie einfach zurückzulassen.«

»Es war nicht grausam von dir wegzugehen, Ruby. Du hast

dein Leben gelebt. Ich bin sicher, das ist es, was deine Eltern für dich gewollt hätten. Du hättest nicht vorhersehen können, was passieren würde.«

»Aber das hätte ich tun sollen. Mein Vater hat ständig von der Instabilität in Europa gesprochen. Ich dachte, er sei nur übervorsichtig.«

Charlotte erwiderte nichts. Sie dachte an ihre eigenen Eltern, die sich so standhaft geweigert hatten, Paris zu verlassen. Wenn ihr Vater zugehört hätte, dann wäre sie jetzt vielleicht mit den beiden in der unbesetzten Zone. Oder vielleicht hätten sie eine sichere Passage aus dem Land gefunden, nach Spanien oder in die Vereinigten Staaten. »Aber manchmal täuschen sich unsere Eltern. Deshalb liegt es an uns, unseren eigenen Weg zu finden.«

Ruby wandte sich zu ihr um und sah sie an. »Denkst du auch oft an deine Eltern, Charlotte?«

»Jeden Tag.« Der Himmel wurde dunkler, und Charlotte fragte sich, wie er wohl im Osten aussah, an dem Ort, an den ihre Eltern geschickt worden waren. »Aber ich glaube, sie sind inzwischen tot.«

»Charlotte! Wie kannst du so etwas denn sagen?«

»Lucien hat mir erzählt, was in den Konzentrationslagern vor sich geht.« Sie würde es nicht laut wiederholen. Das konnte sie nicht. »Meine Mutter war schon immer bei schwacher Gesundheit. Ich kann mir nicht vorstellen, dass sie die Zustände ertragen könnte, die Lucien beschrieben hat. Und mein Vater hat einen solch ausgeprägten Sinn für Recht und Unrecht. Ich kann nicht glauben, dass so viel Zeit verstrichen sein könnte, ohne dass er unter Gefahr für sein eigenes Leben für jemanden eingetreten ist.«

»Aber es besteht noch immer eine Chance.«

»Ich habe jetzt seit einem Jahr nichts mehr von ihnen

gehört. Ich muss mit dem Schlimmsten rechnen.« Natürlich gab es keine offiziellen Nachrichten aus dem Osten. Es war schließlich nicht so, dass die Nazis höflich Todesanzeigen zurückschickten. Aber manchmal konnte man einen Verlust in den Knochen spüren.

»Du darfst die Hoffnung nicht aufgeben, Charlotte.«

»Aber *du* hast sie aufgegeben, oder?« Charlotte sprach, ohne nachzudenken, und Ruby zuckte zusammen. »Ich kann es sehen. Du hast das Gefühl, nicht mehr wichtig zu sein.«

Ruby erhob sich langsam, trat an den Rand des Balkons und starrte in die Ferne. »Selbst nachdem ich das Baby verloren hatte, konnte ich eine Aufgabe im Leben finden. Aber wer bin ich jetzt? Ich weiß es nicht mehr.«

»Du bist meine Familie«, erwiderte Charlotte. Ruby wandte sich zu ihr um, und Charlotte fuhr fort. »Du bist meine Familie, Ruby«, wiederholte sie entschiedener. »Ohne dich hätte ich nicht überlebt. Siehst du das denn nicht?«

»Aber es wird eine Zeit kommen, wenn du mich nicht mehr brauchst«, sagte Ruby. »Und was dann?«

In jener Nacht fand Charlotte keinen Schlaf. Laut auszusprechen, dass sie glaubte, dass ihre Eltern tot waren, fühlte sich wie ein Verrat an. Aber jetzt, wo sie es getan hatte, war es das Einzige, woran sie denken konnte. Jedes Mal, wenn sie die Augen schloss, sah sie Mamans Gesicht oder Papas. Sie streckten die Hände nach ihr aus, flehten sie an, sie zu retten, aber sie konnte nichts tun. Sie hatte ihre Chance gehabt, und sie war gescheitert. Sie begann zu weinen, und sobald sie einmal damit angefangen hatte, konnte sie nicht mehr aufhören.

Um kurz nach Mitternacht prallte etwas vom Rahmen ihres offenen Fensters ab. Sie schlüpfte aus dem Bett, starrte in den dunklen Innenhof hinunter und blinzelte ein paarmal, während sich ihre Augen an die Dunkelheit gewöhnten.

»Charlotte?« Die Stimme flüsterte, aber sie erkannte sie prompt.

»Lucien?«

»Du weinst ja«, erwiderte er.

Im Dunkeln konnte sie ihn kaum erkennen, worüber sie froh war, denn das hieß, dass er nicht sehen konnte, wie ihre Wangen loderten. »Es geht mir gut. Was tust du denn hier?«

Er beantwortete ihre Frage nicht. »Wir treffen uns an deiner Tür.«

Sie hörte ein Rascheln von unten, und dann war er verschwunden. Einen Moment lang war sie wie gelähmt. Er hatte sie noch nie so spät besucht, und mit Sicherheit nie, nachdem sie im Nachthemd war. Ruby würde wütend sein, wenn sie es herausfand. Aber Charlotte musste ihn sehen. Leise schlich sie zur Eingangstür der Wohnung.

Lucien stand bereits da, und als sie zur Seite trat, um ihn hereinzulassen, zog er sie in seine Arme. Er küsste sie zärtlich auf beide Wangen. »Du schmeckst salzig«, murmelte er.

»Was tust du denn hier, Lucien?«

»Ich habe dich gehört. Du hast traurig geklungen.«

»Aber warum warst du überhaupt unten im Hof?«

Anstatt sofort zu antworten, nahm er ihre Hand und führte sie leise in ihr Schlafzimmer. Ihr Herz hämmerte so wild, dass es fast aus ihrer Brust zu springen schien. »Ich bin oft im Hof, Charlotte«, sagte er, während er die Tür hinter ihnen schloss. »Um für deine und Rubys Sicherheit zu sorgen. Aber ich habe dich noch nie weinen hören.«

»Es geht mir gut«, murmelte sie.

Er zog sie in seine Arme. »Es ist okay, wenn nicht.«

»Ich will stark sein«, flüsterte sie. Aber jetzt, an seine Brust gedrückt, während sie seinen holzigen Geruch einatmete, konnte sie nur an das denken, was sie verloren hatte.

»Du *bist* stark«, erwiderte er sanft, während er sie noch näher an sich zog. »Was ist denn los?«

»Ich sollte nicht hier sein.«

»Mit mir?«, fragte er, während er ein wenig zurückwich.

»Nein«, sagte sie, während sie ihn festhielt. »Nein. Das habe ich nicht gemeint. Sondern dass meine Eltern vermutlich tot sind. Und irgendwie habe ich überlebt. Ich weiß nicht, wie ich damit leben soll.«

Er seufzte und legte sie sanft aufs Bett. Einen Augenblick lang war sie sich sicher, dass er sie küssen würde. Aber stattdessen legte er sich nur neben sie, seinen Körper an ihren gepresst. »Du *musst* damit leben«, sagte er nach einer Weile. »Denn wenn du nicht am Leben bist, will ich es auch nicht sein.«

»Aber ich habe zugelassen, dass meine Eltern abgeholt wurden…« Sie schluchzte wieder, und sie war dankbar für die Dunkelheit im Zimmer, denn sie wusste, dass ihre Tränen kein schöner Anblick waren.

»Du hättest nichts tun können.«

»Wie kann ich mir je verzeihen?«

»Es gibt nichts zu verzeihen. Der größte Wunsch deiner Eltern wäre es sicher gewesen, zu wissen, dass du frei bist.«

Danach gab es nichts mehr zu sagen. Charlotte wusste nicht, wie sie Luciens Worte glauben sollte, aber sie wollte es. Sie wollte sich selbst verzeihen. Sie wollte hoffen. Und vielleicht würde sie es eines Tages können. Aber im Augenblick war der warme Trost seines Körpers genug. Er hielt sie und strich ihr übers Haar, während sie in den Schlaf glitt. Das Letzte, was ihr bewusst war, war sein Kuss auf ihrer Stirn, lang anhaltend und tröstlich, mit dem er ihr lautlos sagte, dass trotz allem letztendlich alles gut werden würde.

Kapitel 30

November 1943

Es war ein kühler Herbstmorgen, und Thomas sollte helfen, zwölf Douglas-A-20-Boston-Bomber zu ihrem Ziel fünfundsechzig Kilometer südlich von Dünkirchen, Frankreich, zu eskortieren. Das Ungewöhnliche an dieser Mission war, dass Thomas und die anderen Spitfire-Piloten neben der Eskortierung der Bomber außerdem den Auftrag hatten, in die Nähe feindlicher Fliegerstützpunkte in Saint-Omer zu fliegen, um die Aufmerksamkeit von der Mission der Bomber abzulenken. Man hoffte, dass die Besatzer so beschäftigt mit der Jagd auf die Kampfflieger sein würden, dass sie die Bomben nicht bemerkten, die auf die von Deutschen betriebenen Munitionsfabriken in Nordfrankreich abgeworfen wurden, bis es zu spät war.

»Es ist gefährlich, Jungs«, hatte der Briefingoffizier ihnen unmissverständlich klargemacht. »Aller Wahrscheinlichkeit nach wird mindestens einer von euch heute abgeschossen werden. Wenn das passiert, ist es eure Pflicht, zu versuchen, euch einer Gefangennahme zu entziehen.«

Das alles wusste Thomas natürlich. Und es musste ohnehin nicht ausdrücklich erwähnt werden; es war schlichte Selbsterhaltung. Aber er wusste auch, dass das Netzwerk, das ihn einmal sicher aus dem Land und über die Pyrenäen geführt hatte, nicht mehr so effizient arbeitete; die britische Botschaft in Spanien hatte sie vor Monaten benachrichtigt, dass es in der Organisation einen Bruch gegeben hatte. Er fürchtete jeden Tag, dass Ruby bei den geheimen Polizeiaktionen, die auf die Festnahmen in Urrugne folgten, verhaftet worden war.

Aber was konnte er schon tun, außer weiterhin für die Alliierten zu kämpfen? Je früher sie den Würgegriff der Nazis um Frankreich lockern konnten, desto sicherer würde sie sein. Aber würde es zu spät sein? Er durfte sich nicht gestatten, über diese Option nachzudenken.

Nachdem er den Briefingraum verlassen hatte, stand er in der Schlange an, um seine Standard-Überlebensausrüstung ausgehändigt zu bekommen, die weiterentwickelter war als die, die er damals bei seinem Absprung über der französischen Wildnis gehabt hatte. Sie enthielt eine auf ein Seidentaschentuch gedruckte Karte von Frankreich, eine Handvoll Francs, ein paar Lebensmittel- und Wasserreinigungstabletten sowie zwei Hosenknöpfe, die zu einem Kompass zusammengesteckt werden konnten.

Die Ausrüstung sollte den Piloten das Gefühl geben, gut vorbereitet zu sein, aber Thomas wusste, dass am Boden – falls man überhaupt das Glück hatte, den Absturz zu überleben – alles passieren konnte.

Sie brachen um Mittag in Dreierformationen auf, schlossen sich über England drei anderen Schwadronen an und stiegen dann auf über 11 000 Fuß hoch, sobald sie die Küste von Dover hinter sich gelassen hatten. Über Calais lösten Thomas und ein paar andere sich von der Hauptgruppe, um in Richtung Saint-Omer zu fliegen. Thomas bereitete sich gerade auf einen möglichen Luftkampf vor – er entriegelte die Sicherungen der Bordwaffen, zurrte seinen Sicherheitsgurt fester und ging eine mentale Checkliste für Ausweichmanöver durch –, als eine angespannte Stimme über den UKW kam. »Banditen auf drei Uhr unten.«

Thomas fluchte, als mindestens ein Dutzend deutsche 109er aus den Wolken auftauchten.

»Angriff in Sektionen!«, brüllte der CO über den Funk.

Thomas holte tief Luft und schwenkte nach rechts ab, leitete einen Sturzflug ein. Es hätte Routine sein sollen, aber auf einmal hatte sein Cockpit Feuer gefangen. Er hatte nicht einmal gemerkt, dass er getroffen worden war, aber dort hinter ihm war das angreifende Flugzeug, bereits im Anflug, um erneut gegen ihn loszuschlagen.

Wie sich herausstellte, war das gar nicht nötig. Die Flammen breiteten sich rasch aus; die Treibstofftanks waren keine Minute davor, sich zu entzünden und das Flugzeug mitten in der Luft explodieren zu lassen. Thomas musste raus.

Er riss seine Sauerstoffmaske und den Funkstecker heraus und schob die Cockpithaube zurück. »Bitte, Gott«, murmelte er, während er sich losschnallte und an der Leine zog, um seinen Fallschirm zu öffnen. Einen Augenblick später sah er zu, wie sich sein lodernder Jet in Rauchschwaden von ihm löste, noch immer verfolgt von einem feindlichen Kampfflieger.

Sein Gleitflug zum Boden schien eine Ewigkeit zu dauern. Er landete mitten auf dem freien Feld, keine Menschenseele war weit und breit zu sehen. Rasch raffte er Fallschirm, Rettungsweste, Helm, Schutzbrille und Handschuhe zusammen und vergrub alles in der Erde, dann schälte er sich aus seinem Fliegeranzug und wendete ihn von innen nach außen, genau wie beim letzten Mal. Es gab noch immer keine Anzeichen dafür, dass er bemerkt worden war, daher zückte er das Seidentaschentuch mit der Landkarte und kam zu dem Schluss, dass Paris rund hundertvierzig Kilometer entfernt war. Ein dreitägiger Marsch, wenn er ein flottes Tempo beibehalten konnte. Er holte tief Luft, steckte seinen Kompass zusammen und begann, nach Süden zu laufen. Nach Paris. Zu Ruby. In die Zukunft.

Kapitel 31

November 1943

Als es im Herbst 1943 kühler wurde, wusste Ruby, dass sich zwischen Charlotte und Lucien irgendetwas entwickelt hatte. Es hätte sie wohl mehr beunruhigen sollen, vor allem da sie die Beschützerin des Mädchens war, aber Charlotte hatte ihr geschworen, dass sie nicht mit Lucien geschlafen hatte und das mit Sicherheit auch nicht tun würde, und Ruby glaubte ihr.

Aber nicht nur diese aufkeimende Beziehung machte Ruby Angst. Es war die Gefahr, die um sie alle herumzuwirbeln schien wie ein aufziehender Sturm. Und nachdem ihre Rolle im Untergrundnetzwerk beendet war, fühlte sie sich machtlos, irgendetwas dagegen zu unternehmen. Jedes Mal, wenn sie auf der Straße einem der Besatzer begegnete, durchzuckten sie Schuldgefühle. Sie sollte mehr tun, aber wie? Ihre einzige Mission war es jetzt, Charlotte zu beschützen, und sie hatte geglaubt, das nach ihrem besten Können zu tun. Aber irgendwann im Laufe der Zeit hatte sie vergessen, dass Charlotte vielleicht gar nicht mehr beschützt werden wollte.

»Du erstickst mich«, platzte das Mädchen eines Abends beim Essen heraus.

Ruby hielt inne, die Gabel auf halbem Weg zum Mund. »Ich ersticke dich?«

»Ich weiß, du sorgst dich um mich, aber ich kann meine

Tage nicht länger in dieser Wohnung eingesperrt verbringen, während die Welt sich ohne mich weiterdreht.«

»Es ist meine Pflicht, dich zu beschützen, Charlotte. Ich habe es deinen Eltern versprochen.«

»Ich weiß. Und du warst wundervoll, Ruby. Aber es ist an der Zeit, dass du anfängst, mich meine eigenen Entscheidungen treffen zu lassen. Ich bin kein Kind mehr.«

»Aber das bist du! Du bist nur ein Mädchen.«

Charlottes Wangen liefen rot an, und sie stand abrupt vom Tisch auf. »Bin ich *nicht!* Siehst du denn nicht, dass du genau dasselbe tust, was Monsieur Benoit dir angetan hat?«

Ruby starrte sie an. »Was?«

»Er hat sich geweigert, dich als das zu sehen, was du bist. Und du tust genau dasselbe. Du glaubst, du beschützt mich, aber du nimmst mir das Recht zu sein, wer ich bin.«

»Charlotte ...«

»Nein, bitte lass mich ausreden. Ich kann etwas tun, Ruby. Ich kann Lucien helfen; er hat angeboten, mir beizubringen, Dokumente zu fälschen. Ich habe das Gefühl, ich kann diesen Krieg nicht überleben, wenn ich einfach nur eine Gefangene in dieser Wohnung bin. Bis jetzt habe ich versucht, deine Wünsche zu respektieren, aber du musst mich gehen lassen. Du musst mich helfen lassen. Es ist das, was mir bestimmt ist; das weiß ich.«

»Aber du darfst nicht denken, dass ich so bin wie Marcel. Er hat sich geweigert, mich als ebenbürtig anzusehen. Er dachte, ich sei nichts.«

Charlotte schwieg, aber Ruby konnte den Vorwurf in ihrem Schweigen hören. Es tat weh, nicht zuletzt, weil es ein Körnchen Wahrheit enthielt.

»Ich habe nicht einen Moment geglaubt, dass du nichts bist, Charlotte«, sagte Ruby kurz darauf. »Ich weiß, dass du einfallsreich und schlau bist. Ich kann nur den Gedanken nicht ertragen, dass dir irgendetwas zustößt. Ich liebe dich, und ich versuche nur, dich zu beschützen.«

»Und das hast du getan. Du hast mir ein Zuhause gegeben. Ein Leben.« Charlotte hielt einen Moment inne und beugte sich vor. »Und dafür werde ich für immer in deiner Schuld stehen. Aber wenn wir die Finsternis besiegen wollen, müssen wir selbst den Weg zum Licht finden. Wir müssen unserem Herzen folgen und die Gefahr annehmen. Jetzt bin ich an der Reihe zu kämpfen. Bitte versuch, das zu verstehen.«

Ruby starrte das Mädchen lange an. Sie konnte bereits sehen, wie sie ihr entglitt, aber sie hatte es nicht mehr in der Hand. Das wusste sie jetzt. Sie sah sich selbst in Charlotte, und das machte ihr Angst. »Du musst mir versprechen, dass du nichts Törichtes tun wirst. Du darfst deine Deckung niemals aufgeben. Die Gefahr ist für dich so viel größer als für mich.«

Irgendetwas in Charlottes Miene veränderte sich, und Ruby wusste, dass das Mädchen verstand, dass sie sie gehen ließ. »Ich weiß«, flüsterte sie. »Aber verstehst du denn nicht? Genau deshalb muss ich helfen. Frankreich hat Leuten wie mir den Rücken gekehrt, aber ich kann Frankreich nicht den Rücken kehren. Ich glaube noch immer an das Gute der Menschheit. Ich glaube, dass sich etwas ändern wird, aber nur, wenn wir tapfer genug sind aufzustehen.«

»Und Lucien wird bei dir sein? Er wird da sein, um auf dich aufzupassen, wenn ich es nicht bin?«

»Lucien wird immer bei mir sein.«

Und so tat Ruby ihr Bestes, um Charlotte gewähren zu lassen, und in den nächsten paar Wochen wurde es ein bisschen leichter. Charlotte verschwand alle paar Tage für mehrere Stunden mit Lucien, und auch wenn Rubys Magen sich jedes Mal verkrampfte, während sie darauf wartete, dass das Mädchen nach Hause kam, wusste sie doch, dass es das Richtige war. Charlotte hatte eine neue Leichtigkeit an sich, und Ruby erkannte es als Zielstrebigkeit. Endlich tat Charlotte etwas dafür, sich selbst zu retten. Genau so hatte Ruby sich gefühlt, als sie begonnen hatte, für das Untergrundnetzwerk zu arbeiten.

Und obwohl Ruby auch besorgt war, Charlotte könnte inmitten von alledem das Herz gebrochen werden, hatte sie doch das Gefühl, dass Lucien nicht vorhatte, sie zu verletzen. Mehr als einmal hatte Ruby gesehen, wie sich Charlottes Augen wegen irgendetwas – meist einer Erwähnung ihrer Eltern – mit Tränen füllten, und Lucien war prompt an ihrer Seite, um sie zu trösten, noch bevor Ruby selbst reagieren konnte. Er war auf eine seltene und wundervolle Weise im Einklang mit ihr.

Ruby hatte sich in ihm getäuscht, und diese Erkenntnis erteilte ihr eine Lehre. Als sie Lucien das erste Mal gesehen hatte, war er ihr gefährlich erschienen, die Art Junge, vor dem ihre eigenen Eltern sie gewarnt hätten, als sie in Charlottes Alter war. Doch sie hatte gelernt, dass man ein Buch niemals nach seinem Umschlag beurteilen durfte. Lucien war mit Sicherheit ein weitaus besserer Mensch, als es Marcel gewesen war, und Ruby hatte alles stehen und liegen lassen und den Ozean überquert, um mit ihm zusammen zu sein. Was, wenn es die ganze Zeit einen Lucien gegeben hatte, genau vor ihrer Nase, und sie es einfach versäumt hatte, ihn zu sehen? Hätte ihr Leben dann eine andere Wendung genommen?

Aber so durfte sie nicht denken. Wenn sie einen anderen Weg eingeschlagen hätte, dann hätte sie Charlotte nie kennengelernt. Oder Thomas. Oder irgendeinen der Menschen hier in Paris, die sie stolz darauf gemacht hatten, für etwas Größeres als sich selbst zu kämpfen.

Der Herbst hatte die Bäume in die strahlenden Farben eines Sonnenuntergangs getaucht, und während Ruby an einem sonnigen Novembernachmittag in Richtung Seine spazierte, konnte sie fast glauben, dass das Leben normal war. Es war eine optische Täuschung, aber an Tagen wie diesem, wenn in den Wohnvierteln reges Treiben herrschte und es auf den Straßen nicht von Deutschen wimmelte, konnte sich Ruby vorstellen, dass das hier das Paris war, von dem sie geträumt hatte. Das hier war das Paris, von dem Hemingway eine Generation zuvor geschrieben hatte, das Paris, das sie aus weiter Ferne gelockt hatte.

Sie überquerte den Fluss beim Pont de l'Alma, staunte, wie sie es immer tat, darüber, wie der Eiffelturm auf der rechten Seite in den strahlend blauen Himmel schnitt, und ging die Avenue Bosquet hinunter. Sie bog links in die Rue Saint-Dominique und dann rechts in die Rue Amélie ein, mit der Absicht, nur einmal an dem alten Gebäude vorbeizugehen, wie sie es jeden Montag tat. Sie hatte die Hoffnung fast aufgegeben, Charlottes Eltern oder Thomas oder irgendeinen der anderen Piloten je wiederzusehen, aber aufzuhören würde heißen, sich geschlagen zu geben. Daher war es ein Teil ihrer wöchentlichen Routine geworden, rasch durch die schmale Straße zu laufen, die einst ihr Zuhause gewesen war, und nur kurz vor dem alten Gebäude stehen zu bleiben, um nach Anzeichen Ausschau zu halten, dass irgendjemand sie zu finden versuchte. Sie wusste nie, was genau sie eigentlich suchte: eine Nachricht, ein Taschentuch, an einen Balkon gebunden? Es war ein sinnloses Unterfangen, aber irgendwie tröstete es sie trotzdem. Während sie weiterging, sprach sie jedes Mal ein stilles Gebet für Charlottes Eltern, für ihr eigenes verlorenes Baby und für die Sicherheit all der Piloten, denen sie geholfen hatte, und an diesem Tag war es nicht anders. Tatsächlich war sie so sehr in ihre eigenen Gedanken versunken, dass sie fast nicht hörte, wie von der anderen Straßenseite ihr Name gezischt wurde.

»Ruby!« Da war es wieder, ein eindringliches Flüstern, das aus den Schatten eines Türeingangs auf der anderen Seite der schmalen Gasse kam. Sie wandte sich in die Richtung der Stimme um, während sie sich dafür verfluchte, dass sie so unbesonnen war, einfach so hierherzukommen. Sie könnte alles in Gefahr bringen. Sie ging ein paar Schritte rückwärts, machte sich darauf gefasst, hastig den Rückzug anzutreten.

Aber dann trat die Gestalt im Türeingang in das klare Nachmittagslicht, und sie blieb wie angewurzelt stehen. Der Mann im Schatten war schmaler als vor zwei Jahren, sein Gesicht düsterer, sein Blick eindringlicher. Aber sie hätte ihn überall erkannt. »*Thomas?*«

Er begann, auf sie zuzugehen, und im ersten Moment konnte sie sich nicht von der Stelle rühren. Es fühlte sich wie eine unmögliche Fata Morgana an. Ausgeschlossen, dass der gut aussehende Pilot wieder vor ihr stand, dieses perfekte Lächeln lächelte und sie mit einer Erleichterung und Zärtlichkeit, die ihm übers ganze Gesicht geschrieben standen, ansah. »Du bist es«, flüsterte sie, während sich ein warmes Glühen in ihrem ganzen Körper ausbreitete.

Aber dann schaltete sich der gesunde Menschenverstand ein, brachte sie zu sich und rief ihr in Erinnerung, wo sie waren – *wer* sie waren. Sie gab ihm rasch ein Zeichen, wieder in den Schatten zu verschwinden. Er hielt kurz inne und zog sich dann in den Türeingang zurück, in dem er gestanden hatte. Sie sah sich um; sie waren allein, aber für wie lange?

Sie überquerte rasch die Straße, und dann stand sie auf einmal wenige Zentimeter vor ihm. *Das konnte nicht wahr sein.* Sie wusste, dass sie ihn zu irgendeinem sicheren Ort bringen musste, aber in diesem Augenblick stand die Zeit still. Sie streckte eine Hand aus, um sein Gesicht zu berühren, und glitt mit den Fingerspitzen über die Stoppeln an seinem Kiefer. Sie sehnte sich danach, ihn zu küssen, sich in seine Arme fallen zu lassen, aber das konnte sie hier, in der Öffentlichkeit, nicht tun.

»Ruby«, murmelte er, und es war seine tiefe, vertraute Stimme – die, die sie eigentlich nie wieder zu hören erwartet hatte –, die sie schließlich mit einem Ruck in die Wirklichkeit zurückholte. Was, wenn er nicht genauso fühlte wie sie? Schließlich war es zwei Jahre her. In dieser Zeit konnte alles passiert sein. Die Tatsache, dass er zurückgekommen war, war nicht zwangsläufig ein Hinweis auf seine Gefühle; es konnte genauso gut sein, dass er einfach nicht wusste, wohin er sich sonst wenden sollte. Auf einmal verlegen, ließ sie die Hand wieder an ihre Seite sinken. »Thomas, was tust du denn hier?«

»Ich wurde vor ein paar Tagen über Saint-Omer abgeschossen. Ich bin gekommen, so schnell ich konnte.«

»Aber das Netzwerk ist aufgeflogen. Hast du nicht davon gehört?«

»Doch, aber ich musste dich sehen. Ich musste mich vergewissern, dass es dir gut geht.« Sein Lächeln schwand. »Aber bei deiner Wohnung hat niemand geöffnet, und ich begann schon, das Schlimmste zu befürchten.«

»Du warst besorgt um mich?«

Er ergriff ihre Hände, zog sie näher an sich. Er fühlte sich kalt an, und auf einmal durchzuckte sie der plötzliche, seltsame Gedanke, dass sie ihm gern ein warmes Bad einlassen würde. »Ruby, natürlich.«

»Aber warum?«

Er sah sie verwundert an. »Ich habe jeden einzelnen Tag an dich gedacht. Hast du auch an mich gedacht?«

»Ja«, flüsterte sie.

Sie starrten sich noch einen langen Moment an, und schließlich glaubte sie ihm. Das Unmögliche war geschehen; er war zu ihr zurückgekommen. Aber sie benahm sich unvorsichtig; ein ehemaliger Nachbar könnte sie erkennen, oder, noch schlimmer, ein Kollaborateur oder ein Deutscher könnte Thomas in seiner Uniform bemerken. »Komm mit«, brach sie abrupt das geladene Schweigen zwischen ihnen, während sie ihre Hände aus seinen löste. »Ich muss dich an einen sicheren Ort bringen. Bist du verletzt?«

»Nicht so schlimm wie letztes Mal.«

»Sehr gut.« Sie zwang sich, praktisch zu denken, ihre Gefühle beiseitezuschieben. Das Wichtigste war jetzt, ihn in Sicherheit zu bringen. »Wir werden ein Stück laufen müssen. Um zu meiner neuen Wohnung zu gelangen, müssen wir die Seine überqueren, was heißt, dass du auf offener Straße zu sehen sein wirst, und ich fürchte, deine Tarnung ist alles andere als sicher. Das heißt, anstatt beim Pont de l'Alma hinüberzugehen, werden wir uns durch Seitenstraßen nach Süden und dann nach Westen schlängeln und den Pont de Passy nehmen, um auf die andere Seite zu gelangen. Dort ist es weniger wahrscheinlich, dass wir auf Nazis stoßen, und es wird leichter sein, sich im Schatten zu halten. Okay?«

Er nickte und hörte aufmerksam zu, während sie ihm die Route erklärte, die ihr vorschwebte. Es würde eine halbe Stunde länger dauern, was hieß, dass er länger den Augen der Öffentlichkeit ausgesetzt sein würde, aber sie konnte ihn nicht durch eine Gegend führen, in der es von Deutschen nur so wimmelte.

»Sobald wir dort ankommen, musst du bis Einbruch der Dunkelheit in unserem Hof bleiben. Bei helllichtem Tag kann ich dich nicht in die Wohnung bringen, nur für den Fall, dass wir verfolgt werden. Ich kann Charlotte nicht in Gefahr bringen.«

»Deine Nachbarin? Die, deren Mutter ich geholfen habe?«

»Ja. Sie lebt jetzt bei mir.«

Er blickte grimmig. »Ihre Eltern sind nicht mehr da?«

»Vor über einem Jahr deportiert. Wir haben nichts mehr von ihnen gehört.«

»Ruby, es tut mir so leid.«

»Mir auch.« Sie ergriff seine Hand, hielt sie länger fest, als sie sollte. Was, wenn sie einfach nur eine Frau wäre, die mit dem Mann, den sie liebte, auf den schönen Straßen von Paris stand? Es war eine wundervolle Fantasie, aber sie könnte niemals wahr sein, nicht solange um sie herum der Krieg tobte. Sie ließ seine Hand los. »Wir müssen jetzt gehen, bevor uns irgendjemand sieht.«

Sie war sich seiner Gegenwart mehrere Schritte hinter sich deutlich bewusst, während sie die Rue de Grenelle in westlicher Richtung hinunterging. Sie schlängelte sich durch kleinere Seitenstraßen nach Südosten, bis sie das Champ-de-Mars und die École Militaire hinter sich gelassen hatten, zwei Orte, an denen es von Nazis oft wimmelte. Dann bog sie rechts und noch einmal rechts ab, während sie wieder den Weg zurück zum Fluss einschlug. Sie warf ein paarmal einen Blick zurück, erleichtert zu sehen, dass Thomas sich im Schatten hielt, den Kopf gesenkt. Ein paar Leute blieben stehen und starrten sie an, aber sie begegneten nur sehr wenigen deutschen Soldaten, und diese waren zu sehr in ihre eigenen Gespräche vertieft, um auf sie zu achten.

Als sie schließlich in die Rue de Lasteyrie einbogen, wies

Ruby mit einem Nicken auf den Eingang zum Hof und betrat das Gebäude selbst durch die Vordertür. Von ihrem Fenster aus sah sie zu, wie Thomas sich in den Schatten setzte, mit dem Rücken gegen die Hausmauer gelehnt. Er war hier; er war wirklich hier. Jetzt konnte sie nur noch warten.

Charlotte hatte eine Nachricht hinterlassen, dass sie an diesem Nachmittag ein paar Stunden mit Lucien verbringen würde, daher war Ruby allein in der Wohnung. Während sie darauf wartete, dass es dunkel wurde, zog sie sich um. Sie fühlte sich wie ein aufgeregtes Schulmädchen, während sie in ein Baumwollkleid schlüpfte, das sie seit über einem Jahr nicht mehr getragen hatte, und in einer kleinen Schachtel mit allem möglichen Krimskrams wühlte, bis sie einen letzten Rest roten Lippenstift fand, den sie nach Marcels Tod weggeräumt hatte.

Um halb sechs war es dunkel, und es klopfte leise an ihrer Tür. Als Ruby öffnete, stand Thomas da, seine Wangen rosig von der abendlichen Kühle. Einen Moment lang starrten sie einander einfach nur an, und dann hatte er die Arme um sie geschlungen, und seine Lippen lagen auf ihren. Ruby zog ihn in die Wohnung, fummelte an dem Schloss, und dann wurde sie auf einmal gegen die Tür gepresst, ihr ganzer Körper entflammt.

»Ich habe dich vermisst, Ruby«, murmelte er, während er sich zurücklehnte, um ihr in die Augen zu sehen.

»Ich dich auch.«

»Ich habe jedes Mal an dich gedacht, wenn ich über Frankreich geflogen bin.«

»Aber warum? Ich bin doch nur eine Frau, die dir vor langer Zeit einmal geholfen hat. Oder nicht?«

Er küsste sie wieder. »Du bist der Mensch, an den ich jedes

Mal denke, wenn ich losfliege. Du bist mein Glücksbringer. Ich habe die letzten zwei Jahre verbracht, ohne zu wissen, ob du tot oder am Leben bist. Jetzt hier vor dir zu stehen, fühlt sich wie ein Wunder an.«

»Ich denke auch ständig an dich, Thomas.« Sie wollte ihn zu ihrem Schlafzimmer führen, seinen Körper an ihrem fühlen, auf eine Art, die sie sich kaum vorzustellen wagte, aber Charlotte würde bald nach Hause kommen. Außerdem war Thomas seit Tagen unterwegs gewesen und von Schmutz verkrustet; sicher würde er sich erst einmal gern wieder wie er selbst fühlen. »Was hältst du davon, wenn du dich etwas frisch machst? Ich habe dir ein Bad eingelassen und etwas saubere Kleidung bereitgelegt.«

»Von deinem Mann?«

»Nein, ich habe nichts mehr von seinen Sachen. Ich habe jetzt immer etwas Ersatzkleidung da, falls Piloten zu mir geschickt werden.«

Sein Lächeln schwand, und er wich einen kleinen Schritt zurück. »Das heißt, es gab noch andere, denen du geholfen hast? Andere wie mich?«

»Thomas«, sagte sie leise und sah ihm in die Augen, »es gibt niemanden wie dich.«

Kapitel 32

November 1943

Während Thomas badete, ging Ruby in der Wohnung auf und ab. Sie konnte nicht aufhören, an das Gefühl seines Körpers zu denken, an die Art, wie sein Mund auf ihrem verweilt hatte.

Als er eine halbe Stunde später wieder zum Vorschein kam, frisch rasiert und in einer grauen Hose und einem weißen Hemd, sah er völlig verwandelt aus. Seine dunklen Haare waren noch immer feucht, lockten sich an den Spitzen und umrahmten sein gemeißeltes Gesicht perfekt.

»Du starrst mich ja an«, sagte er leise, während er sie lächelnd betrachtete.

Sie wandte den Blick verlegen ab. »Ich habe nur gedacht, dass es sich bestimmt schön anfühlt, nach deinem langen Marsch wieder sauber zu sein.«

»Oh, das ist alles, was dir durch den Kopf gegangen ist?« Sein Ton war leicht neckend.

»Vielleicht habe ich auch gedacht, dass du noch besser aussiehst, als ich dich in Erinnerung hatte.«

Sein Lächeln wurde breiter. »Also *hast* du an mich gedacht.«

»Die ganze Zeit.« Sie holte tief Luft. »Wir hatten im Januar einen Piloten hier, der sagte, er würde dich kennen. Jon Payne. Er wurde bald darauf in Urrugne verhaftet.«

»Ich habe von Urrugne gehört. Armer Payne. Er war hier?«

»Ich … ich konnte nicht glauben, wie erleichtert ich war, als er mir erzählte, dass du noch am Leben warst, Thomas. Ich konnte es unmöglich wissen, auch wenn ich dieses seltsame Gefühl hatte, dass ich es gespürt hätte, wenn du es nicht mehr wärst.«

Er trat noch näher auf sie zu, bis nur noch wenige Zentimeter sie trennten. Er strich mit dem Daumen über ihre Wange, als könnte er kaum glauben, dass sie echt war. »Und du warst weiter Fluchthelferin, Ruby?«

»Bis zu den Verhaftungen in Urrugne. Seit dem Winter sind wir inaktiv. Es tut mir sehr leid, Thomas; im Moment habe ich keine Möglichkeit, dich aus Frankreich herauszubringen.«

»Ich weiß.«

»Und du bist trotzdem zu mir gekommen?«

»Ich musste.«

Sie starrten sich einen Moment an. »Ich … ich nehme an, du könntest versuchen, dich allein durchzuschlagen, da du es ja schon einmal aus Frankreich herausgeschafft hast. Oder …« Sie hielt einen Moment inne und sah zu ihm auf, bevor sie den Blick wieder senkte. »Oder du könntest hierbleiben, bis wir einen sicheren Ausweg für dich gefunden haben.«

»Aber werde ich dich damit nicht in Gefahr bringen?«

Sie holte tief Luft und sah ihm in die Augen. »Es wäre jedes Risiko wert, dich einfach hier zu haben.«

»Im Ernst?«

»Aber vielleicht ist es töricht von mir, vorzuschlagen …«

Er wartete nicht ab, bis sie den Satz zu Ende führte. Er zog sie in seine Arme und bedeckte ihren Mund mit seinem. Als ihre Lippen sich begegneten, verspürte sie das plötzliche, seltsame Gefühl, als würde sie schweben. Er zog sie noch näher an sich, sein Körper presste sich an ihren, während seine

Zunge ihre Lippen sanft teilte. Ein leises Stöhnen entfuhr ihr, und er begann zurückzuweichen, aber sie hielt ihn am Kragen fest und zog ihn näher an sich. Sie wollte nicht, dass das hier endete. Niemals.

Aber dann hörten sie, wie die Wohnungstür auf- und wieder zuging, und sie lösten sich erschrocken voneinander.

»*Thomas?*« Charlotte stand im Türrahmen und starrte die beiden mit offenem Mund an. Lucien war hinter ihr, die Augenbrauen verblüfft hochgezogen.

»Äh, ja, hallo, Charlotte«, sagte Thomas, während er einen Schritt von Ruby zurückwich. »Wie schön, dich wiederzusehen.«

»Was tun Sie denn hier?«, fragte Charlotte.

»Meinst du nicht, wir sollten besser hineingehen, bevor uns irgendjemand sieht?« Lucien scheuchte sie ins Wohnzimmer und schloss die Tür. »Hallo«, wandte er sich an Thomas. »Ich bin Lucien, Charlottes Freund. Und Sie sind, wie es aussieht, Rubys Freund.«

»Ja, äh«, erwiderte Thomas auf Französisch, noch immer sichtlich bemüht, die Fassung wiederzugewinnen. »Freut mich, dich kennenzulernen. Ich bin Thomas.«

»*Der* Thomas?«, fragte Lucien. »Der Pilot?«

Thomas sah Ruby mit einer hochgezogenen Augenbraue an und lächelte. »Genau der.«

Lucien grinste. »Na dann! Willkommen zurück!«

Im Laufe der nächsten Wochen veränderte sich das Leben für jeden in der Wohnung in der Rue de Lasteyrie. Ruby war so glücklich wie noch nie. Sie war verliebt, und sie konnte den Gedanken nicht ertragen, Thomas noch einmal gehen lassen zu müssen. Aber sie wusste, dass Lucien Erkundigungen wegen möglicher Fluchtrouten einholte und dass Thomas, sobald sie eine gefunden hatten, wieder unterwegs sein würde. Jeder gemeinsame Tag konnte der letzte sein.

Sie hatten eine Routine entwickelt; morgens tranken Charlotte, Ruby und Thomas zusammen ihren schwachen Getreidekaffee und aßen dazu kleine Scheiben altbackenes Brot. Dann machte sich Ruby mit Lebensmittelkarten auf den Weg, und Charlotte zog mit Lucien los. Sie war jetzt offiziell seine Assistentin; sie kam jeden Tag spätnachmittags mit tintenverschmierten Händen nach Hause, nachdem sie den Tag damit verbracht hatte, Papiere für untergetauchte Juden und Mitglieder der Résistance zu fälschen.

Wenn Ruby von ihrem stundenlangen Schlangestehen nach Lebensmittelrationen zurückkam, klopfte sie immer dreimal gegen die Schiebewand in ihrem Schlafzimmer. Dann schlüpfte Thomas aus dem Wandschrank, hielt sich die Hände über den Kopf, während er herauskletterte, und lächelte dieses schiefe Grübchenlächeln, bei dem Rubys Herz jedes Mal dahinschmolz. »Was gibt's zum Abendessen?«, fragte er sie dann augenzwinkernd, und sie antwortete mit irgendetwas Albernem wie zum Beispiel: »Chateaubriand und Kaviar, natürlich.«

Die nächsten ein, zwei Stunden verbrachten sie damit, Händchen zu halten und zu reden, bis Charlotte nach Hause kam. Ruby konnte Thomas gar nicht genug Fragen stellen; sie wollte alles über ihn wissen. Und sie entzückte ihn, indem sie seine endlosen Fragen nach ihrem Leben beantwortete. Sie erzählte ihm von ihren Eltern, wie es gewesen war, in Südkalifornien aufzuwachsen, wie New York im Frühling war. Er wusste inzwischen, dass sie Pilze hasste und gebackene Birnen liebte, dass sie Big-Band-Musik Jazz vorzog, dass ihr Lieblingsfilm *Die Kameliendame* war und dass sie manchmal Albträume hatte, wie sie vom Rand einer Klippe in einen schwarzen Abgrund stürzte. Er wiederum redete von seiner Kindheit in London, den Spielen, die er mit seinen Schulkameraden gespielt hatte, und davon, wie er seine Mutter jeden Tag vermisste. Er erzählte ihr, wie es sich anfühlte, im winzigen Cockpit einer Spitfire 14 000 Fuß hoch in der Luft zu sein, wie verängstigt er war, als er seine Maschine das erste Mal mitten in der Luft überzog, wie ihn manchmal Schuldgefühle wegen der Deutschen plagten, deren Leben er ausgelöscht hatte.

Manchmal redeten sie überhaupt nicht und saßen nur auf der Couch; und dann landeten auf einmal seine Lippen auf ihren, und sie küssten sich, bis Charlotte nach Hause kam. Aber weiter als das ging es nie. Ruby hatte gelernt, auf ihr Herz achtzugeben, und auch wenn sie wusste, dass sie schon jetzt sehr verliebt in Thomas war, war sie besorgt, was passieren würde, wenn er gegangen war. Jetzt war nicht die Zeit für Tollkühnheit. Sein Leben lag, genau wie Charlottes, in Rubys Händen, und sie durfte nichts tun, um auch nur einen von ihnen in Gefahr zu bringen. Sie liebte sie beide zu sehr.

Doch am vierten Donnerstag im November änderte sich alles. Zu Hause in den Staaten war Thanksgiving, und Ruby fühlte sich den ganzen Tag niedergeschlagen, während sie an ihre Eltern, Tanten, Onkel, Cousins und Cousinen dachte, die ohne sie um den Esstisch versammelt saßen, sich bei den Händen hielten und vermutlich für sie beteten. Glaubten sie, dass sie tot war? Jetzt, wo die Vereinigten Staaten in den Krieg eingetreten waren, waren die amerikanischen Zeitungen voll mit Berichten über das, was hier geschah? Konnten sie sich vorstellen, was aus ihrem Leben geworden war? An einem Feiertag wie diesem hatte sie schreckliches Heimweh.

Die Schlangen beim Fleischer und Bäcker waren kürzer als für gewöhnlich, und Ruby kehrte über eine Stunde früher als erwartet zu ihrer Wohnung zurück. Charlotte war für den Tag außer Haus, und Thomas schien verblüfft, Ruby zu sehen, als sie an die versteckte Tür des Wandschranks klopfte. »Bist du nicht zu den Geschäften gekommen?«, fragte er, während er herauskletterte und ihr in die Küche folgte.

»Doch, das bin ich.« Sie zeigte auf die bescheidene Menge an Lebensmitteln, die sie auf den Esstisch gestellt hatte. »Ich dachte, ich könnte heute Abend versuchen, etwas Besonderes für uns zu kochen. Zu Hause in Amerika ist heute ein besonderer Feiertag.« Sie erzählte ihm, wie ihre Familie zu einem Truthahnbraten mit Cranberrysoße und Süßkartoffeln zusammenkommen würde. »Ich vermisse meine Familie schrecklich. Natürlich vermisse ich auch den Truthahnbraten. Würde das jetzt nicht wundervoll schmecken?«

Thomas zog sie in seine Arme. »Wir können unsere Fantasie spielen lassen. Wir werden ein Festmahl haben!«

»Ich habe tatsächlich noch ein paar Flaschen Wein. Vielleicht können wir heute Abend eine öffnen.«

»Das klingt wundervoll.« Er küsste sie lange und innig. »Die Kartoffeln sind unser Truthahn und dieses Brot hier die Cranberrysoße.«

»Eines Tages, wenn dieser Krieg vorbei ist, musst du zu einem richtigen Thanksgiving-Essen zu meinen Eltern nach Hause kommen.«

»Das würde ich sehr gern.« Thomas beobachtete sie aufmerksam, und ihre Wangen erwärmten sich.

»Entschuldige«, sagte sie. »Das … das hätte ich nicht sagen sollen. Ich weiß, dass wir nicht über die Zukunft reden.«

»Ich bin sehr froh, dass du es getan hast«, sagte Thomas nach einem Moment. Er zog sie näher an sich. »Ich hoffe, du weißt, Ruby, dass es immer mein Plan war, nach dem Ende des Krieges zu dir zurückzukommen. Seit wir uns zum ersten Mal begegnet sind. Ich werde zu dir zurückkommen.« Er hielt einen Moment inne und wartete, bis sie ihn ansah. »Wenn du es willst.«

»Natürlich will ich das«, flüsterte sie. »Aber ich will nicht, dass du dich verpflichtet fühlst.«

Er blickte verblüfft. »Verpflichtet? Ruby, ich liebe dich.«

»Wirklich?«

»Siehst du das denn nicht?«

Und dann, auf einmal, konnte sie es sehen. Sie hatte es wahrscheinlich die ganze Zeit gewusst, aber es war leichter, es nicht zur Kenntnis zu nehmen, die Augen nicht aufzuschlagen. »Ich liebe dich auch«, flüsterte sie.

»Gut.«

Als seine Lippen ihre berührten, fühlte sich sein Kuss anders an als zuvor. Er war zögernd, aber eindringlich, und sie konnte die Frage auf seiner Zunge schmecken. Sie drängte sich als Antwort nur noch enger an ihn.

Im nächsten Augenblick waren seine Hände unter ihrem Kleid, rau und warm an ihrer Haut. »Ruby?«, murmelte er, und sie verstand, dass er um Erlaubnis bat fortzufahren.

»Ja«, hauchte sie, und dann lag ihr Kleid in einem Haufen auf dem Küchenboden, gleich darauf gefolgt von seinem Hemd. Seine Hände waren überall auf ihrem Körper, und ihre Hände auf seinem, und es war anders als alles, was sie je zuvor erlebt hatte. Mit Marcel hatte es sich mit Sicherheit nie so angefühlt. Er hatte jedes Mal auf dieselbe rasche Abfolge von Berührungen zurückgegriffen, ein Tanz, der eindeutig einstudiert worden war, lange bevor sie auftauchte.

Mit Thomas hingegen fühlte sich alles neu an; es hatte nichts Überstürztes oder Geplantes an sich. Als er sie auf die Arme nahm und ins Schlafzimmer trug, fühlte sie sich so lebendig wie noch nie.

Sie liebten sich zweimal; das erste Mal drängend, das zweite Mal langsam und zärtlich, während sie sich in die Augen sahen. Und zum ersten Mal seit über drei Jahren rückte der Krieg in weite Ferne. Es spielte keine Rolle, dass Europa zerrissen wurde, dass Paris blutete. Nur noch das hier zählte.

Während sie danach in seinen Armen lag und auf seinen Herzschlag lauschte, kehrte die Wirklichkeit mit voller Wucht zurück. Charlotte würde bald nach Hause kommen und die Außenwelt mit sich hereinbringen. Thomas würde eines Tages – vielleicht sogar bald – gehen, und sie alle schwebten ständig in Gefahr. Wie sehr wünschte sie, sie könnte seine Hand nehmen und mit ihm hinausgehen, über die Brücken von Paris spazieren, durch die Parks und Museen schlendern, ihn vor den Augen der Öffentlichkeit küssen. Aber das war unmöglich, und bald würde sie den Kokon seiner Arme verlassen und wieder anfangen müssen, in der wirklichen Welt zu leben.

Aber im Augenblick kuschelte sie sich näher an ihn, atmete seinen Duft ein und gestattete sich, nur für einen Moment von einer Zukunft zu träumen, in der das hier ihre Wirklichkeit sein könnte.

Kapitel 33

Dezember 1943

Chanukka begann in jenem Jahr am 22. Dezember, und auch wenn eine Menora zu riskant war, leisteten Ruby, Thomas und Lucien Charlotte Gesellschaft, als sie am ersten Abend des Lichterfests eine einzelne weiße Kerze entzündete.

»Gelobt seist du, Ewiger, unser Gott, König der Welt, der uns geheiligt durch seine Gebote und uns befohlen hat, das Chanukkalicht anzuzünden«, rezitierte Charlotte feierlich, die Augen geschlossen, während die vier sich bei den Händen hielten. »Gelobt seist du, Ewiger, unser Gott, König der Welt, der Wundertaten vollbrachte an unseren Vätern in jenen Tagen zu dieser Zeit. Gelobt seist du, Ewiger, unser Gott, König der Welt, der uns leben ließ und uns erhalten hat und uns diese Zeit erreichen ließ.« Sie öffnete die Augen und sah mit einem halben Lächeln auf. »Vielleicht habe ich nicht alles ganz richtig gesagt. Mein Papa hat immer den Segen gesprochen.«

»Das war wunderschön, Charlotte«, versicherte ihr Lucien. »Wollen wir vielleicht auch ein Gebet für deine Eltern sprechen?«

Ihre Augen füllten sich mit Tränen, und sie nickte. Ruby wartete darauf, dass sie das Wort ergriff, aber stattdessen schloss das Mädchen die Augen und schwieg. Als sie sie wieder aufschlug, wirkte sie traurig. »Meine Gebete für sie waren in meinem Herzen. Gott weiß, worum ich gebeten habe.«

»Amen«, murmelte Thomas, und Ruby und Lucien taten es ihm gleich.

Sie versammelten sich jeden Abend, um wieder dieselbe Kerze anzuzünden, und am Fünfundzwanzigsten feierten sie auch zusammen Weihnachten. Es gab keine Geschenke, keinen Baum, kein Festmahl, aber die vier waren zusammen, und das war für Ruby das größte Geschenk, um das sie bitten könnte. Irgendwie waren sie eine Familie geworden, und auch wenn sie nie ein besonders religiöser Mensch gewesen war, spürte sie unwillkürlich, dass Gott bei ihnen war. *Gott ist gegenwärtig, wo immer Liebe gefunden werden kann*, pflegte ihre Mutter zu sagen.

Sie bezweifelte nicht, dass Thomas sie liebte und sie ihn, aber im Laufe der letzten Monate hatte sie verblüfft bemerkt, dass Lucien und Charlotte ebenso tiefe Gefühle füreinander hegten. Vor dem Krieg hätte sie gesagt, sie seien zu jung, um zu wissen, was Liebe war. Aber sie hatten beide so viel verloren und es geschafft, einander zu finden. Es gab Ruby ein Gefühl von Hoffnung, denn wenn ihr irgendetwas zustoßen sollte, dann würde Lucien Charlotte mit seinem Leben beschützen. Er war ein Überlebenskünstler, und er würde dafür sorgen, dass auch Charlotte lebte.

Das Jahr 1944 begann unter einem dunklen Schatten, auch wenn in ganz Paris das Gefühl herrschte, dass das Blatt sich allmählich wendete. Die Amerikaner waren inzwischen stark in den Krieg involviert, und Lucien brachte oft Nachrichten von verbotenen BBC-Sendungen, die von alliierten Siegen über die Deutschen und die Italiener sprachen. Berlin wurde regelmäßig bombardiert, informierte er sie, und die Deutschen wurden mit Sicherheit allmählich zermürbt. »Jetzt ist es nur noch eine Frage der Zeit«, sagte er immer wieder, während er Charlotte angrinste, und dann tauschten Ruby und Thomas besorgte Blicke. Zu glauben, dass das Ende des Krieges am Horizont heraufzog, war sicher verlockend, aber es fühlte sich nicht realistisch an. Noch nicht. Und Ruby hasste den Gedanken, dass Charlotte die falsche Hoffnung hegte, ihre Eltern könnten in ein paar Monaten wieder zu Hause sein.

Thomas verbrachte seine Tage weiterhin im Wandschrank versteckt und seine Nächte in Rubys Bett, aber es war offensichtlich, dass er allmählich unruhig wurde. Er hatte die Wohnung jetzt seit über zwei Monaten nicht mehr verlassen, aus Angst, Aufmerksamkeit auf sich zu ziehen, aber Ruby hatte ihn mehr als einmal dabei ertappt, wie er wehmütig aus dem Fenster starrte. Sosehr er sie auch liebte, ein Teil von ihm musste sich danach sehnen, in die Lüfte zurückzukehren.

Ein paar Tage nach Beginn des neuen Jahres stand Lucien kurz nach Morgengrauen mit grimmiger Miene vor ihrer Tür. »Ich bin nicht nur wegen Charlotte hier«, sagte er prompt, als Ruby die Tür öffnete, während sie ihren Morgenrock zuzog.

Ein Schauder lief Ruby über den Rücken, als sie zur Seite trat, um ihn hereinzulassen, und die Tür hinter ihm schloss. »Was ist passiert?«

Lucien räusperte sich, als würden ihm die Worte, die er sagen musste, in der Kehle feststecken. »Es heißt, dass es eine neue Fluchtroute gibt, Ruby. Diese hier geht nach Westen, zur Küste. Sie wird vom MI9 eingerichtet, dem britischen Geheimdienst. Es ist – es ist eine Möglichkeit, Thomas herauszubringen. Wenn du willst.«

Ruby antwortete nicht sofort. Natürlich wollte sie Thomas aus dem Land schaffen. Oder etwa nicht? Je früher er ging, desto sicherer würden sie alle schließlich sein. Ja, seine Flucht wäre mit Risiken verbunden, aber sie musste glauben, dass ein Netzwerk, das der MI9 aufgebaut hatte, so sicher wie möglich wäre. Er würde nicht mehr in einem versteckten Wandschrank schlafen oder in eine kleine Wohnung eingesperrt bleiben müssen, während die Welt sich ohne ihn weiterdrehte. Und er könnte wieder versuchen, etwas in diesem Krieg zu bewirken. Sie wusste, dass diese Dinge ihn sehr glücklich machen würden.

Aber er würde auch aus ihrem Leben verschwunden sein, ein Gedanke, der ihr das Herz zerriss. Auch wenn sie gewusst hatte, dass die Euphorie der vergangenen Wochen nicht anhalten konnte, war sie trotzdem nicht darauf vorbereitet, dass sie so abrupt endete. Er hatte versprochen, nach dem Ende des Krieges zu ihr zurückzukommen, aber was, wenn er die Flucht nicht überlebte? Was, wenn er in ein paar Monaten bei einem Luftkampf ums Leben kam? Was, wenn jemand kam, um Charlotte abzuholen, und Ruby bei dem Versuch, sie zu beschützen, starb? Was, wenn die Festnahmen vom letzten Januar letztendlich zurück zu ihr führten? Wenn ihre Wege sich jetzt trennten, gab es keine Garantie, dass sie ihn je wiedersehen würde. Aber sie hatte keine andere Wahl, und er auch nicht.

»Ruby?«, fragte Lucien in die Stille.

»Entschuldige.« Sie konzentrierte sich wieder auf den Jungen. Seine Augen waren voller Mitgefühl, und auf einmal wollte sie am liebsten weinen. Aber sie musste stärker sein. »Natürlich. Ich werde es ihm sagen. Danke.«

»Wenn du nicht bereit bist …« Luciens Stimme verlor sich.

»Aber das muss ich sein. Es ist nur zum Besten, oder?«

»Ja.«

Sie starrten sich einen Moment an. »Lass mich nachsehen, ob Charlotte schon angezogen ist. Und ich werde Thomas sagen, dass du hier bist.«

Als Lucien geklopft hatte, war Thomas zur Sicherheit rasch

in den versteckten Wandschrank geklettert. Daher schien es, als Ruby zurück in ihr Schlafzimmer ging, für einen Moment, als sei er bereits gegangen. Sie konnte den Abdruck seines Kopfes auf dem Kissen auf der rechten Seite ihres Betts noch immer sehen, die Stelle, wo er in die Decke gewickelt gewesen war, als er sie in der Nacht zuvor gehalten hatte. Sie seufzte und schüttelte den Kopf, bevor sie leicht an die Wand klopfte. »Thomas, Lucien ist hier. Du kannst herauskommen. Er hat für dich einen Weg nach Hause gefunden.«

»Du wirst heute Abend aufbrechen müssen«, sagte Lucien zehn Minuten später, während die vier mit düsteren Mienen im Wohnzimmer beisammensaßen. »Nicht weit von hier gibt es ein Bistro, wo einer der Leiter der Organisation dich verhören wird, um sicherzustellen, dass du auch wirklich ein RAF-Pilot bist.«

Thomas erwiderte verwirrt: »Wer sollte ich denn sonst sein?«

»Ein paar der Untergrundnetzwerke wurden von deutschen Spionen infiltriert. Sie müssen absolut sicher sein, dass du der bist, als der du dich ausgibst, bevor sie dich zur nächsten Station bringen.«

»Und wo ist das?«

»Das weiß ich nicht. Ich weiß nur, dass du nach Westen gehen wirst. Die Flucht wird hauptsächlich zu Wasser stattfinden, nicht zu Lande.«

Thomas war verwirrt. »Zu Wasser?«

»Über den Ärmelkanal. Nach dem, was ich gehört habe, wurde monatelang an diesem Plan gearbeitet. Aber du wirst einer der Ersten sein, die ihn testen. Ich habe mich für dich verbürgt, aber die beteiligten Männer kennen mich kaum. Daher werden sie dich selbst beurteilen müssen.«

»Natürlich«, murmelte Thomas.

»Ich, ähm, hatte gehofft, du würdest nichts dagegen haben, wenn Charlotte den Tag heute mit mir verbringt«, sagte Lucien, wobei er erst Charlotte und dann Ruby ansah. »Ich habe viel Arbeit zu erledigen, und ich könnte ihre Hilfe wirklich gebrauchen.«

Ruby lächelte ihn traurig an. Charlotte ging jeden Tag mit ihm fort; es bestand keine Notwendigkeit mehr, Ruby um Erlaubnis zu bitten. Aber sie verstand, was er sagte: Er versprach, dass die beiden Erwachsenen die Wohnung für sich allein haben würden. »Natürlich«, antwortete Ruby.

»Gut.« Lucien lächelte sie aufmunternd an. »Wir werden um fünf zurück sein, damit ich Thomas zu dem Bistro bringen kann.«

»Danke, Lucien.« Thomas stand auf und gab dem Jungen die Hand. Lucien erhob sich ebenfalls, und Ruby durchzuckte der seltsame, flüchtige Gedanke, dass sie fast Vater und Sohn sein könnten – oder wenigstens Brüder.

Charlotte stand auf und umarmte Thomas fest. »Es tut mir sehr leid, dich gehen zu lassen. Wir werden dich sehr vermissen.«

»Ich werde euch auch vermissen. Euch alle.« Ruby konnte Tränen in Thomas' Augen sehen, und der Anblick riss das Loch in ihrem Herzen noch weiter auf.

Charlotte gab Ruby einen raschen Kuss auf die Wange. »Geht es dir gut?«, flüsterte sie.

Ruby brachte nur ein Nicken zustande; zu sprechen hätte die Schleusen geöffnet.

Nachdem sie sich von Lucien und Charlotte verabschiedet und die Tür hinter ihnen geschlossen hatte, wandte sich Ruby langsam um. Thomas starrte sie mit einem traurigen Lächeln an. »Was?«, fragte sie.

»Ich habe nur gedacht, was für eine wunderschöne Zukunft wir vor uns haben«, sagte er. »Du und ich.«

Auf einmal strömten ihr die Tränen übers Gesicht. »Thomas, uns ist kaum der morgige Tag garantiert.«

Er trat ein paar Schritte auf sie zu und zog sie in seine Arme.

»Wir müssen es einfach glauben, Ruby. Wir müssen glauben, dass die Dinge genau so kommen werden, wie es ihnen bestimmt ist.«

»Aber wie?«

Er schwieg einen Moment. »Lass uns über das Leben reden, das wir haben werden«, schlug er vor. »Erzähl mir davon, wie es für uns in Kalifornien sein wird.«

Sie lehnte sich zurück, um sein Gesicht zu mustern. »Soll das heißen, du wirst mit mir nach Kalifornien kommen?«

»Es sei denn, du würdest lieber in Paris bleiben.«

Sie dachte darüber nach, und dann schüttelte sie den Kopf. Alles, wofür sie hierhergekommen war, gab es nicht mehr. Nur noch Charlotte war hier wichtig, und sie war zuversichtlich, dass sie, wenn Charlottes Eltern nicht zurückkehrten, das Mädchen nach dem Krieg offiziell adoptieren und mit ihm nach Amerika gehen könnte. »Nein. Aber was ist mit England?«

»Dorthin können wir auch gehen, wenn du das möchtest. Vielleicht eine Farm kaufen, aufs Land ziehen. Aber würdest du nicht lieber an einen Ort gehen, der nicht vom Krieg verwüstet ist?«

»Doch«, flüsterte Ruby.

»Werden deine Eltern mich mögen?«

Ruby lachte, während sie eine Träne fortwischte. »Sie werden dich lieben, Thomas. Du bist genau die Art Mensch, die sie sich immer als Sohn gewünscht haben.«

»Dann sag mir …«, er berührte sanft ihre Wange, »wo werden wir leben?«

Sie zögerte, denn von ihren Träumen laut zu sprechen, würde ihnen mit Sicherheit Unglück bringen. Aber was, wenn sie dadurch, dass sie ihnen eine Stimme gab, stattdessen wahr wurden? »Meine Eltern haben ein großes Stück Land in der Nähe von Lancaster«, sagte sie. »Es liegt etwa hundert Kilometer nördlich von Los Angeles.«

»Das heißt, wir werden mit den ganzen Filmstars Umgang pflegen? Cary Grant und Humphrey Bogart werden ein paarmal im Monat zum Abendessen vorbeikommen?«

»Wohl kaum! Es ist Welten entfernt von Hollywood. Aber es ist der schönste Ort, den du je gesehen hast. Meine Eltern leben am Rand eines riesigen Mohnblumenfelds.«

»Ich erinnere mich. Das Foto in deiner alten Wohnung. Das von dir in dem Feld, als du ein kleines Mädchen warst.«

»Ja. Die Mohnblumen blühen jedes Frühjahr, und es ist, als ob die ganze Welt auf einmal zum Leben erwacht. Manchmal, wenn ich hier einen Sonnenuntergang sehe, denke ich an zu Hause, denn die Farben sind genau dieselben: Rot-, Orange- und Gelbtöne in jeder Schattierung, die du dir vorstellen kannst. Es ist wirklich anders als alles, was du je gesehen hast.«

»Mohnblumen«, bemerkte Thomas und sah ihr in die Augen. »Du weißt, wofür sie stehen, oder?«

»Ja. Gedenken.« In Europa waren Mohnblumen nach dem Ersten Weltkrieg zu einem Symbol geworden, um Soldaten zu ehren, die im Kampf ihr Leben verloren hatten. Doch darüber wollte sie jetzt nicht nachdenken.

»›Auf Flanderns Feldern blüht der Mohn‹«, zitierte Thomas leise die Worte aus dem berühmten Gedicht von John McCrae. »›Zwischen den Kreuzen, Reihe um Reihe.‹«

»Mein Vater hat mir dieses Gedicht vorgelesen, als ich klein war«, sagte Ruby. »Er hat im Krieg gekämpft, und er hat einmal gesagt, dass er so gern auf unsere Felder hinaussieht und sich eine Parade seiner gefallenen Kameraden vorstellt. Aber für mich hatten die Mohnblumen immer eine andere Bedeutung. Als ich ein kleines Mädchen war, stellte ich mir vor, dass Feen zwischen ihnen lebten, und selbst als ich älter war, glaubte ich irgendwie an die Magie der Blumen. Das tue ich noch immer. Es ist ein ganz besonderer Ort. Meine Eltern sagten immer, wenn ich nach Hause kommen wollte, würden sie mir ein Stück von ihrem Land geben, auf dem ich mein eigenes Haus bauen könnte. Ich glaube, sie waren sehr enttäuscht, als ich stattdessen hierherzog. Aber es ist nicht zu spät, das nachzuholen.«

»Wir könnten zusammen ein Haus bauen.«

»Mit einer Veranda und Schaukelstühlen.«

»Und einem Kamin mit einem großen Feuer für die Abende, an denen es kalt wird.« Thomas hielt einen Moment inne. »Wird es in Kalifornien überhaupt kalt?«

»Manchmal ja.« Ruby lächelte. »Und wir würden in unserem Schlafzimmer große Fenster mit Blick über die Mohnblumenfelder haben.«

»Und jede Menge Platz für unsere Kinder, damit sie im Garten spielen können.«

Ruby hob eine Hand und berührte sein Gesicht. »Kinder?«

»Eines Tages will ich Kinder mit dir haben, Ruby. Wenn du es auch willst.«

»Natürlich will ich das.« Sie war sich nicht sicher, ob sie je glücklicher gewesen war als in diesem Augenblick.

»Und wenn Charlottes Eltern nicht zurückkommen«, meinte Thomas vorsichtig, »dann werden wir sie adoptieren.«

»Das würdest du tun?«

»Ohne zu zögern.«

Ruby lächelte. »Das heißt natürlich, dass wir vermutlich auch Lucien mitnehmen müssten. Wir werden alle glücklich und zufrieden bis ans Ende unserer Tage leben.«

Thomas zog sie an sich und küsste sie. »Wir werden alle glücklich und zufrieden bis ans Ende unserer Tage leben.«

An jenem Tag liebten sie sich dreimal. Sie sahen sich in die Augen, flüsterten von der Zukunft und gaben einander Versprechen, von denen sie beide wussten, dass sie sie vielleicht nicht halten können würden.

Am frühen Nachmittag schliefen sie ein, und um kurz vor vier wachte Ruby auf. Thomas hatte noch immer die Arme um sie gelegt, und seine Brust hob und senkte sich in einem leichten Rhythmus. Lange Zeit sah sie ihn einfach nur an und prägte sich die Form seines Kinns, die Farbe seiner Wimpern, das Sternbild aus Sommersprossen, die sein Schlüsselbein sprenkelten, ins Gedächtnis ein. »Ich werde dich wiedersehen«, flüsterte sie. »Das weiß ich ganz sicher.«

Um halb fünf weckte sie ihn, in dem Wissen, dass Charlotte und Lucien bald nach Hause kommen würden. Das Licht, das durchs Schlafzimmerfenster hereinströmte, färbte den Raum aprikosenfarben. Der Abend zog herauf, und die Zeit reichte nicht, um all die Dinge zu sagen, die sie sagen wollte, aber sie wusste, dass nie genug Zeit sein würde. Vielleicht fühlte es sich so an, jemanden zutiefst zu lieben: zu fühlen, dass es, egal wie viele gemeinsame Augenblicke man gewährt bekam, davon nie genug geben würde.

Thomas blinzelte, als er aufwachte, als würde er sich in Erinnerung rufen, dass es kein Traum war, und dann küsste er sie noch einmal, sanft und zärtlich. »Ich habe mir gedacht«, sagte er, »wir sollten auch einen weißen Gartenzaun haben. Ist das nicht typisch amerikanisch?«

Sie lachte. »Und vielleicht eine amerikanische Flagge, die in der Brise flattert.«

»Und eine britische Flagge.«

»Aber sicher.«

Sie lächelten einander an. »Erzähl mir mehr von den Mohnblumen«, bat er sie.

Während sie widerstrebend aufstanden und sich anzogen, tat Ruby genau das. Sie schilderte, wie die Mohnblumen den Wüstensonnenschein in sich aufsaugten und in der Farbe von Clementinen erblühten, so weit das Auge reichte. Sie erzählte ihm von dem zartvioletten Hügelklee, der tiefvioletten Lupine, den winzigen gelben Wildblumen und dem butterfarbenen Gelbmohn, die dort ebenfalls wuchsen, ein wogendes Feld von Wasserfarben, das sich bis zum Horizont erstreckte. Sie erzählte ihm von den Bergen in der Ferne und wie alles wie aus dem strahlend blauen Himmel gemeißelt aussah. »Es ist wie der Himmel auf Erden«, sagte sie abschließend. »Ich kann es kaum erwarten, wieder dort zu sein. Mit dir.«

Sie hörten Charlottes Schlüssel im Schloss, und Thomas zog sie ein letztes Mal an sich. »Danke«, sagte er. »Danke, dass du mir ein Bild der Zukunft gemalt hast. Es wird mir Kraft geben bis zu dem Tag, an dem ich dich wiedersehe.«

Als Charlotte und Lucien hereinkamen, beide mit Mienen des Bedauerns, dachte Ruby mit einem seltsamen Anflug von Hoffnung, dass das hier letztendlich vielleicht doch nicht so sinnlos war. Vielleicht war das hier der Grund für die Hölle, durch die sie alle gegangen waren. Vielleicht war das hier genau das Leben, das sie die ganze Zeit finden sollte.

Kapitel 34

Januar 1944

Den Schmerz in Rubys Gesicht an jenem Abend zu sehen, als sie sich von Thomas verabschiedete, war herzzerreißend für Charlotte. Schließlich war sie selbst verliebt, und sie konnte sich nicht vorstellen, gezwungen zu werden, Lucien gehen zu lassen. Seit sie selbst liebte, wusste sie, wie tief Rubys Gefühle für Thomas – und seine für sie – gingen. Tatsächlich fragte sich Charlotte jetzt, ob Ruby Marcel je wirklich geliebt hatte – oder ob sie lediglich einen Wunsch, dem Banalen zu entkommen, und ein Bedürfnis, gebraucht zu werden, mit echter Liebe verwechselt hatte.

Manchmal sind zwei Menschen füreinander bestimmt. So einfach war das. Und so brach Charlottes Herz ein klein wenig, während sie zusah, wie Thomas Ruby etwas ins Ohr flüsterte und diese etwas erwiderte. Charlotte konnte ihre Worte nicht hören, aber das musste sie auch nicht; sie wusste, dass sie auf ihre eigene Art »Ich liebe dich« sagten.

»Es ist Zeit«, sagte Lucien, nachdem die Zeiger auf der Uhr über fünf vorgerückt waren. Charlotte sah zu, wie Ruby und Thomas einen letzten schmerzerfüllten Blick tauschten und sich schließlich voneinander lösten.

»Danke«, sagte Ruby schlicht, während sie Lucien ansah, »dass du einen Ausweg für Thomas gefunden hast. Versprich mir, dass du dein Bestes tun wirst, um ihn zu beschützen.«

»Ich schwöre es bei meinem Leben«, antwortete Lucien feierlich, wofür Charlotte ihn umso mehr liebte.

Thomas wandte sich an Charlotte. »Pass gut auf Ruby auf, ja? Ich weiß, das habe ich schon einmal getan, aber ich muss dich jetzt wieder darum bitten.«

Charlotte streckte die Arme aus und nahm Thomas' Hände in ihre. »Sei unbesorgt. Konzentriere dich einfach darauf, sicher nach Hause zu kommen. Wir freuen uns darauf, dich wiederzusehen.«

Er küsste sie sanft auf beide Wangen, und dann wandte er sich noch einmal zu Ruby um. Sie sahen sich schweigend einen langen Moment in die Augen und beugten sich dann zu einem letzten Kuss vor.

»Leb wohl, Liebste«, sagte Thomas. »Wir werden uns bald wiedersehen.«

Ruby lächelte unter Tränen. »Denk immer an die Mohnblumen.«

Und dann, viel zu früh, verschwand er mit Lucien zur Tür hinaus, eine Mütze tief über die Augen gezogen. Er sah noch einmal zurück, und dann war er die Treppe hinunter verschwunden. Ruby und Charlotte hielten den Atem an, bis sie die Haustür auf- und wieder zugehen hörten.

Ruby unterdrückte ein Schluchzen. »Er wird wiederkommen«, sagte sie, während sie sich die Augen wischte. Dann fügte sie kaum hörbar hinzu: »Oder nicht?«

»Ich weiß, dass er nicht ruhen wird, bis er wieder mit dir zusammen ist«, sagte Charlotte über den Kloß in ihrer eigenen Kehle hinweg.

Aber trotzdem wurde ihr, während Ruby sich in ihr Schlafzimmer zurückzog und die Tür hinter sich schloss, schwer ums Herz. Nur Thomas' Rückkehr würde Ruby wieder zum Leben erwecken.

Charlotte saß noch immer wach auf der Couch, als Lucien vier Stunden später zurückkam. Er klopfte leicht an die Tür und schlüpfte lautlos in die Wohnung.

»Schläft sie?«, fragte er mit einem Nicken zu Rubys Tür.

»Ich glaube schon.«

Lucien seufzte. »Es ist erledigt. Jetzt ist er in den Händen des MI9 und seiner Verbündeten.«

»Meinst du, er wird es nach Hause schaffen?«

Lucien wandte den Blick ab. »Ich weiß es nicht. Das hier wird der allererste Versuch mit der neuen Route sein. Es war noch keine Zeit, mögliche Probleme zu klären.«

»Sag das nicht. Thomas zu verlieren, würde Ruby zugrunde richten.«

»Man hat monatelang an diesem Plan gefeilt. Ich denke, es dürfte alles gut gehen.«

»Danke, Lucien, dass du das tust.«

»Ich wäre gern deine Familie, Charlotte«, erwiderte Lucien sanft. »Und das macht Ruby auch zu meiner Familie. Ich würde alles für euch tun.«

Charlotte nickte, ihre Stimme zu erstickt, um etwas zu erwidern.

»Weißt du, ich werde dich immer beschützen. Egal was passiert.«

»Und ich werde dich beschützen.« Charlotte hatte gelernt, an ihre eigene Kraft zu glauben. Sie war kein kleines Mädchen mehr, das darauf warten musste, dass andere seinen Weg vorzeichneten. Sie hatte sich verwandelt in jemanden, auf den ihre Eltern, wie sie glaubte, vielleicht sehr stolz wären.

»Charlotte?«, sagte Lucien nach einem Moment. »Ich muss dich etwas fragen. Aber ich habe mir geschworen, dich nicht in Gefahr zu bringen.«

»Was denn?«

»Das neue Untergrundnetzwerk. Sie brauchen mehr Leute, denen sie vertrauen können. Ich habe ihnen von dir und Ruby erzählt, was ihr in der Vergangenheit schon getan und dass ihr die perfekte Wohnung habt, um Piloten Unterschlupf zu gewähren.« Er sah zu Boden und dann wieder zu Charlotte. »Sie wollen wissen, ob ihr beide es in Betracht ziehen würdet, auch für das neue Netzwerk eine sichere Wohnung zur Verfügung zu stellen.«

»Ja«, antwortete Charlotte, ohne zu zögern. Luciens Miene war besorgt, und Charlotte wusste, dass er seine Frage bereits bereute. Aber wieder mithelfen zu dürfen, würde Ruby einen Grund geben, jeden Tag aufzustehen.

»Bist du sicher? Es könnte gefährlicher sein als das letzte Mal. Die Nazis greifen hart durch.«

»Das ist ein Risiko, das ich bereitwillig eingehe. Und ich weiß, dass Ruby das genauso sehen wird.«

Kapitel 35

Januar 1944

Es waren noch fünfzehn andere Piloten – hauptsächlich Amerikaner, eine Handvoll Engländer – auf dem Weg in den Westen nach Saint-Brieuc, einer Gemeinde in der Bretagne, an einer Bucht gelegen, die auf den Ärmelkanal hinausging. Wie schon bei seiner letzten Flucht aus Paris bekam Thomas falsche Ausweispapiere und eine gefälschte Reisegenehmigung sowie andere Kleidung, um wie ein armer französischer Landarbeiter auszusehen. Die Kleidung aufzugeben, die er in Rubys Wohnung getragen hatte, war schmerzlicher, als er erwartet hatte; sie auszuhändigen fühlte sich an, als würde er sein letztes Stück von ihr hergeben. Aber das tat er ohnehin, indem er aus Paris floh, oder?

Die Männer wurden wahllos in Zweier- oder Dreiergruppen aufgeteilt und angewiesen, nicht miteinander zu sprechen. Sie fuhren getrennt zum Gare Montparnasse, nicht weit von Rubys alter Wohnung, und wurden ermahnt, Blickkontakt zu meiden, zu schweigen und sich schlafend zu stellen, wenn Zugpersonal durch ihr Abteil kam. Die vierhundert Kilometer lange Fahrt durch die französische Landschaft verlief ohne Zwischenfälle, und mehrere Stunden später verließen alle sechzehn Männer den Zug und wurden von Kurieren in Empfang genommen. Einige der Piloten wurden in Saint-Brieuc einquartiert, aber andere, darunter auch Thomas, wurden mit einem Regionalzug weiter nach Plouha geschickt, einer noch kleineren Stadt ein Stück weit die Küste hoch. Schließlich fand sich Thomas mit zwei amerikanischen Piloten auf dem winzigen Dachboden eines Bauernhauses anderthalb Kilometer landeinwärts wieder.

Stürme peitschten eine Woche lang über die Bretagne, und Thomas saß viele Stunden schweigend an dem kleinen Dachbodenfenster, das zufällig nach Osten, nach Paris, hinausging, und grübelte über Ruby nach. War sie in Sicherheit? Vermisste sie ihn? Hatte sie ernst gemeint, was sie über die Zukunft gesagt hatte, die sie sich nach dem Krieg zusammen aufbauen würden? Jeden Tag unterhielt er sich mit den anderen Piloten und mit ihren Gastgebern; er war der einzige der Flüchtlinge, der Französisch sprach, daher schlüpfte er wieder einmal in die Rolle des Dolmetschers. Jede Nacht lag er wach, starrte auf die niedrige Balkendecke, während der Wind ums Haus heulte, und dachte an Rubys Mohnblumenfeld.

Sie waren seit fast zwei Wochen in dem Bauernhaus, als ihre Gastgeberin, eine junge Frau namens Marie, eines späten Nachmittags auf den Dachboden kletterte und auf Englisch sagte: »Es ist Zeit.« Sie wandte sich an Thomas und bat ihn, für die anderen zu übersetzen, während sie den Plan rasch erläuterte. Sie würden warten, bis es völlig dunkel war, und dann würde sie die Piloten zu einem anderen sicheren Haus bringen. Später am Abend würden sie eine steile Klippe hinunter zu einer kleinen Bucht geführt werden, die zwischen den Felsen versteckt lag. Von dort würden sie von kleinen britischen Booten abgeholt werden, die sie über den Kanal bringen würden. »Gute Reise«, sagte Marie abschließend auf Englisch, wobei sie der Reihe nach jeden der Männer ansah.

Eine Stunde später führte sie sie über schlammige Felder und Landstraßen durch die Dunkelheit zu einem kleinen Cottage mit Blick über das mondbeschienene Wasser. Dort warteten bereits sechs Piloten, und die anderen, die in dem Zug aus Paris gewesen waren, trafen wenig später ein. Auch ein Russe und zwei Franzosen stießen zu ihnen, die alle ebenfalls auf der Flucht vor den Deutschen waren und die Reise mit ihnen zusammen antreten würden. Der Mann, der Thomas in dem Bistro in Paris verhört hatte – und der sich als Captain Hamilton vorgestellt hatte –, kam um kurz nach halb elf, um ihnen den Plan zu erläutern. Spätestens am Morgen, sagte er, wenn alles gut ging, würden die Männer wieder zu Hause sein. »Gebt mir eure Ausweise und alle persönlichen Dinge, die ein Hinweis auf eure Identität sein könnten«, sagte er abschließend.

Thomas reihte sich mit den anderen ein, um die letzten seiner Habseligkeiten auszuhändigen, und dann wartete er. Als Hamilton alles eingesammelt hatte, erklärte er ihnen knapp, wie es weitergehen würde. Sechs Helfer würden die Männer zu der Klippe führen, die Marie erwähnt hatte, und dann würden sie einer nach dem anderen das rund dreißig Meter tiefe Gefälle zum Strand hinunterrutschen, wobei sie möglichst wenig Lärm machen durften.

»Auf dem Weg dorthin müssen wir Felder durchqueren, die regelmäßig vom Feind patrouilliert werden«, ergänzte er. »Stellt euch darauf ein, ihn zurückzuschlagen, falls es dazu kommt. Wir dürfen die Mission nicht auffliegen lassen.«

Um kurz vor Mitternacht überquerten sie die Straße und bahnten sich einen Weg über ein mit Dornengestrüpp übersätes Feld. Die Männer waren angewiesen worden, völlig still zu sein und sich an den Händen zu halten, eine lautlose menschliche Kette zu bilden. Sie lösten sich voneinander, als sie die Klippe erreichten, und für einen Moment wurde Thomas von Übelkeit erfasst, während er dort am Rand von Frankreich stand und in die Schwärze hinuntersah. Die Brandung toste unter ihnen, laut und lechzend, und schäumende weiße Wellen schimmerten im Mondlicht. Es ging tief hinunter, und sobald er den Sprung gewagt hatte, würde es kein Zurück mehr geben.

Der Mann vor Thomas trat an den Rand der Klippe und verschwand in einem Gepolter fallender Steine. Dann war Thomas an der Reihe. Der Mann hinter ihm schob ihn sanft nach vorn, und Thomas holte tief Luft. Jetzt oder nie. Er schloss die Augen, und wie Captain Hamilton sie angewiesen hatte, legte er sich auf den Rücken und streckte die Beine aus, spannte die Füße an und stieß sich ab. Er stürzte die Klippe hinunter, und während Felsen seine Kleider zerrissen und seine Haut aufschürften, hielt er sich eine Faust an den Mund, um nicht laut aufzuschreien. Er landete mit einem dumpfen Aufschlag auf dem Strand; mit schmerzendem Rücken stand er auf und trat in den Schatten. Reid, einer der Amerikaner, die mit ihm in Maries Haus untergebracht waren, legte ihm eine Hand auf die Schulter und drückte sie kurz zum Zeichen der Bestärkung.

Sobald sie alle in der kleinen Bucht am Meeresrand kauerten, konnten sie nur noch warten. Captain Hamilton hatte sich nur vage darüber geäußert, wie es jetzt weitergehen sollte, aber Thomas war davon ausgegangen, dass bald Boote kommen würden, um sie abzuholen. Stattdessen wanderte der Mond höher, und die Flut stieg weiter an. Einer der Helfer sendete in Abständen von einer Minute ein Morsesignal in die Finsternis, zum Zeichen, dass sie bereit waren, aber niemand kam, und allmählich machte sich Thomas Sorgen, dass irgendetwas schiefgegangen war. Weiter im Westen waren die Bunker von Pointe de la Tour, einem Küstenstützpunkt, der von den Deutschen kontrolliert wurde, vor dem

Nachthimmel gerade noch zu sehen. Thomas begann, an der Durchführbarkeit dieses Plans zu zweifeln.

Aber schließlich, nach über zwei Stunden Warten, erschienen drei blasse Punkte am Horizont, die sich rasch auf sie zubewegten. Während sie näher kamen, erkannte Thomas, dass es hölzerne Brandungsboote waren, mit je drei Ruderern. Während sie lautlos in die Bucht glitten, tauschten die Männer an Bord der Boote einen Gruß mit Captain Hamilton und den Helfern. Sie steckten die Maschinenpistolen, die sie bei sich trugen, ein, bevor sie rasch einen großen Benzintank und sechs Koffer ausluden. »Los«, flüsterte Hamilton den Piloten zu und bedeutete dem Mann, der am nächsten beim Wasser stand, vorzutreten. Rasch kletterten die Flüchtlinge in die Boote, und bis Thomas sich umwandte, um zuzusehen, wie der Strand seinen Blicken entglitt, waren Hamilton und die anderen verschwunden, als wären sie einfach mit der Nacht verschmolzen.

Bald näherten sie sich einem Motorkanonenboot mit einem hölzernen Rumpf, einem MGB, das aus dem Nichts aufzutauchen schien. Die Männer wurden rasch an Bord gezogen und unter Deck gebracht und die Brandungsboote gesichert. Ein Motor erwachte tuckernd zum Leben, und dann ging es nach Norden, auf England zu, während die Klippen Frankreichs in der Finsternis hinter ihnen verschwanden.

Eine Kakofonie von Stimmen ertönte in der kleinen Kajüte, sobald der letzte Mann heruntergekommen war. Jubelschreie, Ausrufe des Staunens, fröhliches Wehklagen über die Schnittwunden, die sich viele von ihnen an Rücken und Beinen zugezogen hatten, als sie die Klippe zum Strand hinunterrutschten. Aber Thomas blieb still; er wusste, dass er überglücklich sein sollte, nach Hause zurückzukehren, doch mit jeder verstreichenden Sekunde konnte er nur daran denken, dass er sich immer weiter von Frankreich entfernte, immer weiter von Ruby, immer weiter von der Zukunft, nach der er sich so verzweifelt sehnte. Er wusste, dass er keine andere Wahl hatte, dass es der einzige Weg zurück zu Ruby war, nach England zurückzukehren und den Kampf wiederaufzunehmen, aber im Augenblick fühlte es sich an, als würde er den größten Fehler seines Lebens begehen.

Sechs Stunden später, als sie in den Hafen von Dartmouth einfuhren, stellten sich die anderen Piloten an der Spitze des Bootes auf, um zuzusehen, wie sie sich dem Land näherten. Nur Thomas wandte sich in die andere Richtung und sah nach Südosten, zu dem Land, das über den Kanal nicht mehr zu sehen war. »Ich werde zu dir zurückkehren«, flüsterte er in den Morgennebel. »Versprochen.«

Kapitel 36

Februar 1944

Die Tage ohne Thomas fühlten sich anfangs leer an, aber binnen einer Woche, nach mehreren Interviews mit MI9-Männern mit strengen Mienen, begann Ruby wieder, Piloten bei sich aufzunehmen. Die neue Arbeit hielt sie beschäftigt und davon ab, über all die entsetzlichen Dinge nachzugrübeln, die dem Mann, den sie liebte, zugestoßen sein könnten. Nachts weinte sie sich in den Schlaf, aber tagsüber setzte sie für Charlotte und Lucien eine fröhliche Miene auf. Morgens tat sie, als würde sie die besorgten Blicke der Piloten nicht sehen, die, über Nacht in der Wand versteckt, ihr Schluchzen gehört haben mussten.

Die Veränderungen in Paris, während der Winter sich hinzog, waren unmissverständlich. Die tadellos gekleideten Soldaten und einschmeichelnd höflichen Offiziere begannen zu verschwinden, ersetzt von schmuddeligen, ungehobelten deutschen Truppen. »Die anständigen Leute schicken sie jetzt an die Front«, bemerkte Lucien eines Tages. »Das ist ein gutes Zeichen. Das bedeutet, dass die Alliierten dabei sind, den Krieg zu gewinnen. Sie brauchen all ihre besten Männer für den Kampf.«

Und auch wenn Ruby Lucien glaubte, machte die Anwesenheit der weniger zivilisierten Soldaten ihre Lage zugleich schwieriger. Die Deutschen gingen bei ihren Repressalien immer grausamer und gewalttätiger vor. Immer häufiger wurden Franzosen unter dem Verdacht, Mitglieder der Résistance zu sein, aufgegriffen und binnen Stunden erschossen, ohne ordentlichen Prozess. Die Deutschen waren nervös, sagte Lucien, da sie allmählich die Kontrolle über Frankreich verloren. Doch Ruby sah nur, dass sie ihren Griff immer mehr verstärkten.

Am ersten Dienstag im Februar ging sie hinaus in die eisige Kälte, um sich wie immer für ihre Rationen anzustellen. Sie war mit ihren eigenen Lebensmittelkarten sowie ein paar von Luciens Fälschungen ausgestattet, die einzige Möglichkeit, um für Charlotte und die Piloten ausreichend Essen zu besorgen. Es war natürlich riskant, die gefälschten Karten zu benutzen, aber es war eine Notwendigkeit, an die sie sich gewöhnt hatte.

An diesem Tag jedoch war irgendetwas anders, irgendetwas Unheilvolles lag in der Luft, und Ruby spürte es, kaum dass sie ihren Platz in der Schlange eingenommen hatte. Während die Frauen um sie herum die Hände aneinanderrieben, um sich zu wärmen, und ihr Atem Wolken in der Luft bildete, näherten sich zwei deutsche Soldaten von hinten und zwei von vorn. Das banale Geschwätz – über das eisige Wetter, ungezogene Kinder, die bittere Kohleknappheit – verstummte, als die Deutschen begannen, die Schlange abzulaufen und jeder Frau ins Gesicht zu sehen. Ruby hielt den Atem an, während sie mit großem Interesse den Boden betrachtete. Was, wenn sie ihretwegen hier waren? Was, wenn ihre Arbeit für die Résistance sie letztendlich eingeholt hatte?

Einer der Deutschen blieb vor ihr stehen und streckte eine Hand aus, um ihr Kinn anzuheben. Sein Lederhandschuh fühlte sich seltsam warm an ihrer eiskalten Haut an, während er ihren Kopf hin und her drehte, als würde er ein

Stück Vieh mustern. Er hatte blaue Knopfaugen, buschige schwarze Augenbrauen und einen Mund, der zu klein für sein Gesicht aussah. »Sie da«, sagte er auf Französisch mit starkem Akzent. »Ihren Ausweis.«

Ruby konnte die Blicke der anderen Frauen auf sich spüren, und für einen Moment war sie wie erstarrt.

»*Schneller!*«, brüllte der Deutsche nach nur wenigen Sekunden.

Ruby wühlte in ihrer Handtasche und zückte ihren Ausweis, den echten, der sie als Ruby Benoit identifizierte. Der Deutsche starrte das Dokument einen Moment an und sah sie dann mit zusammengekniffenen Augen an. »Rühren Sie sich nicht.«

Er entfernte sich ein paar Schritte zu den anderen Deutschen, und während sie sich mit gedämpften Stimmen beratschlagten und ihre Papiere untersuchten, begannen Rubys Knie zu zittern. Die anderen in der Schlange waren von ihr abgerückt, als sei das, was mit ihr passierte, ansteckend. Ein paar verließen die Schlange ganz und verschwanden in Seitengassen, solange die Soldaten ihnen den Rücken gekehrt hatten.

Schließlich kam der Deutsche mit den Knopfaugen wieder und hielt ihr die Papiere hin. »Was haben Sie hier zu schaffen?«

»Ich stelle mich nach Gerstenmehl an«, brachte sie zustande.

»Kennen Sie eine Adèle Beauvais?«

Der Name sagte ihr überhaupt nichts. War es jemand aus dem Untergrundnetzwerk oder lag hier lediglich eine Verwechslung vor? »N-nein.«

»Sie ist nicht Ihre Schwester?«

»Nein. Ich habe nie von ihr gehört. Ich schwöre es.«

Er hob wieder ihr Kinn und hielt es fest, während er ihr in die Augen sah. Sie weigerte sich zu blinzeln, vor ihm irgendeine Schwäche zu zeigen.

»Na schön«, sagte er schließlich. Er wandte sich um und bellte den anderen Deutschen etwas zu, bevor er sich noch einmal zu ihr umdrehte. »Wenn ich feststelle, dass Sie lügen, werde ich Ihnen sehr gern persönlich eine Kugel in den Kopf jagen.«

Dann wandte er sich scharf auf dem Absatz um, gefolgt von den anderen drei Deutschen. Einen halben Block weiter stiegen sie in einen Wagen und waren verschwunden. Schwer keuchend brach Ruby auf dem Gehsteig zusammen. Nur eine der anderen Frauen in der Schlange, die alt genug war, um Rubys Mutter zu sein, kam ihr zu Hilfe.

»Wenn Sie diese Adèle Beauvais kennen, sollten Sie ihr vielleicht sagen, dass sie verschwinden soll, solange sie noch kann«, meinte die Frau, während sie Ruby hochhalf.

»Aber ich habe nie von ihr gehört.«

»Meine Liebe«, erwiderte die Frau sanft, »ich kann an Ihrem Gesicht ablesen, dass Sie nicht so unschuldig sind, wie Sie die Deutschen glauben machen wollen.«

Ruby öffnete den Mund, um es abzustreiten, aber dann drückte ihr die Frau ein Päckchen in die Hand. »Hier. Meine Eier und mein Fleisch. Gehen Sie jetzt nach Hause, bevor der Tag noch schlimmer für Sie wird. Das eben war knapp.«

»Aber …«

»Nehmen Sie es. Und falls Sie gegen die Deutschen arbeiten«, fügte sie im Flüsterton hinzu, »dann haben Sie vielen Dank. Vive la France.« Sie kehrte Ruby den Rücken, während sie ihren Wollmantel fester um sich zog. Schließlich verließ Ruby die Schlange und schlug den Weg zurück zu ihrer Wohnung ein, verfolgt von dem Schicksal, das sie durch Zufall gefunden haben könnte.

»Vielleicht sollten wir aufhören«, meinte Ruby an diesem Abend, während sie und Charlotte allein in der Küche beim Essen saßen. Sie versteckten im Moment keine Piloten, und Lucien war bei einem Treffen, daher waren sie nur zu zweit. Ruby hatte ihr erzählt, was an diesem Tag passiert war und wie sehr es sie erschüttert hatte. »Es wird allmählich immer gefährlicher.«

»Aber wenn wir aufhören zu kämpfen, dann haben wir schon angefangen zu verlieren. Wir müssen bis zum Schluss dabeibleiben.«

»Ja, ich weiß. Aber das heute hat mir einen Riesenschrecken eingejagt. Wenn die Deutschen das nächste Mal kommen, könnte es unseretwegen sein. Als deine Eltern dich bei mir zurückgelassen haben, sind sie nicht davon ausgegangen, dass ich dich in den Kampf um Frankreich einschleusen würde.«

»Du hast mich nirgends eingeschleust. Ich hätte meinen Weg in die Résistance auch allein gefunden. Und überhaupt, meine Eltern hätten sich nicht vorstellen können, wie sich die Welt verändern würde. Mein Vater hat unsere Wohnung vor eineinhalb Jahren in der Annahme verlassen, dass die Polizei ihn gehen lassen würde, da es das Richtige sei. Er war ihm nicht gestattet, lange genug hierzubleiben, um seine Meinung zu ändern. Aber das hätte er getan, Ruby. Er hätte die Notwendigkeit erkannt, den Kampf aufzunehmen. Ihm war nur noch nicht klar, was mit seiner geliebten Stadt passieren würde.«

»Aber das Risiko …«, begann Ruby.

»Das gehört dazu«, entgegnete Charlotte entschieden. »Nichts Großes passiert ohne Risiko.«

»Ich weiß. Ich werde nur das Gefühl nicht los, dass das Glück uns allmählich verlässt.«

Im Laufe der nächsten Wochen kamen und gingen die Piloten wie eine stete Flut. Refilwe und Poloko, zwei Männer aus Südafrika, die sowohl wegen ihres Akzents als auch wegen ihres Aussehens auffielen. Sie waren zwei der höflichsten Piloten, die Ruby je aufnahm, aber sie war trotzdem froh, als sie nach nur zwei Tagen wieder gingen, denn es wäre schwieriger gewesen, sie als Franzosen auszugeben, wenn die Behörden nach ihnen gesucht hätten. Sie beherbergten einen Piloten namens Travis aus Neuseeland, über dessen entzückenden Akzent Charlotte kichern musste, und einen Mann namens Raymond aus Worthington, Ohio, dessen Schwester zur selben Zeit wie Ruby in New York auf die Universität gegangen war. Howie aus Topeka blieb fast eine Woche bei ihnen; abends übte er geduldig mit Charlotte englische Verbkonjugationen, und morgens trank er mit Ruby in geselligem Schweigen wässerigen Ersatzkaffee. Terence aus Liverpool war besorgt, ob seine Verlobte Elizabeth ihm treu bleiben würde, während er nicht da war. »Sie hat ellenlange Beine«, sagte er mehr als einmal, »und ich glaube nicht, dass den anderen Männern das entgeht. Sie flirtet ständig, aber sie schwört, dass sie mich liebt. Meinen Sie, sie sagt die Wahrheit?«

Marcus aus Arlington, Texas, war verwirrt davon, dass Ruby und Charlotte Teil des Netzwerks waren. »Aber ihr seid Frauen«, sagte er verdutzt. »Das ist eine gefährliche Arbeit, was heißt, dass sie von Männern erledigt werden sollte.« Trotzdem bedankte er sich überschwänglich für ihre Gastfreundschaft und war nie unhöflich, aber Ruby war trotzdem froh, ihn los zu sein, als Laure – die ebenfalls für den MI9 arbeitete – ihn abholte. Ernest aus Spring Gully, South Carolina, hatte einen solch starken Südstaatenakzent, dass Ruby ihn kaum verstehen konnte, und Joseph aus Brockton, Massachusetts, bekam Fieber und murmelte zwei Tage ununterbrochen von einer Frau namens Catherine, die er die Liebe seines Lebens nannte. Zum Glück kam er am dritten Tag aus seinem benebelten Zustand zu sich und war am vierten reisefähig, nachdem er unter Rubys besorgter Aufsicht die Krankheit ausgeschwitzt hatte.

Alle Piloten brachten willkommene Neuigkeiten von alliierten Siegen und sprachen von der Hoffnung, dass der Krieg bald vorbei sein würde. Die Deutschen wurden an jeder Front zurückgedrängt. »Frankreich wird jetzt jeden Tag befreit werden«, meinte ein Pilot namens Tom Trouba aus St. Louis Ende Februar zuversichtlich. »Warten Sie nur ab. Spätestens am Ende des Jahres wird der Krieg vorbei sein.«

Am nächsten Tag brach er mit Laure auf, und Charlotte und Ruby waren wieder allein. Charlotte zog am späten Vormittag los, um Lucien zu treffen, und nachdem Ruby die Lebensmittelkarten dieses Tages eingetauscht hatte und nach Hause zurückgekehrt war, setzte sie sich ins Wohnzimmer und genoss die seltene Stille. Sie hatte sich in den letzten paar Wochen nicht wohlgefühlt, was sie der trüben Winterstimmung und ihrem ständig flauen Gefühl im Magen vor Sorge um Thomas' Sicherheit zuschrieb. Aber heute, zum ersten Mal seit Wochen allein, hatte sie Zeit, um wirklich darüber nachzudenken, wie sie sich gefühlt hatte und wann die Symptome zum ersten Mal aufgetreten waren. Während sie in der Stille auf der Couch saß, mit rumorendem Magen, ging ihr auf einmal etwas durch den Kopf: Ihre Blutung war seit Dezember ausgeblieben. Seit über zwei Monaten. »O mein Gott«, sagte sie laut.

Und auf einmal wusste sie es. Das flaue Gefühl. Der Appetitmangel, selbst wenn sie am Verhungern hätte sein müssen. Das Anschwellen ihrer Brüste, selbst während ihr Bauch flacher wurde. Genau wie beim letzten Mal.

Sie war schwanger. Die Erkenntnis traf sie wie ein Blitz, und sie wusste nicht, ob sie entzückt oder entsetzt sein sollte. Davon hatten sie und Thomas gesprochen, das Leben, das sie zusammen geplant hatten, aber sie war nicht bereit dafür, dass die Zukunft schon jetzt begann. Andererseits, was, wenn die Piloten recht hatten und der Krieg tatsächlich bald vorbei war?

Sie trug Thomas' Kind in sich. Der Gedanke hallte immer wieder in ihrem Kopf nach, wie ein Lieblingslied, beschwichtigte und begeisterte sie. Das hieß, dass ein Teil von ihm noch immer hier war. Aber sie hatte das erste Baby verloren – was, wenn sie dazu verurteilt war, erneut eine Fehlgeburt zu erleiden? Dieses Baby zu verlieren, könnte sie vollends zugrunde richten. Sie verspürte ein plötzliches, verzweifeltes Bedürfnis, das Leben in sich um jeden Preis zu beschützen. Aber wie sollte sie ein gesundes Kind zur Welt bringen, wenn sie selbst kaum überleben konnte?

Die nächsten paar Stunden saß sie da, die Hände auf ihren Bauch gelegt, und stellte sich eine Zukunft mit Thomas und dem gemeinsamen Kind vor. Sie wusste – mit derselben Gewissheit, mit der sie gewusst hatte, dass ihr erstes Baby ein Junge sein würde –, dass dieses Kind ein kleines Mädchen sein würde. Sie konnte Thomas sehen, wie er lachend seine Tochter, ein Mädchen mit geflochtenen Zöpfen, durch die Mohnblumenfelder jagte, der Himmel klar und blau und vollkommen über ihnen. Ruby würde von der Veranda aus zusehen, das Herz von Freude erfüllt, während sie dachte, wie weit sie gekommen waren. Der Krieg wäre vorbei, die Welt wieder in Ordnung sein, und alle, die sie liebte, wären in Sicherheit. Auch Charlotte wäre da, säße neben ihr in einem Schaukelstuhl, endlich beschützt vor all den Mächten, die ihr etwas antun könnten.

»Alles in Ordnung?« Charlottes Stimme riss Ruby irgendwann später aus dem Schlaf. Sie konnte sich nicht erinnern, eingenickt zu sein, aber es war dunkel.

»Oh, ja«, antwortete Ruby, während sie sich mühsam aufsetzte. »Ich muss nur müder gewesen sein, als ich dachte.«

Charlotte legte die Stirn in Falten. »Geht es dir gut?«

»Ja.«

Auf einmal wurde Ruby bewusst, wie viel älter Charlotte in letzter Zeit aussah. Sie war jetzt fünfzehn. Das unschuldige Mädchen, das Ruby vor fast fünf Jahren kennengelernt hatte, war verschwunden, ersetzt von einer jungen Frau. Würden Charlottes eigene Eltern den Menschen überhaupt erkennen, der ihre Tochter geworden war?

»Gibt es irgendetwas, worüber du reden möchtest?«, fragte Charlotte, während sie sich neben Ruby setzte.

Diese senkte den Blick und schüttelte den Kopf. Als sie wieder aufsah, starrte das Mädchen sie noch immer wissend an. Charlotte sah zu Rubys Bauch, und Ruby stellte verblüfft fest, dass ihre eigenen Hände dorthin zurückgekehrt waren, offenbar von selbst, als könnte sie das Baby vor allem Bösen in der Welt beschützen.

»Du bist schwanger, stimmt's?« Charlottes Stimme war sanft.

»Was?«

»Du bist schwanger.«

»Mir … mir war es bis vor ein paar Stunden selbst nicht bewusst«, erwiderte Ruby mit zitternder Stimme. »Woher wusstest du das?«

Charlotte sah sie traurig an. »Weil du friedlich bist. Genau wie du es das letzte Mal warst. Es ist …« Sie hielt inne, suchte nach den richtigen Worten. »Es ist, als ob es egal ist, was um dich herum vor sich geht. Du bist einfach nur ruhig.«

»Ruhig«, wiederholte Ruby. Und so unlogisch es auch klang, verstand sie doch, was Charlotte meinte. Im Laufe des letzten Monats hatte sie gespürt, wie sich ihre Energie nach innen verlagerte. Sie hatte sich weniger um die Piloten und das Kriegsgeschehen gesorgt und sich mehr auf die Erinnerungen konzentriert, die sie mit sich herumtrug, als würden sie ihr ein Mittel zum Überleben bieten. Jetzt erkannte sie, was Charlotte bereits gesehen hatte – dass sie ein Nest gebaut hatte, bevor sie überhaupt wusste, dass es eine Notwendigkeit dafür gab. »Ich habe große Angst, Charlotte«, gestand sie nach einem Moment. »Was, wenn ich dieses Baby auch verliere?«

»Das wirst du nicht.«

»Woher willst du das wissen?«

»Ich weiß es einfach. Das hier ist dir bestimmt, Ruby. Es ist dir bestimmt, ein Kind mit Thomas großzuziehen.«

Ruby lächelte halb. »Du verurteilst mich nicht dafür, dass ich… mit ihm geschlafen habe?«

»Natürlich nicht! Du würdest ihn doch auf der Stelle heiraten, wenn du könntest, oder?«

Vor ihrem geistigen Auge sah Ruby eine Kirche irgendwo – vielleicht in England, vielleicht in Kalifornien –, ein weißes Kleid und Thomas, der groß und gut aussehend in einer RAF-Galauniform am Altar stand und auf sie wartete. Ihr Lieblingsliebeslied, »Cheek to Cheek«, würde danach gespielt werden, während all ihre Liebsten feierten, und sie würden einander halten und bis spät in die Nacht hinein tanzen. »Ja, das würde ich.«

»Dann weiß Gott, was du fühlst. Dieser Krieg hat die Welt von Grund auf verändert. Aber das Wichtigste in unserem Leben ist immer noch in uns, oder? Was zählt, ist das, was in deinem Herzen ist.«

»Wie bist du nur so weise geworden?« Auf einmal waren Rubys Augen feucht.

Charlotte beugte sich vor und küsste Ruby auf die Wange, dann legte sie eine Hand sanft auf den Bauch ihrer Freundin. »Jemand, den ich sehr liebe, hat mir ein gutes Beispiel gegeben.«

»Du darfst es niemandem sagen, Charlotte. Nicht einmal Lucien. Ich … ich will nicht, dass es irgendjemand erfährt, bevor ich es Thomas gesagt habe.«

»Dein Geheimnis ist sicher … zumindest bis dein Bauch zu wachsen beginnt. Aber vielleicht wird der Krieg bis dahin vorbei und Thomas zurückgekehrt sein.«

Dann klopfte es an der Tür, und Charlotte ging, um durch das Guckloch zu spähen. »Wieder ein Pilot«, sagte sie, und Ruby nickte und wischte ihre Tränen fort.

Sie holte tief Luft und stand auf, bereit, den neuesten Flüchtling willkommen zu heißen. Ihre Arbeit musste weitergehen. Es war ihre Pflicht, alles in ihrer Macht Stehende zu tun, um eine bessere Welt für das Kind zu schaffen, das sie schon jetzt von ganzem Herzen liebte.

Die neuen Verhaftungen begannen im März.

Anfangs ging das Gerücht, ein Mann, der Teil von Auberts ursprünglichem Netzwerk gewesen war, sei verhaftet und dafür hingerichtet worden, dass er versucht hatte, Piloten aus Frankreich herauszuschmuggeln. Bald darauf wurde Laure aufgegriffen, verhört und wieder freigelassen, aber sie ließ Ruby über einen Freund von Lucien die Nachricht zukommen, dass sie nicht länger als Kurier arbeiten würde, da sie sich sicher sei, dass die Deutschen ihr folgten. Sie konnte sich keinen anderen Grund denken, weshalb sie sie so rasch gehen ließen.

Ruby, deren Bauch sich bereits zu runden begann, wurde zunehmend nervös. Sie wusste, dass Laure nicht geredet hatte, aber was, wenn die Behörden ihr schon lange gefolgt waren, bevor sie aufgegriffen wurde? Was, wenn sie gesehen hatten, wie sie in Rubys Wohnung ein und aus ging? Die Risiken schienen enorm, aber nachdem ein paar Wochen verstrichen waren und es zu keinen weiteren Verhaftungen gekommen war, begann Ruby, sich zu entspannen. Vielleicht war die erste Verhaftung ein schrecklicher Zufall und Laures ein Irrtum gewesen. Außerdem kursierten Anfang April Gerüchte von einer möglichen alliierten Invasion in den nächsten Wochen. Darüber würden die Deutschen doch sicher besorgter sein.

»Wir müssen uns trotzdem bedeckt halten«, sagte Ruby eines Abends beim Essen zu Charlotte und Lucien. »Auch wenn sich das Blatt zugunsten der Alliierten zu wenden scheint.«

»Du meinst, aufhören, Piloten aufzunehmen?«, fragte Charlotte.

Ruby zögerte. Ihr Bauchgefühl sagte Ja, aber was würde dann mit den Männern passieren, die eine Zuflucht brauchten? Sie konnte sie nicht einfach im Stich lassen. »Wir müssen einfach vorsichtiger sein, denke ich.«

Lucien und Charlotte tauschten einen beklommenen Blick. »Ruby«, sagte Lucien nach einem Moment, »ich kann für eine Weile Piloten bei mir aufnehmen, bis sich die Lage beruhigt hat. Falls deine Wohnung aufgeflogen ist.«

»Nein«, erwiderte Ruby entschieden. »Wir sind hier perfekt darauf eingerichtet, mit Monsieur Savatier, der auf uns aufpasst, und dem versteckten Wandschrank in meinem Schlafzimmer. Wir müssen nur noch ein bisschen länger durchhalten, dann werden die Alliierten hier sein. Wir sind fast am Ziel. Ich kann es spüren.«

Binnen wenigen Wochen eskortierte Ruby Piloten zu Fuß zum Bahnhof Montparnasse. Obwohl es sie den Augen der Öffentlichkeit aussetzte, schien es jetzt, wo Laure nicht zur Verfügung stand, einfach logisch; es verringerte das Kommen und Gehen in ihrer eigenen Wohnung, eliminierte fast vollständig ihren Kontakt zu anderen Helfern und ermöglichte es ihr, die Piloten sicher zur nächsten Station ihrer Reise zu bringen.

Tatsächlich fragte sich Ruby, warum sie nicht schon früher damit angefangen hatte. Weniger Leute bedeuteten weniger Risiken, dass irgendetwas schiefging. Und jetzt, wo sich die alliierte Invasion drohend abzeichnete, schienen die deutschen Soldaten in Paris ohnehin abgelenkt. Sie würden doch sicher nicht auf eine Frau achten, die an einem Frühlingsnachmittag einfach einen Spaziergang unternahm.

In der zweiten Aprilwoche hatte sie einen amerikanischen Piloten namens Christopher in ihrer Obhut. Er hatte die Universität von Florida abgeschlossen, bevor er sich zur Armee meldete, und war ebenso schlau wie freundlich. Als er zwei Tage zuvor vor ihrer Tür stand, hatte Ruby ihn zunächst für einen Franzosen gehalten, da es ihm irgendwie gelungen war, sich einen Satz getragene Kleidung, die wie angegossen passte, und die typisch französische Art, eine Zigarette zu halten, zuzulegen. Er hatte sie sogar auf Französisch begrüßt, und sie hatte ein paar Sekunden gebraucht, um seinen amerikanischen Akzent herauszuhören. Vielleicht war das der Grund, weshalb sie, während sie eines strahlenden Morgens die Rue Letellier hinunterspazierte, gefolgt von Christopher einen halben Block hinter ihr, keinen Grund zur Besorgnis sah. Manche Piloten waren tollkühner als andere; manche weigerten sich, auf den Rat einer Frau zu hören; manche waren einfach unbeholfen und nervös. Aber Christopher war ein mustergültiger Gast, und Ruby war sich sicher, dass sie ihn in null Komma nichts zu seinem Zug gebracht haben würde.

Tatsächlich war sie so selbstbewusst, dass sie es kaum bemerkte, als ein großer schwarzer Wagen abrupt neben ihr zum Stehen kam. Aber dann sprangen drei Männer heraus, alle in der Uniform der deutschen Polizei, und Ruby schlug das Herz bis zum Hals. Sie waren doch sicher nicht wegen Christopher hier. Sie ermahnte sich weiterzugehen, den Kopf gesenkt zu halten. Aber zwei der Männer stellten sich ihr genau in den Weg, und der dritte schnitt ihr den einzigen möglichen Fluchtweg ab, indem er von hinten an sie herantrat. »Ausweispapiere«, sagte der größere der beiden Männer vor ihr. Er hatte eine scheußliche Narbe über der Wange und einen kurzen, dunklen Schnurrbart, mit dem er wie Hitler aussah.

»Ja, natürlich«, antwortete Ruby, um einen ruhigen Ton bemüht. Aus dem Augenwinkel konnte sie sehen, wie Christopher hinter ihr in eine Seitengasse abbog. Die Polizei schien ihn nicht zu bemerken, was sie mit einer gewissen Erleichterung erfüllte – aber sie war von kurzer Dauer. Warum hielten sie sie an, wenn nicht wegen des Piloten?

Sie wühlte in ihrer Handtasche und zückte ihre Papiere – sie trug jetzt nur noch ihre richtigen bei sich, die, die sie als Ruby Benoit auswiesen. Sie war sich sicher, dass die Deutschen, selbst wenn sie irgendetwas gegen sie in der Hand hatten, sie nicht hinrichten würden, aus Angst vor Repressalien seitens der US-Regierung. Das war ihr Trumpf, aber vielleicht war sie übertrieben optimistisch.

»Hier steht, dass Sie in den Vereinigten Staaten geboren sind«, sagte der Polizist mit dem Schnurrbart, während er sie anfunkelte. »Was tun Sie hier?«

»Ich bin durch Heirat Französin.«

»Wohin gehen Sie?«

»Nur spazieren.« Sie konnte an seiner Miene ablesen, dass es die falsche Antwort war. »Ich musste mir die Beine vertreten.«

Er furchte die Stirn. »Wie lautet Ihre Adresse?«

»24, Rue Amélie.« Sie nannte ihm, ohne zu zögern, die alte Adresse, da sie keine Spur zu der neuen Wohnung legen wollte. Dort war Charlotte, und Ruby würde sie nicht in Gefahr bringen.

»Die meisten Leute, die spazieren gehen wollen, würden zum Fluss gehen«, meinte der Polizist.

»Ich wollte allein sein«, antwortete sie. »An einem schönen Tag wie heute herrscht in der Nähe des Flusses viel Gedränge.«

»Sie waren also nicht auf dem Weg zum Bahnhof Montparnasse«, entgegnete er grinsend, »um alliierten Piloten bei der Flucht zu helfen.«

Rubys Mund wurde trocken, aber sie zwang sich zu einer neutralen Miene. »Was? Natürlich nicht.«

»Und Sie sind sich sicher, dass das die Geschichte ist, bei der Sie bleiben wollen?«

»Ich bin sicher, ich weiß nicht, was Sie meinen.«

Er schnappte sich ihre Handtasche und begann, sie zu durchwühlen. Ihr Verstand raste, während sie sich fragte, ob sie versehentlich irgendetwas Belastendes darin gelassen hatte. Sie nahm es nicht an, aber einen Augenblick später zückte er ein Bündel Lebensmittelkarten.

»Leben Sie mit Ihrem Mann zusammen?« Seine Miene verriet ihr, dass er bereits wusste, dass Marcel tot war.

»Nein. Er ist 1941 gestorben.«

»Ja. Das ist mir bewusst. Der Verräter Marcel Benoit.«

Ruby schluckte schwer. Also war sie nicht aus einer Laune heraus angehalten worden. Sie hatten sie gezielt ausfindig gemacht. Das war weitaus schlimmer. »Mein Mann war kein Verräter. Die Beweise gegen ihn waren falsch.«

Der Polizist lachte schallend auf. »Madame, wir machen keine Fehler. Aber *Sie*, scheint es, haben soeben einen sehr ernsten gemacht. Warum haben Sie so viele Lebensmittelkarten, wenn Sie allein leben?«

Sie dachte rasch nach. »Ich habe angeboten, ein paar Vorräte für Nachbarn mitzubringen.«

»Ah. Und diese Nachbarn – wie Sie sie nennen – sind nicht zufällig alliierte Piloten, die versuchen, aus Frankreich zu entkommen?«

»Natürlich nicht!«, rief Ruby in gespielter Empörung.

»Ah, ja, das hatte ich fast vergessen. Sie gehen hier ja nur spazieren.« Er packte sie am Arm und schubste sie zu dem Wagen. Der andere Polizist, der vor ihr gestanden hatte, nahm ihren anderen Arm, während der dritte Mann um das Auto herum zur Fahrerseite ging.

»Was tun Sie denn da?«, wollte Ruby wissen. »Ich habe Rechte!«

Die Männer lachten, während sie sie unsanft auf die Rückbank des Wagens stießen. Der Mann mit dem Schnurrbart stieg neben ihr ein. »Bedauerlicherweise für Sie, Madame, stimmt das überhaupt nicht.«

Im Hauptquartier der Polizei wurde Ruby allein in eine kleine Zelle gesteckt, wo sie warten sollte. Sie verbrachte den Tag damit, sich Sorgen um Charlotte zu machen. Was, wenn die Polizei herausfand, wo Ruby jetzt lebte? Was, wenn Charlotte verhaftet wurde? Ruby war noch immer zuversichtlich, dass ihre eigene amerikanische Staatsbürgerschaft sie vor einer Hinrichtung bewahren würde. Aber wenn sie Charlotte fanden, dann wäre es nur eine Frage der Zeit, bis sie feststellten, dass sie Jüdin war. Wie hatte Ruby nur zulassen können, dass sie sich an etwas so Gefährlichem beteiligte? Überwältigt von Schuldgefühlen, saß sie schluchzend bis Einbruch der Nacht auf dem Boden, als ein Wachmann kam, um sie zu holen, sie hochzerrte und sie in einen Raum schleifte, der wie ein Büro aussah.

Darin warteten zwei uniformierte Wachleute auf sie. »Erzählen Sie uns alles, was Sie wissen«, befahl ihr einer von ihnen ohne Vorrede. »Wenn Sie uns belügen, werden Sie gleich morgen früh erschossen werden.«

Ruby versuchte angestrengt, eine neutrale Miene zu bewahren. Ihre Hände glitten zu ihrem Bauch. *Durchatmen*, ermahnte sie sich. *Ganz ruhig bleiben. Sie haben nichts gegen dich in der Hand, sonst wärst du schon tot.* »Ich habe nichts getan«, erwiderte sie gleichmütig. »Ihnen ist ein Irrtum unterlaufen. Ich bin Amerikanerin. Sie können mich nicht hinrichten.«

Der Wachmann zuckte mit den Schultern. »Wie Sie wollen.«

Einen Augenblick später trat eine Wachfrau mit einem belegten Wurstbrot und einem Becher Wasser ein, und obwohl Ruby besorgt war, das Essen könnte mit einem Betäubungsmittel versetzt sein, schlang sie es hinunter; sie war am Verhungern. Bald darauf kam ein anderer Wachmann und schleifte sie zu einer kalten, feuchten Zelle mit einer Strohmatratze auf dem schmutzigen Boden. »Schlafen Sie jetzt«, sagte er, nicht unfreundlich, bevor er die Tür hinter ihr schloss und absperrte.

Kapitel 37

April 1944

»Ruby ist verhaftet worden.« Luciens Gesicht war bleich, als er an diesem Abend zu Charlotte kam, weitaus später, als sie ihn erwartet hatte. Sie war in der Wohnung auf und ab gelaufen, krank vor Sorge, da Ruby nicht nach Hause gekommen war. Charlotte wusste nur, dass Ruby unterwegs war, um Christopher, den amerikanischen Piloten, zum Bahnhof Montparnasse zu bringen. War er unvorsichtig gewesen? Ihr zu dicht gefolgt? Hatte er unerwünschte Aufmerksamkeit auf sie beide gezogen? Charlotte hatte sich auf das Schlimmste gefasst gemacht, während die Stunden ohne ein Lebenszeichen von Ruby verstrichen, aber Luciens Worte ließen sie trotzdem zusammenbrechen.

»Nein, nein, nein.« Auf einmal bekam Charlotte keine Luft mehr. »Das muss ein Irrtum sein. Lucien, sag mir, dass es ein Irrtum ist.«

Er schüttelte langsam den Kopf. »Es ist kein Irrtum. Die Feldgendarmerie hat sie vor ein paar Stunden aufgegriffen. Sie soll morgen der Gestapo übergeben werden.«

»Nein. Lucien, wie konnte das passieren?«

Lucien antwortete nicht, bis er die Wohnung betreten und sie die Tür hinter ihm geschlossen hatte. »Jemand muss sie verraten haben. Sie wussten genau, wer sie war, als sie sie angehalten haben. Soweit ich weiß, haben sie nicht einmal bemerkt, dass der Pilot ihr gefolgt ist. Er hat es zu seinem Treffpunkt geschafft; er hat uns von ihrer Verhaftung berichtet.«

»Haben sie ihr etwas angetan?«

»Das weiß ich nicht.« Er nahm ihre Hände. »Aber Ruby ist stark. Sie wird überleben, egal, was sie ihr antun, und sie werden es nicht wagen, sie hinzurichten, weil sie Amerikanerin ist. Sie wird überleben.«

»Aber sie ist schwanger«, flüsterte Charlotte.

Alle verbliebene Farbe schien aus Luciens Gesicht zu weichen. »Was?«

Charlotte begann zu weinen; sie hatte Ruby versprochen, ihr Geheimnis für sich zu behalten, aber jetzt war die Lage eine völlig andere. »Wenn die Deutschen herausfinden …«

»Thomas ist der Vater?«

»Ja.«

»Die Schwangerschaft ist noch nicht sichtbar?«

»Eigentlich nicht.« Rubys Bauch hatte zu wachsen begonnen, aber nicht so sehr, dass jemand, der sie nicht kannte, es bemerken würde.

»Das ist gut. Aber wenn sie in den Osten geschickt wird …« Luciens Stimme verlor sich, und er und Charlotte tauschten einen entsetzten Blick.

»Sie töten die Schwangeren als Erste«, stieß Charlotte mit hohler Stimme hervor. »Das habe ich gehört.«

»Hoffen wir jetzt erst einmal, dass es nicht dazu kommt. Ich werde morgen versuchen, so viel wie möglich über ihre Situation herauszufinden.« Er hielt einen Moment inne. »In der Zwischenzeit solltest du besser bei mir bleiben. Wenn sie Ruby verhaftet haben, ist es nur eine Frage der Zeit, bis die Spur zu dieser Wohnung führt. Ich werde mit Monsieur Savatier darüber reden, dass alles Belastende entfernt wird, aber jetzt müssen wir erst einmal verschwinden. Schnell.«

Charlotte wischte sich die Augen und nickte. Es war schließlich nur ein Ort. Wichtig war, dass sie alle eine Möglichkeit zu überleben fanden.

»Ich werde alles in meiner Macht Stehende tun, um dafür zu sorgen, dass es ihr gut geht«, sagte Lucien, als könnte er ihre Gedanken lesen.

»Danke«, antwortete Charlotte. Aber das Wort fühlte sich hohl an, denn sie wusste, dass seine Möglichkeiten begrenzt waren. Im Augenblick war Ruby auf sich allein gestellt, und ihr Schicksal lag in den Händen der immer feindseligeren deutschen Behörden.

In jener Nacht fand Charlotte keinen Schlaf, aber nach dem Morgengrauen nickte sie schließlich ein und stürzte in einen Abgrund von Albträumen. Anfangs konnte sie Ruby am Boden eines dunklen Lochs sehen, wo sie um Hilfe schrie. Und dann war sie in einem überfüllten Zugwaggon auf dem Weg in den Osten. Im dritten Traum sah sie, wie Ruby in einer schmutzigen Gefängniszelle ein totgeborenes Baby zur Welt brachte. Als Charlotte keuchend und verschwitzt aufwachte, war Lucien gegangen, und sie war allein.

Am späten Nachmittag kam er wieder, mit grimmiger Miene. »Ich habe mit Monsieur Savatier gesprochen«, berichtete er. »Wir haben den versteckten Wandschrank ausgeräumt. Wenn die Deutschen kommen, werden sie nichts Außergewöhnliches finden. Monsieur Savatier wird mich kontaktieren, wenn Ruby zurückkehrt oder irgendjemand kommt und nach ihr sucht.«

»Danke.« Charlotte zögerte. »Gibt es irgendwelche Nachrichten darüber, was mit ihr passiert ist?«

Lucien räusperte sich. »Sie wurde in das Gefängnis in Fresnes verlegt.«

»Fresnes?«

»Leider ja.«

Einen Moment lang schwiegen sie beide, aber Charlotte wusste, dass Lucien dasselbe dachte wie sie. Das war ein schlechtes Zeichen. Berichten zufolge herrschten dort grauenhafte Zustände; Leute, die vorbeigingen, hörten die Schreie gefolterter Gefangener.

»Hast du sonst noch irgendetwas erfahren?«, fragte Charlotte.

»Nur dass ein Mann namens Léo Huet zur selben Zeit verschwunden und in keinem der Gefängnisse aufgetaucht ist, soweit wir sagen können. Er war Teil des Netzwerks, und es besteht der Verdacht, dass er Ruby und ein paar andere verraten hat. Auch Laure wurde festgenommen, ebenso ein anderer Mann, der außerhalb von Paris ein sicheres Haus geführt hat.«

»Und hat einer von ihnen schon geredet?«

»Nicht dass ich wüsste. Aber die Nazis haben ihre Methoden.«

»Werden sie sie foltern?«

»Das weiß ich nicht.«

Aber die Art, wie Lucien den Blick abwandte, ließ Charlotte vermuten, dass die Antwort wahrscheinlich Ja war. Auf einmal wurde ihr flau im Magen. »Die Tatsache, dass sie Amerikanerin ist, wird ihr doch sicher helfen.«

»Ja. Das hoffe ich«, antwortete Lucien. Aber sein Ton war nüchtern und nicht überzeugend. »Charlotte, wenn es eine Möglichkeit zu überleben gibt, dann wird Ruby es tun. Das weiß ich.«

»Ja«, pflichtete Charlotte ihm bei. Aber sie wusste auch, dass Überleben vielleicht keine Möglichkeit war. Es gab keinen Grund, es laut auszusprechen.

Kapitel 38

Juni 1944

Von Dartmouth wurden Thomas und die anderen beiden britischen Piloten, denen im Januar von Plouha aus die Flucht gelungen war, von zwei MPs nach London eskortiert, die sie zuerst zur Transportabteilung und dann zum Verteidigungsministerium brachten. Dort wurde Thomas stundenlang von einem MI9-Mann in die Mangel genommen, der offensichtlich zu bestätigen versuchte, dass Thomas tatsächlich der war, als der er sich ausgab. »Man kann nie wissen«, sagte der Mann abschließend, als er überzeugt war, dass Thomas die Wahrheit sagte. »Es wäre nicht das erste Mal, dass die Deutschen versuchen, uns zu infiltrieren. Willkommen zurück, junger Mann.«

Auf das Verhör folgten vierzehn Tage Zwangsurlaub, den Thomas nutzen sollte, um »einen klaren Kopf zu kriegen«, wie es der MI9-Mann ausdrückte. Aber Thomas wollte seinen Kopf nicht klären. Er wollte in die Lüfte zurückkehren. Er wollte England verteidigen. Er wollte diese verdammten Nazis aus Frankreich vertreiben. Er wollte zurück zu Ruby.

Es war jedoch offensichtlich, dass nichts von alledem sofort passieren würde, daher nahm er eine Einladung an, für eine Woche Harrys Familie zu besuchen, auch wenn er bereits nach vier Tagen wieder abreiste, da Harrys Mutter ihm nicht von der Seite wich und ihn anstarrte, als wäre er ein Gespenst. Er wusste, dass sie Schatten ihres Sohns in ihm sehen konnte, an der Art, wie er sich benahm, wie er sprach, wie er ging, und er begriff, wie schwierig sein Besuch für sie war. Daher entschuldigte er sich und verbrachte den Rest seines Urlaubs allein in einem kleinen Hotelzimmer in London, wo er von dem Tag träumte, an dem er es zurück zu Ruby schaffen würde. Manchmal, wenn er die Augen schloss, konnte er Mohnblumen sehen. Nur in diesen Momenten verspürte er ein Gefühl von Frieden.

Am letzten Tag seines Urlaubs wurde Thomas benachrichtigt, dass er sich, anstatt nach Northolt zurückzukehren, beim RAF-Hauptquartier zu einem neuen Posten melden sollte.

»Werde ich nicht zu meiner alten Schwadron zurückkehren?«, fragte Thomas den Transportoffizier, in dessen Büro er bei seiner Ankunft geführt wurde.

»Nein«, antwortete der Mann, der sich als Roscoe Vincent vorstellte. »Ich fürchte, Sie können nicht mehr an Operationen über Europa teilnehmen.«

»Wie bitte?« Thomas' Magen befand sich auf einmal im freien Fall.

»Die Vorschriften haben sich geändert«, fuhr Vincent fort, während er Thomas' Akte studierte, die aufgeschlagen vor ihm auf dem Schreibtisch lag. »Wissen Sie, wenn Sie abgeschossen werden und in deutsche Gefangenschaft geraten sollten, wären Sie in einer Position, ihnen Informationen über die Résistance zu verraten. Dieses Risiko können wir nicht eingehen.«

»Aber das würde ich niemals tun. Ich schwöre es!«

Vincent blieb ungerührt. »Natürlich *glauben* Sie nicht, dass Sie es tun würden. Aber niemand weiß wirklich, wie er sich unter Folter verhalten würde, oder? Wie auch immer, das sind die Vorschriften, und ich kann nichts daran ändern. Also, wollen wir jetzt darüber reden, wohin wir Sie versetzen sollen? Vielleicht würden Sie gern Lysanders in einer Einheit fliegen, die für Luft-Luft-Schießübungen zuständig ist?«

»Nein.« Thomas widerstand dem Drang, sich auf seinem Platz zu winden. »Ich muss wieder am Kampf teilnehmen.«

»Dann Malta.«

»Dort würde ich keinen echten Beitrag zum Krieg leisten, oder?«

Vincent seufzte und machte einen Vermerk in Thomas' Akte. »Dann der RAF-Stützpunkt in Drem. Sie können Missionen in Nordafrika fliegen.«

»Bei allem Respekt, Sir, ich würde gern so stark wie möglich an den Kampfhandlungen in Europa beteiligt sein.«

Vincent beäugte Thomas über den Rand seiner Brille hinweg. »Warum?«

Thomas zögerte. »Die Leute in Frankreich haben mir das Leben gerettet. Ich habe geschworen, wenn ich dort lebend herauskomme, alles mir Mögliche zu tun, um sie zu beschützen.«

Vincent musterte ihn lange Zeit. »Sie haben also eine Frau kennengelernt.«

Thomas schwieg. Er wollte seiner Sache nicht schaden.

»Europa ist keine Option.« Vincent notierte etwas in Thomas' Akte und klappte sie dann mit einer Geste der Endgültigkeit zu. »Wir werden Sie als Erstes nach Ras el Ma in Marokko schicken. Das wird im Moment als Stützpunkt genutzt. Von dort werden Sie wahrscheinlich nach …« – er warf einen Blick in seine Unterlagen – »… Oujda geschickt werden. Ebenfalls Marokko. Seien Sie unbesorgt, Sie werden ein sehr wichtiger Teil der Kriegsanstrengungen sein. Das ist dann alles.«

Er erhob sich und wartete, bis Thomas aufstand und zur

Tür ging. Er fühlte sich, als hätte ihn alle Kraft verlassen. Die Mohnfelder schienen weiter entfernt denn je, aber er konnte nichts dagegen tun. Wenn er vom Rand Afrikas aus helfen musste, den Krieg zu gewinnen, dann würde er es tun. Schließlich war der Stützpunkt in Marokko nicht weit von der Küste Europas. Und das war immerhin etwas.

Wie sich herausstellte, flog Thomas keine Kampfmissionen, sondern brachte in der glühenden Sommerhitze Spitfires zu Flugplätzen in Korsika. Die Maschinen würden bei der bevorstehenden Befreiung Frankreichs zum Einsatz kommen, daher konnte sich Thomas einreden, dass er Ruby in gewisser Weise doch beschützte, auch wenn er es nicht unmittelbar tat. Aber er sehnte sich danach, Missionen zu fliegen, und während sich die Wochen zu Monaten ausdehnten, fühlte er sich allmählich, als wäre er für immer in Marokko gestrandet.

Am 6. Juni befand sich Thomas auf einem anderen Kontinent, während über 160000 alliierte Soldaten an den Stränden der Normandie landeten, um die Nazis frontal zu bekämpfen. Die Männer, die durch Frankreich stürmten, waren nur zweihundertsiebzig Kilometer von Ruby entfernt, und er war nicht dabei.

Mitte Juni übernahm Thomas einen kurzen Auftrag, um andere RAF-Piloten darin auszubilden, sich einer Gefangennahme zu entziehen, wenn sie hinter den feindlichen Linien herunterkamen. Das Blatt des Krieges hatte sich nach dem D-Day gewendet, und es wurde offensichtlich, dass die Nazis sich nicht mehr lange halten können würden. Trotzdem schienen sie abgeschossene Piloten gnadenlos zu jagen. Für Piloten, die über dem Kontinent flogen, war es daher wichtiger denn je, zu wissen, was zu tun war, wenn sie über Land mit dem Fallschirm abspringen mussten.

»Auf dem Boden dort gibt es gute Leute«, sagte Thomas Ende Juni vor einer Gruppe junger Männer. »Leute, die der Gefahr trotzen und ihr eigenes Leben aufs Spiel setzen, um uns zu helfen. Das ist der Grund, weshalb wir den Krieg gewinnen werden, weil die Dinge, für die wir stehen, in dieser Art Güte verwurzelt sind.«

»Wie schaffen Sie es, Ihren Glauben an die Menschheit aufrechtzuerhalten, Sir?«, fragte ein junger Pilot. »Wie sollen wir glauben, dass wir sicher nach Hause zurückkehren werden, wenn die Chancen, sobald wir auf dem Boden aufschlagen, gegen uns stehen?«

»Sie müssen an die Menschen denken, die Sie am meisten lieben«, antwortete Thomas, »und sich in Erinnerung rufen, dass Sie diesen Krieg kämpfen, um die Welt für sie sicher zu machen. Was immer aus Ihnen wird – ob Sie leben oder sterben –, Sie werden wissen, dass Sie etwas aus den richtigen Gründen tun. So erhalten Sie Ihren Glauben aufrecht.«

Kapitel 39

Juni 1944

Ruby saß noch immer in Fresnes im Gefängnis, als sie die Nachricht von der alliierten Invasion in der Normandie hörte. Das Ende des Krieges schien zum Greifen nahe. Aber wie lange würde es dauern, bis die Alliierten Paris erreichten? Würde sie so lange überleben?

Nach fünfeinhalb Monaten Schwangerschaft wuchs ihr Bauch allmählich, aber die Wachleute hatten es bislang noch nicht bemerkt. Tatsächlich schienen sie sie ohnehin kaum noch zu bemerken. Gleich nach der Festnahme hatten sie versucht, die Namen ihrer Mitstreiter aus ihr herauszupressen, aber sie hatte standhaft alles geleugnet und immer wieder erklärt, dass sie sich täuschten, dass sie nie für die Résistance gearbeitet hätte, dass sie keine Ahnung hätte, wovon sie redeten. Vermutlich war sie nur deshalb nicht gefoltert oder hingerichtet worden, weil sie Amerikanerin war.

Ihr Zuhause war jetzt eine weiß getünchte Zelle, drei mal zwei Meter groß, mit einer Eisenpritsche, die an einer Wand befestigt war, und einer offenen Toilette in der Ecke. Jeden Tag wurde morgens schwacher Kaffee ausgeteilt, und um kurz vor Mittag kam der Suppenwagen vorbei. Dieselbe fade Brühe wurde ihnen abends vorgesetzt, mit einem kleinen Stück Brot. Zweimal die Woche bekamen die Gefangenen winzige Mengen an Käse und Fleisch, und manchmal gab es Rotkreuzpakete mit Leckerbissen wie Schokolade, Marmelade und Keksen. Manche der Gefangenen erhielten Kleidung oder Essen von Verwandten, aber natürlich konnte Charlotte ihr kein Paket schicken, ohne sich selbst zu verraten. Ruby erhielt nur zweimal ein Päckchen von ihrem »Cousin« Lucien, der schrieb, dass seine Frau gesund und guter Dinge sei. Sie wusste, dass er ihr so sagte, dass Charlotte am Leben und wohlauf war, und dieses Wissen brachte ihr weitaus mehr Trost und Wärme als das Brot und die Wollsocken, die er schickte.

Zweimal die Woche wurden die Gefangenen in den Hof geführt, um sich zwanzig Minuten zu bewegen. Die Kommunikation mit Inhaftierten aus anderen Zellenblöcken war untersagt, aber Ruby schöpfte Mut, als sie in den ersten paar Wochen zweimal einen kurzen Blick auf Laure erhaschte. Danach war die Kurierin mit den rabenschwarzen Haaren verschwunden, und Ruby hatte keine Möglichkeit, herauszufinden, ob sie freigelassen, in den Osten geschickt oder hingerichtet worden war. Sie betete für Ersteres, aber sie wusste, dass Letzteres weitaus wahrscheinlicher war.

Ruby stellte fest, dass sie mit den Gefangenen in den angrenzenden Zellen kommunizieren konnte, indem sie dicht vor den Wasserhähnen sprachen; die Rohre führten durch die Wände und leiteten das Geräusch nach nebenan. Sie erfuhr, dass die Frau rechts von ihr eine Dreiundzwanzigjährige namens Angelique war, die beschuldigt wurde, an der Verbreitung von Flugblättern der Résistance beteiligt gewesen zu sein. Links von ihr war Jacqueline, die zweiundvierzig war und lediglich im Verdacht stand, die Freundin eines Mannes zu sein, der als Fluchthelfer arbeitete. Beide Frauen weigerten sich, irgendein Fehlverhalten zuzugeben, und wurden deswegen regelmäßig geschlagen. Ruby schöpfte Kraft aus ihrem entschlossenen Widerstand, und in ihren dunkelsten Stunden versuchte sie, auf diese Inspiration zurückzugreifen.

Und es gab viele dunkle Stunden. Sie war die meiste Zeit des Tages für sich, aber allein war sie nicht, denn sie hatte das Baby in ihrem Bauch. Thomas' Baby, ihre Quelle der Kraft. Und wenn sie den Deutschen für irgendetwas dankbar war, dann dafür, dass sie nie versuchten, sie hungern zu lassen, um sie zum Reden zu bringen. Sie nahmen ihr jede andere Freiheit, aber solange sie sich ernähren konnte, würde ihr Baby wachsen. Nachts, wenn sie nicht schlafen konnte, sang sie ihrem Bauch leise vor und hoffte, dass sich ihre Ängste nicht irgendwie auf das Baby übertrugen. Sie betete um ein besseres Leben für ihr Kind und flehte Gott jeden Abend an, ihre Schwangerschaft auch weiterhin zu verbergen.

Es gab vier Frauen, die Babys bei sich hatten und denen es gestattet worden war, in Fresnes zu bleiben, aber Ruby zögerte dennoch, ihr Geheimnis preiszugeben. Sie wusste nicht, welcher Straftaten die anderen Frauen beschuldigt wurden, aber sie nahm an, dass ihre angeblichen Vergehen geringer waren als Rubys, denn die Wachleute ließen sie in Ruhe.

Mitte Juni wurde sie in das Gefängnis in Romainville verlegt, am Rand von Paris, was ihr einen Schauder über den Rücken jagte. Sie wusste, dass hierhin Gefangene gebracht wurden, bevor sie nach Deutschland deportiert wurden. Auf dem Weg in das Gefängnis wurde sie von einem der Kommandeure verhört, einem stämmigen Deutschen, der nüchtern und mitleidlos ihre Akte überflog.

»Ich bin Amerikanerin«, erklärte sie, um einen selbstbewussten Ton bemüht. »Sie können mich nicht in den Osten schicken. Ich habe Rechte.«

Er lachte nur. »Keine von euch hat irgendwelche Rechte«,

entgegnete er. »Haben Sie das inzwischen noch nicht begriffen?«

Eineinhalb Wochen schmachtete sie in einer Zelle mit neun anderen Frauen, die alle ebenso besorgt waren wie sie, was als Nächstes passieren würde. Romainville hätte ihr nach Fresnes wie ein Vergnügen erscheinen sollen – schließlich durften sie miteinander Umgang haben, und ihre Zellen hatten sogar Fenster, die auf den Gefängnishof hinausgingen –, aber der Appell jeden Morgen um vier Uhr ruinierte jede Chance auf Glück, die Ruby vielleicht hatte. Jeden Morgen wurden die Gefangenen in den Gefängnishof getrieben, und dreißig oder vierzig Namen wurden verlesen. Diese Frauen standen auf der Liste derer, die in den Osten deportiert wurden, und die meisten von ihnen traten mit hoch erhobenem Kopf vor. Manche riefen »Vive la France!«, andere lächelten nur tapfer und winkten zum Abschied. Alle schienen der Zukunft mutig entgegenzusehen. Ruby wusste nicht, wie sie das schafften.

Am 25. Juni wurde ihr Name aufgerufen. Sie wagte es nicht, zu den anderen zurückzusehen, aus Angst, in Tränen auszubrechen. Sie fühlte sich so viel schwächer als sie; sie wollte schreien und toben und brüllen, dass das hier nicht fair war, dass das hier Frankreich war, dass die Deutschen kein Recht hatten, sie wegzubringen. Aber nichts davon hätte irgendeinen Sinn, und sie wusste es. Sie war auf sich allein gestellt.

Ruby wurde in einen Bus voller anderer Frauen verfrachtet, die alle schwiegen, während sie durch die vertrauten Straßen von Paris fuhren. Ruby starrte aus dem Fenster und suchte die Gesichter von Passanten ab, hoffte gegen jede Wahrscheinlichkeit, Charlotte oder Lucien oder auch nur Monsieur Savatier zu sehen, aber natürlich war es nur ein Meer von Fremden, von denen viele sie mit einer Distanziertheit anstarrten, als könnte dasselbe ihnen unmöglich passieren.

Am Gare de Pantin, am nordöstlichen Rand der Stadt, scheuchte die SS die Frauen in Züge, jeweils sechzig in einen Waggon. Stroh lag auf dem Boden; durch die winzigen Fensterschlitze über ihnen drang kaum Sauerstoff. Angst lag in der Luft, während sie aus dem Bahnhof fuhren, und bald vermischte sich diese Angst mit dem beißenden Geruch von Urin aus der überlaufenden blechernen Eimertoilette in der Ecke.

In den nächsten Tagen hielt der Zug oft, manchmal für mehrere Stunden, während er langsam nach Osten tuckerte. Zweimal täglich wurden die Gefangenen für kurze Zeit hinausgelassen, um sich unter den Augen bewaffneter Wachleute auf Feldern zu erleichtern. Ein paar versuchten zu fliehen, aber sie wurden auf der Stelle erschossen. Ruby bemühte sich nur, zwischen den anderen nicht aufzufallen und ihren Bauch zu verbergen, während sich der Transport der deutschen Grenze näherte. Es gab Gerüchte, dass Kinder und schwangere Frauen bei ihrer Ankunft in den Konzentrationslagern sofort erschossen wurden. Sie wusste nicht, ob es stimmte, aber sie konnte es nicht riskieren, dass irgendjemand etwas von ihrem Zustand bemerkte. Solange sie noch immer in Frankreich war, solange sie in der Ferne Bomben fallen hören konnte, klammerte sich Ruby an die Hoffnung, sie könnten gerettet werden.

Dann, am 30. Juni, dem Geburtstag ihrer Mutter, fuhr der Zug durch die ostfranzösische Stadt Nancy und schließlich, unweigerlich, nach Deutschland hinein. Sobald die französische Grenze hinter ihnen verschwunden war, sank Rubys Mut. Jetzt waren sie in Hitlers Land. Und während sie tiefer in das Territorium der Nationalsozialisten hineinrollten, verspürte Ruby ein schweres Gefühl von Gewissheit. Man würde sie nicht verschonen. Sie musste alles tun, was sie konnte, um sich und ihr Kind zu schützen, bis die Alliierten kamen.

Ravensbrück – das Lager, in das Ruby und die anderen Gefangenen gebracht wurden – war heiß. Glühend heiß. Am Tag ihrer Ankunft wurden Ruby und die anderen Frauen durch eine Stadt namens Fürstenberg getrieben, rund achtzig Kilometer nördlich von Berlin, über staubige Hügel und gewundene Straßen, bis sie schließlich die riesigen grünen Tore eines weitläufigen Gefangenenlagers erreichten. Baracken erstreckten sich, so weit das Auge reichte, und die inhaftierten Frauen liefen hin und her und schoben Wagen und zogen Karren. Sie waren ausgemergelt, mit hohlen Augen und eingefallenen Wangen. Es war wie aus einem Bela-Lugosi-Horrorfilm, und Ruby musste sich kneifen, um sich zu vergegenwärtigen, dass das hier das wirkliche Leben war. *Ihr* Leben. Der Magen drehte sich ihr um, und sie musste sich auf die Zunge beißen, um sich nicht zu übergeben.

Sie war entsetzt, als die ankommenden Häftlinge in ein riesiges Gebäude gescheucht und aufgefordert wurden, sich zu entkleiden. Was, wenn jemand ihren Bauch bemerkte? Aber eine stämmige Frau, die im Zug in ihrer Nähe gewesen war, trat auf sie zu, als sie das Gebäude betraten, und nahm ihren Arm. »Bist du schwanger?«, flüsterte die Frau auf Französisch.

Ruby zögerte. »Ist das offensichtlich?« Tränen verschleierten ihren Blick. Hatte sie sich etwas vorgemacht, als sie dachte, sie könnte es verbergen?

»Stell dich hinter mich«, sagte die Frau entschieden. »Wir werden es sie nicht sehen lassen. Wir *dürfen* es sie nicht sehen lassen.«

»Danke«, flüsterte Ruby. Sie hielt den Atem an, während sie sich, nackt und verängstigt, hinter die Frau duckte.

»Ich habe selbst zwei Töchter«, sagte ihre Retterin leise, während sie sich langsam vorwärtsschoben. »Sie sind etwa in deinem Alter. Ich bete jeden Tag für ihr Überleben; für eine Mutter ist das das Wichtigste auf der Welt, nicht wahr?«

»Ja«, brachte Ruby zustande. »Ja, das ist es.«

Ruby schlurfte mit den anderen Häftlingen durch mehrere Stationen, wo sie aufgefordert wurden, ihre Kleider, ihren Schmuck und all ihre Habseligkeiten den Wachleuten auszuhändigen. In einem anderen Raum wurde sie gewaltsam von der freundlichen Frau getrennt und aufgefordert, sich auf einen Tisch zu stellen. Sie wollte aufschreien, als eine Aufseherin mit einem falkenartigen Gesicht zwischen ihren Beinen herumstocherte. Aber die Untersuchung war nur oberflächlich, und während Ruby, zitternd vor Erleichterung, weitergescheucht wurde, begriff sie, dass jede Frau, die den Raum betrat, derselben Demütigung unterworfen wurde. Die Aufseherinnen vergewisserten sich nur, dass sie keine Wertsachen in ihren Körpern versteckt hatten.

Als Nächstes reihte sich Ruby ein, um sich den Kopf rasieren zu lassen, und sie schluchzte, als ihr kastanienbraunes Haar in glänzenden Locken auf den Boden fiel. Die Tränen handelten ihr einen Schlag ins Gesicht ein. Dann wurde sie, fast kahlköpfig und zitternd, in einen anderen Raum geschickt und dort unter eine Dusche geschubst. Sie bekam ein winziges Handtuch, eine schmutzige Unterhose und ein dünnes Baumwollkleid ausgehändigt, mit einem *X*, das auf die Vorder- und die Rückseite genäht war.

Sie sah die freundliche Frau wieder, als die Häftlinge in die riesige Baracke gescheucht wurden, die von nun an ihr Zuhause sein würde. Schmutzige Strohmatratzen, etwa eineinhalb Meter breit, lagen auf dreistöckigen Schlafkojen, und den Frauen wurde gesagt, sie würden jeweils zu dritt auf einer Pritsche schlafen. Die ältere Frau schlüpfte zu Ruby und nahm ihre Hand. »Geht es dir gut?«, fragte sie.

Ruby war benommen und konnte nur nicken; ihr war noch immer unbegreiflich, wieso die körperliche Untersuchung ihren Zustand nicht ans Licht gebracht hatte.

»Gott sei Dank«, meinte die Frau. »Er muss unsere Gebete erhört haben.«

Aber während die Tage sich zu Wochen ausdehnten, begann sich Ruby zu fragen, ob Gott sie hier überhaupt hören konnte oder ob ganz Deutschland irgendwie ein leerer Raum war, aus dem keine Gebete entweichen konnten. Als Erstes wurde sie in einen Arbeitstrupp eingeteilt, der Sanddünen einebnete. Es war eine harte, kräftezehrende Arbeit unter den wachsamen Blicken einer Aufseherin mit einem Gesicht wie eine Bulldogge. Sie arbeiteten fast zwölf Stunden täglich, mit nur sehr wenigen Pausen dazwischen, und Ruby war ständig besorgt, dass die Essensrationen nicht ausreichen würden, um das Baby am Leben zu erhalten. Jeden Tag nahm sie eine kleine Menge Kohl- oder Rübensuppe, ein winziges Stück Brot und etwas wässerigen Getreidekaffee zu sich. Einmal die Woche wurden die mageren Rationen mit einer Scheibe Wurst oder einem kleinen Stück Käse ergänzt. Ruby wusste, dass sie rasch Gewicht verlor. Ihr Bauch wuchs noch immer, und sie war erleichtert zu wissen, dass das Baby wenigstens etwas Nahrung bekam. Aber es ging auf Rubys Kosten. Das einzig Gute daran war, dass Rubys Schwangerschaft in ihrem ausgehungerten Zustand nicht sofort offensichtlich war, obwohl sie das inzwischen sein sollte.

In ihrer zweiten Woche in Ravensbrück wurde Rubys Baracke von zwei Dutzend Neuankömmlingen überschwemmt, Frauen aus Russland, die ihre frisch geschorenen Köpfe hoch erhoben hielten, als sie hereinkamen. Anfangs reagierten die

Französinnen, mit denen Ruby angekommen war, gereizt auf die Eindringlinge, und Ruby befürchtete schon, dass es zu einer Auseinandersetzung kommen würde. Aber eine der Russinnen – eine junge Frau namens Nadia, die mit ihren hohen Wangenknochen und klaren grünen Augen selbst in diesem Höllenloch als Schönheit hervorstach – sprach Französisch und schaffte es, Missverständnisse zu entschärfen. »Wir sind hier alle in derselben Situation«, erklärte sie in einem unglaublich beschwichtigenden Ton. »Wir sind Freundinnen, wir alle, vereint gegen einen gemeinsamen Feind. Lasst uns zusammenarbeiten.«

Am dritten Tag nach der Ankunft der Russinnen wandte sich Nadia an Ruby. »Du bist keine Französin. Und doch bist du bei den französischen Häftlingen. Warum?«

»Ich bin Amerikanerin«, antwortete Ruby. »Aber ich lebe jetzt schon seit mehreren Jahren in Frankreich.«

»Warum?«, fragte Nadia noch einmal und sah sie scharf und durchdringend an.

»Ich habe einen Franzosen geheiratet. Und als der Krieg ausbrach, konnte ich es nicht ertragen fortzugehen. Mir … mir war nicht klar, dass es so schlimm kommen würde.«

»Wenn du noch einmal in der Situation wärst, würdest du nach Hause zurückkehren? Bevor der Krieg ausbrach?«

»Nein. So habe ich vielleicht etwas Gutes getan, bevor ich verhaftet wurde.« Ruby wusste auch, dass sie, wenn sie nach Hause zurückgekehrt wäre, niemals geholfen hätte, Charlotte zu retten. Oder Lucien oder Thomas kennengelernt hätte. Und sie würde in diesem Moment nicht Thomas' Kind in sich tragen. Die Art, wie sich die Dinge entwickelt hatten, fühlte sich irgendwie vorbestimmt an, auch wenn sie sich keinen Grund dafür vorstellen konnte.

»Und warum bist du hier?« Nadias Fragen waren unerbittlich, aber ihr Blick war jetzt freundlicher geworden.

»Ich wurde unter dem Verdacht verhaftet, Teil eines Fluchthilfenetzwerks für alliierte Piloten zu sein.«

»Und, stimmen die Anschuldigungen?«

Ruby lächelte leicht. »Natürlich nicht.«

Aber der Blick, den sie tauschten, erzählte eine andere Geschichte, und Ruby wusste, dass Nadia verstand. Ruby hatte ihren Hals riskiert und war geschnappt worden, was sie aber niemals laut zugeben durfte.

»Verstehe«, sagte Nadia.

»Und du? Warum bist du hier?«

Die Frau lächelte. »Ich wurde auch beschuldigt, Leuten zur Flucht verholfen zu haben. Natürlich gestehe ich nichts, aber etwa fünfhundert Männer könnten eine andere Geschichte erzählen.«

Ruby starrte sie an. Wollte sie damit sagen, dass sie fünfhundert Männern geholfen hatte, den Nazis zu entkommen? »Na ja«, meinte Ruby schließlich, »ein Glück, dass wir beide so aufrichtig und gehorsam sind. Denk nur, was passiert wäre, wenn wir tatsächlich daran beteiligt gewesen wären, den Feind zu untergraben.«

Nadia grinste. »Ja, denk nur.«

Als sie am nächsten Morgen ihre Rationen für den Tag zugeteilt bekamen, schlüpfte Nadia an Rubys Seite und drückte ihr die Hälfte ihres Brots in die Hand.

»Warum?«, fragte Ruby, während sie versuchte, ihr das Brot zurückzugeben. »Du brauchst deine Kraft selbst.«

Aber Nadia wandte sich bereits ab, während sie Ruby über die Schulter ein Lächeln zuwarf. »Ihr seid zu zweit«, sagte sie mit einem Blick auf Rubys Bauch, »und ich bin allein.«

Sie war in einer Schar anderer Häftlinge verschwunden, bis Ruby sich genug gefasst hatte, um zu reagieren. War ihre Schwangerschaft inzwischen wirklich so offensichtlich? Und wenn ja, warum hatten die Wachleute es dann nicht bemerkt? Sie war sich nicht sicher, ob sie das Brot einer anderen Frau guten Gewissens annehmen konnte. Aber sie war hungrig, so hungrig. Nadia war bereits verschwunden. Und nur dieses eine Mal würde es sicher in Ordnung sein.

Ruby stopfte sich das Brot in den Mund, bevor sie es sich anders überlegen konnte, und während sie sich mit dem Rest ihres Arbeitstrupps auf den Weg zu den Dünen machte, berührte sie ihren Bauch und hoffte, dass ihr Baby die Nahrung bekam, die es zum Überleben brauchte.

Ende Juli wurden Ruby, Nadia und sechzehn andere Frauen aus dem Lager zu der nahe gelegenen Siemensfabrik hinter der Südmauer gebracht, um dort wegen Aushilfstätigkeiten vorzusprechen. »Sie nehmen Frauen, die schlau sind«, flüsterte Nadia Ruby auf dem Weg dorthin zu. »Es heißt, dass es Facharbeiterstellen sind. Pass gut auf, Ruby, denn das wird weitaus besser sein als die Arbeit, die wir bis jetzt tun mussten.«

Ruby wusste, dass Nadias Sorge daher rührte, dass Rubys Bauch unter dem lockeren Baumwollstoff ihres Kleides jetzt deutlicher hervortrat, auch wenn es ihr noch immer gelang, ihren Zustand vor den Wachleuten zu verbergen, indem sie beim Appell die Schultern einzog und sich leicht vorbeugte. Sie war fast im siebten Monat, und bald würde ihr Körper den Anforderungen der täglichen harten Arbeit nicht mehr gewachsen sein. Fabrikarbeit würde weitaus weniger anstrengend sein. Mit einem Anflug von Panik begriff sie, dass es ihre einzige Chance war, sich selbst und das Baby zu retten.

»Weißt du, was wir herstellen werden?«, wagte sich Ruby vor.

»Ist das wichtig?«, fragte Nadia.

»Aber was, wenn sie uns zwingen, Waffen herzustellen, die gegen die Alliierten eingesetzt werden?«

Nadia schwieg einen Moment. »Tausend Frauen warten hinter uns. Wenn wir die Jobs nicht nehmen, wird es jemand anders tun. Zumindest werden du und ich eine Chance haben, die Arbeit zu sabotieren.«

Ruby sah scharf auf. »Sabotage? Ich dachte, du redest davon, mein Baby zu retten.«

»Das tue ich ja auch«, entgegnete Nadia mit funkelnden Augen. »Aber wir tun, was wir können, um den Krieg zu gewinnen.«

Ihre Vorstellungsgespräche fanden bei einem Mann namens Hartmann statt, einem deutschen Zivilisten, der einen Teil des Fließbandes beaufsichtigte. Er war etwa so alt wie Rubys Vater, und Ruby fand es seltsam, dass ihr erster Eindruck von ihm war, dass er freundliche Augen hatte. Sie hatte gelernt, die Deutschen zu verachten, aber an Herrn Hartmann schien irgendetwas anders zu sein.

»Warum wollen Sie hier arbeiten?«, fragte er steif auf Französisch, als Ruby sich setzte, während ein SS-Mann in der Ecke lauerte.

»Ich ... ich glaube, ich bin zu einer qualifizierteren Tätigkeit befähigt als der, die ich in Ravensbrück bislang ausgeübt habe«, antwortete sie. »Ich habe einen Hochschulabschluss und ein bisschen technische Erfahrung.« Dieser letzte Teil war gelogen, aber sie wusste, dass er den Wahrheitsgehalt ihrer Worte nicht überprüfen können würde.

»Einen Hochschulabschluss? Von wo?«

»Dem Barnard College in New York.«

»Sind Sie Amerikanerin?«

Sie nickte. »Ich habe vor dem Krieg einen Franzosen geheiratet und bin ihm nach Paris gefolgt. Aber ich bin in Kalifornien geboren.«

Er beugte sich vor, wechselte ins Englische über. »Ich würde sehr gern eines Tages nach Amerika fahren.« Sie tauschten einen Blick, bevor Herr Hartmann blinzelte und kurz zu dem Wachmann hinübersah. »Jedenfalls, die Arbeit hier ist am Fließband. Meinen Sie, Sie können damit umgehen, Befehle entgegenzunehmen und mit Maschinen zu arbeiten?«

»Ja, Sir.« Sie hielt einen Moment inne. »Ihr Englisch ist sehr gut.«

»Danke«, erwiderte er. Er lächelte traurig. »Ich habe vor langer Zeit Kurse in englischer Literatur besucht. Ich war Universitätsprofessor, früher einmal.«

»Der Krieg hat uns alle verändert«, erwiderte Ruby leise.

Herr Hartmann nickte. »Ja, ich sehe in den Spiegel und habe das Gefühl, mich selbst kaum noch zu erkennen.«

Als sie den Raum verließ, wusste sie, dass sie den Job bekommen würde.

Kapitel 40

Juli 1944

Am darauffolgenden Montag nahmen Nadia und Ruby ihre Arbeit in der Siemensfabrik auf. Auch wenn die Tätigkeit etwas leichter war als die schwere Schufterei in den Sanddünen, war sie dennoch zermürbend. Die Frauen saßen zwölf Stunden täglich an ihren Stationen, ihre Hände wie betäubt und blutend, ihre Augen blutunterlaufen und entzündet.

Ruby erkannte rasch, dass sie die technischen Fachkenntnisse, von denen Herr Hartmann gesprochen hatte, gar nicht benötigten. Sie setzten elektrische Teile zusammen, die für Raketen verwendet wurden, und sie mussten lediglich einfachen Anweisungen folgen können. Während sie arbeitete, stellte sich Ruby vor, dass sie vielleicht eine elektrische Komponente für eine Waffe baute, die auf Thomas' Stützpunkt in England abgefeuert wurde, dass sie irgendwie dafür verantwortlich sein würde, ihn in ein und demselben Leben gerettet und zugrunde gerichtet zu haben. Daher lernte sie eifrig, als Nadia ihr zeigte, wie man die Teile locker lötete, sodass die Chance bestand, bei den Schaltungen einen Kurzschluss auszulösen. »Du musst alles richtig einsetzen, damit die Deutschen es nicht bemerken«, erklärte Nadia geduldig, »aber es gibt trotzdem Möglichkeiten, etwas zu verpfuschen.«

Ruby hätte schwören können, dass Herr Hartmann wusste, was sie taten, aber der Mann sagte nie etwas. Im Gegenteil, vor den Wachleuten behandelte er die Häftlinge wie die Sklaven, zu denen sie geworden waren, und ignorierte sie fast völlig, außer um hier und da kühl die Konstruktion eines Teils zu korrigieren. Aber es gab Ecken in der Fabrik, in die sich die Wachleute nur selten vorwagten, und Ruby lernte bald, dass Herr Hartmann, wenn sie ihre elektrischen Komponenten dorthin trug, als wäre es ihr Auftrag, oft wartete, erpicht darauf, sich mit ihr zu unterhalten. Wie sich herausstellte, war er entsetzt von dem Mangel an Menschlichkeit, der Ruby und den anderen entgegengebracht wurde. Er flüsterte Fragen – *Warum hat man Ihnen die Köpfe rasiert? Was passiert mit den Frauen, die zu schwach zum Arbeiten sind? Wie viel gibt man Ihnen zu essen?* –, und sein Gesicht wurde mit jeder Antwort blasser.

In ihrer dritten Woche in der Fabrik nahm Herr Hartmann Ruby beiseite und fragte sie, ob er vielleicht einen Brief für sie abschicken sollte. »Ihre Familie muss in großer Sorge um Sie sein«, meinte er. Für einen Sekundenbruchteil fragte sie sich, ob es eine Falle war, eine vorgetäuschte Einladung, um sie zu ködern, gegen die Vorschriften zu verstoßen. Aber seine Augen blickten so freundlich wie immer, und nach einem Moment flüsterte sie: »Ja«. Ihr Herz schwoll vor Freude. Zu wissen, dass es wenigstens eine Chance gab, ihren Eltern eine Nachricht zukommen zu lassen, würde das Risiko wert sein. »Aber ich habe weder Stift noch Papier.«

Er versprach ihr, beides am darauffolgenden Tag mitzubringen. Er hielt Wort und steckte ihr zwei Blatt Papier und einen Stift zu, als sie sich am nächsten Morgen in der Ecke trafen, und an jenem Abend, während ihre beiden Pritschennachbarinnen schliefen, schrieb sie im Licht des Mondes ihren Brief. Sie hielt ihn in einem leichten Ton und verzichtete weitgehend auf persönliche Informationen und negative Kommentare, da immer die Gefahr bestand, dass er konfisziert wurde.

Liebste Mutter, liebster Vater,

es gibt keine Worte dafür, wie sehr ich euch beide vermisse. Ich denke ständig an euch, und ich träume von dem Tag, an dem ich euch wiedersehen kann. In der Zwischenzeit sollt ihr wissen, dass es mir gut geht. Ich bin im Moment in einem Gefangenenlager in Deutschland, aber ihr dürft euch keine Sorgen machen. Marcel ist 1941 gestorben, aber meine Cousine ist bei guter Gesundheit. Sie ist jetzt fünfzehn Jahre alt. Sie kann euch alles erklären. Bitte tut, was ihr könnt, um sie in die Staaten zu holen und euch um sie zu kümmern, falls mir irgendetwas zustoßen sollte. Bis zu unserem Wiedersehen seid versichert, dass es meine Gedanken an euch und an zu Hause sind, die mir Kraft geben.

Für immer in tiefster Liebe,
Ruby

Sie wusste, dass sie das Baby nicht erwähnen konnte, und sie überlegte mindestens eine Stunde hin und her, bevor sie entschied, die Cousine hinzuzufügen. Es würde ihre Eltern vor ein Rätsel stellen, aber sie hoffte, dass Charlotte, wenn Ruby in Deutschland umkommen sollte, irgendwie den Weg zu ihnen finden würde, und dass sie verstehen würden, wer das Mädchen war und wie sehr Ruby es geliebt hatte. Aber mehr zu erwähnen, hätte Charlotte in Gefahr gebracht.

An Charlotte zu denken, war schmerzlich. Wenigstens konnte Ruby bis zum Tod kämpfen, um das Baby in ihrem Bauch zu schützen. Charlotte hingegen war Hunderte von Kilometern entfernt. Sie könnte bereits abgeholt worden sein, erschossen. Bei dem Gedanken musste Ruby schlucken und würgen, und sie versuchte, ihn zu verdrängen, aber in jener Nacht konnte sie nicht schlafen, ohne vor ihrem geistigen Auge zu sehen, wie Charlotte gefoltert wurde.

»Geht es dir gut?«, fragte Nadia sie am nächsten Tag, nachdem ihr Häftlingskontingent im dunstigen Licht des frühen Morgens von Ravensbrück zu der Fabrik getrieben worden war. Sie nahmen nebeneinander ihre Plätze am Fließband ein und flüsterten, wie sie es oft taten, miteinander, wenn die Wachleute nicht hinsahen.

»Ich denke nur an jemanden, den ich zurückgelassen habe«, antwortete Ruby. Der Brief an ihre Eltern steckte zusammengefaltet und gepresst in ihrer Unterwäsche, nur für den Fall, dass sie beim Hereinkommen durchsucht wurde, aber die Wachleute schienen an diesem Morgen abgelenkt.

»Dein Liebster?«

Ruby lächelte. »Nein. Es gibt einen Mann, aber…« Sie brach ab und schüttelte stattdessen den Kopf. Wie könnte sie das mit Thomas irgendjemandem erklären? Es fühlte sich alles noch immer wie ein Traum an, als sei er nie echt gewesen. »Nein, Nadia, ich habe an ein Mädchen gedacht, das mir sehr viel bedeutet. Ihre Eltern haben sie vor zwei Jahren bei mir gelassen, als sie abgeholt wurden, und sie ist wie eine Schwester für mich geworden. Vielleicht sogar eine Tochter. Ich bin jeden Tag besorgt um sie.«

»Und es gibt jemanden, der sie versteckt?«

»Ein Junge passt auf sie auf. Er ist erst sechzehn, aber er liebt sie.«

Nadias Miene wurde sanfter. »Wie außergewöhnlich, inmitten des Krieges Liebe zu finden.«

Ruby nickte, dachte wieder an Thomas. »Außergewöhnlich, in der Tat.«

»Dann wird es ihr also gut gehen.«

Ruby lachte über die Gewissheit in der Stimme ihrer Freundin. »Ich wünschte, ich hätte deinen Optimismus. Du scheinst dir so sicher zu sein, was die Zukunft angeht.«

In diesem Moment kam ein Wachmann vorbei und funkelte sie an, und Ruby tat, als sei sie in ihre Arbeit vertieft. Als er weitergegangen war, stieß Nadia sie in die Seite. »Ich bin mir in gar nichts sicher. Aber wenn wir keine Hoffnung haben, dann haben wir gar nichts.«

»Dann wünschte ich, ich hätte deine Hoffnung.«

»Die hast du«, erwiderte Nadia. Sie lächelte über Rubys verständnislose Miene. »Das bedeutet mein Name. Hoffnung. Solange du Nadia hast, hast du Hoffnung.«

Ruby lächelte. Es war ein hübscher Gedanke, die Vorstellung, dass die Hoffnung selbst in einem Menschen verkörpert sein konnte. Sie schwieg einen Moment, während ein anderer Wachmann vorbeiging. »Herr Hartmann hat angeboten, für mich einen Brief nach Hause zu meinen Eltern zu schicken. Du glaubst nicht, dass es eine Falle ist, oder?«

Nadia biss sich auf die Lippe. »Nein, das glaube ich nicht. Ich glaube, er ist ein guter Mann, der sich schrecklich fühlt wegen der Dinge, die uns passieren.«

»Warum tut er dann nichts, um es aufzuhalten?«

»Glaubst du nicht, dass er das will? Glaubst du nicht, dass es viele Deutsche gibt, die das wollen? An einem Ort wie diesem ist das System selbst so riesig geworden, dass es sich unmöglich aufhalten lässt. Wie ein Schneeball, der am Gipfel eines Berges beginnt und zu einer gewaltigen Kugel geworden ist, bis er unten ankommt. Aber ich glaube, dass es Leute wie Herrn Hartmann gibt, die versuchen, auf einer kleineren Ebene etwas zu bewirken, für Leute wie uns. Ich denke, du kannst ihm vertrauen.«

»Das glaube ich auch.«

Etwas später an diesem Nachmittag traf Ruby Herrn Hartmann in der Ecke der Fabrik und steckte ihm den Brief zu. »Danke«, flüsterte sie.

»Das ist das Mindeste, was ich tun kann, Ruby«, erwiderte er ernst. »Keine von euch sollte das hier erdulden müssen.«

»Aber wie können Sie es ertragen, für die Gestapo zu arbeiten? Ein Fließband zu beaufsichtigen, an dem Waffen für die Nazis hergestellt werden?«

Er legte die Stirn in Falten, und für einen Moment war sie sich sicher, dass sie ihre Grenzen überschritten hatte. Aber dann schüttelte er den Kopf. »Ich schaffe es, für gerade genug Pannen am Fließband zu sorgen, um die Waffenproduktion zu verlangsamen. Es ist nicht viel, Ruby, aber immerhin etwas. Wir alle müssen tun, was wir können, meinen Sie nicht auch? Das ist die einzige Chance, die das Gute hat, um letztendlich zu siegen.«

Mitte August hatte Ruby gehört, dass Häftlinge, die ihre Arbeit nicht mehr erfüllen konnten, unverzüglich getötet und ihre Leichen in riesigen Öfen verbrannt wurden, aus denen grausame schwarze Rauchwolken in den Himmel aufstiegen. Der Geruch von verbranntem Fleisch lag in der Luft.

Ruby war fast im achten Monat schwanger, aber man sah es ihr nicht an. Ihr Bauch war ungefähr halb so groß wie bei ihrer ersten Schwangerschaft. Es waren nur noch fünf oder sechs Wochen bis zum Ende der normalen Schwangerschaftsdauer, aber wenn sie sich genau richtig hinstellte, strich die Luft über den Baumwollstoff ihres Kleides und hütete ihr Geheimnis. Die Aufseher in der Fabrik waren ohnehin die meiste Zeit abgelenkt, und sie schienen weniger darauf aus zu sein, die Häftlinge zu misshandeln, als die Wachleute innerhalb des Lagers.

Der Tod lauerte nicht mehr ganz so bedrohlich wie damals, als Ruby innerhalb des Hauptlagers gearbeitet hatte. Krank zu werden hingegen bedeutete für einen Häftling, wieder hinter den Toren zu landen, und es ging das Gerücht, dass man, wenn man allzu lange im Krankenblock blieb, direkt in den Tod geschickt wurde. Genau das war mit Denise passiert, einem stillen französischen Mädchen, das ein paar Stationen weiter mit Ruby am Fließband gearbeitet hatte. Eines Tages hatte sie gehustet; am nächsten Tag war sie verschwunden. Es dauerte eine Woche, bis sich herumsprach, dass bei ihr ein rheumatisches Fieber festgestellt und sie zum Sterben verurteilt worden war. Am Dienstag hielten die Fabrikarbeiterinnen eine heimliche Schweigeminute für sie ab, und am Ende jenes Tages stellte Ruby zu ihrem Entsetzen fest, dass sie ebenfalls ein quälendes Kratzen im Hals verspürte.

»Ich glaube, ich werde krank«, sagte sie an jenem Abend zu Nadia, als sie sich schlafen legten. Ihre Kehle war heiser und rau, und sie begann zu schwitzen.

Nadia legte ihr eine kühle Hand auf die Stirn. »Ruby, du glühst ja.«

»Fieber?«

Nadia nickte ernst.

Ruby setzte sich mühsam auf. »Aber ich darf nicht krank werden. Das könnte dem Baby schaden.«

Nadia legte die Stirn in Falten. »Ich bin eher besorgt darum, was passieren wird, wenn sie dich in den Krankenblock bringen. Diesmal werden sie deine Schwangerschaft mit Sicherheit nicht übersehen.« Sie schwieg einen Moment. »Du musst es Herrn Hartmann sagen.«

»Was?«

»Du musst es ihm sagen«, wiederholte Nadia eindringlicher. »Er hat dir schon einmal geholfen, Ruby. Er wird dich nicht sterben lassen.«

»Aber was kann er denn schon tun?« Jetzt weinte Ruby. Sie war so lange stark gewesen, aber auf einmal war sie so erschöpft. Die Hitze des Fiebers wallte in ihr auf.

»Ich weiß es nicht. Aber ich glaube, es ist deine einzige Chance.«

Am nächsten Morgen fühlte sich Ruby noch schlechter. Ihr Gesicht glühte, und die Welt schien sich zu drehen. Bevor sie die Baracke verließ, legte sie die Hände um ihren Bauch und flüsterte ein stilles Gebet: »Ich weiß nicht, ob du mich hören kannst, Gott, aber bitte rette mein Baby.« Sie verbiss sich die Tränen, spritzte sich etwas Wasser ins Gesicht und ging dann hinaus zum Appell, während sie betete, die Wachleute mögen von ihrer Krankheit nichts bemerken.

Zum Glück taten sie es nicht, aber das bedeutete nur einen kurzen Aufschub. Im Laufe des Vormittags wurde Ruby bewusst, dass sich ihr Zustand weiter verschlimmerte. Ihre Hände zitterten, während sie versuchte, elektrische Teile zusammenzusetzen, und der Schweiß tropfte ihr von der Stirn. Ihr Mund war trocken, so trocken, und wenn sie es wagte, die Augen zu schließen, würde sie sie vielleicht nie wieder aufschlagen.

»Du musst jetzt zu Herrn Hartmann gehen«, flüsterte Nadia, als es auf Mittag zuging. »Du hast keine andere Wahl, Ruby. Die Wachleute werden deinen Zustand sehr bald bemerken, wenn du es nicht tust.«

»Ist das meine einzige Option?«, fragte Ruby.

Nadia nickte. »Ich glaube schon, ja.«

Und so erhob sich Ruby zitternd, nachdem der Wachmann das nächste Mal vorbeigegangen war, und schleppte sich zu der hinteren Ecke des Gebäudes, wohin sie Herrn Hartmann ein paar Minuten zuvor hatte gehen sehen. Es kostete sie viel Kraft, aufrecht zu gehen, ohne sich an der Wand abzustützen, und sie musste sich schwer konzentrieren, um nicht von dem Boden vor ihr hinuntergezogen zu werden. Wie durch ein Wunder traf sie Herrn Hartmann allein an, der mit gefurchter Stirn ein paar Blätter mit Notizen durchging. Er sah auf, als sie näher trat. »Ruby«, sagte er lächelnd. Aber seine Miene änderte sich prompt, als sie nach vorn stolperte. »Mein Gott«, sagte er, während er eine Hand ausstreckte, um sie zu stützen. »Was ist los?«

»Ich bin krank«, flüsterte sie.

»Ja, das ist nicht zu übersehen. Haben die Wachleute es noch nicht bemerkt?«

»Nein. Aber ich fürchte, mir bleibt vielleicht nicht mehr viel Zeit.«

Er hielt noch immer ihren Arm. »Und was wird dann passieren? Wird man Sie in den Krankenblock schicken?«

Sie holte tief Luft, sodass sie husten musste. Es war Zeit, ihm die Wahrheit zu sagen. »Herr Hartmann, ich bin schwanger.«

Er sah kurz auf ihren Bauch und dann wieder in ihr Gesicht, seine Augen voller Mitgefühl. »Ja, ich weiß.«

»Sie wissen es?«

»Ich konnte es an dem Tag sehen, an dem ich Sie eingestellt habe, Ruby. Wie weit sind Sie?«

Sie hustete wieder. »Fast acht Monate.«

Seine Augen weiteten sich. »Ich dachte, vielleicht vier oder fünf.«

Sie schüttelte den Kopf. »Wir hungern, Herr Hartmann. Es ist ein Wunder, dass mein Baby überhaupt noch am Leben ist.«

»Ein Wunder, allerdings.« Er musterte sie. »Und wenn Sie in den Krankenblock kommen und man feststellt, dass Sie schwanger sind …?«

»Wartet der Tod, denke ich.«

»Großer Gott«, murmelte er, während er sich mit einer Hand durchs Haar fuhr. Sie konnte einen Sturm der Unschlüssigkeit in seinen Augen sehen, und zum ersten Mal wurde ihr bewusst, wie unfair das hier war. Sie bat ihn, etwas zu tun, das sein eigenes Leben in Gefahr bringen würde. Und was für eine Verpflichtung hatte er schon, ihr zu helfen? »Ruby«, sagte er schließlich, »Sie müssen heute gehen. Es gibt keine andere Wahl.«

Sein Ton war so entschieden, dass sie fast auflachen wollte. Als ob es so leicht wäre, einfach wegzugehen! »Aber wie?«, flüsterte sie.

Er dachte einen Moment nach. »Treffen Sie mich um vier Uhr hier. Dann werde ich eine Antwort haben.« Er entfernte sich, bevor Ruby etwas erwidern konnte.

Die nächsten Stunden verstrichen, und nachdem Ruby Nadia von Herrn Hartmanns Worten berichtet hatte, grübelten sie beide darüber nach, was er vorhaben könnte. Es war schließlich nicht so, dass eine inhaftierte Frau einfach in die Nachmittagssonne hinausspazieren und sich in der deutschen Landschaft niederlassen konnte. Und auch wenn es ihre Hauptsorge war, unbemerkt aus der Fabrik herauszukommen, würde Ruby immer noch mit ihrem rasenden Fieber fertig werden müssen.

»Ich werde mit dir mitkommen, um mit ihm zu reden«, erklärte Nadia entschieden, während die Zeiger auf der Wanduhr langsam auf vier vorrückten. »Jemand muss dich beschützen. Lass uns sehen, was Herr Hartmann vorhat, und ich werde tun, was ich kann, um zu helfen.«

Ruby war zu schwach, um zu protestieren, auch wenn sie schreckliche Angst hatte, dass Nadia sich unnötig in Gefahr begeben würde. Sie hoffte natürlich, dass Herr Hartmann Nadia überreden würde, zu ihrer Arbeit zurückzukehren. Schließlich hatte Ruby nichts zu verlieren; der Tod war ihr gewiss, wenn sie blieb. Aber das Lager würde sicher bald befreit werden, und Nadia war stark und tapfer. Sie würde überleben. *Hoffnung*, dachte Ruby.

Um kurz vor vier schlüpften die beiden Frauen zusammen hinaus, als die Wachleute nicht hinsahen, und eilten zu der Ecke. Herr Hartmann war bereits da, und er schien verblüfft, Nadia zu sehen. »Sie müssen zu Ihrer Station zurückkehren«, sagte er.

»Ruby ist meine Freundin.« Ihre Antwort kam prompt und entschieden. »Ich muss alles tun, was ich kann, um ihr zu helfen.«

Herr Hartmann musterte sie einen Moment, als versuchte er, etwas zu entscheiden. »Nun gut. Ja.«

Nadia nickte. »Was ist der Plan?«

Er hielt einen Leinensack hoch. »Sie werden das hier mitnehmen, Ruby. Es sind ein paar Kleider von meiner zwölfjährigen Tochter.«

»Sie haben eine Tochter?«, fragte Ruby.

»Und eine Frau und einen Sohn.«

Ruby starrte auf den Leinensack, und dann schüttelte sie den Kopf. »Nein. Nein, ich kann nichts tun, was Sie oder Ihre Familie in Gefahr bringen würde.«

»Mein Entschluss steht fest. Und auch der meiner Familie. Wir alle kennen die Risiken. Hier. Giselas Kleider dürften Ihnen passen; Sie sind ja so klein. Sie werden Ihnen helfen, nicht aufzufallen. Es gibt eine Stelle an der südöstlichen Ecke des Komplexes, wo eine Lücke im Zaun ausgebessert wird, groß genug, dass ein Häftling hindurchschlüpfen kann, wenn niemand hinsieht. Sie müssen nach Osten zum Wald laufen und dann so schnell wie möglich weiter fort. Sie werden nicht in Sicherheit sein, solange Sie in der Nähe von Ravensbrück sind. Wenn Sie ein paar Kilometer gelaufen sind, halten Sie auf den Straßen nach Rotkreuzlastwagen Ausschau. Man kann unmöglich wissen, welchen Deutschen man vertrauen kann, aber das Rote Kreuz sollte Sie hoffentlich gesund pflegen, ohne Sie an die Gestapo zu übergeben.«

»Aber … was, wenn ich keinen finde?«

»Das werden Sie. Das weiß ich. Die Lastwagen sind überall. Sie werden das Rote Kreuz finden, und man wird Ihnen gegen Ihr Fieber helfen und Ihr Baby sicher zur Welt bringen. Daran müssen wir glauben, denn eine andere Möglichkeit gibt es nicht.« Er reichte ihr den Sack. »Darin sind ein paar Kartoffeln und etwas Brot, und eine leere Flasche. In den Wäldern gibt es jede Menge Bäche, aus denen Sie Wasser schöpfen können. Und jetzt schnell, Ruby, Sie müssen gehen, bevor die Wachleute bemerken, dass wir miteinander reden.«

»Warum helfen Sie mir?«

Herr Hartmann seufzte. »Weil jeder eine Chance zu leben verdient hat, Ruby. Und weil das hier nicht das Deutschland ist, das ich kenne und liebe. Es gibt auch gute Deutsche, wissen Sie.«

»Ich weiß«, flüsterte Ruby. Natürlich wusste sie das. An jedem Ort, an dem das Böse wohnte, war auch das Gute zu finden. Dank dieser Wahrheit bewegte die Welt sich weiter vorwärts, durch all die Kriege, all die entsetzlichen Machenschaften der Menschheit hindurch. »Danke.«

»Sie müssen jetzt gehen.«

»Wie werde ich hier herauskommen, ohne dass die Wachleute mich sehen?«

Herr Hartmann warf einen Blick auf Nadia. »Wir werden für Ablenkung sorgen. Ich werde sie laut zurechtweisen, was die Wachleute auf uns aufmerksam machen sollte.«

Ruby warf einen Blick auf Nadia, die nickte und ihre Hände ergriff. »Ja. Das ist eine gute Idee. Aber du musst laufen, so schnell du kannst, Ruby. Dein Leben hängt davon ab.«

»Danke«, flüsterte Ruby, während sie ihrer Freundin in die Augen sah.

Nadia lächelte. »Egal was passiert, vergiss nicht, dass ich bei dir bin. Solange du Nadia hast, hast du Hoffnung.«

Ruby blinzelte ein paarmal. »Nadia …«

»Geh jetzt«, sagte die Russin entschieden mit einem Blick auf Rubys Bauch. »Wenn wir die Welt nicht zu einem besseren Ort für die nächste Generation machen können, was hat es dann für einen Sinn?«

Sie küsste Ruby auf die Wange, und bevor Ruby reagieren konnte, hatte Nadia begonnen, zu schreien und Herrn Hartmann eine Flut russischer Flüche entgegenzuschleudern.

»Nadia!«, rief Ruby in dem Wissen, dass ihre Freundin nicht nur für Ablenkung sorgte; hierfür würde sie mit Sicherheit geschlagen werden.

»Geh!«, zischte Nadia. »Ich akzeptiere das Risiko. Geh und sei frei, Ruby!«

»Gehen Sie«, sagte jetzt auch Herr Hartmann, bevor er Nadia am Arm packte und ihr auf Deutsch Befehle zubrüllte. Während mehrere Wachleute in ihre Richtung liefen, warf Ruby einen letzten Blick auf die beiden tapferen Menschen, die ihr Leben für sie riskierten, und schlüpfte zur Hintertür hinaus.

Sie holte tief Luft – herrliche, köstlich frische Luft – und lief auf den Rand des Komplexes zu. Aber ein Wachmann tauchte um die Ecke des Gebäudes auf, hob sein Gewehr und bellte: »Halt!«

Nein. Ruby konnte nicht stehen bleiben. Nicht jetzt. Nicht wenn sie der Freiheit so nah war. Nicht wenn Nadia so viel für sie riskierte. Und so rannte sie los. Sie betete, der Wachmann möge danebentreffen, wenn er zu schießen versuchte. Aus dem Augenwinkel sah sie Nadias Gesicht im Fenster der Fabrik. *Achte nicht auf mich*, dachte Ruby, während sie sah, wie Nadia die Gefahr erkannte, in der ihre Freundin schwebte. *Mach es für dich nicht noch schlimmer.*

Aber es war zu spät. Noch immer russische Flüche ausstoßend, stürmte Nadia aus derselben Fabriktür, durch die Ruby eben gekommen war, und stürzte sich auf den Wachmann mit dem Gewehr.

»Nein!«, schrie Ruby, aber es war bereits zu spät.

»Ich habe gesagt, geh!«, schrie Nadia, während sie ihre Finger in das Gesicht des Wachmanns krallte, der verblüfft vor Schmerz aufschrie.

Ruby zögerte einen Sekundenbruchteil, da sie wusste, dass sie zurückgehen sollte, da sie alles tun wollte, was sie konnte, um Nadias Leben zu retten. Aber in diesem Moment trat das Baby in ihr heftig gegen ihren Brustkorb, und sie erinnerte sich schlagartig an alles, wofür sie kämpfte.

Und so rannte sie. Sie rannte auf die fast unsichtbare Lücke zu, die genau an der Stelle war, die Herr Hartmann beschrieben hatte, und dann auf den Wald zu, selbst als Schüsse hinter ihr hallten. Sie rannte, selbst als sie Nadias erstickten Schrei hörte. Sie rannte, als der Körper ihrer Freundin von Kugeln durchsiebt auf den Boden aufschlug. Sie rannte und rannte, bis die Fabrik verschwand, bis der Baldachin der Bäume das Blau des Himmels verdeckte, bis sie allein mitten in einem schweigenden Wald war, überzeugt, dass keine Schritte hinter ihr waren.

In der Stille begann sie zu schluchzen. *Egal was passiert, Ruby, vergiss nicht, dass ich bei dir bin,* hallte Nadias Stimme in ihrem Kopf wider. *Solange du Nadia hast, hast du Hoffnung.*

Kapitel 41

August 1944

Nachdem das Adrenalin in ihrem Körper abgeflaut war, verlangsamte Ruby ihr Tempo. Niemand folgte ihr, und es wurde immer schwieriger, sich einen Weg durch das Unterholz zu bahnen, je tiefer sie in den Wald eindrang. Sie konnte die Sonne nicht sehen, und sie war sich nicht mehr sicher, in welche Richtung sie lief. Ihr Körper brannte, ihr Kopf dröhnte, und ihr Blick war verschwommen von Tränen. »Nadia«, wiederholte sie immer wieder, während neue Tränen quollen. Was hatte ihre Freundin getan? Hatte sie, als sie Ruby zur Flucht ermunterte, gewusst, dass das passieren könnte? War es das, was Nadia ihr zu sagen versuchte – dass sie bereit zu sterben war, um sie zu beschützen?

Bis es Nacht wurde, drehte sich die Welt. Ruby blieb an einem Bach stehen, füllte die Flasche, die Herr Hartmann ihr mitgegeben hatte, und leerte sie in einem Zug. Sie aß eine halbe Kartoffel, erbrach sie jedoch fast augenblicklich wieder. Sie setzte sich an einen umgestürzten Baum und sagte sich, dass sie sich nur ein paar Minuten ausruhen würde, bevor sie weiterlief. Aber bevor sie sich versah, hatte sich die Nacht gesenkt. Der Schlaf übermannte sie und war erfüllt von Albträumen von Nadias Blut, das in den nebligen deutschen Nachmittag hochspritzte.

Als sie aufwachte, schimmerte das Tageslicht durch die

Bäume, und Ruby fuhr erschrocken hoch. Wie lange hatte sie geschlafen? Sie konnte es unmöglich wissen; sie hatte keine Uhr, und sie konnte den Stand der Sonne am Himmel nicht sehen. Sie rappelte sich mühsam hoch, ging zurück zu dem Bach und trank noch etwas Wasser, bevor sie wieder eine halbe Kartoffel aß. Diesmal behielt sie das Essen bei sich, aber sie wusste, dass sie noch immer fieberte. Ihr Magen rumorte, und ihre Stirn glühte. Aber wenigstens hatte der Schwindel nachgelassen, was heißen musste, dass sie auf dem Weg der Besserung war.

Sie schlüpfte in das Kleid und die Schuhe, die Herr Hartmann ihr mitgegeben hatte. Sie wunderte sich, wie gut ihr die Kleidung eines Kindes passte. Hatte sie wirklich so viel Gewicht verloren? Als sie an ihrem Körper hinuntersah, wusste sie es. Sie bestand nur noch aus Haut und Knochen und einem Bauch. Herr Hartmann hatte ihr außerdem ein Tuch mitgegeben, das sie sich jetzt um den Kopf band, da ihre kurz geschorenen Haare sie leicht als entflohenen Häftling verraten könnten.

Ruby setzte sich für ein paar Minuten, um etwas Kraft zu schöpfen und mit dem Baby zu reden, dann stand sie auf und begann, in die Richtung zu laufen, in der ihrer Vermutung nach Westen war. Es war durchaus möglich, dass sie zurück in Richtung des Lagers lief, genau in die Arme eines Suchtrupps. Andererseits, wussten sie überhaupt, dass sie fehlte? Vielleicht schämte sich der Wachmann, der Nadia erschossen hatte, dafür, dass er Ruby entwischen ließ. Vielleicht würde er zu niemandem etwas sagen. Beim Appell heute Morgen würde man ihr Fehlen bemerkt haben, aber bis dahin gingen sie sicher davon aus, dass es zu spät war, um nach ihr zu suchen. Sie hoffte nur, dass Herrn Hartmanns Mittäterschaft bei ihrer Flucht nicht aufgeflogen war.

Während sie weiterging, flehte Ruby Gott an, sie sicher in die Obhut von jemandem zu bringen, der ihr helfen und sie nicht den Behörden übergeben würde. Schließlich wusste sie, dass es in der Nähe von Ravensbrück nichts gab außer der polnischen Grenze, und nach Osten zu gehen, schien töricht; die Deutschen hielten Polen noch immer im Würgegriff, und dort gab es sogar noch entsetzlichere Konzentrationslager. Vor ihrer Flucht waren Häftlingstransporte aus Auschwitz in ihrem Lager eingetroffen, und diese Frauen sahen sogar noch skelettartiger aus als die Frauen in Ravensbrück. Jeden Tag starben sie zu Hunderten; manche fielen mitten bei ihrer Zwangsarbeit tot um, andere wachten einfach morgens nicht mehr auf.

»Schlaf, Kindlein, schlaf«, begann Ruby zitternd zu singen, während sie weiterging, die Hände beschützerisch um ihren Bauch gelegt. »Der Vater hüt die Schaf. Die Mutter schüttelt's Bäumelein, da fällt herab ein Träumelein. Schlaf, Kindlein, schlaf.« Ruby konnte sich an keine anderen Zeilen des Liedes erinnern, daher sang sie die, die sie kannte, einfach immer wieder.

Schließlich erreichte sie Stunden später eine breite Straße am Rande des Waldes. Sie blieb wie angewurzelt stehen, nicht vorbereitet auf die Risiken, die eine Rückkehr in die Zivilisation barg. Aber sie könnte als einheimische Arbeiterin durchgehen anstatt als Häftling. Das Problem war, dass sie nur ein paar Worte Deutsch sprach. Sie konnte sich mit Sicherheit nicht als deutsche Zivilistin ausgeben, aber vielleicht könnte sie jemanden glauben machen, dass sie ein Flüchtling von irgendwo anders war. Die andere Alternative war, wieder im Wald unterzutauchen und in eine andere Richtung weiterzulaufen, aber Ruby fühlte sich schon jetzt völlig verloren, und sie hatte das Gefühl, zu verhungern oder ihrem Fieber zu erliegen, wenn sie sich nicht bald in Sicherheit brachte. Nein, am besten versuchte sie, eine Mitfahrgelegenheit bei jemandem zu bekommen, der nach Westen fuhr, und zu hoffen, dass dieser jemand Mitleid mit ihr haben würde. Das war ihre einzige Chance.

Mit gesenktem Kopf und hämmerndem Herzen ging sie die Straße entlang. Sie war sich nicht sicher, ob sie das Richtige tat, aber sie war überzeugt, dass sie keine andere Wahl hatte. Mehrere Wagen rumpelten an ihr vorbei, ohne auf sie zu achten, aber schließlich sah sie in der Ferne einen kleinen Lastwagen, auf dessen Motorhaube ein weißes Quadrat mit einem roten Kreuz prangte. Sie blinzelte ein paarmal, während er näher kam, anfangs sicher, dass sie es sich nur einbildete. Konnte das ein deutsches Rotkreuzfahrzeug sein?

Sie stellte sich in die Mitte der Straße und winkte mit beiden Armen. »Bitte anhalten!«, rief sie auf Deutsch. »Bitte anhalten!«

Zu ihrer Erleichterung verlangsamte der Lastwagen sein Tempo und kam neben ihr zum Stehen. Der Mann auf dem Fahrersitz schien kaum älter als Charlotte zu sein, und er war eher besorgt als wütend. Das war ein gutes Zeichen. Er sagte irgendetwas auf Deutsch zu Ruby. Sie schüttelte den Kopf und murmelte, ebenfalls auf Deutsch: »Ich verstehe nicht.« Er versuchte es noch einmal, wiederholte seine Worte langsamer, aber sie schüttelte noch immer den Kopf. »Es tut mir leid«, sagte sie schließlich auf Französisch. »Ich verstehe nicht.«

Irgendetwas an seiner Miene veränderte sich, und er musterte sie von oben bis unten. »Häftling?«, fragte er auf Französisch.

»Nein«, beeilte sie sich zu sagen. »Arbeiterin.«

Der Mann wirkte skeptisch, aber dann wandte er sich um, um sich mit den anderen beiden Männern im Lastwagen auf

Deutsch zu beratschlagen. Schließlich nickte er und wandte sich wieder zu ihr um. »Steigen Sie ein«, sagte er auf Französisch, während er mit einem Nicken nach hinten wies. »Wir nehmen Sie mit, so weit wir fahren. Dann steigen Sie aus.«

»Ja, ja, natürlich.« Eine Welle der Erleichterung durchflutete Ruby. »Vielen Dank!«

»Bitte«, sagte der Mann mit einem leisen Lächeln. Er hielt einen Moment inne, bevor er auf Französisch fragte: »Sind Sie krank?«

Rubys Mund war mit einem Mal wie ausgedörrt. Ja, in dem Lastwagen gab es vermutlich medizinische Versorgungsmittel, aber was würde sie tun, wenn sie sich weigerten, sie mitzunehmen, weil sie sich nicht mit ihrem Fieber anstecken wollten? Nein, wichtiger war es jetzt, möglichst weit weg von Ravensbrück zu kommen. »Nur sehr müde«, antwortete sie mit möglichst fester Stimme. »Und hungrig.«

»Verstehe.« Er wandte sich um und sagte etwas zu dem Mann auf dem Beifahrersitz, der in einer Tasche wühlte und einen Apfel, ein Stück Brot und etwas Käse hervorholte. »Hier. Essen Sie.« Er wies noch einmal mit einem Nicken nach hinten, und Ruby, im ersten Moment verblüfft von diesem reichen Festmahl, murmelte einen Dank, bevor sie das Essen entgegennahm und einstieg. Sie aß gierig, während der Lastwagen weiterfuhr, und obwohl ihr übel war, schloss sie die Augen und beschwor das Essen, in ihrem Magen zu bleiben. Ihr Baby brauchte es. Bald, eingelullt von der Bewegung des Lastwagens, fiel sie in einen tiefen Schlaf.

Es war dunkel, als sie davon aufwachte, dass ein Mann sie an der Schulter rüttelte. Es war der Fahrer des Rotkreuzlastwagens, begriff sie, und er sagte etwas zu ihr. »Ich… ich verstehe nicht«, brachte sie zustande, während sie sich mühsam aufsetzte.

»Sie gehen hier entlang«, sagte er auf Französisch. »Wir fahren in diese Richtung.« Er zeigte die Straße hinunter, und auch wenn sie sich nicht sicher war, warum sie nicht mit ihm weiterfahren konnte, wusste sie, dass sie besser keine Widerworte geben sollte.

»Vielen Dank fürs Mitnehmen«, sagte sie. »Wo sind wir?«

Er brauchte einen Moment, um zu antworten. »Ganz in der Nähe der Schweizer Grenze. Die Schweiz ist in dieser Richtung.« Er zeigte die Straße hinunter ins Dunkel.

»Die Schweiz?« Jetzt richtete sie sich kerzengerade auf, ihr Herz hämmerte wild. Das war nicht die Richtung, in die sie gewollt hatte, aber war das nicht sogar besser? Die Schweiz war neutral, und dort würde sie vermutlich eher Hilfe finden, als wenn sie versucht hätte, sich nach Norden in das besetzte Dänemark durchzuschlagen. Außerdem grenzte die Schweiz an Frankreich, was hieß, dass sie gar nicht so weit entfernt von zu Hause war. »Danke«, wandte sie sich an den Mann, der betont auf seine Uhr sah. »Haben Sie vielen Dank.«

»Bitte«, sagte er. »Viel Glück.«

Er half ihr herunter, und bevor sie eine Chance hatte, noch irgendetwas zu sagen, kletterte er bereits wieder auf den Fahrersitz und fuhr los. Erst als er verschwunden war, begriff sie, dass er ihr noch einen Apfel und ein Stück Käse in die Hand gedrückt hatte, bevor er wegfuhr.

Sie schlang das Essen hinunter, während sie im Gras stand, und überlegte, was sie jetzt tun sollte. Die Straße hier war schmaler als die, an der der Rotkreuzlastwagen sie am Morgen mitgenommen hatte; sie war unbefestigt und schien sich durch eine unbewohnte ländliche Gegend zu schlängeln. Wenn sie, wie der Rotkreuzmann gesagt hatte, nahe der Schweizer Grenze war, dann konnte sie sich ein bisschen sicherer fühlen. Vielleicht musste sie nicht wieder im Wald untertauchen und es riskieren, sich zu verlaufen. Wenn sie auf der Hauptstraße blieb, würde sie vielleicht einen sicheren Platz zum Schlafen finden.

Ihr Körper schmerzte, und sie sang dem Baby wieder vor, während sie ging. Das Fieber brannte nicht mehr ganz so heftig. Der Schlaf im Lastwagen hatte ihr wieder zu Kräften verholfen, aber wenn sie ihren Körper zu sehr verausgabte, könnte die Krankheit sich rasch zurückmelden. Sie musste einen sicheren Ort finden, an dem sie die Nacht verbringen konnte.

Ohne eine Uhr und ohne Befehle bellende Wachleute war es unmöglich, die Zeit im Auge zu behalten, daher konnten dreißig oder auch neunzig Minuten verstrichen sein, aber schließlich sah Ruby vor sich im Mondlicht, auf einem Hügel ein paar Hundert Meter abseits der Straße, ein Bauernhaus. Sie beschleunigte ihre Schritte, während ihr Verstand raste. Es war spät; sie konnte nicht einfach anklopfen und um Obdach bitten, oder? Außerdem, was, wenn die Leute, die dort lebten, die Behörden verständigten? Aber neben dem Haupthaus gab es eine kleine Scheune, und Ruby nahm an, dass sie dort wenigstens für ein paar Stunden im Heu schlafen könnte, bevor sie sich vor Tagesanbruch wieder auf den Weg machte.

Aber als sie sich ein paar Minuten später über ein, wie es schien, Maisfeld näherte, wurde die Tür des Hauses geöffnet, und ein Mann mit einer Laterne tauchte auf. »Wer ist da?«, rief er in die Nacht. Ruby duckte sich in die Dunkelheit, in der Hoffnung, unentdeckt zu bleiben, aber das Mondlicht musste sich auf ihrer Kleidung spiegeln, denn gleich darauf kam er mit großen Schritten genau auf sie zu, wobei er eine Reihe von Drohungen ausstieß. Zumindest nahm sie an, dass es Drohungen waren; sie klangen genauso wie die Tiraden, die die Wachleute in Ravensbrück brüllten, kurz bevor sie Häftlinge aus der Reihe zerrten, um sie zu schlagen.

Ruby überlegte, ob sie weglaufen sollte, aber sie fühlte sich so schwach, und sie wusste, dass der Mann sie rasch einholen würde. Daher stolperte sie ein paar Schritte nach hinten und begann dann zu weinen, die Hände über dem Kopf erhoben. »Ich will Ihnen nichts Böses!«, sagte sie auf Englisch, und dann wechselte sie ins Deutsche, um hinzuzufügen: »Ich werde Ihnen nichts tun«, was, wie sie glaubte, ungefähr dasselbe bedeutete.

Bevor sie noch ein Wort sagen konnte, stand der Mann einen halben Meter vor ihr und leuchtete ihr mit der Laterne in die Augen. Sie schützte ihr Gesicht mit einer Hand vor dem Licht.

Er fragte sie etwas auf Deutsch, und auch wenn sie die Worte nicht verstand, begriff sie, dass er jetzt weniger aggressiv klang. Er hatte einen buschigen roten Haarschopf und ebensolchen Vollbart, und er war riesig – leicht über einen Meter achtzig groß, mit breiten Schultern und einem kräftigen Nacken. Er stellte ihr noch eine Frage auf Deutsch, sanfter diesmal, und sie antwortete auf Englisch: »Ich spreche kein Deutsch«, bevor sie dieselben Worte noch einmal auf Französisch wiederholte.

Der Mann starrte sie einen Moment an, bevor er in derselben Sprache antwortete. »Sie sprechen Französisch?«

Sie blinzelte, erschöpft vor Erleichterung. »Ja. Ich lebe in Frankreich. Sprechen Sie auch Französisch?«

»Ja. Wir sind hier nicht weit von der französischen Grenze.« Er hielt einen Moment inne und musterte sie von oben bis unten. »Wer sind Sie? Was tun Sie hier?«

»Ich …« Sie brach ab, nicht sicher, wie sie antworten sollte. Was, wenn er mit den Deutschen zusammenarbeitete?

»Keine Sorge«, sagte er einen Augenblick später, als hätte er ihre Gedanken gelesen. Sein Ton war sanft, und er hatte irgendetwas an sich, was sie an Herrn Hartmann erinnerte. »Ich werde Ihnen nichts tun. Sind Sie auf der Flucht vor den Nazis?«

»Ja«, flüsterte sie.

»Dann kommen Sie besser herein. Sie müssen sich ausruhen. Sie haben sicher einen sehr langen Weg hinter sich.«

»Ja.« Aber sie zögerte, nicht sicher, ob sie ihm vertrauen konnte.

»Kommen Sie.« Er legte ihr eine Hand auf den Arm. Die Berührung war sanft, unterstützend. »Mein Name ist Fritz. Meine Frau ist im Haus.«

Schließlich lenkte Ruby ein und ließ sich von dem Bauern wegführen.

Im Hausinneren sah sie ein loderndes Kaminfeuer und eine Frau etwa in ihrem Alter mit langen dunklen Haaren und großen braunen Augen, die in der Küche ein Stück Fleisch schnitt. Die Frau wandte sich bei ihrem Eintreten um und sagte etwas auf Deutsch, aber Fritz unterbrach sie rasch, und die Frau wechselte mühelos ins Französische über.

»Sie sind ein entflohener Häftling, richtig?«, fragte sie, und Ruby sah den Mann an und dann wieder zurück zu der Frau. War das hier vielleicht doch eine Falle? Aber bevor sie etwas erwidern konnte, fuhr ihre Gastgeberin fort: »Haben Sie keine Angst. Wir wollen Ihnen helfen. Wir glauben nicht an dieselben Dinge wie die Nazis.« Die Frau tauschte einen Blick mit ihrem Mann. »Wir sind, wie sagt man, Freiheitskämpfer.«

Ruby blinzelte unerwartete Tränen zurück. Sie wusste nicht, ob die Frau die Wahrheit sagte, aber ihr Instinkt riet ihr, ihren Worten zu glauben.

»Haben die Nazis Ihnen viel angetan?«, fragte die Frau.

Ruby nickte wortlos.

Die Augen der Frau füllten sich mit Tränen. »Es tut uns so leid. Bitte, essen Sie etwas und ruhen Sie sich hier aus. Wir werden uns morgen überlegen, wie wir Ihnen helfen können, in Sicherheit zu kommen.«

»Warum?«, flüsterte Ruby. »Warum sollten Sie mir helfen?«

»Weil niemand verdient hat, was Ihnen passiert ist. Und jetzt kommen Sie. Setzen Sie sich. Essen Sie. Heute Abend müssen Sie sich um nichts Sorgen machen.«

Nachdem sie Ruby ein kleines Abendessen aus Wurst, Brot und Bier gegeben hatte, führte Fritz' Frau, die sich als Eva vorgestellt hatte, ihren Gast zu einem kleinen Schlafzimmer, das aussah, als ob es einem Kind gehört hatte. Einige Zeit später wachte Ruby von einem stechenden Schmerz im Unterleib auf. Als sie in das unerwartete Tageslicht blinzelte, wurde ihr bewusst, dass Eva an ihrer Seite war und ihre Hand hielt.

»Sie sind schwanger?«, fragte die Frau sanft, und Ruby setzte sich mühsam auf. Das bereitete ihr nur noch mehr Schmerzen, und ihr Herz hämmerte. Worauf hatte sie sich nur eingelassen, als sie hierherkam?

»Warum sagen Sie das?« Ruby wollte aufstehen, weglaufen, aber der stechende Schmerz in ihrem Unterleib kehrte wieder, und sie schrie auf, wobei sie unbeabsichtigt Evas Hand drückte. Die Frau hielt sie fest.

»Weil Sie Wehen haben«, sagte Eva sanft. »Das Baby kommt jetzt.«

Ruby sah blinzelnd zu ihr. »Nein. Nein, das kann nicht sein. Ich muss das Baby in mir behalten.« Bilder ihres winzigen toten Sohns in der Wohnung der Dachers kamen zurück, und sie hatte entsetzliche Angst. Der Drang, das Kind in ihrem Bauch zu beschützen, war das Einzige, was sie so weit gebracht hatte. Wenn sie jetzt wieder scheiterte, wie sollte sie dann weiterleben? Was für einen Grund zu leben gab es dann noch?

»Entspannen Sie sich«, erwiderte Eva ruhig. »Ihr Baby ist stark. Ich werde Ihnen helfen. Ich habe in dieser Stadt schon vielen Kindern geholfen, zur Welt zu kommen.«

Ruby blinzelte ein paarmal, während sie sich in einer erneuten Wehe verlor. »Bitte, Sie müssen dafür sorgen, dass mein Baby in Sicherheit ist«, murmelte sie, als sie wieder sprechen konnte. »Bitte, versprechen Sie es mir.«

»Ich verspreche es. Wollen Sie mir jetzt vielleicht Ihren Namen sagen? Und den Namen des Kindsvaters?«

Ruby erstarrte vor Entsetzen.

»Keine Sorge«, beeilte sich Eva zu sagen. »Ich werde Sie niemals verraten. Aber falls Ihnen irgendetwas passiert, muss ich wissen, wer sich um das Baby kümmern soll.«

Ruby dachte ein paar Sekunden darüber nach und nickte dann. Natürlich. Sie wollte nicht, dass ihr Kind in einem Waisenhaus in Deutschland landete. »Mein Name ist Ruby Benoit.« Sie ließ Thomas unerwähnt, da sie ihn nicht in Gefahr bringen wollte. »Wenn mir irgendetwas passiert, müssen Sie meine Eltern kontaktieren. Sie sind in Amerika.«

»Amerika?« Evas Augenbrauen schossen verblüfft hoch. Sie gab ihrem Mann ein Zeichen und sagte etwas auf Deutsch. Einen Augenblick später war er mit einem Blatt Papier und einem Stift an ihrer Seite, und Eva reichte Ruby beides. »Hier. Bitte notieren Sie hier Ihre Kontaktdaten. Aber das ist nur für den Notfall. Ich weiß, dass mit Ihnen alles gut werden wird.«

Ruby war sich noch immer nicht ganz sicher, ob sie das Richtige tat, aber was konnte es schon schaden, dieser Frau die Adresse ihrer Eltern zu geben? Sie schrieb sie rasch auf und sah Eva in die Augen. »Sorgen Sie dafür, dass das Baby in Sicherheit ist«, sagte sie, während sie von noch einer Wehe überrollt wurde. »Bitte. Nur das zählt.«

Eva drückte Rubys Hände fest. »Ruby, dafür können Sie selbst sorgen. Und jetzt entspannen Sie sich. Atmen Sie mit mir. Das Baby kommt.«

Bevor Ruby in einen traumlosen Schlaf glitt, spürte sie, wie ein großes Gewicht aus ihrem Körper rutschte, gefolgt von dem schönsten Geräusch, das sie je gehört hatte: dem durchdringenden Wimmern eines Babys. Ruby begann zu schluchzen, und als sie aufsah, erschien Eva in ihrem verschwommenen Blickfeld, ein winziges, sich windendes Bündel in den Armen.

»Es ist ein Mädchen«, sagte Eva lächelnd. »Ein wunderschönes kleines Mädchen.«

Kapitel 42

August 1944

»Meinst du, Ruby weiß davon?«, fragte Charlotte, während sie und Lucien sich am letzten Dienstag im August durch eine Menschenmenge drängten, die auf den Champs-Élysées »La Marseillaise« sang. Die Welt hatte sich erneut verändert, und nach einer Woche des Kampfes, in der Panzer durch die Straßen rollten und Geschützfeuer durch die Nacht hallte, war Paris frei. Die Alliierten waren gekommen, und jetzt bewegte sich eine Siegesparade auf den Place de la Concorde zu. Die französische Flagge wehte auf dem Arc de Triomphe, und amerikanische Flaggen flatterten in der Brise, während US-Soldaten auf ihrer Prozession von Militärfahrzeugen französischen Frauen grinsend Kusshände zuwarfen. Die Pariser liefen mit Weinflaschen auf die Soldaten zu, die lachend aus ihnen tranken.

»Von der Befreiung?« Lucien hielt den Blick auf die Parade gerichtet, als könnte er es kaum glauben, als würde er jeden Augenblick damit rechnen, dass irgendetwas Schreckliches passierte. Schließlich hatten erst ein paar Tage zuvor, am Tag nachdem de Gaulle ins Kriegsministerium eingezogen war, deutsche Heckenschützen einfach so in eine jubelnde Menge geschossen. Luciens Schultern waren gestrafft, sein Kiefer angespannt. »Ich hoffe es. Jedes bisschen Glaube wird ihr Kraft geben.«

»Es wird doch nicht mehr lange dauern, bis auch die Lager befreit werden, oder? Ruby wird bald zu Hause sein.«

Lucien drückte ihre Hand. »Ich weiß es nicht. Es muss noch immer viel gekämpft werden, Charlotte. Die Alliierten werden eine Weile brauchen, um weiter nach Deutschland vorzurücken, denke ich. Und wenn wir recht damit haben, dass sie nach Ravensbrück gebracht wurde, dann ist sie sehr weit im Osten.«

Charlotte erwiderte nichts. Natürlich, er erzählte ihr nichts Neues. Doch heute brauchte sie Worte der Hoffnung und Inspiration. »Ich würde es doch wissen, wenn sie tot wäre, oder?«

Lucien sah zu ihr hinunter. »Warum sagst du das?«

»Weil ich das von meinen Eltern glaube. Ich fühle es auf eine Art, die ich nicht erklären kann. Aber von Ruby glaube ich es nicht. Sie ist noch immer am Leben. Das muss sie sein. Ich weiß es einfach.«

»Dann werden wir das glauben. Sie ist stark und tapfer, und ich denke, sie würde alles auf der Welt tun, um zu dir nach Hause zu kommen.«

»Und das Baby?«

Lucien schüttelte den Kopf. »Ich kann mir nicht vorstellen, dass das Baby überlebt hat. Ehrlich gesagt, ist es besser für Ruby, wenn es das nicht getan hat.«

Charlotte nickte. Sie hatten schon früher darüber gesprochen. Und auch wenn sie wusste, dass Rubys Überlebenschancen weitaus höher waren, wenn die Schwangerschaft geendet hatte, wusste sie doch, dass es sie völlig zugrunde richten könnte, ein zweites Kind zu verlieren.

»Aber Kopf hoch«, sagte Lucien nach einem Moment, während er Charlotte traurig anlächelte. »Das hier ist der Anfang vom Ende des Krieges. Siehst du das denn nicht? Wenn die

Deutschen Paris aufgegeben haben, dann ist es nur noch eine Frage der Zeit, bis wir auch Berlin einnehmen.«

Während sie die jubelnde Menge und die erschöpften, lächelnden Soldaten um sich herum ansah, wusste Charlotte, dass er die Wahrheit sagte.

»Heute ist ein großer Tag für uns, für Frankreich, für den Krieg.« Lucien beugte sich hinunter und gab ihr einen Kuss. »Es ist kein Tag für Traurigkeit, Liebste.«

»Ich weiß.« Natürlich hatte er recht. Aber die Sonne schien am hellsten, wenn sie hinter den dunkelsten Wolken hervorkam. Und heute, befürchtete Charlotte, war der Sturm noch nicht ganz vorbei.

»Ich liebe dich«, sagte Lucien.

»Ich liebe dich auch, Lucien.«

Und dann, zusammen mit allen Stimmen von Paris, fielen sie in den Gesang der Nationalhymne ein.

Auf, Kinder des Vaterlandes.
Der Tag des Ruhmes ist da!

Am nächsten Morgen erwachte Charlotte kurz nach der Morgendämmerung zu einem wunderschönen Sonnenaufgang genau vor dem Fenster der Wohnung, die sie sich jetzt mit Lucien teilte. Sie lebte bei ihm seit jenem Tag im April, an dem die Polizei Ruby aufgegriffen hatte, und auch wenn Lucien ein paarmal in der alten Wohnung gewesen war, um nach dem Rechten zu sehen und Monsieur Savatier zu treffen, konnte Charlotte es nicht über sich bringen, dorthin zu gehen. Das hier war jetzt ihr Leben – zumindest bis Ruby wiederkam –, und es war leichter, nach vorn zu blicken als zurück. Die Vergangenheit verfolgte einen, selbst wenn man nicht über sie nachdenken wollte.

Wenn irgendjemand Charlotte vor drei Jahren gesagt hätte, dass sie mit einem Jungen, den sie liebte, zusammenleben würde, hätte sie erst laut gelacht und wäre dann knallrot angelaufen. So etwas taten anständige junge Damen einfach nicht. Aber im Krieg war alles anders, und auch wenn Charlotte erst fünfzehn war, hätte sie genauso gut fünfundzwanzig sein können. Sie und Lucien hatten zu viel gesehen, zu viel getan, um je wieder in die Kindheit zurückzukehren. Selbst nach Rubys Verhaftung hatten sie weiterhin für die Résistance gearbeitet, und das veränderte einen Menschen für immer. Jetzt, wo Paris befreit war, war diese Arbeit erledigt, und es blieb nichts mehr zu tun, als zu warten.

Lucien rollte sich herum und schlang die Arme um Charlotte, zog sie näher an sich und vergrub das Gesicht in der warmen Stelle zwischen ihrem Hals und ihrer Schulter. Er war entzückend, wenn er schlief, wenn er seine Deckung aufgegeben hatte, wenn er nicht besorgt wegen der Dinge war, die schiefgehen könnten. Sie liebte diese Momente, bevor die Welt erwachte, wenn sie für eine kurze Weile so tun konnte, als wäre sie nicht mehr als ein Mädchen, das in einen Jungen verliebt war.

Während sie in den anbrechenden Morgen hinaussah, fragte sie sich, ob Ruby denselben Himmel sehen konnte. Waren die Farben der Morgendämmerung – Rosa-, Orange- und Blautöne – dort, wo sie war, ebenso strahlend wie in Paris? Oder feierte der Himmel hier die Befreiung zusammen mit dem Rest der Stadt, während der Himmel im Osten nach wie vor standhaft grau blieb?

Hinter ihr regte sich Lucien, murmelte ihren Namen, wie er es so oft tat, wenn er aufwachte. Sie wandte sich um und küsste ihn auf die Wange und sah dann wieder aus dem Fenster.

»Woran denkst du?«, fragte er leise, während er das Gesicht in ihren Haaren vergrub.

»Nur dass irgendwo dort draußen Ruby vielleicht denselben Himmel sehen kann«, antwortete Charlotte, während sie die Augen schloss. »Vielleicht wird eines Tages bald die Sonne aufgehen, und während sie nach Westen wandert, wird Ruby ihr nach Hause folgen.«

Kapitel 43

August 1944

An demselben Morgen, rund zweitausend Kilometer weiter südlich, betrachtete Thomas ebenfalls den Sonnenaufgang. Er saß im Cockpit einer Spitfire, und sein Herz schlug schnell, während er auf den Abflug wartete.

Er würde nach Frankreich zurückkehren. In das Land, in dem Ruby lebte. Das Land, das die Alliierten in diesem Moment zurückeroberten. Jetzt, wo die Guten wieder die Kontrolle ausübten, war es seinen Vorgesetzten egal, ob er nach Frankreich zurückkehrte; es gab keinen Widerstand mehr, den er verraten könnte, keine Gefahr, vom Himmel geschossen zu werden.

Sein Job war es lediglich, die Spit zu einem Flugplatz in der Nähe von Ramatuelle zu bringen, der bis vor einem Monat noch ein Olivenhain gewesen war. Als die Alliierten kamen, hatte die US-Armee das Gebiet plattgemacht, um eine provisorische Landepiste für Lieferungen anzulegen. Es würde ein Stützpunkt sein, von dem aus der restliche Krieg nach Osten ausgetragen wurde.

Thomas hob kurz nach der Morgendämmerung ab, während er, wie so oft, über die herrlichen Farben der Welt an beiden Enden des Tages staunte. Die Morgen- und die Abenddämmerung waren wie wunderschöne Bücherstützen, und auch wenn die Farbe oft vom Himmel sickerte, wenn es auf

Mittag zuging, begann und endete der Tag immer mit denselben prächtigen Schattierungen. An diesem Morgen lächelte Thomas vor sich hin, während er dachte, wie er Ruby nach dem Krieg mit auf einen Flug durch den Sonnenaufgangshimmel nehmen würde. Würden die Farben nahe dem Horizont – die Orange-, Rot- und Gelbtöne – sie an die Mohnblumen erinnern, von denen sie ihm erzählt hatte? Sahen die Sonnenaufgänge über Kalifornien genauso aus?

Beim Fliegen dachte er an Ruby, fragte sich, was sie in diesem Augenblick tat. In der Wochenschau hatte er die Filmaufnahmen der Befreiung von Paris gesehen und in den jubelnden Menschenmengen nach ihrem Gesicht Ausschau gehalten, auch wenn er wusste, dass die Wahrscheinlichkeit, sie dort zu sehen, gering war. Trotzdem stellte er sich vor, wie sie – mit Charlotte und Lucien an ihrer Seite – siegreich die Avenue des Champs-Élysées hinuntertanzte. Er verspürte ein gewaltiges Gefühl von Erleichterung: Sie würde sich nicht mehr in Gefahr bringen müssen, indem sie Piloten Unterschlupf gewährte. Wenn Paris frei war, dann war Ruby es auch. Das Ende des Krieges war in Sicht, und eines Tages würde er zu ihr zurückkehren können. Während er nach Norden flog, stellte er sich vor, er könnte bis zur französischen Hauptstadt blicken, die französischen Flaggen sehen, die wieder triumphierend über der Stadt wehten.

Scheinbar im Nu lag die französische Küste vor ihm. Unter der Spit schimmerte das Wasser in einem herrlichen Topasblau. Das Dorf Ramatuelle, ein winziger Flecken, unterhalb von Saint-Tropez aus dem Stein gehauen, schien sich vom Rand des Meeres zu erheben. Seine Häuserdächer schimmerten in einem zarten Orange im Morgenlicht, während sie sich vom Wasser die Klippen hoch erstreckten. Er konnte einen Kirchturm erkennen, dahinter einen Wald, ein paar Boote, die sanft im Wasser schaukelten. Er sah die Landebahn in der Ferne, und er begann, die Landung vorzubereiten.

Und dann ging alles schief.

Es begann mit einem Ruckeln, einem abrupten *Ra-ta-ta* im Motor, das sich ungewohnt und fremd anfühlte. Stirnrunzelnd überprüfte Thomas die Instrumente, aber er brauchte sie nicht, um zu wissen, was das dringlichste Problem war: Er verlor Höhe, und zwar rasch. War er getroffen worden? War irgendetwas mit der Treibstoffleitung passiert? Gab es irgendein Problem mit der Elektrik? Normalerweise war er ein Ass, wenn es darum ging, Probleme zu diagnostizieren und ruhig zu reagieren, aber im Augenblick war er ratlos. In einem Moment war alles in Ordnung gewesen, und im nächsten spielte sein Flugzeug ohne ersichtlichen Grund verrückt.

Er setzte einen Funknotruf an Ramatuelle ab. »Können Sie mich hören? Ich verliere Höhe. Muss eine Notlandung versuchen.« Die einzige Antwort war ein schwaches Knistern. Er konnte die Küstenlinie sehen, aber er würde sie nicht erreichen, nicht bei dem Tempo, in dem er fiel. Sein Verstand raste, während das Flugzeug weiter sank. Konnte er die Maschine retten? Eine Spitfire jetzt, bei einem solchen Auftrag, zu verlieren, schien töricht.

Andererseits, wenn er sie nicht näher an die Küste heranbringen konnte, sah es düster für ihn aus. Spitfires waren nicht dazu gedacht, im Wasser zu treiben, und die Piloten, die in ihren Cockpits eingeschlossen saßen, auch nicht. Damit war die Sache klar. Er würde sich mit dem Fallschirm retten müssen. Die Spitfire flog aufs Meer zu, und er wollte nicht mitfliegen.

Er kämpfte gegen die Enttäuschung an, während er rasch in den Überlebensmodus ging. Er riss seine Sauerstoffmaske und den Funkstecker heraus und schnallte sich los. Für eine reglose Sekunde dachte er daran, wie er das letzte Mal über Frankreich heruntergekommen war, als er mit dem Fallschirm über Saint-Omer abgesprungen war. Er dachte an die Dinge, die danach passiert waren, wie sich Ruby in seinen Armen angefühlt hatte, das Gefühl, dass er sein Schicksal lebte, dass sein Leben für immer mit ihrem verbunden war.

Und dann betätigte er den Auslöser, aber nichts passierte. Die Cockpithaube öffnete sich nicht. Verzweifelt versuchte er es noch einmal, und als sich der Schalter noch immer nicht bewegen ließ, begann er, an der Cockpithaube zu kratzen, tat sein Bestes, um sie gewaltsam zu öffnen.

Aber die Haube klemmte, und während ihm die entsetzliche Erkenntnis dämmerte, ließ ihn der Mut im Stich. Seine einzige Option wäre es, den kleinen Streifen aus sandigem, felsigem Strand zu erreichen, den er in der Ferne erkennen konnte, aber er wusste, dass das unmöglich war. Er flog jetzt schon seit Jahren Spitfires, und er wusste genau, wozu dieses Flugzeug imstande war – und wozu nicht.

Er schlug immer wieder mit den Händen gegen die Cockpithaube, in dem Wissen, dass es jetzt seine einzige Überlebenschance war, die Plombe aufzubrechen und zu beten, dass der Sturz des Flugzeugs ins Wasser sanft genug für ihn sein würde, um nicht das Bewusstsein zu verlieren. Aber die Spit sank zu rasch. Während das Meer ihm entgegenschoss, wusste er mit einer erschreckenden Gewissheit, dass das hier das Ende war.

Thomas schloss die Augen, und die Welt, die Ruby mit ihren Worten gemalt hatte, erwachte zum Leben. In der Ferne konnte er das Haus mit dem weißen Gartenzaun sehen, das, in dem sie gemeinsam ihre Kinder großziehen würden. Aber bevor er es erreichen konnte, musste er es durch das leuchtende Meer aus Mohnblumen schaffen. Die Blumen schimmerten wunderschön, magisch, genau wie der Sonnenaufgang, und während sie rings um ihn herum in der Brise tänzelten, lächelte er vor sich hin. Sie begrüßten ihn zu Hause.

»Ruby!«, schrie er in dem Augenblick, in dem seine Maschine ein paar Hundert Meter vor der französischen Küste ins seichte Meer stürzte. Sie war da, genau hinter den Mohnblumen, und sie lächelte und winkte und ließ ihn wissen, dass es zu guter Letzt in Ordnung war, zur Ruhe zu kommen.

Kapitel 44

August 1944

Ruby nahm undeutliches Gemurmel wahr, leise Stimmen, geflüsterte Fragen und dann etwas wie Musik. Sie lauschte angestrengt, und nach ein paar Augenblicken wurde ihr bewusst, was für ein Geräusch das war. Ein gurrendes Baby. *Ihr* gurrendes Baby. »Mein Kind!«, brachte sie flüsternd zustande, obwohl die Welt sich verschwommen und ungreifbar anfühlte. Wo war sie? Wie lange hatte sie geschlafen? Warum konnte sie nicht mehr als schemenhafte Gestalten erkennen?

Eva, die Frau des Bauern, tauchte in ihrem Blickfeld auf, ein kleines, vollkommenes Bündel in den Händen. »Du bist ja wach, Ruby. Möchtest du deiner Tochter Hallo sagen?«

Rubys Kehle schnürte sich zu, als Eva das Baby sanft an Rubys Brust legte. Ihr Blick klärte sich so weit, dass sie das Gesicht des Säuglings in all seinen perfekten Details sehen konnte. Sie war schön und, gegen jede Wahrscheinlichkeit, gesund. Sie hatte Thomas' strahlend blaue Augen, und für ein paar Sekunden, während Ruby in diese Augen starrte, hatte sie das Gefühl, dass Thomas bei ihr war. Sie konnte es kaum erwarten, bis sie wieder zusammen waren. Bald würden sie alle nach Hause fahren. Nicht nach Hause nach Paris, sondern in die Vereinigten Staaten, zu dem Ort, an dem sie den Rest der Ewigkeit zusammen verbringen würden. Sie wusste, dass ihre Eltern Thomas und ihre neue Enkeltochter von ganzem Herzen lieben würden, und sie würden auch Charlotte mit offenen Armen willkommen heißen. Ruby würde ihnen die Welt der Mohnblumen zeigen, wie jeder neue Tag in einer Symphonie aus Farben und Hoffnung erstrahlte. Sie konnte die Zukunft sehen, und sie war herrlich.

Obwohl Ruby sich schwach fühlte, konnte sie dennoch ihr Baby halten, das nach der Brust seiner Mutter suchte. Tränen traten Ruby in die Augen, denn sie konnte keine Milch geben; nach Ravensbrück war das unmöglich.

»Wir haben etwas Milch für sie.« Eva schien Rubys Gedanken zu lesen. »Es wird ihr gut gehen.«

»Danke«, krächzte Ruby. Sie konnte ihr Glück, hier gelandet zu sein, noch immer kaum fassen. Sie schwor sich, sich eines Tages bei Eva und Fritz zu revanchieren.

»Wie heißt sie?«, fragte Eva. »Deine Tochter?«

Ruby sah einen Moment lächelnd auf das Baby in ihren Armen hinunter, ohne zu antworten. Sie hatte mitternachtsfarbene Hare und die winzigsten Finger und Zehen, die Ruby je gesehen hatte. Ihre Haut war blass, und ihre Wangen rosig. Sie war weitaus kleiner, als sie hätte sein sollen, vielleicht nur fünf Pfund schwer, aber sie war heil und gesund, was unmöglich schien. Sie war der Inbegriff eines Wunders. Und das gab Ruby Hoffnung für die Zukunft, denn wenn Wunder in ihrem eigenen Körper geschehen konnten, dann waren sie überall möglich. Es bedeutete, dass Thomas zu ihr zurückkommen, dass Charlotte in Paris auf sie warten würde.

»Nadia«, murmelte Ruby lächelnd, während sie an ihre russische Freundin dachte, die ihr dieses Geschenk gegeben hatte, diese Chance zu überleben, um den Preis ihres eigenen Lebens. Das Kind, das sie gerettet hatte, würde für immer ihren Namen tragen. »Sie heißt Nadia. Das bedeutet *Hoffnung*.«

Eva hatte Tränen in den Augen, während sie erst Ruby und

dann das Baby anlächelte. »Nadia«, sagte sie leise. »Was für ein wunderschöner Name.«

»Ja.« Ruby starrte hinunter auf ihre Tochter, die suchend hoch in das Gesicht ihrer Mutter sah. »Mein süßes kleines Mädchen. Du wirst ein gutes Leben haben, mein Liebling. Das verspreche ich dir.«

»Ruby«, sagte Eva nach ein paar Minuten. »Ich habe Neuigkeiten für dich. Paris wurde vor ein paar Tagen befreit. Die Alliierten sind auf dem Weg nach Osten. Jetzt ist es nur noch eine Frage der Zeit.«

»Paris wurde befreit?« Ruby stockte der Atem, und sie stellte sich vor, wie die Freude durch die Hauptstadt strömte, wie Leute auf den Straßen tanzten und die französische Flagge wieder wehte. Charlotte war jetzt in Sicherheit, und das allein genügte, um Ruby Tränen der Freude in die Augen zu treiben. »Gott sei Dank.« Sie holte einmal abgehackt Luft. »Darf ich dich noch um etwas bitten? Es gibt drei Briefe, die ich gern schreiben würde, nur für den Fall, dass mir irgendetwas zustößt.«

»Natürlich.« Eva ging ein paar Blatt Papier und einen Stift holen, und als sie wiederkam, bot sie an, Nadia zu halten, während Ruby schrieb. Aber Ruby wollte sie nicht loslassen, daher hielt sie ihre Tochter in ihrer linken Armbeuge, während sie mit der rechten Hand zitternd schrieb. Als sie fertig war, adressierte sie die drei Briefe – einen an ihre Eltern, einen an Thomas, c/o RAF, und einen an Charlotte, c/o Lucien – und reichte sie Eva. »Danke«, flüsterte sie.

»Du musst dich nicht bei mir bedanken.«

Schließlich nahm Eva Nadia und gab ihr Milch aus einem Fläschchen zu trinken, während Ruby in den Schlaf sank. Als sie aufwachte, war es Morgen, und sie hätte schwören können, irgendwo in der Ferne eine Explosion gehört zu haben.

»Ist etwas passiert?«, fragte sie, während sie mühsam zu sich kam.

Eva war an ihrer Seite, Nadia in ihren Armen, und sie schien verblüfft von Rubys abrupter Frage. »Ich glaube nicht.«

»Ich dachte, ich hätte ein Geräusch gehört«, murmelte Ruby, während sie sich auf das Gesicht ihrer Tochter konzentrierte. Eva stand auf und legte Nadia Ruby wieder an die Brust, und diese berührte mit ihren Lippen den Kopf ihrer Tochter, spürte ihr weiches, flaumiges Haar. Ihr war heiß, aber die Haut ihres Babys war kühl, und Ruby wusste, dass mit ihr alles gut werden würde. »Mein süßes kleines Mädchen«, murmelte sie. »Bald wirst du deinen Vater kennenlernen und deine Tante Charlotte und deinen Onkel Lucien, und deine Großmutter und deinen Großvater. Sie alle werden dich so sehr lieben, mein süßer Engel, genau wie ich es tue.«

Eva verließ das Zimmer, während Ruby liebevoll mit dem Baby sprach, und einen Augenblick später kam sie mit einem feuchten Lappen wieder, den sie Ruby auf die Stirn legte. »Du glühst ja, meine Liebe«, sagte sie. Sie streckte die Hände nach Nadia aus, aber Ruby hielt sie fest und schüttelte den Kopf.

»Bitte«, flüsterte sie. »Noch nicht.«

Eva nickte und zog sich zurück, aber Ruby konnte die Besorgnis in ihren Augen sehen.

»Was für ein Tag ist heute?«, fragte sie, denn sie wollte alles über den Beginn des Lebens ihres Kindes in Erinnerung behalten.

»Mittwoch, der dreißigste August«, antwortete Eva.

Rubys Augen füllten sich mit Tränen. Sie versuchte, tief Luft zu holen, aber sie verspürte einen Druck auf ihrer Lunge, und sie konnte nicht richtig atmen. »Ich weiß, ich habe kein Recht, dich um noch mehr zu bitten«, begann sie, »aber bitte versprich mir noch einmal, dass du mein Baby beschützen wirst.«

»Ich schwöre es bei meinem Leben«, erwiderte Eva mit fester Stimme, und Ruby glaubte ihr. »Schlaf jetzt. Es ist alles gut. Du hast deine Tochter gerettet.«

»Das habe ich. Das habe ich wirklich. Und jetzt werde ich Thomas sehr bald wiedersehen.«

»Ja«, pflichtete Eva bei. Sie war an Rubys Seite getreten und strich ihr übers Haar.

»Und Charlotte. Und meine Eltern.«

»Ja.«

Evas Worte und die kühle Berührung ihrer Hand waren so besänftigend. An ihrer schwachen, ausgehöhlten Brust spürte Ruby den Herzschlag ihres Babys, und sie lächelte und entspannte sich in dem Rhythmus. Zum ersten Mal seit Jahren wusste sie aus tiefster Seele, dass alles gut werden würde. »Nadia«, flüsterte sie, während die Welt wieder verblasste. »Thomas.«

Und dann schloss sie die Augen, und die Mohnblumenfelder waren da, ihre leuchtenden, vertrauten Farben strahlend vor dem klaren blauen Himmel. Es musste ein Traum sein, oder? Aber da war ihr Haus, das, in dem sie aufgewachsen war, und daneben, unglaublich, war das Zuhause, von dem sie gesagt hatte, dass sie es eines Tages bauen würde: ein weiß gestrichenes Cottage mit einem weißen Gartenzaun, genau so, wie sie es sich vorgestellt hatte. Sie konnte die frische Wüstenluft spüren, und wie das frische Gras unter ihren Füßen flüsterte; sie konnte den Duft des Apfelkuchens ihrer Mutter riechen, der durch das offene Fenster der Küche ihrer Eltern wehte. Irgendwo in der Ferne sang Fred Astaire »Cheek to Cheek«.

Ruby begann, auf das Haus zuzugehen, und in dem Moment sah sie Thomas aus den Mohnblumen auftauchen. Er sah genauso aus wie damals, als sie ihn zuletzt gesehen hatte, gut aussehend und kräftig und voller Hoffnung. »Ruby?«, rief er, und auf einmal hatte er die Arme ausgebreitet, und sie lief auf ihn zu. Irgendwo tief in sich hatte sie immer gewusst, dass sie ihn wiedersehen würde, aber das hier fühlte sich dennoch wie ein Wunder an.

»Thomas!«, rief sie, während sie sich in seine Arme fallen ließ, und das war der Moment, in dem sie mit Bestimmtheit wusste, dass es kein Traum war. Er war warm und fest und echt.

Bald würde sie ihm von Nadia erzählen, davon, wie ihre blauen Augen funkelten, wie ihr Haar federweich war, wie sie genauso aussah wie er. Sie würde ihm sagen, dass sie ihre gemeinsame Tochter gerettet hatte, aber dass er es war, der sie, Ruby, all die Jahre zuvor gerettet hatte, indem er ihr einen Grund zu leben gab. Sie würde ihm sagen, dass sie ihn liebte, dass sie den Rest der Ewigkeit an seiner Seite verbringen würde, wenn er sie wollte. Im Moment wollte sie jedoch nur seine Arme um sich spüren, seinen Herzschlag hören, ihn einatmen.

Sie sah an sich hinunter, und ihr wurde bewusst, dass sie genauso aussah wie an jenem Tag im Jahr 1941, als Thomas das erste Mal vor ihrer Tür in der Rue Amélie stand. Ihre Kurven waren wieder üppig, ihre Haut schimmernd. Ihr Kleid war weiß, seidig wie eine Feder, bauschig wie eine Wolke. Die Mohnblumenfelder waren vertraut und unvertraut zugleich, aber ihre strahlenden Farben, strahlender, als sie sie je gesehen hatte, besänftigten sie.

Sie wusste, dass sie genau dort war, wo sie sein sollte, und während sie endlich in Thomas' Armen ihr Zuhause fand, konnte sie die Zukunft sehen, die sich vor ihnen erstreckte, strahlend hell und schön.

Kapitel 45

März 2002

Wir erreichen die Kuppe des Hügels in genau dem Augenblick, in dem sich die Sonne dem Horizont entgegenneigt. Anfangs hatte ich versucht, mein liebes Mädchen im Rollstuhl über die Felder zu schieben, aber das war zu schwer; die Räder blieben im Schlamm stecken. Daher nahm ich sie auf die Arme und trug sie – wie eine Braut über die Schwelle – den Rest des Weges. Mein ganzer Körper schmerzt, aber das macht mir nichts aus. Sie ein letztes Mal halten zu können, ihren Herzschlag an meinem zu spüren, ist den Schmerz wert.

Unter uns erstreckt sich das riesige Meer von Mohnblumenfeldern, die wir von Rubys Eltern geerbt haben, als sie 1947 starben. Meine Frau hat immer gesagt, sie könne Rubys Gegenwart hier spüren, vor allem wenn die Mohnblumen in Blüte stehen. Lange Zeit habe ich es nie gespürt, aber jetzt tue ich es. Jetzt glaube ich es.

Nach dem Krieg konnte das Rote Kreuz Rubys Eltern von Nadias Existenz in Kenntnis setzen, und als sie kamen, um sie abzuholen, gaben der Bauer und seine Frau ihnen den Brief, den Ruby kurz vor ihrem Tod geschrieben hatte. Darin erzählte sie ihnen alles darüber, wie Charlotte ihre Familie geworden war, daher bestanden Rubys Eltern, als klar wurde, dass Charlottes Eltern in Auschwitz umgekommen waren, darauf, sie zu adoptieren und ebenfalls nach Kalifornien zu holen. Sie verstanden, wie sehr Ruby sie geliebt hatte, daher liebten sie sie ebenfalls von Anfang an. Aber beide starben, bevor Nadia zwei war, und übertrugen das alleinige Sorgerecht für ihre Enkelin Charlotte, die gerade achtzehn geworden war. Nachdem ich auf ein Visum gewartet hatte, heiratete ich mein liebes Mädchen in jenem März zwischen den Mohnblumen und wurde Nadias Adoptivvater.

Wir konnten nie eigene Kinder bekommen, aber Nadia ist unseres in jeder Hinsicht, auf die es ankommt, und ich kann mir nicht vorstellen, ein Kind mehr zu lieben, als wir sie lieben. Wie Ruby und Charlotte vor so langer Zeit feststellten, geht es bei einer Familie um so viel mehr als Blutsverwandtschaft.

»Meinst du, ich werde Ruby wiedersehen, Lucien?«, fragt mich mein liebes Mädchen jetzt, während ich sie sanft auf der Kuppe des Hügels absetze und meine Arme fast ebenso schmerzen wie mein Herz. »Und Thomas? Und meine Eltern?«

»Ich glaube«, sage ich langsam, während sich meine Augen mit Tränen füllen, »dass sie jeden Tag bei uns sind. Ich glaube, das sind sie immer gewesen.«

Nirgends ist das offensichtlicher als an diesem Ort. Rubys Leichnam kam im Februar 1946 nach Hause, und in dem Monat, nachdem ihre Eltern sie hier, unter der silbernen Statue einer Mohnblume, um ihr Grab zu kennzeichnen, beigesetzt hatten, erblühte der Hügel ausschließlich in Rubinrot. Seither bleibt dieser Ort jedes Jahr ausschließlich in Purpur getaucht, auch wenn der Rest des Tals in den Regenbogenfarben eines Sonnenuntergangs erstrahlt. Ich glaube mit jeder Zelle meines Wesens, dass es ein Zeichen dafür ist, dass Ruby von der anderen Seite über uns wacht.

Mein liebes Mädchen nickt und sieht nach Osten, wo der Horizont mit dem Spätnachmittagsdunst zu verschmelzen beginnt. »Manchmal stelle ich mir vor, dass ich von hier bis nach Paris sehen kann«, murmelt sie. »Dass ich in die Vergangenheit sehen kann. Dass Ruby noch immer am Leben und dass Thomas eben vor unserer Tür aufgetaucht ist und dass meine Eltern jeden Augenblick nach Hause kommen werden.«

Ich schließe die Augen, den Tränen zu nahe, um etwas zu erwidern. Ich habe die Eltern meiner Frau nie kennengelernt, aber ich liebe sie dafür, dass sie eine solch wundervolle Frau großgezogen haben – und dass sie die Weitsicht hatten, sie zu beschützen. Und was Ruby betrifft, nun ja, sie hat immer Charlotte gehört, aber ich liebe sie auch. Ich liebe sie dafür, dass sie meine Frau gerettet hat, und dafür, wie sie bis zum Schluss gekämpft hat, um Nadia zu retten. Kein Teil meiner heutigen Welt würde existieren, wenn sie nicht vor all den Jahren in Charlottes Leben getreten wäre.

Ich lege den Arm um mein liebes Mädchen und ziehe sie an mich. »Von hier oben fühlt es sich manchmal an, als ob die Vergangenheit und die Gegenwart aufeinanderprallen«, sage ich. »Ich fühle es auch.« Wir verharren lange Zeit so, bis die Mohnblumen im schwindenden Abendlicht zu schimmern beginnen.

»Du hast einmal gesagt, ich sei tapfer«, bricht Charlotte schließlich das lange und entspannte Schweigen zwischen uns.

Ich lächle. »Ich bin sicher, das habe ich viele Male gesagt, mein Liebling.«

»Aber das erste Mal. Als du es zu Philippe gesagt hast.«

Ich seufze und sehe wieder in die Ferne, nach Osten. »Ich kann mich erinnern.« Es ist die Schuld dieser Worte, dass Charlotte ein Teil der Résistance wurde, dass Ruby sich mehr daran beteiligte, als sie es hätte tun sollen. Es ist ein schwarzer Fleck auf meinem Gewissen, den ich nie ausradieren konnte.

»Du hast Philippe gesagt, ich sei stark und mutig.«

»Habe ich das?« Ich küsse sie auf die Wange. »Ich hatte schon immer eine gute Menschenkenntnis.«

Ich ziehe sie auf, aber das halbe Lächeln schwindet von meinem Gesicht, als sie zu mir hochsieht, die Augen voller Traurigkeit. »Was, wenn du dich getäuscht hast, Lucien?«, fragt sie mit leiser Stimme. »Was, wenn ich nichts von alledem bin?«

»Oh, aber das bist du, mein Liebling. Du bist der stärkste Mensch, den ich kenne.«

Als ich mich vorbeuge, um sie noch einmal auf die Wange zu küssen, schmecke ich ihre Tränen. »Ich habe Angst, Lucien«, sagt sie. »Ich habe Angst vor dem, was als Nächstes kommt.«

Und das ist der Moment, in dem ich es mit Bestimmtheit weiß. Sie sagt mir, dass sie bereit ist zu gehen. Einen Moment lang sage ich nichts, denn ich kann nicht. Aber es ist Zeit für sie, Frieden zu finden, und es ist an mir, ihr zu helfen.

Langsam und unter großer Anstrengung lasse ich mich auf ein Knie nieder und biete ihr meine Hand. Genau das habe ich vor fünfundfünfzig Jahren getan, als ich sie bat, mich zu heiraten, und ich weiß, dass sie begreift, dass ich sie bitte, mir ein letztes Mal zu vertrauen. Ich geleite sie sanft hinunter, neben mich, bis wir Seite an Seite zwischen Rubys Mohnblumen liegen und zum Himmel aufblicken, der sich in diesem Moment zu dem tiefen Kornblumenblau der frühen Abenddämmerung verfärbt. Ich kann den ersten Stern des Abends über uns funkeln sehen.

»Weißt du noch, wie ich dich das erste Mal so in meinen Armen gehalten habe?«, frage ich.

Sie seufzt. »Ich war vierzehn. Ruby hat geschlafen, und du bist in dem Hof vor meinem Fenster in der Rue de Lasteyrie aufgetaucht.«

Ich lächle in die Dunkelheit und wische eine Träne fort.

»Du hast geweint. Du hast beharrlich erklärt, dass es dir gut geht, und ich habe dir in Erinnerung gerufen, dass es okay ist, wenn nicht.«

»Ich kann mich erinnern.« Ihre Stimme wird schwächer, und ich muss meine ganze Kraft zusammennehmen, um sie nicht anzuflehen, noch ein klein wenig länger bei mir zu bleiben. Aber das wäre für mich, nicht für sie.

»Und jetzt ist es auch okay.« Ich liebkose ihren Nacken und ziehe sie nah an mich, wärme sie mit meinem Körper, genau wie ich es an jenem Abend tat. »Damals habe ich dir gesagt, dass du an der Hoffnung festhalten musst, mein liebes Mädchen.«

»Und das habe ich getan. All diese Jahre, Lucien.«

»Gut.« Ich atme ihren Duft ein. »Dann halt einfach noch ein klein wenig länger durch. Die Hoffnung wird dich nach Hause tragen.«

»Ich liebe dich«, murmelt sie so leise, dass ich sie kaum hören kann.

»Ich liebe dich auch.« Und genau wie an jenem Abend vor all den Jahren weiß ich, dass der Trost meines Körpers an ihrem sie besänftigt hat. Sie verschmilzt mit mir, und während ich ihr übers Haar streiche und immer wieder »*Je t'aime*« murmle, senkt sich die Nacht, und ich spüre, wie sie hinübergleitet.

»Ruby«, murmelt sie, die Stimme voller Hoffnung und Liebe, und dann lächelt sie leise, und sie atmet nicht mehr. Ich weiß, dass sie bereits die Schwelle überschreitet, und dass Ruby irgendwie da ist, um sie nach Hause zu bringen. Frieden senkt sich über mich, während meine Augen sich mit Tränen füllen.

»Leb wohl, Liebste«, flüstere ich. Ich weiß, dass ich sie bald wiedersehen werde.

Ich erhebe mich mühsam, und in dem schwindenden Licht nehme ich meine süße Charlotte ein letztes Mal sanft in meine Arme und beginne mit dem langen Weg den Hügel hinunter, durch die Mohnblumenfelder.

Anmerkung der Autorin

Bei meinen Recherchen zu Verbindungen zwischen dem Zweiten Weltkrieg und Florida für meinen Roman *Heute fängt der Himmel an* von 2016 (deutsch 2017), der zum Teil im Sunshine State spielt, stieß ich auf die außergewöhnliche Lebensgeschichte der Virginia d'Albert-Lake, einer Frau aus Florida, die 1937 einen Franzosen heiratete, nach Paris zog und schließlich 1943 und 1944 beim Fluchtnetzwerk Komet arbeitete, bevor sie verhaftet und in das berüchtigte Konzentrationslager Ravensbrück gebracht wurde. Wie Ruby, die Heldin aus *Ein Ort für unsere Träume*, hatte Virginia anfangs die Option, in die Staaten zurückzukehren, entschied sich jedoch dagegen. Sie fühlte sich verpflichtet zu helfen.

Von Anfang an verspürte ich eine Art Seelenverwandtschaft zu Virginia, die 1997 im Alter von siebenundachtzig Jahren starb. Ich habe sie nie kennengelernt, aber unsere Lebenswege haben sich mehrmals überschnitten, wenn auch im Abstand mehrerer Jahrzehnte. Wie ich zog sie als Kind mit ihrer Familie aus der Mitte Ohios nach St. Petersburg, Florida. Wie ich veröffentlichte sie ihren allerersten Artikel in der *St. Petersburg Times*. Wie ich lebte sie als junge Frau im Großraum Orlando und verliebte sich dann Hals über Kopf in Paris. Sie lebte sogar in demselben Pariser Arrondissement, in dem ich einmal wohnte, nur knapp zwei Kilometer von meiner alten Adresse entfernt. Ich fühlte mich zu ihrer Geschichte hingezogen und war fasziniert von der Vorstellung, dass eine Amerikanerin sich entschied, während des Krieges in Paris zu bleiben, damit sie helfen konnte, Leben zu retten. Die Idee für die Figur der Ruby war geboren.

Virginias Tagebuch überdauerte den Krieg und erschien im Jahr 2006 als *An American Heroine in the French Resistance* (Fordham University Press). Es bot mir eine wundervolle Ausgangsbasis für die Geschichte der fiktiven Ruby Henderson Benoit, die, genau wie Virginia, nicht tatenlos zusehen konnte, während die Welt im Krieg versank. In einem Interview in der *St. Petersburg Times* im Jahr 1993 sagte Thomas Yankus, ein Pilot, der 1944 über Frankreich abgeschossen wurde, über Virginia: »Da kamen wir nach ein paar ziemlich brenzligen Situationen in diese Wohnung und wurden von dieser schönen Frau begrüßt, die sagte: ›Hi Jungs, wie geht's euch?‹ Sie kannte absolut keine Angst.« So stellte ich mir auch Ruby vor.

Thomas, Charlotte, Lucien und die anderen Figuren, die *Ein Ort für unsere Träume* bevölkern, zu erschaffen, erforderte ebenfalls viel Recherche, und ich bin vielen Autoren zu Dank verpflichtet, die die Kriegsjahre in Paris so gut dokumentiert haben. Das herzzerreißende *Pariser Tagebuch* von Hélène Berr – oft mit Anne Franks Tagebuch verglichen – war für mich sehr hilfreich, um zu verstehen, wie sich die Juden in Paris fühlten, während der Krieg sich hinzog, ebenso *Jews in France During World War II* von Renée Poznanski. Caroline Mooreheads *A Train in Winter*, Ronald C. Rosbottoms *When Paris Went Dark* und Alan Ridings *And the Show Went On* waren hervorragende Quellen für das Verständnis des Lebens in Paris in den 1940er-Jahren. *First Light* von Geoffrey Wellum und *Survival Against All Odds* von John Misseldine waren faszinierende Berichte aus erster Hand darüber, wie der Krieg für RAF-Piloten war, die Missionen über dem Kontinent flogen. Und *The Freedom Line* von Peter Eisner, *Little Cyclone* von Airey Neave und *The Shelburne Escape Line* von Réanne Hemingway-Douglass sowie viele Zeitungsreportagen halfen mir, die alliierten Fluchtnetzwerke durch Frankreich und wie sie betrieben wurden, zu verstehen. Es ist jedoch wichtig festzuhalten, dass die Organisationen in diesem Buch, auch wenn sie stark an die Komet-, Shelburne- und Pat-O'Leary-Netzwerke angelehnt sind, fiktionalisiert sind.

Ebenfalls zu Dank verpflichtet bin ich den freundlichen Menschen beim Holocaust Memorial Resource and Education Center of Florida und dem Mémorial de la Shoah in Paris sowie Sarah Helm für ihr aufschlussreiches Buch über Ravensbrück.

Letztendlich nimmt Rubys Geschichte einen völlig anderen Verlauf als Virginias wirkliches Leben. Aber ich denke gern, dass ein kleiner Teil der heldenhaften Virginia in diesem Buch enthalten ist. Um genau zu sein, denke ich gern, dass ein kleiner Teil von Virginia in uns allen enthalten ist – und dass wir, wenn wir Ungerechtigkeit sehen, einfach den Mut haben, aufzustehen und dagegen zu kämpfen.

Kristin Harmel

Danksagung

Ich kann gar nicht genug sagen über all die wundervollen Menschen, die mir bei diesem Buch – und bei meiner Karriere im Allgemeinen – geholfen haben. Holly Root: Du bist die beste Agentin auf dem Planeten, und ich schätze mich so glücklich, von dir vertreten zu werden und deine Freundin zu sein. Danke für deine ganze harte Arbeit und deinen wundervollen Rat und dafür, dass du immer auf meiner Seite bist. Ich bin schon so gespannt zu sehen, was die Zukunft für Root Literary bereithält. Abby Zidle: Lady, wie *machst* du das bloß? Du jonglierst mit ungefähr fünf Millionen Verantwortlichkeiten, und irgendwie führst du sie alle perfekt aus. Danke, dass du eine wundervolle Lektorin und großartige Fürsprecherin meiner selbst und meiner Romane bist. Kristin Dwyer: Der Sprung in die Selbstständigkeit ist ein solch mutiger Schritt, und ich freue mich so zu sehen, wie du dein Glück findest. Ein Hurra auf LEO PR!

Heather Baror-Shapiro, du bist eine Göttin ausländischer Rechte, und ich freue mich so, mit dir zusammenzuarbeiten. Dana Spector, du bist aus so vielen Gründen ein Rockstar. Andy Cohen, ich bin so glücklich zu sehen, dass du einen solchen »Gifted«-Erfolg hast. Und Farley Chase, ich werde nie vergessen, wie du mein Leben verändert hast, indem du meine Romane erstmals einem großen, weltweiten Publikum nahegebracht hast.

Eva Schubert: Ich vermisse es, mit dir zusammenzuarbeiten, aber ich freue mich so, dass unsere Freundschaft weiterhin blüht. Wir müssen uns bald einmal zu einem Red-Velvet-Cupcake-Date treffen, meine Liebe! (Danke, dass du mein Deutsch auch in diesem Buch korrigiert hast!) Und Elisabetta Migliavada: Ich danke euch beiden für eure Freundschaft und eure anhaltende Unterstützung meiner Person und meiner Bücher. Ich hoffe, euch bald einmal wiederzusehen – und Giulia kennenzulernen! Danke auch an Julia Fronhöfer, Nicola Bartels, Jorid Mathiassen, Hilit Hamour-Meir und all meine wundervollen Lektoren und Verleger auf der ganzen Welt. Ich bin euch über die Maßen dankbar, dass ihr meine Romane mit so vielen wundervollen Lesern teilt.

Ein großes Dankeschön geht an all die anderen wundervollen Menschen, mit denen ich bei Gallery Books, Root Literary und Waxman Leavell Literary zusammenarbeiten durfte, insbesondere Meagan Harris, Nancy Tonik, Diana Velasquez, Mackenzie Hickey, Chelsea McGuckin, Jen Long und dem ganzen Gallery-Vertriebsteam, Taylor Haggerty und Ashley Lopez. Ein besonderes Dankeschön geht an Jen Bergstrom, Louise Burke und Carolyn Reidy.

Alles Liebe und ein Riesendankeschön an meine Swan-Valley-Schwestern (und meinen Swan-Valley-Bruder), einige der freundlichsten, talentiertesten Menschen, die zu kennen mir eine Freude ist: Wendy Toliver, Linda Gerber, Allison van Diepen, Emily Wing Smith, Alyson Noël, Jay Asher und Aprilynne Pike. Jeder sollte *alles* lesen, was diese talentierten Schriftstellerinnen schreiben! Ich bin eine bessere Autorin und ein besserer Mensch dadurch, dass ich sie kenne.

Den Menschen in der Buch-Blogging/Reviewing-Community, die die Bücher und Autoren, die euch gefallen, so lautstark unterstützen, rufe ich zu: DANKE. Ihr helft, unsere Bücher mit Lesern zu teilen, was ein solches Geschenk ist.

Danke insbesondere an Jenny O'Regan, Melissa Amster, Amy Bromberg, Aestas, Brenda Janowitz, Liz Fenton und Lisa Steinke, Kristy Barrett, Hailey Fish und Lorelei – und ich weiß, dass ich hier nur an der Oberfläche kratze. Und danke all den Lesern, die sich die Zeit nehmen, mir ein Feedback zu meinen Romanen zu geben – ob per E-Mail, Social Media oder Review-Sites. Es bedeutet mir viel, von euch zu hören.

Danke, wie immer, meinen ganzen wundervollen Familienangehörigen und Freunden, die zu zahlreich sind, um sie alle zu nennen – aber ihr wisst, wer ihr seid (hoffe ich!). Ich liebe euch alle.

Ein besonderer Dank geht an Lauren Boulanger dafür, dass sie so wundervoll mit Noah umgeht.

Und natürlich ein sehr tiefes und besonderes Dankeschön an Jason und Noah. Ihr zwei seid der Mittelpunkt meiner Welt, und ihr lehrt mich jeden Tag mehr über die Tiefen meines Herzens. Solange am Himmel Sterne stehen, werde ich euch lieben.

Als die Welt zerbrach, blieb ihre Liebe …

448 Seiten. ISBN 978-3-442-38333-7

Die junge Kate Waithman lebt mit ihrer großen Liebe Patrick in Manhattan. Eines Morgens geht sie am Hudson River joggen, als plötzlich ein Flugzeug den Himmel durchbricht. Momente später ist das World Trade Center in Rauch gehüllt. Es ist das Gebäude, in dem Patrick arbeitet …
Dreizehn Jahre später fühlt sich Kate endlich bereit, ihr Herz wieder zu öffnen. Doch dann hat sie einen Traum, der realer scheint als alles, was sie umgibt – von dem Leben, das sie mit Patrick gehabt haben könnte. Während sie versucht, an der Vergangenheit festzuhalten, beginnt Kate zu ahnen, dass es für sie einen zweiten Weg zum Glück geben könnte …

Lesen Sie mehr unter: **www.blanvalet.de**